当代俄罗斯小说集

Альманах Современной Российской Прозы

安德烈·阿斯特瓦查图罗夫、叶夫根尼·沃多拉兹金、亚历山大·麦列霍夫 等著

黑龙江大学俄文编译室

白文昌 等译

上海译文出版社

图书在版编目（CIP）数据

当代俄罗斯小说集/（俄罗斯）麦列霍夫等著；白文昌等译.
—上海：上海译文出版社，2018.10
ISBN 978-7-5327-7729-7

Ⅰ. ①当… Ⅱ. ①麦… ②白… Ⅲ. 小说集-俄罗
斯-现代 Ⅳ. ①I512. 45

中国版本图书馆 CIP 数据核字（2017）第 323500 号

当代俄罗斯小说集
［俄］亚历山大・麦列霍夫 等著　白文昌 等译
责任编辑/冯涛　刘晨　装帧设计/胡枫

上海译文出版社有限公司出版、发行
网址：www.yiwen.com.cn
200001　上海福建中路 193 号　www.ewen.co
上海信老印刷厂印刷

开本 890×1240　1/32　印张 11.25　插页 2　字数 233,000
2018 年 10 月第 1 版　2018 年 10 月第 1 次印刷
印数：0,001—2,000 册

ISBN 978-7-5327-7729-7/I・4734
定价：52.00 元

《当代俄罗斯小说集》序言

在黑龙江省政府支持下，由黑龙江大学和俄罗斯圣彼得堡大学联合翻译的《当代俄罗斯小说集》付梓面世了。作为中俄文化交流合作的重要新成果，本书的出版填补了近年来国内俄罗斯当代小说的汉译空白，成为黑龙江省打造对俄开放新高地、深化与圣彼得堡大学合作的生动实践和有力证明，也是黑龙江大学弘扬对俄办学优良传统、助力新时代中俄交流合作的新作为。

本书诞生在中俄全面战略协作伙伴关系高水平运行这一历史最好时期，缘起于 2014 年黑龙江省陆昊省长带队赴俄访问，期间黑龙江省政府与圣彼得堡大学签署了关于教学科研合作备忘录，明确开展优秀文学作品翻译等多形式、多领域、高层次的交流合作。

2016 年 8 月，黑龙江大学在省政府委托下，正式启动本书翻译工作。学校依托与圣彼得堡大学之间源远流长的良好合作关系，发挥自身雄厚的俄语学科和人才优势，加强沟通协作，高标准开展首批选定作品的翻译工作。如今本书的问世，饱含着黑龙江大学十余名师生付出的辛勤汗水，彰显了黑龙江大学鲜明的对俄办学特色、服务黑龙江发展的使命担当，也是黑龙江省深入推进对俄开放、特别是人文交流合作的又一重要新成效。

众所周知，俄罗斯文学是世界文学的重要组成部分，在世界文学中占有极其重要的地位，有着广泛而深远的影响。它造就了一大批才气横溢、出类拔萃的文学大师和一部部名闻遐迩、脍炙人口的文学名著，成为世界文学宝库中不朽的经典，令人叹为观止。站在巨人的肩膀上，当代俄罗斯文坛也涌现出一批优秀的作家。本书选译了当代俄罗斯优秀作家部分作品，包括 20 个短篇小说和 2 篇文学评论，既有写实的，又有看似虚幻、荒诞的后现代作品，展现着当代俄罗斯文学的创作水准和精神风貌。

我相信本书的出版，必将增进我国广大读者对当代俄罗斯文学的整体认知，了解俄罗斯国情民意和文化现状，从而有助于推动中俄两国人民的人文交流和中俄关系高水平发展。

自 1941 年建校以来，黑龙江大学始终坚持对俄办学初心，把服务中俄关系发展作为重要使命，多措并举弘扬对俄办学传统，打造形成了以多类型高素质俄语人才培养为核心，涵盖对俄科技合作、国情研究、文化传播、信息交流等多方面的办学综合体系，取得了俄语国家重点学科、国家社科基金重大招标项目、俄汉大辞典等一系列高水平办学成果，学校被誉为“俄语人才培养摇篮”、“中国俄语教学根据地”等。本书的出版不仅是黑龙江大学对俄交流合作的缩影，也进一步丰厚了学校对俄办学积淀，为学校特色发展和一流大学建设提供了新动力，拓展了新空间。

当前，中国特色社会主义进入新时代，中华民族伟大复兴的光明前景展现在世界面前，中国特色社会主义文化的繁荣发展，不仅要从中华民族五千年悠久历史中传承，也要从与世界其他文明的交流互鉴中实现创新。

文学作品作为一种文化存在，在各民族彼此间的砥砺圆融中发挥着不可替代的作用，不仅有利于充分彰显其文化特色和功能，也有利于构成一个多彩和谐的世界文化整体。

我期待更多的同本书一样的国外优秀文学作品丰富我们的精神世界、开阔我们的文化视野，更期待包括龙江地域特色文化在内的中华优秀文化，不断创造经典、传播经典、推广经典，真正实现“走出去”，以经典思想、经典理论、经典形象增进世界对当代中国的了解与认同，为中外人文交流和务实合作提供有力而持久的文化支撑。

我想，这也是我国推动构建人类命运共同体的重要内涵，是我国坚持深化人文交流合作、夯实中外民意基础和文化认同的内在要求。

黑龙江大学愿为此做出新的努力和贡献，与国内外有识之士一道，共同开创新时代中国教育和文化发展的美好明天，共同走向中华民族伟大复兴的光明前景。

付宏刚

《Альманах современной российской прозы》

Предисловие

При поддержке правительства провинции Хэйлунцзян и при совместном участии в переводе преподавателей Хэйлунцзянского университета（КНР）и Санкт-Петербургского государственного университета（РФ）был издан «Альманах современной российской прозы». Публикацию данной книги можно назвать новым важнейшим достижением китайско-российского культурного обмена и сотрудничества, она восполнила пробелы последних лет в китайских переводах современной российской прозы. Эта книга является ярким практическим примером выхода на новую высоту отношений между провинцией Хэйлунцзян и Россией и лучшим доказательством углубления сотрудничества провинции с Санкт-Петербургским государственным университетом. И кроме того, она стала новым достижением Хэйлунцзянского университета в деле развития лучших традиций в образовании и содействия китайско-российскому обмену и сотрудничеству в новую эпоху.

Идея создания данной книги зародилась в наилучший исторический период всеобъемлющего стратегического партнерского сотрудничества высокого уровня в китайско-российских отношениях. В 2014 году, в ходе рабочего визита в Россию делегации провинции

Хэйлунцзян во главе с губернатором Лу Хао, правительство провинции Хэйлунцзян и Санкт-Петербургский государственный университет подписали меморандум о сотрудничестве в области преподавания и научных исследований, в котором четко обозначена задача расширения обменов и сотрудничества в области переводов выдающихся литературных произведений и других сферах на высоком уровне.

В августе 2016 года в Хэйлунцзянском университете по поручению правительства провинции состоялся официальный запуск работы по переводу данной книги. Наш университет, опираясь на длительную историю и хорошие партнерские отношения с Санкт-Петербургским государственным университетом, постоянно совершенствует свои дисциплины русского языка и раскрывает таланты, укрепляет совместное взаимодействие и сотрудничество, развивает высокие стандарты в переводческой работе избранных произведений. Появление этой книги стало возможным благодаря кропотливой работе более 10 преподавателей и студентов Хэйлунцзянского университета, что подчеркивает отличительные особенности Хэйлунцзянского университета, взявшего на себя миссию служить провинции Хэйлунцзян и способствовать её развитию в сфере организации учебного процесса. И это также еще один новый и важный результат углубления отношений провинции Хэйлунцзян с Россией, в особенности в сфере гуманитарного сотрудничества и обменов.

Как известно, русская литература является важной частью мировой литературы, занимает в ней чрезвычайно важное место, а также оказывает на нее огромное влияние. Русская литература – кладезь бессмертной сокровищницы мировой литературы, подарившей миру огромное количество выдающихся авторов, а также огромное количество широко известных и общепризнанных литературных шедевров, её по праву можно считать верхом совершенства. Опираясь на классические традиции, в современных российских литературных кругах сформировалась группа выдающихся писателей.

В данной книге представлена лишь часть произведений выдающихся современных российских писателей, в неё включены 20 рассказов, 2 произведения жанра литературной критики, среди них есть как реалистичные произведения, так и написанные в стиле фантазии произведения постмодернизма, которые раскрывают творческий уровень и духовный облик современной российской литературы.

Я убеждён, что публикация данной книги будет способствовать повышению понимания нашими читателями не только современной российской литературы, но и понимания русских национальных особенностей, воли народа и современного культурного статуса, способствуя тем самым гуманитарному обмену двух стран и развитию китайско-российских отношений на высоком уровне.

Хэйлунцзянский университет, с момента своего создания в 1941 г., придерживается первоначальной позиции в развитии сотрудничества в сфере образования с Россией, сделав своей важной миссией содействие развитию китайско-российских отношений, развивает и совершенствует учебные традиции, ставя своей основной целью формирование комплексной учебной системы, включающей такие аспекты, как научно-техническое-сотрудничество с Россией, общеполитическая обстановка, культурная коммуникация, информационный обмен и др., в основе которой - воспитание высококвалифицированных русскоязычных кадров. Сегодня университет добился ряда высоких достижений в преподавании профильных дисциплин, в участии в конкурсном проекте Национального фонда социальных наук, создании русско-китайского толкового словаря, за что был удостоен звания «Колыбель взращивания русских талантов», «Китайско-русская учебно-образовательная база» и другие. Публикация данной книги является не только ярким свидетельством процессов обмена и сотрудничества между Хэйлунцзянским университетом и Россией, но и своего рода вкладом в образовательный процесс, дающим новый импульс развитию учебного заведения и строительству университета высшего класса.

В настоящее время китайский социализм с характерными для него особенностями вступил в новую эпоху, перед лицом всего мира разворачивается картина величественного возрождения и светлого будущего китайской нации. Процветание и развитие китайской национальной культуры должно идти, опираясь на пятитысячелетнюю историю китайской нации, и обогащаться новыми идеями, основанными на взаимообменах с другими культурами.

Литературные произведения, как культурное наследие, играют незаменимую роль, привносящую гармоничность в отношения между людьми разных национальностей, что в полной мере демонстрирует культурные особенности и мастерство и способствует формированию гармоничной мировой культуры в целом.

Я надеюсь, что большое количество выдающихся произведений иностранной литературы, подобных нашей книге, позволят обогатить наш духовный мир, расширить наш культурный кругозор, но ещё больше надеюсь на то, что прекрасная китайская культура и входящая в неё специфическая местная культура провинции Хэйлунцзян будут непрерывно писать классику, пропагандировать и распространять классические произведения, тем самым осуществляя подлинный «выход» классических идей, представленных в виде классической идеологии, классической теории, классического образа, которые способствуют пониманию и признанию современного Китая в мире, а также обеспечивают мощную культурную поддержку в сфере гуманитарных обменов и практического сотрудничества между Китаем и зарубежными странами.

Я думаю, что это также является важным содержанием создаваемого Китаем сообщества единой судьбы человечества, а также внутренним требованием, которому наша страна твердо следует в углублении сотрудничества в области гуманитарных обменов, укреплении основы взаимопонимания между китайским народом и народами друих стран и культурной идентичности.

Для достижения этой цели Хэйлунцзянский университет готов внести свой вклад и приложить все усилия для создания прекрасного будущего китайского образования и дальнейшего культурного развития, чтобы приблизить светлое будущее Великого возрождения китайской нации.

Фу Хунган

致中国读者

亲爱的读者朋友们!

作为世界强国，中俄两国在政治、教育、科技和文化各领域相互协作已有数百年的历史。两国关系不但没有在历史的长河中逐渐削弱，反而日益稳固，不断强化，前景广阔。目前，两国关系的发展到了一个新的关键阶段。世界范围内的政治冲突、技术革命和全球化趋势都要求各国全面地从社会、文化和教育等方面尽快找到应对方案。作为俄罗斯当下最优秀的高等学府，圣彼得堡国立大学始终坚守着自己的学术传统和声誉，坚守着文化传承的重任，为俄中两国的文化交流工作贡献着自己的微薄之力。我校很多学生都把汉语、中国历史和中国文化当做自己的专业，成百上千名中国学生也在圣彼得堡国立大学接受高等教育。

目前，圣彼得堡国立大学与40多所中国高校保持良好的合作关系。我校的汉语教学已经有150余年的历史。选择汉语及与中国相关专业的学生人数呈逐年递增趋势，这表明中国学已然成为当下颇受欢迎的专业。

之前，我校与中国相关的专业仅限于汉语及其相关学科。目前，圣彼得堡国立大学已开设有41个与中国相关的专业。其中包括许多独具特色的专业方向和专业课，如：

—法学（具有较深的汉语水平并熟悉中国法律）

—经济学（熟悉中国经济并具有较深的汉语水平）

—旅游管理（具有较深的汉语水平）

—专业媒体语言

—当代世界政治中的俄罗斯与中国

—经典汉学与中国传统文化

—俄罗斯旅游

—当代中国：经济、政治和社会

—俄中社会学等

目前，在我校学习与中国相关专业的学生数已达 3 000 余人。

这些专业与专业课不仅仅吸引了俄罗斯的学生，同时也受到很多中国学生的青睐——2013—2014 学年，中国留学生数为 932 人；而 2016—2017 学年，我校中国留学生数已达到 1 300 人。

2015 年，圣彼得堡国立大学与中国教育部签署《俄罗斯联邦圣彼得堡大学和中华人民共和国教育部教育合作协议》，这项举措为巩固两国关系发挥着独特的作用。我校是唯一一所签署类似协议的俄罗斯高校。

我校与黑龙江省政府的合作始于 2014 年——即双方签署《圣彼得堡国立大学与黑龙江省政府关于教学科研合作的备忘录》。毫无疑问，圣彼得堡国立大学与黑龙江省政府之间的友好合作是在俄中两国政治经济合作的框架下发展起来的。如今，俄中两国关系在两国领导人的亲切关怀下进展顺利，达到历史新高。圣彼得堡国立大学与黑龙江省政府的合作必将成为两国人文交流与合作的典范，不仅会为这两个地区间的政治经济伙伴关系作出巨大贡献，也将在教育文化领域务实合作方面起到表率作用。近三年来，圣彼得堡国立大学与哈尔滨工业大学共同设立了三个科研中心，与黑龙江大学创建了对外俄语等级考试测试中心，并与黑龙江省政府进一步磋商在哈尔滨开设双语校园等相关事宜。

为深化俄罗斯联邦与中华人民共和国之间的合作、加强文化领域的交流，我校提议翻译出版《当代俄罗斯小说集》。这项提议得到了黑龙江省政府及省长陆昊的大力支持。

由此可见，该文集的出版立意高远，旨在将当代俄罗斯小说最具代表性，同时又对俄罗斯经典文学传统有所继承和发展的新作展现给广大的中国读者。相信读者朋友们在这些作品中能够找到社会现实主义、魔幻现实主义、荒诞文学、后现代派文学和新哥特文学的影子。本文集的作者均为当代俄罗斯著名作家和文学评论家，无论在俄罗斯还是在国际，都享有极高的声誉。我衷心希望，与黑龙江省政府和黑龙江大学的合作长远务实、硕果累累，也深信，本文集的读者乃至中国痴迷于俄罗斯小说的读者数量能够持续攀升。

圣彼得堡国立大学校长

俄罗斯一流高校联盟理事长

尼古拉·米哈伊洛维奇·克罗帕切夫教授

К китайским читателям!

Дорогие читатели!

Россию и Китай, две великие державы, вот уже несколько столетий связывают самые тесные отношения в области политики, образования, науки и культуры. Эти отношения, как показывает история, нисколько не ослабевают, а, напротив, крепнут, развиваются и имеют далеко идущие перспективы. Ньшешний этап истории — особый. Политические конфликты, технологические революции, глобализация — все эти вызовы нынешнего времени требуют незамедлительной и продуманной реакции со стороны социальных, культурных и образовательных институций. Санкт-Петербургский государственный университет, на сегодняшний день ведущее образовательное учреждение России, сохраняя свои славные научные традиции, свой статус культурного центра, всегда вносил посильный вклад в развитие российско-китайских культурных связей. Многие студенты нашего университета в качестве основной специальности выбирают язык, историю, культуру Китая, а сотни китайских студентов получают высшее образование в СПбГУ.

Санкт-Петербургский государственный университет имеет долговременные партнерские связи с более чем 40 вузами КНР. Более 150 лет в Университете ведется преподавание китайского языка. С каждым годом в Санкт-Петербургском университете увеличивается число образовательных программ с китайским компонентом, что демонстрирует востребованность ориентированных на изучение Китая направлений.

Образовательные программы с китайским компонентом еще несколько лет назад ограничивались фактически только изучением китайского языка и смежных дисциплин. Сегодня в СПбГУ 41 образовательная программа разных уровней обучения с китайским компонентом. В том числе уникальные программы:

– Юриспруденция (с углублённым изучением китайского языка и права КНР)

– Экономика (с углублённым изучением экономики Китая и китайского языка)

– Организация туристской деятельности (с углублённым изучением китайского языка)

– Профессиональная речевая деятельность в масс медиа

– Россия и Китай в современной мировой политике

– Классическое китаеведение и китайская традиционная культура

– Туристские дестинации России

– Современный Китай: экономика, политика, общество

– Социология в России и Китае и многие другие

Количество обучающихся по программам с китайским составляет порядка 3000 человек.

Многие из наших программ оказались привлекательными не только для российских, но и для китайских студентов — если в 2013 – 2014 учебном году в СПбГУ обучалось 932 гражданина КНР, то в прошедшем 2016 – 2017 учебном году превысило 1300 человек.

Особую роль в укреплении отношений сыграло подписание прямого соглашения о сотрудничестве в образовательной, научной и культурной сферах между СПбГУ и Министерством образования КНР в 2015 году. Университет стал единственным российским вузом, подписавшим подобное соглашение.

Интенсивное взаимодействие между Университетом и правительством провинции Хэйлунцзян началось в 2014 году — с момента подписания меморандума об образовательном и научном сотрудничестве. Партнерство СПбГУ и провинции Хэйлунцзян, безусловно, развивается в русле политического и экономического партнерства России и КНР. На сегодняшний день российско-китайские отношения находятся на историческом пике развития благодаря прямому содействию руководства двух стран. Взаимодействие провинции Хэйлунцзян с Университетом, будучи практическим примером установления гуманитарных связей на высоком уровне, является важным вкладом в развитие не только политико-экономического партнерства между регионами, но и образовательно-культурного. За последние 3 года СПбГУ создал три совместных научно-исследовательских центра с Харбинским политехническим университетом, открыл центр тестирования по русскому языку как иностранному на базе Хэйлунцзянского университета и приступил к работе над созданием совместного кампуса в Харбине в сотрудничестве с Правительством провинции.

В рамках идеи расширения сотрудничества между Российской Федерацией Китайской Народной Республикой, укрепления связей в области культуры наш университетвыступилсинициативой созданияАльманаха современной российской прозы на китайском языке. Инициатива была поддержана Правительством и Губернатором провинции Хэйлунцзян г-м Лу Хао.

Таким образом, задачи Альманаха благородные и просветительские — познакомить читательскую аудиторию Китая с наиболее интересными тенденциями современной российской прозы, которая наследует и развивает лучшие традиции классической русской литературы. Здесь вы найдете образцы социального реализма, магического реализма, абсурдизма, постмодернизма, неоготики. Авторы Альманаха — ведущие российские писатели и литературные критики, хорошо известные не только в России, но и далеко за ее пределами. Я искренне надеюсь, что наше сотрудничество с правительством провинции Хэйлунцзян, а также Хэйлунцзянским университетом, который является центром подготовки высококлассных специалистов, — будет долгим, во всех отношениях плодотворным, а число читателей нашего Альманаха и поклонников русской прозы будет неизменно возрастать.

Ректор Санкт-Петербургского университета

Председатель Ассоциации ведущих университетов России

Профессор Николай Михайлович Кропачев

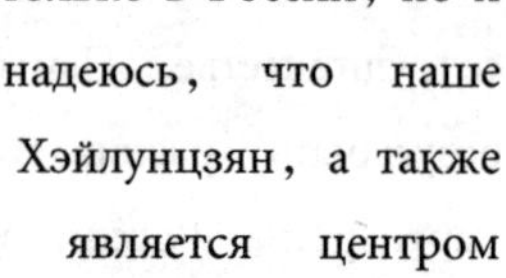

目　录

当代俄罗斯作家小说

青年作家小说

文学评论及随笔

附　录

当代俄罗斯作家小说

女　孩　儿

——纳里奈·阿勃加梁

清晨

妈妈下楼，指尖轻轻扶着沉重的金属栏杆，拖鞋欢快地敲打着她的脚后跟儿。妈妈头上戴着我的三角巾，她把它折了几次，弄成宽宽的长条带子，在脑门儿那儿打成了一个可笑的结儿。我跟在身后，嘴里嘟嘟囔囔。这并不是说我不喜欢她戴这种天蓝色底上印着好多深蓝色小铃铛的儿童三角巾，我只是暗暗地恼火，甚至不知道为什么。我想拉着妈妈的裙摆，不想松手。所以我皱着眉头，可什么都没说，只是跟在身后，默默叹息。

“别这么凄凄惨惨地叹气，”妈妈说道，“最好把我手里的桶拎过去。”

带盖桶是搪瓷的，白色，鼓鼓的厚厚的桶身上面有一束黄花。我打开盖子，往里看。空的。怎么能不空，最后一点儿牛奶今天都放粥里了。老实说，我试着把粥都吃光。可那味道实在太难闻了！虽然看上去你啥都说不出来：白白的稠稠的滑滑溜溜的东西，可中间却是融化了的黄油小岛。大胆想象一下，勺子是冰刀的刀刃儿，用它在白色的冰场上划出错综复杂的凹槽。然后顺着这些小凹槽像一条小溪一样地奔涌着融化了的黄油。好看归好看，可没法下咽。

有时候这也是常有的事儿。外表是一样，里面却是另一样。你也弄不明白，为什么会这样。

我不吃饭的时候，妈妈不高兴。她说，我这么犟，简直是想让她早点儿进棺材。还说，我这样会饿死，学校才不会要我。我还不稀罕呢。难不成学校也做碎麦米粥？！是哪个没人性的想出来的这种碎麦米粥啊？他怎么就不能想出来好东西当早餐啊？冰淇淋或者糖果？又要吃饼干吗？

“别把桶弄得叮咣响，”妈妈说道，“看着点脚下。”

我们去邻居瓦尔吉克家买牛奶，她有头母牛叫玛丽什卡。玛丽什卡早就在地里吃草呢，瓦尔吉克大婶一早就把奶挤出来，放它到院子外面找牛群去了。她卖牛奶赚点儿钱养家。因为瓦尔吉克大婶的丈夫，就是列万叔叔根本不干活。他的两条腿有毛病，走起路来特别吃力，我都不敢往他跟前凑。要知道他走路的时候，晃得非常厉害，就好像大风一会儿把他吹到左边，一会儿又吹到右边似的，眼看就能摔倒。所以我可怕往他跟前走路，万一他突然没摇晃好，一下摔到我身上怎么办？列万叔叔满脸大胡子，所以他的那张脸，怎么说呢……满脸都是皱纹，不好看。但眼睛却是再善良不过了。他用面包瓤给我捏过一个小东西，支出来六个边，小东西不太协调，但非常滑稽可笑，有点像陀螺。这个小玩儿意最可笑的是不管你怎么想方设法、怎么用劲儿把它往地上或者墙上投出去，支出来的边儿都不坏，甚至连一点皱都不起。我搞不懂大人是怎么想出做这种东西的。

这些大人，他们总的来说很聪明，哎，要是不想出碎麦米粥就更聪明了！真是的，就像他们自己从来没当过小孩似的。长大了，就把小时候所有难吃的东西都忘了。

我喜欢列万叔叔，总是和他隔着栅栏问好。可瓦尔吉克大婶我一点儿都不喜欢。她长着一个带钩的大鼻子，一双天蓝色透亮的眼睛。那双眼睛就像能看穿你一样，眼睛里发出的光冰冷冰冷的。眼睛中间有一个小小的黑圆圈瞳孔。给人一种感觉，就好像她的脑袋里坐着一个凶狠的人，正透过瞳孔盯着你。感觉真不舒服，太不舒服了。不知道为什么，我觉得妈妈也不喜欢瓦尔吉克大婶，去她家极不情愿。除非家里突然没牛奶，商店又卖光了。这种事常有，我们这儿的食品店很小，而且总是排着长长的队。你要是没及时去排队，那就不止牛奶买不到，什么其他吃的都买不到。比如，奶酪。

我们先是顺着自家院子走，然后走祖奶塔玛拉家的花园：走过一颗矮矮的苹果树，然后走过裹着报纸的几棵向日葵。它们看上去很可笑，这些向日葵，高高的绿杆，大大的支着的叶子和裹着向日葵圆盘的软塌塌的大报纸包。把向日葵裹上，为的是不让鸟儿把瓜子啄光了。塔玛拉祖奶跟我爷爷要了一些看过的报纸，《真理报》，就用它们把向日葵的大脑袋包起来，报纸的边儿用粗线系紧。向日葵就像得了扁桃体炎一样，嗓子和脑袋都被裹上了。只是有时会遇上一些非常聪明的小鸟，它们把报纸啄出一个洞，如果发现不及时的话，那吃的东西就都没了，你的瓜子就像从来都没有过一样。你们知道，我通过这件事在想什么吗？那就是这个世界上每个人都想吃东西，而且拿这个毫无办法。

我们走过向日葵，走过蔷薇花丛，走过一棵樱桃树，走过一棵黑色桑葚树，就要过季的浆果，大大的，沉甸甸的，好像在乞求人们吃掉它们，只不过谁会吃啊，桑葚大家都吃腻了。所以呢，我们接着往前走，我拎着桶发出叮咣的声音，妈妈低声哼唱着什么，妈妈嗓音漂亮；她唱歌的时候，大家都不出声，满意地听她唱。遗憾的是，她唱歌的次数少得可怜。

然后我们拐弯，朝一个老旧的石头炉灶走去。炉灶很大又很舒适，上面有点不直，炉口挡板很沉，是金属的。这块挡板像块木头似的盖住了炉灶像马掌一样外凸的嘴巴。塔塔奶奶烤面包的时候，先把炉灶烧得热热的，然后等劈柴快着完的时候，把木炭扒拉到一边，把大大的圆面包在里面摆好。炉灶里发出的热气让塔塔奶奶扭过头去，微微地发出喘气声。这时候最重要的是不能碍她的事儿，她先用长长的木铲翻拨已经发起来的大圆面团，然后把香味四溢嚼起来嘎巴脆响的大圆面包拿出来。

紧挨着炉灶后面就是一条窄窄的小道，直接拐到右边，抵到歪斜的木栅栏上。得贴着这个栅栏喊瓦尔吉克大婶。她从房子走出来，把我们的桶拿过去，几分钟后装满牛奶再拎回来。瓦尔吉克大婶家的房子是用石头盖的，两层，有个镶着玻璃的露天凉台和一个木头阳台。院子里空空的，感觉很舒服。就是说他们终于把那条凶猛的狗——赫克托耳[①]拴上了。赫克托耳是一条大大的看门护院的公狗，不知道怎么就那么凶猛，它往所有人身上扑，看到孩子就更过分了。前天它还撵过我，我吓坏了，拔腿就跑，可后来绊了一跤，整个身子摔进了灰土里。赫克托耳一下跳了过来，可怕地直接对着我的后脑勺儿叫个不停。要不是维契卡突然从拐角冒出来，把它吸引过去，我可能就被这条恶狗给吃了。

现在我很怕赫克托耳，很少一个人到篱笆门这边来。

“瓦尔吉克大婶！”妈妈喊道。

“来了！”瓦尔吉克大婶走出来，迈过门槛，她的一双手很大，湿乎乎的。她习惯地撩起围裙边儿，擦干手，拿起桶，迈着碎步朝屋里走去。

“妈，”我抓了一下妈妈裙子的下摆。

“嗯，”妈妈低头看我，浓密的刘海儿落进眼睛里。我蓝色的三角巾打着可笑的小结儿在刘海儿上方支棱着。有一阵儿妈妈留过老长老长的头发，可现在特别短。

“你干吗还是系上三角巾了？”

她理了理刘海儿，笑了起来。

“你不喜欢吗？现在在头上打这种结时髦，我可是不想赶不上时尚啊。你觉得怎么样？”

有人和我说“你觉得怎么样”的时候，我马上就像一只雄火鸡那样骄傲起来。我喜欢有人征求我的意见。就好像我已经完全是个大人，还知道许多睿智的事。比如现在，我煞有其事地摆出一副行家的样子答复妈妈说：

“那要是你喜欢的话，脑袋上就系着个结吧。”稍想了一下，又

---

① 赫克托耳是荷马史诗《伊利亚特》中最勇猛的英雄之一，曾领导特洛伊人与希腊人战斗。作者文中的看家护院的狗叫这个名字，表明它异常凶猛。——译者注

补充道："我也喜欢！"

我紧紧地搂着她的脖子，而且尽管我明白我不该说，但我还是喃喃地问道：

"妈，你半夜为啥哭啊？"

妈妈一下挣脱出去，站直身子，又笑了。只是现在她的笑一点都不灿烂，而是那种，你们知道吗，忧郁的笑，装出来的。

"我一点都没哭啊，我的小姑娘，我就是做了一个不好的梦，一下子给吓醒了。"她做出了一个无忧无虑的表情。

"那你梦见啥了？"

"哎呀，我已经忘了！"

"你一点点都不记得了？"我穿凉鞋在草地上走着，"难道全都忘了？"

"全忘了，全都忘了！或许这是好事呢，对吧？你说呢？"

我又煞有其事地摆出了一副行家的样子，于是我想提的下一个问题瞬间就从脑袋里飞走了，我可是想问："那为什么爸爸小声训你，还说'自己没错，干吗要认'？"

可这时候瓦尔吉克大婶走过来，把桶递给了我们。

"谢谢，"妈妈说着，付了牛奶钱，拉起我的手，我们就穿过祖奶塔玛拉的果园往回返。

瓦尔吉克大婶没搭腔，我用后脑勺儿都能感觉出来，她像母鸡那样歪着圆脑袋，用她那带刺的目光在背后盯着我们。到家了，妈妈掀起奶桶盖子，脸上露出无可奈何的表情。

"又兑水了，真是清汤寡水啊！"

"别生她的气，姑娘。"塔塔奶奶从小柜子里拿出一个搪瓷锅，红色的，上面还画着白色的豌豆，放到炉具上。"她也得养孩子啊。"

"那牛奶就卖贵点儿呗。干吗骗人？"

"不知道。"塔塔奶奶一边把牛奶倒进锅里，把炉具调成小火，一边跟我讲，"牛奶不能煮过火了，都得用小火煮。你记住了吗？"

然后她朝妈妈转过身，妈妈站在窗边，若有所思地看着院子，三角巾的结儿可笑地在她头上支棱着，塔塔奶奶看着这结儿有好一会儿，然后叹了口气说道："你什么事都较真儿，孩子。想开点儿。有些事儿该放手就得放手。忍一下会更简单。"

"我忍不了，"妈妈说完，继续看着院子。

白天

我躲开大家，在房后哭。当然也不是真的哭，甚至可以说，我根本不是哭，只是悲伤地诉苦。

今天那些可恶的母鸡把我最喜欢的一只小鸡咬得遍体鳞伤。简直是往死里咬的。没有任何人，任何一个大人站出来保护它！他们站着看它被咬得不成样子。然后，祖奶拎起它的两只爪子把它拿走了，它的冠子滴着血，脑袋软绵绵地来回晃悠着。我甚至不想知道她把它弄哪儿去了！大概晚餐就会有鸡汤喝了。哎呀呀，简直太恐怖了！我懊丧得又开始转圈、凄凉地哀怨。

我们家房子在丘陵的一个陡坡上。为了不让肥沃的泥土流失到峡谷里，人们在悬崖上凿出了一些大阶梯。我们家房子就建在这样的一个阶梯上，有大院子，还有一棵老桑树。靠着我家房子左边的是塔玛尔祖奶的房子。往下低一个台阶的地方开辟了一个很大的果园，那里种着苹果树和梨树，还有意大利李子树、西班牙木瓜树、核桃树，甚至还长着几棵蓝杉树。在果园最远处的角落里塔塔开出了一个菜园，种着几垄香菜、紫苏、香芹菜、茴香，还有年年都种的水藻，因为如果在吃绿叶菜的季节里，午饭要是没有水藻，爷爷就抗议地离开饭桌。我简直搞不懂，他为啥这么喜欢这个东西！我尝了几次，味儿大，很冲的一种绿叶菜，没啥特别的。简直叫人没办法，爷爷就是喜欢它，就着奶酪吃或者不就着也吃，而且饭桌上要是没有它，就失落至极。

在菜园的后面，也就是那几垄绿叶菜的后面有一个鸡舍。白天母鸡们洋洋自得咕咕叫，在四周来回走，刨地，天一黑下来就在细长木杆上趴着睡觉。鸡舍的角落里有两个装着干草的大盒子。母鸡在这两个盒子里下蛋。我的职责是每天拿着小搪瓷盆去鸡舍，这个小盆再不能干别的用了，因为盆底的搪瓷已经掉了，所以，我的职责就是去鸡舍看母鸡是不是下蛋了。有时候母鸡们拒绝把蛋下到盒子里，它们净干坏事，把蛋藏到小树丛里，我就得一圈圈地绕着果园走，把蛋都找出来。

我们有一只公鸡特别好斗，还是个大嗓门儿，但不管咋说是一个超级“美男子”。羽毛是淡金黄色的，大尾巴色彩斑斓，鸡冠子骄傲地向左眼那一侧歪斜着。这个歪斜的鸡冠子让公鸡看上去就像一个大胆豪放的海盗。它时不时飞到木栅栏上，站在上面像一个获胜将军那样喔喔喔地啼叫，母鸡们受到惊吓，一群群地在周围乱跑。于是我把院子里绿色、蓝色的羽毛捡起来，好好冲洗干净，晾干，放到写字台的抽屉里保存起来。我生病或者天气不好的时候，不让我去院子里，我就拿出根羽毛，坐到桌旁，拿起一张纸，在上面画，装作在写东西。就像电视上演的电影里那样，侯爵或者什么伯爵之类的郑重其事地写信或者口述“把他的头砍下来”的命令。

几天前祖奶塔玛尔在市场上买了一只母鸡。回来叫我出来，看看，都说它简直就是个美妞儿。我一下从屋里蹦出来，边跑边穿凉鞋，顺着露天凉台很陡的台阶飞快地往下跑。

“当心，”祖奶吓坏了，“别绊着！”

“绊不着，”我安慰她，使出浑身的劲儿向她跑去，“你包里是什么？”

“你看看吧。”塔玛尔祖奶打开网兜，从里面拽出来一只洁白的小鸡，简直就像一个公主：整整齐齐的小鸡冠子，驼色的小尖嘴，细细的短短的小爪子。

我们家的鸡都是橙褐色的，身体两侧和尾巴的羽毛里有深杂色，身躯细瘦但肌肉却相当发达，它们的爪子灵活，奔跑迅速，甚至能扑棱扑棱地扇动翅膀飞上几下。可这只小鸡整个身子圆圆的，走起路来也慢条斯理，稳重端庄，而且它的尾巴也比我们家的鸡蓬松。

我一下就爱上了它。

"这只小鸡可以给我吗？"

"当然可以啊，"祖奶点了一下头，就把小鸡放到果园里了。"你给它起个什么名子？"

"我会想出个好名的，"我答应道。

公鸡看到新来了一只小鸡，就煞有其事、大大地张开翅膀，飞到栅栏上，凯旋般地喔喔啼叫起来。我们的这只鸡啊，总是爱意泛滥，几乎每时每刻都把某个张望出神的母鸡压在身下。母鸡们规规矩矩地咕咕叫着，然后从它身底下跳出来，逃到果园的另一头——梳理凌乱的羽毛，从那种放肆的行为中回回神儿。

这只洁白的小鸡出现之后，公鸡不再看其他母鸡，一个劲儿地只和新来的它"谈情说爱"。最初其他母鸡对这只白白的小鸡很友善。可后来明白公鸡突然爱情专一起来，再也看不见周围其他鸡的时候，它们掀起了一场可怕的骚乱，开始满院子地驱赶这个竞争者。塔塔奶奶尽可能地护着它，把其他母鸡和公鸡关到鸡舍了，单把这只鸡留在园子里溜达。公鸡气愤地喔喔叫着，嫉妒地用充满爱恋目光的黄眼睛追踪着这只新来的小母鸡，其他母鸡则愤怒地像鹰一样断断续续嘹唳地叫着。

今天塔塔奶奶打开鸡舍，把鸡都放了出来。它们不满地咕咕叫着，四散到园子各处，那只饱受思念之苦的公鸡又开始追起了新来的小母鸡。母鸡们不怀好意地看着这幅画面，但没有发起攻击的任何征兆，这让塔塔放松了警惕。但是，当大家都坐在厨房大桌旁吃午饭的时候，院子里掀起了令人难以置信的喧嚣，我们奔到露天阳台上，看到了一个令人惊悚的画面：母鸡们血腥地把我的那只鸡团团围住，啄它的冠子，用爪子撕扯它的羽毛。

我扑向院子救它，但是塔塔不让我这样做，她一下把我抱住，搂进怀里：

"没有办法，它们反正是要整死它。"

于是大家默不出声地看着母鸡们继续往死里整我的小母鸡。然后它们凯旋般地四散而去，把血淋淋的牺牲品扔在了战场上。我四下看着找妈妈。她站在露天阳台最远处的角落里，双臂交叉搂在胸前，看着院子里发生的一切。

“你们看到公鸡是怎么表现的吗？”祖奶步履沉重地顺着楼梯走了上来，她的围裙上，在兜儿的下面有个潮湿的小点子。“它根本没去救小母鸡，飞上栅栏旁观那些鸡往死里整小母鸡。”祖奶站起来，两手叉腰，摇了摇头。“现在在院子里逛着，好像啥都没发生过一样。”

“这一切就跟人一样，”塔塔奶奶叹了口气，拉起我的一只手，“就跟人一样啊。走吧。午饭都凉了。”

傍晚

我和维契卡在他家的院子里玩耍。我们追撵着一种我们当地叫做“土耳其瓢虫”的甲虫。瓢虫飞到沐浴在夕阳中的一大块水泥块上。维契卡的奶奶在这块平台上晾晒洗得发硬、发出浓烈羊膻味的皮子或者大盘大盘的水果和浆果。维契卡的奶奶能晒出我们这个地方最好吃的水果干。比如，蒴木果，在炎热的太阳下晒过很长时间之后还能柔软、多汁。

现在水泥大板上空空的，所以“土耳其瓢虫”在上面敏捷地跑动着。它们个头不大，长圆形的身子，红色的铠甲壳上有深色的图案。和一般瓢虫不同的是，它们不会飞。我们用大叶子牛蒡不耐烦地把它们驱赶到水泥块的边上，把它们推下去。

维契卡住的地方离我们家有两条街远，在北面环绕着峡谷的那条街的拐弯处。这条街有个急转弯，像个尖角一样抵住了悬崖，然后往下、向着一座破败的小教堂的废墟延伸出好长。

经常去小教堂的是一些老太太。她们在覆盖着地衣的石头十字架的碎块上点着细细的黄色蜡烛，然后好久都站在那里，用手掌遮住弱弱的火苗。如果您向上帝发出请求，可蜡还没着完的话，那上帝就听不到你的祷告。

我们这里的老太太好像是特意挑选出来的一样，都是小个儿，满脸皱纹，驼着背，但是生性活泼，动作利落。头上蒙着夏季薄薄的三角巾，上身穿着瘦瘦的短上衣，袖子打褶，上衣的下摆塞进长长的厚亚麻一步裙里。在厚裙子下面还套着两三条衬裙，脚上穿着普通过膝长袜或者自己织的袜子，最常见的是五颜六色彩虹条纹的那种，脚上的黑皮鞋在石头路上走得磨损严重，鞋底平平的，穿着不舒服。雨季里，窄窄的路变得泥泞、粘脚，难以通行，于是这些已经走了样的鞋子被套上了大大的套鞋。

我喜欢观察这些老太太，尤其是她们来小教堂的时候。黄昏中，她们在火苗闪动的蜡烛前面站很久，瘪下去的嘴巴小声念叨着，风吹动深色的衣服和薄头巾下露出来的稀疏灰白、别着最常见木头梳子的长辫子。妈妈说，每一个这样的老人都是一座苦苦央求才能得到的教堂。

维契卡的奶奶认为，人因为年轻无知不信上帝，只有上了年纪，才明白人这一辈子甚至都没有意识到自己实际上一直都在和“它”在内心里对话。我说话的时候，有时会突然打住，想看一看自己是在和人们说话，还是同时也在和上帝说话。有时，只是在和人们说话，因为上帝听不见我说话。我想，这都怪我。如果我能正确地和它说话，它就能听到我的声音，就不会让妈妈难过，不让她一到夜晚就哭泣。

维契卡的奶奶善良、温柔，我非常喜欢她。她一个人抚养维契卡，就是说这个世上只有他们两个相依为命，再没有别的什么人。因为维契卡的爸爸在和敌人的战斗中牺牲了。

他们家二楼最大的房间里挂着他的肖像，相框四边围着黑丝带。维契卡的奶奶走到遗像前，抚摸着照片，说道：

“我来带走你的疼痛。”

她喃喃地说着，声音极低。如果我在她身边的话，我一定走上前，拉起她的一只手。我们就这么站着，她小声说：“我来带走你的疼痛。”并且用满是褶皱的手掌抚摸照片，抚摸往一侧梳着的卷发，大大的有点往外鼓的浅色眼睛，高高的颧骨，下巴。然后踮起脚吻一下。我拉着她的手，不让她哭得那么厉害。

没人知道维契卡的妈妈在哪里。祖奶塔玛尔叫她是抛弃孩子的“布谷妈妈”[①]，每次有人说起她的时候，祖奶总是眉头紧皱。有时电视演动画片，说布谷鸟不是好鸟的那种，看完后好长时间嘴巴里都是苦苦的，因为动画片让人难过。前不久播了一个动画片，一个妈妈生病了，让几个孩子给倒点水喝，可孩子们玩儿疯了，没给她拿水。于是妈妈变成了布谷鸟，飞到了很远的地方。孩子们醒过神来，跑着追她，叫她回来，可她没回。

看完这个动画片我哭了好一会儿，然后穿上妈妈的短上衣，在屋子里走来走去。妈妈下班回来后，我马上给她端来一杯水，说：“妈，要是你突然生病的话，我会给你端水。你可别想飞走。”

妈妈把我搂在怀里：“我的小姑娘可真聪明啊！”

我并不聪明，只是不想让妈妈变成布谷鸟，离开我飞走。

所以，祖奶说维契卡的妈妈是个抛弃自己孩子的布谷鸟时，我有好一阵儿总是陷入沉思，后来去找维契卡。他正在院子里着迷地撕扯着一大块从垃圾场拖回来的粗帆布。我默不出声地观察了他好几分钟，然后说道：“维契卡，你给你妈妈端水了吗？”

可他耸了一下肩，啥都没说。一般情况下，别人问他妈妈的时候，他啥都不说。默不出声，就跟嘴里含了一口水似的。但我也很少问关于她的事情，甚至可以说：几乎根本不问，我理解他很难过。

所以我在跟前站了一会儿，然后去找维契卡的奶奶，问她：“卢西奈奶奶，维契卡的妈妈那时得病了吗？”

维契卡的奶奶不会马上答复别人的问话。她先让你去洗手，用大铁水舀子来冲洗，看着你仔细把肥皂沫都洗掉。趁着你用毛巾擦手的功夫，她在厨房就摆上了吃的东西，有面包、奶酪和一些绿叶菜。从冰箱里拿出牛奶罐，倒一杯牛奶，把你抱到一个高高的木头椅子上，说：“吃吧。”

---

① 俄罗斯人把不照顾孩子、抛弃孩子的母亲称作“布谷妈妈”。

于是你就开始吃东西。你还能干啥呢？等你坐在那里，嘴里塞得满满的，脸蛋上、嘴巴上粘得到处都是牛奶的时候，她就会反问你：

“你刚才想问我什么了？”

“维契卡的妈妈得过病吗？”我重复了一遍，嘴里嘎嘣嘎嘣嚼着脆脆的面包皮儿。

“当然，得过病。问这个干啥？”她感到很惊奇。

“那她得病的时候，维契卡给她端过水吗？”

“奶奶，我想弄个狗窝。要是弄好的话，咱们就养一条大猎狗好不好？”

维契卡这辈子就想养一条亚美尼亚大猎犬[①]，而且一定起名叫朱力巴尔斯。不过这种大猎狗特别能吃，我甚至都难以想象，他们要是养一条这样的大狗，能养得起吗。自己都是将将巴巴地过日子。

奶奶一声不吭，默默地观察了孙子好一会儿，然后关上窗户，转过头来对我说：

“他妈妈走的时候，他才 8 个月大。他那时还不会走路，就会爬。你为啥问这个？”

“没啥。”我揪下一小块儿奶酪嚼着，陷入沉思。“我吃饱了，可以去找维契卡玩儿一会吗？”

“可以。”

于是我就知道了，妈妈们离开孩子不仅仅是因为孩子不给她们端水。有时候妈妈们会有其他看起来非常重要的、能让她们像布谷妈妈那样抛弃孩子的理由。怎么能这样做呢，我也管维契卡的妈妈叫布谷妈妈了。虽说只是在心里这样想，但我还是这样称呼她了。最重要的是不要跟他说秃噜嘴了，要不然他会生气的，我可不想让他生气。

傍晚才刚刚来临，所以尽管房子的阴影已经罩住了整个院子，但感觉阴影还是透亮的，不像夜晚来临，就那么几个路灯亮起来时的阴

---

① 亚美尼亚高原地带的良种狗。

影那么浓厚。现在天还大亮呢，所以水泥板还保留着太阳光的温暖，土耳其瓢虫在上面快速跑动着。我们把它们从平板上往地上扔，无情地用脚踩它们。“因为都说它们有毒。”维契卡说它们根本没毒，你看，他用手指头搓了一下硬壳，啥事没有，我还活着。

“那为啥管它们叫土耳其瓢虫，要是没毒的话？”维契卡耸了下肩问道。

“土耳其的就是‘有毒的’意思吗？”我问道。维契卡比我大，更聪明，他已经八岁了，懂得多。

“土耳其瓢虫是‘不可以’的意思，”维契卡边说边用鼻子大声抽着气，“奶奶跟我这么说的。”

“那咱们干啥把它们弄死？”我抬起就要踩下去的脚。

“因为就该这样。”

我们就一直踩这种虫子，多极了，到处都是，从所有的缝隙往外爬。我们踩啊，踩啊。我在心里想着：我们这儿把所有不好的东西都叫做土耳其的。要是想侮辱谁，就说跟土耳其人一样，要是谁干了什么不好的事情，就说“像土耳其人一样没良心”。前几天爸爸就因为我死犟不听话骂我。

“你怎么这么不听话，我跟你说人话，不是土耳其话！”爸爸愤怒至极。

“维契卡，为啥咱们这么不喜欢土耳其人啊？”我抬脚又要踩一个虫子，但在最后一刻把腿缩了回来——我不想踩死它了。

维契卡把牛蒡叶撇到一边，用他那目光清澈的眼睛看着我。

“奶奶说他们对我们做了非常不好的事情。想把我们全杀光，但没来得及。他们抢走我们的房子、土地。把所有东西都抢走了。所以我们就不喜欢他们。”

夜晚

黑暗中我十分无助，毫无保护自己的能力。所以躺进被窝的时候，我用玩具把自己围起来。玩具里有一只兔子，大大的眼睛像纽扣一样圆：一只蓝色，一只绿色。以前它就是绿眼睛，可后来一只扣子掉了，妈妈就缝上了一颗别的扣子。没找到绿扣子，她就弄了一颗蓝的。于是兔子的两只眼睛就不一样了，但这样我更喜欢。还有一个娃娃，大个头，蓬松的头发里别着一个蝴蝶结，我用妈妈的红指甲油给她涂上小脸蛋儿，它就变成了一个小美人儿。不过，后来妈妈把我骂了一顿，因为我破坏玩具，还用光了她的指甲油。但为了美我可是什么都不吝惜，不管是我自己的还是妈妈的，都不吝惜。还有一本讲好多童话的小书，有灰姑娘、小红帽的故事，我特喜欢看这本小书。不过，我还没认全字母呢，所有这些词语都是凭自己的脑力念出来的。

我特别怕黑，所以我一只手握着小兔子的爪子，一只手抓着布娃娃，胸口上放着那本小书。现在谁都动不了我了，因为我已经全方位受到了保护。

“明天奶奶就能给我去除恐怖，”我故意大声给玩具们讲着，声音大得连藏在柜子后面让我感到恐怖的那个人都能听到。“她去找了一个大仙儿，那人让明天带我去。让带一小块儿肉和一枚图钉。大仙儿要把这个图钉按进那块儿肉里，然后念咒语。奶奶提醒我说，只要把这枚图钉往肉里面一按，我就会开始打哈欠，还让我不要害怕，因为这样做恐怖感就会从我身体里跑出来。”

然后，等大仙念完咒语后，我和奶奶要去找个有三条岔道的路口，把那块被念了咒语的肉埋到地里面。我们俩想了好半天到哪儿去找这样的路口。后来想起来，警察局大楼对面正好有三条道相交。不过，那里有好几个红绿灯，车还多，但奶奶不是轻言放弃的人。她耸了下肩，说道：“你在人行道站一会儿，我快点挖坑把肉埋上。好在咱们这儿不是柏油马路，要不然我可咋挖坑啊？”

奶奶吩咐这件事绝对不要跟爷爷透露。我才不会说呢。要不然爷爷就会十分严厉，而且奶奶和他说鬼啊、神啊的，他就会生气。

“这都是一派胡言，”爷爷很生气，哗啦哗啦地翻着报纸，“什么鬼神都没有，总往孩子脑袋里灌什么乱码七糟的东西啊！”

可奶奶倔强地紧闭嘴唇，根本不搭腔。但做什么事情还都是我行我素。我们全家人都是绝对的犟脾气。可他们对我倔强却感到很吃惊，不知道我脾气到底像谁。

我就这样和兔子、布娃娃、小书说着话，看着窗外，看高高的山丘后面露出来的月亮的黄色光圈，看遥远天空中闪烁着的星星，听蟋蟀温柔地吟唱，于是我的眼睛不由自主地就合上了。

如果两只胳膊稍微支撑起来，就支撑那么一点点，把肚子担在宽宽的窗台上，就能看见她在院子里晾衣服。她侧身站着，短发别在耳后，不听话的刘海儿直往眼睛里钻。大狗在脚边来回捣乱，转圈跑，生气地舔着往下滴淌的水。

她微笑着，把晾衣绳上的衣服摊开，和大狗说着话。

我知道她是世上最漂亮的女人。

我听不见她在说什么，我用肚子顶着，趴在窗台板上，想靠近一点儿。非常想去那儿，去院子里。但是没给我巧克力，我就装成一个受气的小姑娘。我甚至还哭了一会儿。不过，我很快就觉得这样做太没意思了。于是我开始和娃娃过家家。但是每次一听到脚步声，我就开始假装哭，直到脚步声消失。

有时候我很固执，但是我拿自己没办法。

“姑娘，跟我一起去院子里吗？”

我委屈地不出声。

她走了。她这就会晾洗好的衣服，可我却得隔着窗户观察她。我想跑到楼下去，钻进晾晒的衣服中间，它们发出洗衣粉和浆衣服的淀粉浆的味道。我甚至能感觉到潮湿的衣服碰到我的脸上。四下里炎热难耐，湿衣服的阴影下面好凉爽。衣服就挂在那里，挂着。然后吹起了风，被套被风吹得鼓了起来，张开翅膀，飞向天空。我抓住被套的边儿，也跟着飞了起来，只能看见我。

你们看吧，让你们不给我糖吃。

我从窗台上跳下来。一个人都没有。我悄悄走进她的房间，有些迟疑地踩着门槛。在那儿，在五斗橱上有个大大的木头盒子。我知道盒子里有什么，但没有马上走过去。我害怕。开始的时候我倒换着双脚踩着门槛犹豫不决，我在等待机会。然后跑过去，一下掀开盖子，从里面拿出一条柔软的大辫子。深褐色的、一大盘卷发。辫子很重而且有点死气沉沉的。我伸直两条胳膊拿着它，然后摆到床上，在旁边躺了下来。

为啥要这样做——我不知道。就那么静静地躺在旁边，思考着。

她是贴根儿把辫子剪下来的，然后就梳短发。而且我知道因为啥。但我却假装不知道。因为有一次我问过她，你小姑娘样子的照片留没留下来。她整个人僵住了，嘴唇一下变得苍白极了。我就明白这件事不能问了。而且我也不会说的，我毕竟是大姑娘了嘛，尽管我有时像一个小孩子那样任性，比如，或者什么都不吃，不过可以吃一点儿草莓，再吃几个苹果。我还爱吃果酱。我要是不吃东西，她就说——到时候不给你糖。于是我就生气，回自己房间去。我就是犟脾气。

这个世界上的一些事不对劲儿，我知道。

她还有一串琥珀项链，一颗大圆珠子里能看见一个昆虫的透明翅膀。她说是滴下了一滴松树油，把小翅膀弄断了，就凝结到石头里了。我看着这个小翅膀就在想，这个昆虫或许以后会一直感到痛苦，直到死去。那还用说嘛——本来是飞啊飞啊，可突然遭遇不幸，翅膀没了，没法再飞了。

昆虫也会遭遇不幸。

可后来我突然明白了，被别人弄断翅膀和自己弄断翅膀相比，后一种更痛更疼。她剪断自己的大辫子和这个是一回事啊。痛苦如此沉重，令她不知所措。她开始在几个房间里乱跑，一下看到镜子里自己的样子——厚厚的褐色头发披散着，盖住了双肩。现在痛苦袭心，可她却还双肩批发，难道这样对吗？于是她梳上辫子，齐根儿剪掉了。

现在还把它保存在盒子里。我不明白为啥要留着。

我就这样躺着想着，然后一骨碌从床上爬起来，把辫子往怀里一掖。

我悄无声息地下楼到院子里，往前走，开始时慢慢地，不回头，后来加快脚步，最后拔腿就跑，飞奔，经过木栅栏、高高的柏树、开满花的锦葵树、满是淡紫色花朵灌木丛，碰了一下，结果满手斑斑点点，沿着平缓的斜坡往下跑，穿过两条街，穿过卢西奈奶奶的果园，她能烤出地道的卡拉巴赫点心，用奶油和面，在草木灰里烤，起名叫“克尔凯尼点心”，不过现在可顾不上这些了。现在最重要的是不能停下来，因为如果站住了，就会被自己的想法吓死。所以我继续飞奔，迈过一条冲沟，经过一个歪斜的小门儿、老教堂的废墟，沿着一个小树林奔跑，一直一直跑，跑向昨天下雨后涨水的小河，跑过卖旧货人的房子、小麦田、葡萄园，看到了那座古老的石头桥。桥下小河哗哗流淌，我万分恐惧，就好比所有人都死掉只剩下我一个人一样。我眯起了眼睛，从怀里拽出那根辫子，往下面一扔，扔进白花花的水里，那一去不返的深渊。我一边嘟囔着：活该，你就是活该，一边看它沉入水中，像一条盘绕在石头周围的长蛇一样。但我现在一点都不害怕，我就站在桥上，头顶上是清澈透明的天空，脚下是湍流的河水，我小声对自己说，但就像是在面对大家一样，因为我一个人这样生活很痛苦，“你们懂的，”我低声说道，“我有过姐姐，可现在她没了。”

（吴丽坤　译）

哈　杜　姆

——纳里奈·阿勃加梁

大家都叫她老哈杜姆。不是因为年事已高——两年前孙男娣女们就非常排场地给她庆祝了八十大寿，而是出于尊重。“老”意味着睿智。哪天庆生有点让人犯难——二十世纪初给那些柏柏尔石头城堡出生的孩子开出生证时，证上的日期比孩子实际出生的日期要晚很多，而那些因无法入睡而倍感痛苦的母亲们也不太记得自己这一个挨着一个来的孩子是在哪月哪天生下来的，所以她的出生证上就记载着如下内容：“哈杜姆·拉阿留什，伊斯马伊尔·拉阿留什和布什拉·阿拉乌依的第五个女儿，暴雨季节出生，穆斯林历的主马达敖外鲁月[①]第三天。”

战后发给已经五十岁的哈杜姆一本护照，里面写着不知从何而来的出生日期：1903 年 12 月 28 日，但对于已经开始张罗庆生的孙男娣女们来说，给深受尊重的老人计算出正确的生日可是非同小可。他们捻开农历卷轴往回翻查，在一些档案文件里、在有着一个世纪久远的报纸文章里翻找，推算出了一个大致日期。如果计算结果可信的话，这应该是 1905 年 1 月 5 日，比出生证给出的日期晚两年零八天。于是这些备受折磨的孙男娣女们就面临着一个问题：什么时候庆生，因为哈杜姆的身体每况日下，她活不到真正八十大寿的几率很大。经再三思量做出了一个决定：按护照上的日期庆生，但如果真主让哈杜姆活到自己的真的八十岁，就再庆祝一次，排场不会小，甚至会更大。

哈杜姆对庆祝活动表示赞许，但抱着躲避的心理——甚至连驰名世界的法国甜品店蛋糕都没尝一口，这可是小女儿哈依玛的儿子默哈麦德用专用保温包从卡萨布兰卡带回来的。酒席就摆在家门前：烈日炎炎，烧烤着整个院子，于是就在海枣树之间扯起了遮阳布，院子的每个角落里都种着海枣树。甚至在冬日院子里都会散发出炙热的土地的气味和粗壮的仙人掌嫩枝的味道——哈杜姆至今还记得刷子的气味，大玛阿姆玛用刷子把胭脂虫从仙人掌带刺的茎上弄下来，然后用它做出极美的胭脂红色。酒席准备得超级丰盛，足够吃三天的，大重孙女走的那天才刚好吃完。大重孙女事先没征得太奶的同意就斗胆把自己的对象，一个异常好动、长着一双淡色眼珠的法国小伙儿带回来给太奶庆生了。他本该和那些庄重的男人们坐在摆满丰盛菜肴的酒桌旁谈天说地，可他却在房前屋后四处溜达，欣喜地直咂摸嘴，拿个相机看到什么就拍什么，甚至连便盆都没放过，直接从床下给拽了出来，放到光线亮的地方拍照。好不容易把他赶到一边去了。不过，谁能料想到这个老外能干出什么事儿呢，从大家说的话来看，重孙女米里阿姆这辈子是打算和他一起过了。异教徒毫无顾忌的劲儿可真让人拿他没办法啊。

闹哄哄的这三天里，哈杜姆都待在自己的房间。孙子和重孙子们没有特别叨扰她——早晨来看一眼，亲吻她的手，问早安，晚上来请求祝福，道晚安。他们都用发出沙沙响的摩洛哥方言说话，不太能听得懂老人说的簌簌作响的柏柏尔语，所以交流只限于说些一样的话。但是儿子和女儿们陪她的时间长，他们坐在一起，东聊西聊。哈杜姆漫不经心地听着，不是她不在意和孩子们交流，而是因为她知道他们不会给她说任何新东西，他们翻来覆去说的都是一些陈芝麻烂谷子的事。吃饭她在自己屋里，绝对一个人，她认为当着别人的面吞咽食物是可耻的，是侮辱自我尊严的行为。母亲讲过，太奶还是小婴孩的时候，只要有人进屋，她马上就不再吸吮妈妈的奶，开始小声哀怨地哭

① 五月，意思是“第一个干月”。——译者注

泣，直到屋里没有其他人。从一岁起她就开始自己吃饭，而且要躲进父母的房间里，避开所有人。

孩子们记得哈杜姆有这个习惯，一到吃饭的时候就赶紧离开她的房间。保姆祖赫拉不爱说话，是个头上裹着方巾的麻脸女人。天花把她的脸弄得很难看，所以她是个嫁不出去的老姑娘。她确信屋里只剩下女主人一个人的时候，把盛放着食物的托盘端了进来。哈杜姆对吃的东西一点不挑剔，而且很保守：早餐一成不变地吃蜂蜜加阿甘油、油橄榄果、粗磨双粒小麦硬壳白面包和柔软的羊奶酪；午餐一定有菜汤、配上蔬菜的库斯库斯[①]。从阿利重病死去的那天起，她不吃肉已经有五十年了。早餐和午餐的最后一个环节是传统的摩洛哥式喝茶。哈杜姆喝茶不喜欢加糖，只就着一小块杏仁饼干。晚饭极少吃，几乎总是只进两餐。午饭后，如果不是特别炎热，她就会到院子里，在海枣树下坐上一阵儿，把吃剩的面包捏碎喂鸟。鸟儿都在栅栏上等着她，密密麻麻地排成一行。一见哈杜姆从屋里走出来，鸟儿们瞬间飞下栅栏，闪动着色彩斑斓的翅膀争抢着向她飞来。哈杜姆坐下来，让自己能看到古堡上面高耸入云的光山山顶，最上边的山顶是裸露的，像膝盖一样，所以才得名“秃山”。哈杜姆把面包捏碎喂鸟儿，可眼睛却始终看着像标枪一样直指天空的秃山。她认得它的每一处弯曲、每一个褶皱和每一个山洞。她从院子里观察它已有八十年了，每次都想在它的身上寻找到某种新的东西，可总是找不到：小树还像她小时候一样高，石橡树还是那般粗壮，树冠直耸如云的红松还是那般不可攀援，幽幽张开大嘴的山洞默默不语，令人毛骨悚然，仿佛时间空洞一般，陷进去就再也找不到回来的路。不过，老哈杜姆八十岁的高龄如何能与秃山圣经般的年岁相提并论呢，相比之下，不过是蜻蜓扇动透明翅膀的一瞬。如果问她和秃山谁发现了变化，那就一定是秃山，它不动声色地观察着这座三百年来在它脚边不断长大的石头古堡。这

① 库斯库斯是种小麦食物，最先源于北非，与炖肉或者炖蔬菜一起食用，而后成为西非、法国、西班牙、西西里半岛等地的一种主要食物。——译者注

三百年来从古堡中穿行而过的商队无数，它们把昂贵的货物运送到遥远的商人云集的阿加迪尔，货物中有丝绸、红铜、小麦、橄榄油和阿甘油，以及各种调料和地毯、挂毯。商队沿着秃山千年古树林区的下部边缘走过，穿过被当地人称作粉色月桂的夹竹桃草地，朝沙岸和低地的绿洲走去。一路走来，柏柏尔人组成的军人护卫队押运着商队，陪伴着一匹匹驮满货物的驼队。押运军人轮流换岗，像跑接力赛交接棒那样，把驼队从一个人的手里转交到下一个人的手里。负责秃山脚下到最早看到的沙丘沿岸地段安全的是哈杜姆的父亲，人们尊称他为伊斯马伊尔，他身材高大，肩膀宽厚，是阿里山区柏柏尔人古老部落中的一个巨人。给这里起名叫阿里是为了纪念他们的出生地，表明人们对故乡的敬仰之情。秃山曾是阿里人的领地，他们有着巨人般的魁伟身材和惊人的异域美貌：肤色金黄，浓密的头发泛出火红的光泽，眼珠湛蓝。阿里部落的女人被认为是阿特拉斯山脉中部地区最美的新娘，男子则是任何一个有自尊的家庭都欢迎的新郎。不过，那个年月里不同部落可是没有通婚的。即便有十分罕见的通婚，那也绝对是为了结好、不再为敌。

伊斯马伊尔·拉阿留什担负着维护阿里山区这片土地和平的责任，有自己的骑兵队，保护商队不受强盗袭击。伊斯马伊尔本人是教徒，受人尊重，英勇无畏、不嗔恨别人，但他冷漠地鄙视不尊敬法律的人。他刚正不阿，英勇无畏，因而不止赢得了市民和商人的尊重，连那些不惜绕远道把不幸的男人、女人和孩子们运送到李维拉市来贩卖的黑心奴隶贩子对他也十分敬畏。奴隶贩子从距离阿里山区很远的地方绕过，强盗对伊斯马伊尔马队押运的商队睁一只眼闭一只眼。如果有哪一天哈杜姆的父亲不能带着自己的马队押运，马队的人就事先给他的马鞍披上深蓝色的大长袍，在长袍的背面能看得清拉阿留什队伍的标志：摆成十字形的剑和匕首，刀身的顶端装饰着细小的橄榄枝条。这个标志被织绣到拉阿留什家族女工编织的地毯和布匹上，过节的时候，女人们还把这个标志画到自己的手掌、脚掌上，用散沫花绘制的花纹十分精美。拉阿留什家族的所有女孩都在额头和手腕处文上这个标志。这既是护身符，又是一个标志，能告示自己是谁的后代，又好似一个威严的警告：任何人想侵犯她们的话，都会受到阿里部落男人们的严惩。

时间一久，这些文身就会褪色，但绝不会彻底消失，所以甚至是年岁最大的老奶奶，在她们满是皱纹的脸上也能看得清这些文身。哈杜姆是拉阿留什家族最后一个做文身的女孩。哈杜姆记得一个和他们家族没有任何关系的小女孩。那个女孩叫什么，她不记得了。她的名字听上去发音慢悠悠的，还有哗啦啦的声音，就像用双磨盘把暴晒后的小麦粒磨成粗粉转动发出的声音一模一样。大玛阿姆玛，伊斯马伊尔的奶奶，给她做了祷告，起名叫法蒂玛，把从她脖子上摘下来的小十字架藏到装香料的瓦盆的底部。小女孩活的时间不长，也就两三个月。她得了严重的肺炎，连治得了百病的大玛阿姆玛也回天无力，女孩死掉了。黄昏的时候把她葬掉了。关于她，哈杜姆唯一记住的就是她那双磨破的、直到死了才不再流血的脚丫和那双非常漂亮、被长长的浓密睫毛盖住的黑眼睛。和女孩相反，男孩子活了下来。大玛阿姆玛给他起名叫阿利，没看到他有十字架。

这两个孩子是父亲带回家里的，是他在奴隶贩子走过的那条小道上捡来的。他们把咳嗽得直憋气的孩子丢在了像拱形一样环绕着阿里地段的沙子平原的尽头。孩子们特别虚弱，无法自己喝水，两个都直打冷战、说胡话。他们的发音就像粗糙的抓挠的声音——上来一阵咳嗽简直喘不上气来，已经受了伤的脚后跟在席子上搓出了血。小男孩顶多五岁，女孩或许有十来岁，他们两个长得太像了，一样的黑头发，大大的眼睛，五官线条十分精细。一周后男孩身体恢复了，女孩儿躺的时间更久一些，但她也稍微清醒了过来，于是就开始问文身的事——哈杜姆的母亲坚持要弄清楚这件事，她想保护女孩不受同龄孩子嘲笑。要是知道女孩儿会死的话，他们就不会翻动她了。可谁能预知会发生什么事呢？大玛阿姆玛确信，既然男孩儿活下来了，那女孩儿也一定能活过来。两个孩子接下来怎么办，伊斯马伊尔·拉阿留什家里没说，他们会把两个孩子视如己出、抚养长大，而且也不会有其他想法。

上午，同龄孩子在学校的时候，阿利呆在家里跑来跑去，下午和他们一起满城堡里疯跑，撵麻雀或者玩扔小石头直到深夜。

“等他不哭了，也送他去学校上学。”大玛阿姆玛最后拍板定夺了。

阿利夜里哭，睡梦里也哭。一个调地哽哽唧唧，就像狼崽子发出“呜呜呜”的哀鸣一样。咸咸的、滚烫的泪水流个不停。大玛阿姆玛被他哭醒，穿过整座房子，从自己住的三楼下到男孩们睡觉的一楼，坐到他的床头，给他祷告。阿利没有停止哭泣，但安稳了一些，躺在那里，蜷作一团，低声抽泣。醒来后却什么都不记得。

小女孩儿和弟弟完全不同，从来不哭也不呻吟。这几个月以来她就躺在大玛阿姆玛的房间里。大玛阿姆玛把她安顿在自己房间里是为了让她一直在自己身边。哈杜姆那年十三岁，负责擦所有卧室的地板，每周一次去敲大玛阿姆玛的门（不经允许，任何人甚至父亲都不能进太奶奶的屋里），然后擦地，尽力不往女孩儿那个方向看。她脸朝里躺着，受伤的脚底涂抹了桉树油，从毯子下露出来。她一直没能站起来——只要试图迈出一步，就疼得浑身发抖，鲜血直流。大玛阿姆玛有时让人把她弄到院子里，坐下来，提起长裙，卷起长长的长袍袖子，露出绘有文身的手腕，把女孩儿抱起来放到腿上，搂在胸前。小姑娘默不出声，微微闭着双眼，有时咳嗽一两声，瘦削的小肩膀直抖动，阿利站在一旁，握着她的一只手，后来因为一动不动太累了，挣脱开来，开始在院子里绕圈跑。大玛阿姆玛低声哼唱着柏柏尔民歌，目光一刻不停地望着秃山的山顶，一群透明得像云一样的金色蝴蝶在大玛阿姆玛头顶上飞来飞去。

两个孩子怎么会落到奴隶贩子手里无从知晓，因为他们根本听不懂柏柏尔语。假如小女孩要是能活下来的话，她就能慢慢学会柏柏尔语，或许也就能说出来是怎么回事了。但是她死了，阿利又实在太小，根本什么都不记得。一天，时刻不放松观察他们的大玛阿姆玛突然有了一个重大发现：高高宣礼楼上传来的穆安津的喊声把孩子们吓坏了：男孩儿吓呆了，一动不动，女孩儿躺在那里，大气都不敢出，只有发青的眼皮在不住地跳。但后来他们适应了，不再害怕，于是大玛阿姆玛放下了心。一次，一个路经阿里地界的商队带来了一个可怕的消息，奥斯曼帝国把自己的人民淹死在河里，血水横流。伊斯马伊尔哼了一声——土耳其人也曾来到阿里地界，但舔舐着伤口撤退了，难以攻克的柏柏尔城堡可不是他们能啃得动的骨头。但听说一些人被土耳其军人卖掉成了奴隶，他逐字逐句把这个消息告诉了大玛阿姆玛。大玛阿姆玛深深地叹了口气，摇了摇头。这个孩子完全可能就是从那里来的。但如果的确如此，他们唯一为孩子能做的就是闭口不谈此事。不能碰痛处，否则永远都别想成为幸福的人，大玛阿姆玛对此深信不疑。她让孙子不要把这次谈话告诉任何人。伊斯马伊尔答应了，而且没有食言。

一个月后，尽管阿利还是每天夜里都会哭，伊斯马伊尔吩咐送他去学校，大玛阿姆玛反对，但他说换个环境有助于男孩子更好地克服恐惧。哈杜姆被叫来帮着收拾东西，张罗弄写字用的木板：首先要从伐木工那儿弄到一块大小合适的正方形木板，然后小心翼翼地用一捧硬土把木板磨光，磨得没有光泽。阿利听哈杜姆给他讲，可一点儿都听不懂，但哈杜姆很有信心——他有一种莫名的感觉，能算出来她说的话的意思。

“学校里用竹子削成的笔尖写字，墨汁是用从松树上弄下来的东西做成的。在松树的树根点火，火着起来就能流出粘稠的黑色‘眼泪’。然后小心地把树干烧过的部分弄下来，抹上一层专门用草做成的浸汁，树上的伤口就会慢慢愈合，长出树皮。松树会继续生长，但是树根那里会出现一个不大的树洞。下雨的时候，可以蜷起身子在里面躲雨。你听懂我的话了吗？”

“你听懂我的话了！”男孩儿肯定地点着头，露出豁牙笑了——前几天他的第一颗乳牙掉了，豁牙儿让他的小脸儿看上去可笑极了。哈杜姆笑着，抚摸着他蓬乱竖起的头发。她全身心地爱上了这个男孩儿，对他的爱甚至超出了对自己亲弟兄的爱，或许是因为他遭受痛苦而怜爱他吧。

阿利非常珍视哈杜姆的善意态度，对她也十分依恋。姐姐死后，除了她，他不和任何其他人接触，最初的时候甚至连饭都不吃，一个劲儿伤心地哭，他单调让人听不懂的话语中会插入一两句柏柏尔话："疼死了"，"帮帮我"。如果哈杜姆无法安慰他，大玛阿姆玛就来安抚他，带着他去院子里，脸朝着光山的方向坐下来，把他抱到膝盖上坐下，低声祷告。阿利把脸埋到她丝绸大长袍的衣褶里。

他去上学之时正是雨季开始之前，最初哈杜姆接送他上学。她偷偷地往窗户里瞧，看他在干什么——他坐在一个角落里，是学生中最小的一个，茫然，惊恐，把写字板抱在胸前。他那蓬乱竖起的头发让他在一片棕红色、金色头发的映衬下显得十分突出，就像一个大黑点一样，仿佛在鲜花盛开的草地上落下了一只羽毛蓬乱的大黑鸟，落下来，忘了振翅起飞。

教写字课的毛拉[①]是个严厉、果断的人。如果学生上课溜号，他就用棍子揍他们，让他们永远记住棍棒有多沉重。哈杜姆听自己的弟弟们说过毛拉有多厉害，很替阿利担心，但她却是杞人忧天了——阿利很快投入到学习中，一段时间过后，他能用竹子笔在写字板上流畅地写出《古兰经》了。又过了一段时间，勉强能把音节拼到一起，和着嘈杂的声音一起读这些音节了——男孩子们出声诵读《古兰经》，而且每个人诵读的都与众不同，有自己的特点，人们认为谁能学会在嘈杂的喧哗声中听到自己的声音，那他在寂静的时候就能分辨出别人的思想。

春天的时候，哈杜姆出嫁了。嫁给了自己的表兄，公公是她的叔叔，婆婆是婶子。丈夫家的房子紧挨着她父亲的房子，栅栏挨着栅栏。去看大玛阿姆玛都不用出院子，登上平平的石头房顶，抬脚跨到父亲房子的房顶上，然后顺着不高的台阶走下去，下到三楼。所以哈杜姆没有因为出嫁而感到特别难过。她只不过是从自己家去到了另一

① 对伊斯兰教学者的尊称。

个也是很亲的家里。她很快就怀孕了，而且在下一个雨季来临的时候生下了一个女儿，给她起名叫阿伊莎。阿利有时会跑来跟小孩儿玩，哈杜姆微笑着看他和小不点儿一起玩，又唱歌又玩耍，还哄她睡觉。

“等你长大了，就娶她当媳妇吧，”有一次她开玩笑说道。

“好啊，”他同意了。

还真的就一语中的了。16年后阿利成了“自己姐姐”的女婿。又过了三个暴雨季，阿利盼来了儿子尤涅斯的出世，但他却被肺病击垮，因这个沉重不可医治的疾病而连发高烧。兄弟们把他送到卡萨布兰卡看病。十天后他们中的一个疲惫不堪、垂头丧气地回来了。他说不得不把阿利留在医院让大夫观察，他的状况特别糟，得赶紧收拾上路，去看他最后一眼。哈杜姆没用几分钟就收拾停当——把孩子们送到婆婆家，裹上一件大长袍，去了一趟大玛阿姆玛的屋里。自从大玛阿姆玛死后没有人住在那里。房间几乎没有动过，和大玛阿姆玛在世时一样。哈杜姆没记住到卡萨布兰卡令人不堪的路途，唯一刻进她脑海里的是惊慌失措的阿伊莎，阿伊莎哄着三个月大的儿子，还没有意识到发生了多么可怕的事情。令她不忘的还有坐在阿伊莎身边的父亲——哈杜姆第一次看到父亲如此失魂落魄。路途很远——坐牛车到最近的城市，然后几乎坐了一昼夜能把人颠碎的汽车，行驶在尘土飞扬、崎岖难行的路上，马达突突地冒着烟，简直能把人呛死。哈杜姆感到很害怕，蜷起腿。但手里的包却紧紧抓着不放，牢牢地贴在胸前。

阿利的身子虚弱极了，但意识清醒，好像在等着告别。他实在太年轻了，才24岁。浓密的头发里没有一根白发，脸上的线条清晰明朗，大大的眼睛深不见底。

阿伊莎把还睡着的孩子放到他胸前，在他身边坐下，哭了起来。

“别哭，”阿利皱了下眉头。她不出声了。

哈杜姆把包放到床头柜上，拿出一个装着香料的小瓦罐。这是从大玛阿姆玛屋里拿来的。她从里面取出一个小小的十字架，塞到他手里。

“这是你姐姐留下来的全部东西。”

阿利明白她把什么放进了手里，紧紧地握起拳头，指尖都变白了。

“谢谢。”

当天晚上他就走了，只差一点点就挨到天亮。一直待在旁边的大夫后来问阿伊莎死者从哪儿学的希腊语。

“希腊语？”

“是的，临死之前他说了希腊语。我在雅典上过学，会希腊语。十年……”

“他说什么了？”哈杜姆打断了大夫的话。

“艾尔霍梅-谢萨斯[1]，我来找你了。”

“艾尔霍梅-谢萨斯，”哈杜姆自言自语道，“艾尔霍梅-谢萨斯。”

阿利葬在了卡萨布兰卡。返程坐的还是那辆车，一路上叮咣作响，总是熄火。司机不慌不忙地一边琢磨一边修理发动机，咒骂发动机是易卜劣斯[2]。哈杜姆把装着香料瓦罐的布包搂在胸前。沙土飞旋着，磨着脏兮兮的车窗玻璃。尤涅斯睡着了，梦里还吧嗒着长得和父亲一样有表现力的嘴唇，长长的睫毛在脸颊上投下阴影。

三年后阿伊莎又嫁人了，然后接连生下了五个孩子。哈杜姆在三十一岁那年就当上了姥姥，快到五十岁的时候就有二十八个孙男娣女了，其中十个男孩，十八个女孩。她对他们一视同仁，但相比之下还是更偏爱尤涅斯，这个拉阿留什大家族留下来的唯一一个皮肤黝黑的后代。尤涅斯知道自己有希腊血统，先辈是基督徒，但他依然信奉接纳他父亲这家人的宗教信仰，在斋月里认真地吃斋，他学当医生，搬到了马拉喀什市，娶了一位阿拉伯姑娘。这让奶奶哈杜姆伤透了心。她是一个纯粹的柏柏尔人，对喧嚣吵闹的阿拉伯人十分戒备，还有些

---

① 希腊语的发音，意思是“我来找你了”。

② 伊斯兰教中的恶魔。

瞧不起，跟他们这些恬不知耻的外来人有什么好学的！新人结婚后马上就来做客，哈杜姆这个时候已经搬进了大玛阿姆玛的屋子里住，对孙媳妇的态度虽说不上冷漠，但也是忍忍、淡淡的，对孙媳妇带来的那只猫更是打心眼儿里憎恶（自己来就够了，还带了一只浑身满是跳蚤的猫）。倒霉的是这只猫偏偏喜欢待在三楼晒太阳，哈杜姆从房间出来的时候，好几次都碰上它。有一次，猫一下从脚底下钻出来，猛地嚎叫一声，顺着楼梯往下滑去，她在心里往猫身上撇了一双鞋。没打中，不过心里倒是舒坦了些。萨娜，就是尤涅斯的妻子，是个何等聪明的姑娘啊，装作没看出太婆婆对她不友善，对太婆婆彬彬有礼，殷勤客气。来了以后，为讨好丈夫的家人，每天给大家烤面包，那种真正的柏柏尔面包，上面有一层粗磨面粉。哈杜姆拒绝吃，抱怨说烧心，让人给她拿小儿媳妇烤的面包。整整两个礼拜她对这种面包赞不绝口，变着法儿地说只有阿里部落的姑娘才能烤出地道的柏柏尔面包。家人暗地里偷偷地交换眼神儿，可谁都不说什么。一次，她从屋里出来得比平时早一些，看见萨娜送尤涅斯走出家门，他的胳肢窝下夹着一个包着一大片面包边的小包包。他走到篱笆外，在那儿站了一小会儿，然后返回来，故意咣铛一声关上小门。哈杜姆默默地返回房间，坐到木床上，暗自"嘿嘿"笑了一声。石头窗台上装着香料的瓦盆沐浴在清晨的阳光中。

"你想说我年纪大了，性子开始变坏了？"哈杜姆问道。她不知道自己在和谁说话，和大玛阿姆玛、阿利、阿利姐姐的小十字架还是在跟瓦盆说话。听到答复对她来说十分重要。而且她听到了答复。

"萨娜，姑娘，"她向门外探出身子喊道。

下面是客厅，平时吃早饭的时候总是闹哄哄的，可现在却静得令人不安。

"喵！"那只猫大叫一声回应着。

"让真主把你变成狗！"哈杜姆在心里气恼地嘟囔道，但马上遏制住自己的想法。

"萨娜！"她又叫了一声。

“来了，奶奶，”随即传来了阿拉伯女人鞋跟踩踏地板发出的声响。

“从今天起我吃你烤的面包，”哈杜姆说完，没等答复就关上了门。

“再出格的事儿可别让我干了！”她凝视着装香料的瓦盆说道。瓦盆明智地默不出声。

生活变化太快，哈杜姆根本来不及适应，甚至都来不及发现这些变化。但有些事情还是引起了她的注意。城堡里通了电，家里有了水，这回用不着去井里挑水，把后背压得生疼。一次，吊眼梢哈基姆的儿子开着一个大铁家伙满大街地跑，发出轰隆隆的动静。人们管这个大家伙叫摩托脚踏车。哈杜姆也来了勤快劲儿去看这个大家伙。真不该去看啊。哈基姆的儿子用锤子敲敲打打，还用电焊机把一个地方焊接上，把另一个地方钉住，还目测估摸着给车加了油。摩托脚踏车冒出的黑烟把哈杜姆熏得恶心了大半天。

过了一段时间，在房子的客厅里很排场地安装了一台电视机。哈杜姆整整一个月不予理睬，后来还是没忍住下楼来看。家里人嘻嘻哈哈地笑着看两个男士表演，他们在模仿如何费时费力地做摩洛哥餐，讲解山鹑的做法。“取一只山鹑，用袋貂当馅儿塞进去。取一只去了内脏的鸡，用山鹑当馅儿塞进去。取一只鹅，用鸡当馅儿塞进去。用鹅当馅儿塞进羊肚子里，用羊当馅儿塞进牛肚子里，用牛做馅儿塞进骆驼肚子里，用骆驼做馅儿塞进大象肚子里。用小火炖上 24 小时，浇上汁，就可以上菜了：把大象切开，把骆驼弄出来，再把牛从骆驼里弄出来，把羊从牛里弄出来，把鹅从羊里弄出来，把鸡从鹅里弄出来，把山鹑从鸡肚子里弄出来。请怀着一种履行应尽义务的情怀去吃山鹑吧，因为这道菜肴做得美味无比。”

哈杜姆挥了一下手，走到院子里，面对着秃山坐了下来。她活了这么久，感觉自己就是一座山。她学会了旁观、远眺人世间的喧嚣，而且迁就容忍了这种喧嚣的转瞬即逝。等有一天，一切都将不复存在：无论是弯弯曲曲的石头街，还是镶嵌着五彩马赛克的墙壁，无论是破旧的被蛀虫磕坏腐蚀的大门，还是被太阳光燎着了的海枣树树梢——只消用手掌轻轻一抹，这一切都将化为乌有，不复存在。

“人这一辈子就像是一场睡了半天的梦，不长，五光十色，又炎热无比，”哈杜姆想到。“它像我们孩子的笑声，它含泪目送走我们逝去的亲人。它发出各种味道，有大海、荒漠大风、苞米叶子、薄荷茶的味道，所有一切我们带不走的味道。”

哈杜姆极少和真主交谈——竭力不去因为小事而去打扰它。当她观察到一些愚蠢的人在真主身边制造过分喧嚣的时候，她心绪不佳。她从来没去过麦加朝圣，但却认认真真地把朝圣需要的钱数出来，把这笔钱送给某一个贫困家庭。她知道信仰应该放在心里，而不是拿出来给别人看。

有时，不过这种情形极其少见，她冒昧地向真主发出请求，请求告诉她该什么时候走。为的是能提前净身、穿上干净衣服、诵读告别祷文。

“而且，要是可以的话，”她抬起失去光泽的双眼望向天空，又补充了一句：“给我留下半口气，让我说完阿利临走时说过的话。”

哈杜姆相信，他们一定能听到她说的话。那两个父亲曾经救过的男孩和女孩，两个不幸的、没有摆脱痛苦命运的孩子。时辰一到，在呼出最后那口气的时候，她会跟着阿利重复那句话：艾尔霍梅-谢萨斯。真主是无上仁慈的，一定会让她如愿以偿。

（吴丽坤　译）

粗麻布红帆[①]

——伊利达尔·阿布齐亚罗夫

1

他找了份活儿，甚至还算不上是活儿，一份外快而已。至少，人家是这么对他说的："不需要做什么事情。"人家给他解释的时候，甚至还微笑了一下，友善地拍了一下他的肩膀说："你只需要把东西从一个地方搬到另一个地方就行。"并且承诺他一小时可得到 500 卢布的工资。对于外快而言，这笔钱是相当可观的收入了。这简直不能说是外快，而是天上掉下来的馅饼。

他同意了。把东西从一个地方搬到另一个地方，这其实算不上什么活，甚至连外套都不用脱。

"这不是毒品吧？"他向梅尔基问道。

"不是。"

"也不是武器吧？"

"武器？得了吧！"

"也就是说这不是犯罪？"

"什么武器和犯罪啊！"

"梅尔基，我知道你已经跟犯罪团伙一刀两断，已经洗手不干了，你是个很有能力的人。"

"这么说，你要和我一起干了？"梅尔基笑了。

"好啊。"我和他握了手。

“你可真是个傻子。”梅尔基笑得更厉害了。

他们忘了现在别人要找的可不是工人，而是奴隶。今夕不同往日了。

那么往日又是什么时候？不管在时候，如果只需要把东西从一个地方搬到另一个地方就能获得不菲收入的货物，那么这要么是海洛因，要么是水泥。

“需要搬到几楼？”他皱着眉头问。

“十二楼。”

“坐法国造的玻璃电梯上去，同时还能欣赏莫斯科美景。”梅尔基好像在为“轻松”的工作道歉一样说道。

“还是自求多福吧。梅尔基，不是跟你说过吗，连‘奥吉斯’法国电梯都运行不了了。配电站出了事故。而且，现在所有的公用电梯都坏了。”

一直以来，需要搬运的水泥袋都存放在一楼，却需要搬到二十四楼。

当第三辆车开过来的时候，他们决定不干了。

梅尔基抖掉颤颤巍巍膝盖上的灰尘，信誓旦旦地说道：“嘿！第三车是多出来的。”

2

我对开着吉普车急速驶过来的恰罗基·布戈尔说道：“把所有活儿的工钱都给我。”

“别忘了再加上劳保费。”梅尔基说道，他差点要摔倒，腿在颤

---

① 俄罗斯作家格林曾写过一部中篇小说《红帆》，小说讲述了身世坎坷的女主人公在饱受创伤的生活中因为他人的帮助心里燃起了对幸福生活的无限希望，最终遇见奇遇的故事。因此，红帆预示着希望。此处的红帆用粗麻布制成，因为过禁欲生活的修道士和苦行僧用的都是粗麻布的衣服，因此，粗麻布常用来比喻不幸、悲痛和后悔。——译者注

抖，弯得就像骑手蹬在奔驰着的骏马的马镫里一样。沉重的水泥袋压得他整个身子弯了下去，个子显得更矮了。我站在他旁边，看起来应该像阿特拉斯[①]一样高大，我肩扛着灰色天空，而袋子里漏出来的水泥像雨滴一样飘落在柏油马路上。

“怎么，你们要走了吗？”

我说出了我们共同的心声：“我们要逃离这里，使劲跑，头都不会回。”

梅尔基唾骂道：“真见鬼，累大了，我们得去酒吧给自己买世界上最好的酒喝。”

“酒？你想要多少世界上最好的酒来补偿你的累？”布戈尔用他特有的说话方式试探我们说道。他说，你们觉得，活都没干完，你们觉得付给你们多少钱合适？

“按照我们说好的，每小时500卢布。”我点头说道，“我们要不紧不慢地坐下抽会儿烟，喝几杯酒，然后抽点刺激的享受一下。我们想干活，但也想喝两三个小时的酒！”

梅尔基附和道：“对，要不紧不慢的！你不就是这样过的，老板！我看，你也不用急着给我们付工钱！”

“身体会怎么样？不干活，身体会垮的！”

“什么身体不身体的？！”梅尔基火了，说，“你这是要关心我们的身体健康了？”

“你们还是留下来吧，总比无所事事喝酒要好。干一会儿活，你们就会习惯的。而且也能收收啤酒肚。开始戒酒的时候是很痛苦的，但是练一练，你就算坐在水泥灰上也会高兴的。”

“你这是在挖苦我们是吗，老板？”我非常不理解地说道。

“我挖苦你们？没有的事啊。算了，算了，听你们的。”布戈尔投降似的抬举起来双手，“就是说，给你们来一些世界上最好的酒，让你们连喝三个小时？”

---

① 阿特拉斯是天的托持者。

这个招工的老板好像有点舍不得。

"只是我觉得，你们今天才赚了三杯牛奶钱。"

梅尔基叫嚷起来："你这是在嘲笑我们是吗？给钱，我就走，我可不想被你这些水泥袋压死。"

"但是你们还没履行完条款啊。你们这是提前撂挑子了。我现在上哪儿找搬运工人？汽车是按时间租来的。你们这一闹，活儿都得停下来，我会蒙受损失的。"

3

梅尔基再也听不下去这些狡辩了。他从地上抓起一段钢管，气势汹汹地向工头走去。

"他娘的，把老子的钱给老子，然后你给我滚犊子！"

"救命啊！"工头大声喊道。然后他朝着像酵母发酵一样迅速建起来的的房屋框架跑去。梅尔基紧追过去。

唉，完了，出大事了。我们知道有这么一回事。立刻会有一群戴着头盔、手执铲子和铁棍的男人跑过来。当然，梅尔基也会挥舞两下钢管，然后面部遭受猛击，瞬间倒地，缩成一团。梅尔基会像恶狗一样叫喊。哎，但谁会恃强凌弱呢？被踹头、打脸的人一定就是看起来最有威胁性的人——那就是我。

算我们走运，这个时候并没有建筑工人出来。他们可能在某个窝棚里玩多米诺骨牌呢。况且，就梅尔基那小短腿，他也撵不上工头。梅尔基跑进了不久前刚建好的房子里。甚至还能听到工头顺着房子里空旷的走廊和通道奔跑跳跃的回音。梅尔基把管子放在嘴边，朝着工头逃离的方向叫骂道：

"我个头没那么小，不会跟着你钻地道的。今天你自己来找我们吧。我们把你的车开走了。什么时候有了工钱，什么时候给我打电话。"长篇大论之后，梅尔基简要地总结道。梅尔基一言不发地走回来，打开吉普车沉重的车门。很幸运，钥匙插在车里。

我有一次看到立陶宛篮球运动员儒考斯卡斯钻过类似的吉普车。他整个人蜷起身子，收起肩膀，低着头。我曾以为，这是我能见到的最滑稽的场面。然而我错了，这个滑头梅尔基钻进吉普车的动作更滑稽。他好像很难踩到踏板。他还想跨过水洼，把腿直接伸到车里，那神情，就仿佛是穿着罗马草鞋的胡桃夹子，像《贝加尔-阿木尔铁路干线的建筑者》里芭蕾舞剧里的波莱罗舞蹈，显得不伦不类的。

“你在笑什么？”梅尔基咧着嘴，从方向盘下方抬起头，咧着嘴笑着说，“快坐上来。”

他可能要一路上都透过方向盘看前面的道路。否则就会导致脖子拉伤了。

为了避免笑得摔到地上，我开门坐到了车的后座，然后就自顾自地笑了起来。

4

“我们去哪里？”梅尔基紧张地握着变速器问道。他一会儿挂一挡，一会儿挂倒挡，一会儿又挂四挡。

我对于去哪里无所谓，但是我想起好久都没有去看过奶奶留给我的房子了。这个房子在由钢筋混凝土筑成的米字形小区里，自从我搬到女朋友那里之后，就完全忘了这个房子！水电费没有缴，所以早就断掉了。垃圾费和电梯费也没缴，所以它们也停止运转了。当我终于决定去看看怎么回事的时候，发现房门没有了。开始被人放火烧坏，后来干脆被人踹掉了。

只剩下光秃秃的一个框，一个门框。但是这屋里不请自来的房客多的就像桶里的鲱鱼一样。奶奶的这个房子被人变成了毒窝，那些人在这儿把塑料瓶装上大麻点燃，享受着吸毒的快感。

“什么事？”

“喂，你的房子现在好像没人住啊。”我的老朋友什特里靠过来说。

“那又怎么了……”

“把房子租给我，好吧？”

“有屁用啊？这哪是什么房子啊，是遭了火灾的毛坯房。里面乱七八糟的，电都没有。整个小区的人都知道，你能不知道？”

什特里当然知道，他可是这个犯罪活动频发的小区里的主任。

“就租给我好了！我说正事呢，不会让你吃亏的。不然你还想租给谁呢？”

“为什么要租给你？说说你为什么要租这个房子，你不说，我睡不安稳。”

“因为有些黑毛工人要过来。”

“什么是黑毛？”

“就是南方来的中亚人。将来我也会当个大庄园主？”

“大庄园主”是什特里最喜欢说的词。不知道他是从哪里学来的，也不知道他说的对不对。看起来，他从小就喜欢这个词，在上古代历史和罗马历法课的时候就喜欢了。

“是工人，还是奴隶？”我笑着问。

“你犯得着知道吗？你又不和他们住一起。”

“你是知道的，我不喜欢中亚人。而且屋里乱七八糟的，连那些中亚人也不会喜欢这儿的。到处都是酒瓶子。”

“你就省省吧。我总共就用半年。他们会顺便把屋子装修好的，也会把瓶子都弄走。以后你再出租，就能租个好价钱了。”

我想了一会儿。一方面，是来自亚美尼亚和塔吉克斯坦的高加索人，另一方面是欧式装修。除了这些中亚人，还有谁能营造出真正舒适的条件来呢？他们会装修，而且还会装成欧式的。

“我同意了，那你给多少美元？”

“两百五十美元，再多我也给不起了。”

“为什么？”

“你自己也知道的，你的毛坯房里没有阳台和浴室。房子看起来也老旧了，敞廊也没有安装玻璃！”

“那好吧，就这么说定了！”

5

“我们也没有别的安排，就是特别想出去兜一圈。”梅尔基很快同意了我的建议。我们有自己的车，所以我们可以像小时候滑雪橇一样开车到我小时候住的小区里去兜兜风。在路上，梅尔基把工作服脱下来，扔到了车外，然后又脱掉浅色衬衣，只穿着粗麻布短裤。现在他光膀子坐着，他那瘦骨嶙峋的锁骨上挂着一条大链子，链子上有一个闪闪发光的十字架，链子显得特别大。

梅尔基从工头汽车的后备厢里拿出一副墨镜戴上，以避免被刺眼的太阳晒伤。

眼镜太大了，时不时地从耳朵上掉到鼻梁上和大嘴巴上。

我们出现在黄色拼合板二层小楼中的景象引起了热烈的喝彩。原来，我们的黑色吉普车比这个房子都大，至少让人够震撼，够有档次！

“这就是你小时候的老窝。”梅尔基一直开我的玩笑说，“这里的人怎么到现在还钻墙洞啊。”

“不是我一个人的，而是我们俩小时候的老窝。”我们勉勉强强挤进了我小时候住过的院子里，仿佛是侧着身子挤进去的。恰罗基的吉普车像是一个肌肉发达的男子，或是个怀孕的胖女人。我从车里跳了出来，朝自己家走去。

梅尔基立即被一群骑着自行车的孩子围住了。他坐在吉普车里，胳膊肘支在半开的门上，垂下一条腿和一只胳膊，他不想整个人从车里出来。否则就会被一群晒黑的、破衣服上满是灰尘的小孩围起来。

我飞快跑到二楼，按下了门铃，这是儿时养成的习惯。

“哇噻。”我称赞道，“这个铁门真厚实啊。门铃也是好的。也就是说又有电了。难道已经做了欧式装修不成！”

门镜里闪过一个带着口音的黑影，她问：“谁？”

“开门，我是这个房子的主人。”我大声说道，但里面的人并不打算给我开门。

我捶了几下门，威胁说要叫条子来。鸟用都没有。只听到沙沙沙的慌乱声。

民警局都要被改称警察局了。我明白了这一点，沮丧地走到街上，坐在台阶上开始抽烟。

“有什么麻烦吗？”梅尔基问道。

“他们不想让我进去，一群畜生！”

“别伤心，现在咱们就把他们熏出来。”梅尔基用手指向上面，信心满满地说，“那是你家阳台？”

“是啊！”我点头说道。

还是那个样子，梅尔基没从车里推门出来，他的一只脚踏在车门上，爬上了车顶。

他嘴里还吸着没有抽完的纸烟，看来，他决定把那群建筑工人熏出来。

“嗯，你们完了，狗日的，你们把老子惹毛了。”梅尔基说，“看我怎么收拾你们。”

梅尔基跳上来抓住阳台栏杆，然后翻身过去。他的身材对于翻阳台来说刚刚好。梅尔基一度想做个翻窗入室的小偷。

但今天他不打算从窗子翻进去。他抓住阳台上的板凳，然后把玻璃砸碎，玻璃碴子崩得到处都是，窗里窗外都响起了尖叫声。

看起来，这就是我的命呐，一会儿是傻瓜把门烧了，一会儿是有人用板凳把玻璃砸碎了。

“妈呀！”梅尔基跑到阳台上兴奋地叫道，“你很难想象里面有多少女的！全是光着身子的女人！”

我站在下面，看着梅尔基一会儿跑进屋里，一会儿跑到阳台，向我和孩子们分享最新的消息。

6

当我看烦了梅尔基一个人既扮演朱丽叶又扮演罗密欧的时候，我就自己上楼去了。不论说多少遍“酥糖”，嘴里也不觉得甜。百闻不如一见。

一个半裸的女人给我开了门，她可能是个保姆。过了一秒，身后出现一个穿得更少、同样半裸着的女人。

“我是朱丽叶。”杂牌朱丽叶自我介绍道。

当我找到梅尔基时，他就像一棵虚弱的、光秃秃的无花果树。

“好热啊！”梅尔基一边自我辩解说，一边拿着不知哪个女人的胸罩扇着风。

他的两边都是浑身是汗的女人。十二个女人围着他，要是再来十二个女人排成暖气片围着他更好。

“你在干什么，把自己当成法国国王查理九世了吗，你是要用女人的身体给我暖床吗？”

我还没来得及责骂梅尔基，什特里就出现了。他像个可爱的孩子，听到铃声就跑了过来。

“你们在这里干什么，蠢货，这么吵，把这些女人都吓到了。”什特里浑身颤抖，连嘴唇都在抖。

“这就是你的塔吉克斯坦工人，大庄园主？”我反击道。

“是这么回事，你自己看到了，这些女人都来自奇姆肯特[①]。”他解释道。不知是躲避我，还是躲避那些半裸女人，他一直朝旁边看。什特里很少直视跟自己对话的人。

“在我看来，这就是个不错的妓院。”梅尔基插了一句。

确实是妓院。我的私人房屋变成了真正的妓院。天啊，遗赠给我

① 奇姆肯特并非塔吉克斯坦的城市，而是哈萨克斯坦南部城市，南哈萨克斯坦州的首府。——译者注

房屋的奶奶会说些什么呢。当我奶奶过来找到我父母，并把房子留给我时，她只恳求一件事，就是不要把女人领进这间屋子。奶奶一开始是共产党员，后来改信了宗教。生命的最后十年，我奶奶坐在板凳上，维护小区和单元楼的道德底线。

“老兄，你为什么这么做？是要把我和这些奴隶扔在一起吗？为什么把这些女人赶到我奶奶的房间里？”不知道该如何追究什特里的责任，我懊恼地胡乱说道。

什特里回答道：“她们确实是奴隶。我们把她们的护照收走了。我在这里相当于一个妓女监督员。”

什特里跟当地知识分子一样，把 h 发成 f，把 j 发成 q，把“护照”说成“付照”把“街道”说成“骑道”。

“我还以为你和犯罪团伙断绝关系了呢。我奶奶可受不了这些。”

“听着，我的事和你奶奶扯不上关系。去她的吧，她过的是她那个时代的生活！我得靠这个谋生。”

“唉，什特里，你承诺的欧式装修在哪里？”我找到了能吸引什特里的话题。

什特里报以沉默作为回答。房屋的确发生了变化，多了几张双人床，一些私人物品和窗帘。

什特里立即应付道：“会装修房屋的。”

“什么时候？听着，要么现在付钱，要么从我的房子滚开。”我一把把什特里推开，去寻找梅尔基，他现在应该在某个房间拥抱、亲吻和半裸女人们轮流玩呢。当然，也有可能一直和某一个女人玩呢。这些高颧骨、黝黑、小眼、矮壮的女人看起来一模一样。连名字都很相似——伊泽蕾达、阿里阿德娜、布伦希尔特。

“唉，梅尔基，你去哪了？没穿裤子的机会主义者！”

“你自己就是个手淫狂！”梅尔基反驳道，“所有墙都是脏的。”

7

“冷静一下，冷静一下。”什特里安慰道，“会装修好的，一定会的。我向你承诺了。男人说到做到！”

“别忙活了，哥们。”梅尔基离开妓女，然后说道。他好像记起要咬文嚼字[①]。梅尔基曾几何时也是小伙伴中辩论的主力呢。

“走吧。”梅尔基拍着什特里的肩膀说，“该谈的都定下来了。”

他们走了，我决定再检查下房间里是否还有什么没做完的。看了一下厕所和浴室，那里塞了一堆毛巾、浴袍还有女性化妆品。厨房里堆满了各种甜品，还有装过托尼克[②]和功能饮料的瓶瓶罐罐。

我看完凌乱的房屋，下了楼，却看到下面这个场景：梅尔基把脚都要伸到发动机盖里了，看起来，是为了使自己更魁梧一些，像个小伙子一样坐着，他尽可能大地叉开膝盖、脚趾和手指。

梅尔基对什特里说：“听着，我们非常不满。你要是不尊重自己的哥们，不对这个乱摊子负责的话，我们就跟你算账。得在明天之前，把许诺欧式装修的美元给我们，否则，到了后天，价钱就提高百分之十。每天以此类推。”

“你这是干什么，冷静一下吧！”什特里极力反对说。

“这个女人。”梅尔基指着一个走到阳台上的有麻子的女孩说，“我们把这个带洞的当作抵押和押金。”

“这过分了。”恐慌的什特里又一次反对说。什特里第一次看到梅尔基怒目圆睁。

“好了，讨价还价到此结束。”梅尔基先叶了口唾沫，然后跳到地上说，“明天我们等着你拿三万卢布来。现在我们要带走一个女孩当做手续费和补偿金。”

---

① 因为上一段中的同一个俄语单词重复三次，类似文字游戏，所以说其喜欢咬文嚼字。——译者注

② 托尼克是一种补药。——译者注

梅尔基去找那个姑娘，过了几分钟，从单元门里带出来一个约摸十四五岁的黝黑的姑娘，她虽然娇弱，但是胸部很丰满。这个姑娘小巧可爱，眼睛灰蓝灰蓝的。

“我最喜欢这个姑娘。”他解释道，“好了，我们可以走了。”

8

梅尔基让这个小姑娘坐在前排，和自己挨着坐。我完全不喜欢这个女孩，并不是出于嫉妒。她太瘦了，但是脸又大又圆，眼睛大，脑袋很小。梅尔基到底喜欢她什么？很有可能，我更嫉妒的是她坐在了前排，而且透过没有贴膜的前挡风玻璃，可以看到城市美丽的景色。

说了这么多内容丰富的话，也该离开这个院子了，梅尔基建议随便在莫斯科转转！或者去银松林公园兜兜风。

“你们没个像样的水池，这是要去银松林森林公园洗澡吗？”小姑娘挖苦道，她被自己的玩笑逗笑了，“没有水，阴凉地也凑合？”

一路上，梅尔基和小姑娘有说有笑，东拉西扯。我们在莫斯科兜兜转转跑了三个小时，我坐在后面听他们闲聊，听他们瞎扯，他们说的那些没底线的话，差点让我疯掉。

“姑娘，姑娘，你叫什么名字？”我从后座探出鼻子问道，这样可以离欢腾的氛围近一点。这次我对他们之间直白的口头交流感到嫉妒。

“阿索莉！”①

“他叫格雷！”②我指着梅尔基说道。

结果是一阵令人费解的沉默。我的玩笑没有得到任何反应。如果我当时说的是“我叫科里亚”，那么也许会有所回应。

“真是个蠢女人。”我靠到后座椅上。不过，我很快就平静下来

---

① 阿索莉是《红帆》小说的女主人公。

② 格雷是《红帆》小说的男主人公。

了，不再注意他们了。我看着窗外，不禁想道，我们这种孩子气的做法是不是太离谱了。

“不，我不是。”沉寂了大概十分钟之后，不知怎么的，梅尔基叫道。

“你不想叫‘格雷’，那就叫‘特利斯坦’。梅尔基，你已经该从男孩成长成男人了，成长为一个真正的骑士。”

“你才是一个孬种。”梅尔基突然猛打方向盘，一会儿开到路肩上，一会儿向左开，差点儿跟对面的车撞上，“你怕了吗？尿裤子了没？”

阿索莉哈哈大笑起来。她银铃般的笑声使得不愉快一扫而净。

9

在莫斯科河边的银松林公园，我和梅尔基的关系稍微缓和了一些。脱下衣服，大家都一样。我们躺在鹅卵石上，透过绿色的酒瓶看着天空。

“伙计们，我很高兴和你们出来。”阿索莉沐浴着太阳，而太阳就像一个炙热的火盆点燃了她的胸部。她那透过泳衣若隐若现的奶头上的水珠并不比她身体上其他的水珠大多少。当太阳开始落山的时候，我提议离开这里。大家穿着湿泳衣，钻进车厢，坐在皮质座椅上。梅尔基打开空调，我们开始弄干自己的衣服。为了不把自己干得太透或者烤干，我们来到了一个酒吧开始喝起来。准确地说，我们去的不是酒吧，而是一个工厂食堂改造的小酒馆，我要了一份“血色玛丽”和一份番茄酱豌豆牛排，而梅尔基要了一杯龙舌兰酒。

而鸡尾酒的下酒菜呢，梅尔基没怎么想，就习惯性地要了一份土豆鲱鱼。

“怎么才能把这么大一条鱼吃到肚子里呢。”梅尔基揉着自己的肚子，“让它们在里面游游泳。”

“应该这样喝龙舌兰酒。”我教育他，“先倒点盐，然后喝酒，接着吃点柠檬和水越橘。”

“这样啊！”梅尔基不太相信地看着我，然后看着自己选择的透明饮料的下面。窄小的杯子边上放着一小片柠檬，而盐全弄洒了。

“盐在哪里？”梅尔基从一张桌子跑到另一张桌子，仿佛是他的衬衣被我的“血色玛丽”弄脏了一样，“盐在哪儿？”

“我在这儿！”从更衣室走出来的阿索莉拦住梅尔基，说道。

“不是找你，傻瓜。”梅尔基责骂道，“是找配酸柠檬的盐。”

“我就是，宝贝。”这个从波罗的海沿岸来的妓女抓住梅尔基的手说，“我就是你要找的莱玛。”①

梅尔基已经再也找不到什么难听的话来骂这个蠢女人了，他仿佛被开水烫了一样猛地挥了一下手，从一张桌子跑到另一张桌子，一直跑到厨房门口。

“你们的盐在哪里？”他把一个中年的洗碗工当成总厨问道。

“没有盐。”洗碗工说，可惜回答这个问题的不是洗衣工。

“怎么可能没有盐？”梅尔基生气地问道，“酒馆连盐都没有。”

“我们停止向乌克兰供应燃气，他们停止向我们供盐。”一个政治素养很高的老太太解释说，“整个国家都出现了盐荒。”

“天呀，这样的话，过不了多久就会因为盐的问题发生暴动。”

缺乏盐和火柴会成为战争的导火索。我想道：和谁开战呢？和乌克兰，还是和梅尔基。他会不会把这个肮脏的地方砸个稀巴烂？梅尔基会不会在这儿被撂倒？

“咱们离开这里。”我对梅尔基说，“别搞事了！”

“去哪里？”

“去找个水坑，更深一点。现在轮到你蹲水坑了。”

---

① 此处为文字游戏，俄语中“盐在哪里”与“阿索莉在哪里”发音一样；而“酸柠檬”与“莱玛”发音相近，第五格变格后相同。

10

离开酒吧后，我本打算建议把车归还给车主，玩玩就够了，该各自回家了。但是梅尔基把我们带到斯特罗季诺河上高耸的“红帆”大楼。畅饮之后，梅尔基就象一个被带回犯罪现场的小瘪三一样。我们站在莫斯科河的沿河街上，“红帆”大楼在红日的余晖里，如扬帆起航的帆船一样美丽动人。

“那现在。”阿索莉好奇地问道，“我们到哪儿了？”

“现在好像该上楼了。”

“怎么，你住在这里？”

我们已经没钱再大吃大喝了。但手里拿着房屋钥匙，之前我们曾往屋里搬过欧式装修所需的水泥。梅尔基像彬彬有礼的绅士一样，为阿索莉稍稍挡住吉普车门和单元门。我们上楼去了，虽然肩上没有背着水泥袋子，但感觉也不轻松。

宽敞的房间没有隔板，只有承重柱子，这看起来很像堆满袋子的船舱。浴室和厨房里堆放着水管，聚合物金属材料直接楔入墙体，新的“布卡吉”水龙头就像蒸汽机车的阀门一样。墙角堆放着我们做苦力搬上来的砂浆混合剂、水泥等所有的东西。还有一个旧餐桌和几个方凳。

另一个墙角，玻璃纸下面放着房主从建材市场买回来的便宜沙发。油漆工应该在上面睡过。

“太棒了！”阿索莉在不平整的地面上转了一圈，就像是在甲板上一样，“你们真是好样的！”

她喝了半杯红酒，现在有些醉了，看什么东西都是粉红色。褶边裙露出了她匀称的腿和晒黑的膝盖。

我受不了这种诱人的画面，于是就去阳台欣赏莫斯科夜景。街道上的万千灯火就像浮标一样指示着航道的方向。窗户就像灯塔一样警示着高楼的柱子和礁石。

当我回屋时，梅尔基正在哄骗阿索莉说，他会在哪儿摆一张双人床，在哪儿给孩子摆个儿童床，哪儿会是书房。他逐字逐句地重复头头曾告诉我们的话。他成功地让阿索莉相信了这是他的房屋。

阿索莉开玩笑似的抱着他说："你真的会娶我吗？我们会有孩子吗？"

梅尔基继续说："我们还要把车漆成白色！"

他们干巴巴地深吻了很久。为了不煞风景，我又去了阳台，开始抽烟，一根接着一根地抽了起来。我靠着墙站在小阳台上。宽敞的空屋子里充满了两个年轻人的爱恋，这让我感到阵阵惆怅。

11

"车该还给人家了。"当梅尔基结束亲吻，到阳台上来抽烟的时候，我说道。

"不是现在还。"梅尔基吸了口烟，说道。

"那什么时候还？要等到他们找到我们，把我们的脑浆打出来吗？"

"我不在乎！我现在很幸福！"

"得了吧，梅尔基，你是没谱了。"我生气地说，"这样太过分了。呐，给车主打个电话，告诉他，我们把车停在了之前开走的地方。是时候还给人家了。"

梅尔基坚持说："我不在乎。"他吸了几口烟，每吸一口，就往阳台下吐一泡口水。

"你想干什么，你疯了，梅尔基。因为这辆车和这个姑娘，我们会被人搞死的。她不过就是个妓女。"

"她是阿索莉。车可以染成白色，车主就找不到了。"

"阿索莉——这是妓女才会起的名字。醒醒吧，梅尔基。没有什么白色不白色的。你被这个女的弄昏了头吧。告诉她这不是你的车。"

“你给我闭嘴。”梅尔基说道。

“你闭嘴！”

梅尔基不再说了，因为他看到了阿索莉。她站在阳台门口，听到了我们的某一段谈话。阳光照在三个方向的双层中空玻璃上，在这样的背景下，阿索莉的影子变成了黑色。

“我们在这儿干过活儿。”梅尔基对阿索莉说，“这些袋子就是我们搬过来的。我们不是这艘船的船长。我们只是苦力劳工。”

“车也不是我们的。”我补充道。应该尽快毁掉在空穴上建造的海市蜃楼，这样梅尔基就没有什么可撒谎的了。

“是我们偷来的。”梅尔基承认说。

“更准确地说，是租用。”我解释说。

“如果把车染成了白色，那么就算我们把它偷走了。”

“但我们不会这么做！永远不会！”

“好了，前戏够长了。”梅尔基狠狠地说，扔掉烟头，回屋找到阿索莉，“我们脱衣服干活吧。”

为了不听见他们的呻吟声，我把身子从阳台探出来。阵阵微风吹过我的耳边，传来远处的喧嚣声和路边的喧闹声。房屋的高度使我眩晕，肚子有点儿难受。如果在船上的时候，喝醉的船员格雷强奸阿索莉，那会发生什么呢？木马病毒就像贪吃的蜜蜂幼虫一样，钻进马肚子，但最终会腐烂。世界上没有奇迹，这种想法令人感到恶心。

12

“我干完了，该你上了。”还没过五分钟，梅尔基穿着丁字裤来到了阳台。显然，他觉得，穿丁字裤会让他显得更成熟、更性感。

我皱着眉头说：“我不太想做！”

“别躲躲闪闪了，我们是兄弟。”他拿过我手里的烟，我应该在他之后和阿索莉继续性关系。

至此之前，我从没有和妓女发生过性关系，但是我同意了，因为男人要是没有女人，就像虱子没有腿一样。我趴在阿索莉身上，看着她的眼睛，我每动一下，她眼中纯真的蓝色就变少一些，而灰色的冷漠则越来越多。我晃动着她那瘦弱的身体，这身体就像面值十四福林的匈牙利货币一样全是骨头架子，我觉得自己就像是失去一条腿的虱子，仿佛是柔弱的肩上担着一个水泥袋子。

看来，我们的奇遇，我们在神奇海洋的畅游，至此就结束了。我们只是和这个小姑娘胡闹了一番。

当我来到阳台上的时候，梅尔基正用我的手机和谁热烈地交谈。

“对，你放心吧。”他对着话筒说，“好了，马上我们就把她送回去。现在她就坐无轨电车回你哪儿。”

“出啥事了？”

“这些傻瓜雇了一些蠢货来找我们。你还记得野兽谢列克和他那帮哥们吗？他们威胁说要砍断咱们的手脚。他们已经去你奶奶留下的房子那儿找过你了。”

是时候收拾东西走人了，我恶狠狠地想道。梅尔基似乎也是这么想的。所有的不务正业和反叛情绪在这个年轻人的身体里消失殆尽了。稍微发泄一下激情就好了。现在可以放松了，我们就是不值一提的小人物。

“你个白痴，”我一边穿夹克，一边对梅尔基说，“看看你都惹上谁了。”阿索莉这个时候正往自己纤弱的身上套裙子。

“你自己呢？难道是我建议去妓院的吗？是我先找什特里的吗？”

“你就是个没主见的蠢货！”

“那谁是粪袋？”梅尔基反驳说。粪袋，这种比喻的方法是梅尔基自己想出来的。他想出来并把它用上了。“咱们出去，像男人那样聊聊。”

13

“你们可别忘了我！”阿索莉整理着头发和裙子，恳求说，“你们不会忘的，对吗？”

“不会忘的。”我挥了一下手，说道。现在我们已经顾不上她了。

“保证不忘？”

“保证不忘。”

收拾好后，我们走到了无人的院子里，这里已经改造成了“红帆”大楼的广场。

“你可想好了。”梅尔基走在后面说，“你是个子长呢，还是身体干瘦？我能把你这个细长条折成两半。”

“我们去好好比划比划。”我回答说：

“我是个小矮壮，也就是说忍耐力强。而你就像查波罗什人一样虚弱。”梅尔基是个心理战术专家。

我们穿过雕刻花纹的拱桥，来到了儿时的城市，那里布满了爬墙虎，就像是迷宫一样。在里面绕了几分钟后，我们三个人走到了堆着沙土的广场上。然后我们相对而站，形成三角形。不知是百慕大三角，还是爱情三角。我一会儿看着阿索莉，一会儿看着梅尔基，我有点费解，又不知所措。

“我们这是要做什么？”梅尔基当着阿索莉的面对我说，“是打架，还是在这儿发呆？”

“不知道。”我耸了耸肩，温柔地看着梅尔基说，“不是你想干点什么吗？”

“你他妈整天在我女朋友面前羞辱我？！”梅尔基找到一个打架的借口和谈话的开头。

“准确地说，是我当着你的面侮辱了她！”我接着说。

“你为什么说我是同性恋？”梅尔基搓着手，看了看四周说。

“什么时候？”我有些惊慌地说。

“你今天在车里问了她的名字之后，说我是同性恋，然后又说我是彪子，现在又说我是粪袋。”

关于粪袋，我得再强调一遍，这是他自己想出来的。

“啊！”我笑了，结果颧骨上挨了一巴掌。

当梅尔基转头看阿索莉，想让她看看自己的英雄气概的时候，我回了他一巴掌。

和梅尔基打架是一种快乐，也很可笑。他的手够不到我，连我的的下巴都够不到。我像美国人一样，打击精准，打了他之后就闪开，让他无法还击。我专门打他最脆弱的地方——下巴和鼻子，直到打出血来。

正如说过的，我们打架不是打到出血，而是打到流泪。梅尔基受不了了，就无助地哭了起来。我想安抚他，但是不管用。

“你是个怪人！”梅尔基哭着嚷道。

“你是忒休斯[1]。”梅尔基的衬衣被血染红了。

我想，他又把我说的这句话当作是对他的侮辱了。总之，他再一次没理解我的意思，因为这种不理解，因为我在身高和智商上保持着优势，他哭得更加厉害了。

幸运的是，阿索莉过来了。她从口袋里拿出手帕，折好后为梅尔基擦拭鼻涕和眼泪。鲜血染红的衬衣对她而言，成为真正的红帆。他们拥抱在了一起，然后沿着小区另一边的河岸走着，有钱人们的“红帆”大厦在夜色中越来越模糊。

此后，我再也没见过他们俩。不知道他们是决定一起逃跑，还是阿索莉回到了淫窝。如今，这么多年过去了，我怀疑当初逼迫梅尔基放弃盗取吉普车的计划，放弃孩子般不理智的反抗，放弃反抗弥诺陶洛斯[2]式的牛鬼蛇神，这种做法是否正确？我是不是太严厉了？我是

---

① 忒休斯或提秀斯，公元前 13 世纪传说中的雅典王，英雄。——译者注

② 弥诺陶洛斯是希腊神话中克里特岛上的怪物，牛首人身，为弥诺斯的妻子帕西法厄与公牛所生，后被忒修斯所杀。——译者注

从必然的死亡中拯救了昨日胆大妄为的梅尔基，还是害了他，并且摧毁了阿索莉的梦想呢？

有时，我抽着烟走到阳台上，看着莫斯科夜景的时候，会想起他们。有时看到白色的吉普车，我会发抖，而且我特别想看到，从车里出来的是阿索莉和梅尔基，他们相拥在一起，沿着河岸慢慢走着。

（刘柏威　译）

童　　年

——瓦列里·艾拉佩强

1

家里一共有四个房间：客厅、儿童房、奶奶的房间和父亲的房间。母亲每晚安顿我们睡下以后，就回到父亲的房间休息。房子当时的设计是：父亲的房间是独门外开，从其他房间无法进入。母亲忙里忙外，细碎的脚步踩得地板吱吱作响。我的奶奶（或者简单地叫做“巴伯”——亚美尼亚语中的“奶奶”）瓦尔谢妮克的房间也有个单独的门。这使得势如水火的妈妈和奶奶得以相互忍让，也满足了父亲“归隐”的需要，他每天至少要有两个小时的独处时间。父亲对书籍、照片、音乐、邮票和自己的指甲（是剪下来的指甲）感兴趣：他把剪下来的指甲收在一个小火柴盒子里。他的房间四周都是书架，高高的，直达天花板，房间正中间摆着一张床，右边是一台唱机，左边是一张桌子，桌子上放着照片冲洗机，再往里走有个小搁架。在这些杂乱的摆设之间，是一条狭窄的通道。其中一个书架上，在紧靠书脊的地方，立着个小瓶子，瓶身上贴着简短而骇人的两个字：“毒药！”这个小瓶子引起了我无限的想象。我常常想它对人体、皮肤和眼睛有什么样的作用。我不禁想，要是有人喝了这毒药，肯定会浑身起水泡，眼睛里流出浑浊的血，中毒的人会发出惨绝人寰的嚎叫。然而，对我各种变着法的打听，父亲总是充耳不闻，我只得自己想方设法探寻究竟。父亲的房间总是让我感到无声的颤栗。我认为，这个房间一定藏着什么不可告人的秘密。

房子的四周是石灰筑起的高墙。院墙根儿里边长着一溜儿石榴树、李子树、桑树，靠院子中间的地方有两棵无花果树和一棵苹果树。无花果树上钉着一些大钉子，还打了楔子。“这树就喜欢铁呀！”爷爷谢尔盖常常高声喊道，喜悦的脸颊上泛着红光。无花果树上挂着很多小绿果儿，摘下一个打开，里面乳白的汁液黏黏的，舔一口还很涩。到了八月，果子成熟了，里面的汁液就变成了金黄色，甘甜如蜜，熟透的果子掉到地上，像死掉的白嘴鸦一样，颜色渐渐变深。我们在院里疯跑着，我们踩在熟落的果子上，果子的浓浆与干燥的尘土搅在一起，让我们脚下打滑。长着几棵石榴树的地方以前是个污水坑。茂盛的石榴树上结出了丰硕的果实，那石榴果比小孩子的头还大。鲜红的石榴头上顶着个小皇冠，从里面挤出来一撮棕色的小茸毛。

夏末，桑葚树上结满了棕褐色、紫红色或黑色的凹凸不平的果实，就好像是树枝上爬满了甲虫一般。整棵树微微颤动着，热风在树叶间徘徊。有时候，桑葚树是我们复仇的武器：抓一把桑葚用力地往惹了你的人身上一扔，马上就能大仇得报。通常，那个惹了你的孩子的妈妈会粉墨登场，她会对着院墙这边，提起嗓门高声数落我们，说我们不该乱扔东西，扔到衣服上洗都洗不掉，骂我们都是不知羞耻的孩子。等到桑葚粒儿完全成熟了，奶奶弓着背，脸上笑嘻嘻的，拿着一块旧的盖毯，脑袋颤颤巍巍地走过来，我和姐姐娜塔莎把盖毯在大树底下铺开，然后爬到树上，用力摇晃那些细小的枝条。奶奶瓦尔谢妮克坐在树下离盖毯不远的地方，在明晃晃的阳光下眯缝着眼，眉头紧锁，时不时抬头看我们俩一眼。我和姐姐娜塔莎摇累了，就找一根粗点的树枝，坐在上面摘桑葚吃。淡紫色的果浆把我们变成了花脸猫，弄得衣服上、腿上到处都是。我们一边吃一边打闹，冲对方做鬼脸，幸福洒在我们的小脸上。娜塔莎就像个野孩子，披着条已经磨起毛的黑色披肩，乌黑的头发垂到肩膀，眼睛一眨一眨的，明亮有神。娜塔莎是我的守护神，谁敢打我，她就打谁。男孩子们都把她当成头儿。这附近所有的死猫她都亲自鉴定过。娜塔莎敢用手抓着死老鼠的尾巴把它拎起来，她打弹弓可以说是百发百中，她还能用几个轴承做辆踏板车，踩着它顺着柏油路的坡往下滑。娜塔莎是我在院子里与别人争吵时最主要的论争依据。

透过树梢往上看去，天空露出一块块蔚蓝的颜色。一股股暖风扑面而来，生活仿佛会永远都这样欢乐。奶奶一旦发觉我和姐姐——按她的说法——“屁股长在树上了”，就一定会数落我们一通。此时，我们会迅速调整姿态，握紧树枝上下左右地摇晃，那姿态就好像是野人部落祭祀仪式上的疯狂舞蹈。桑葚纷纷脱落，像紫色的雨点一样撒落在盖毯上。有些桑葚不堪重击，落在地上被摔扁了，里面的汁儿流了出来，周围会形成一个紫红色的小斑点儿，像极了战场上牺牲的士兵。最后，等到只有树儿在摇晃，再没有桑葚落下时，奶奶就会用亚美尼亚语喊道“黑里卡！”，也就是“可以啦！”的意思。我们从树上跳下来，和奶奶一起扯着盖毯的四个角，让桑葚都滚落到中间去，盖毯的中间出现了一堆紫蓝色的野果。奶奶把盖毯四角扣在一起顺手打个结，抱起一大包桑葚快步回到院里，开始打理收获的果实。我们都非常非常爱奶奶。

2

有一次，我的堂哥阿尔门来我家做客。家里只有我、妈妈和他。爸爸在邮政列车上班，当时跟车外出了，奶奶去了住在埃里温的女儿家做客。我们俩一整天都在院子里疯跑，晚上就坐在父亲的房间里听唱片。我当时很喜欢听列昂季耶夫的《滑翔》和一首关于两个格鲁吉亚人以及一个什么花瓶的歌曲。阿尔门又黑又瘦，他的脖子上有一个白癜风斑点。我很喜欢它，也就是他脖子上那个白斑：有了它，阿尔门才是阿尔门，才是我的堂哥。他要是没了这个斑点，我会改变对他的看法，他就是别人了。白斑为阿尔门陡增了好多神秘色彩，让人对他本来的样子陡增好奇。“这是一种治不好的病！”——他说道，眼中闪烁着劫数的寒光。我以堂哥为傲，为他的勇敢感到自豪，甚至偷偷羡慕他：羡慕他得了这种病，羡慕他身上的未解之谜——那种治不好的病，那种他无法承受的成年人重担。此外，阿尔门很能打架，这毫无疑问让他享有了无上的权威。

妈妈在客厅忙碌，之后喊我们出来吃晚饭。阿尔门不怎么吃饭，为此还曾被他妈妈打过。而我恰恰相反，是个十足的吃货。不记得什么时候有人曾经跟我说，食物给人带来力量，吃得多的人会变成大力士。我相信了，而且再也不放过任何让自己长力气的机会。我的肚子圆滚滚的，成了名副其实的饭袋子。

突然，窗外传来一阵骚乱声。人群四散奔跑，叫喊声不绝于耳，有个人"啊！"、"啊！"地尖叫了两声。我们听到了嘶哑声中夹杂着令人毛骨悚然的尖叫声。

母亲从椅子上弹起来，快步跑了出去，没一会儿又返了回来，像一只受到惊吓的母鸡一样在房间里跳过来跳过去，不断拍着自己的大腿，"完了，完了！杀人了，杀人了！完了！"我和堂哥坐在那儿没有动弹，一股莫名其妙、麻木又酸胀的感觉忽然提到了我的嗓子眼，顺着脖颈一直窜到后脑勺。虽然没有感到恐惧，可我还是僵在了那里。"上帝呀！上帝呀！"母亲语气中带着哭腔。不一会儿从卧室出来了，手里紧紧攥着几条干净的床单。她在大厅的中间迟疑了一小下，冲到我面前，牵起我的手，把我拉出餐桌。平时任性倔强的我，这会儿出奇地温顺，某种说不出的新鲜感紧紧包围着我。

"咱们得去帮忙。"她说话的声音让我觉得有点陌生，"阿尔门，你坐在这儿等着。"

我们从家里出来，朝有轨汽车站走去。我看见一个穿着黑裤子的男人挣扎着想要爬起来，他双腿颤抖，双手轮流向上挥动，好像溺水了一样。

我们走上前来，这是个黑瘦的年轻人，下巴长得很有棱角，他仰面躺在烈日烤过的柏油路上，疼痛和恐惧让他整个人开始痉挛。他的背部被人刺了至少十刀，伤口有锥形的，有椭圆形的，有的伤口就是长长的一条缝儿。血从锥形或椭圆形的伤口四周流出来，然后像火山喷发一样肆意地溢了出来。长条缝儿的伤口里一直往外流血。血像一条条链子从他身体侧面流到柏油路上，迅速地凝固成一滩。耳朵下方也仿佛长了一个细微的喷泉一样，在往外喷血。月亮映照在血泊上。血腥味混着烤焦的沥青味，仿佛像祭拜用的香的气味，一浪一浪地往鼻孔里钻。

一股死亡的气息笼罩着他，他已在劫难逃。这个男人眼眶乌青，浑浊的眼珠惊愕地转动着，好像要尽力搞清楚到底发生了什么，为何自己竟横尸街头，直到后来，他看到了我看他的眼光。我站在这个奄奄一息的人几步开外的地方，用儿童好奇的目光贪婪地盯着他看，可能孩子单纯宁静的样子安慰了垂死挣扎的人，这一刻他不再蜷曲着身体，眼珠也不再乱转。我们对视着，像两个老熟人一样，又好像一对长期分离、到了垂暮之年再度重逢的双胞胎兄弟，四目对视。这一刻，时间静止了，我们也仿佛与周围的世界隔绝。可以看到，他的意识也慢慢消亡，生命之火渐渐地熄灭。夜幕降临，他的神志也裹上了一层无形的黑色尸衣。最终，奄奄一息的他放弃了愤怒的抵抗，从最初的歇斯底里，变成了最后的微微抽搐。斗争结束了，他的嘴巴逐渐张开，眼里的光芒渐渐消失在黑夜中。男人的头猛地一颤，脸也瞬间干瘪了，就好像是有人从他身体里抽干了空气一样。

妈妈拿着沾满鲜血的床单站在那儿，不一会像个牵线木偶一样侧过身来。她在寻求帮助，但整条街的人都情愿躲在自己家的小院里，扒着窗户、隔着门缝或从栅栏里伸长脖子，观察着这里发生的一切。这时，凶手的帮凶们出现在被杀的人周围，他们个个都是脸形瘦削（凶手中很少有胖子），其中一个喉结明显，大背头梳得光滑有型。妈妈手里还抱着床单，我手里拿着绷带和剪刀。情况紧急，妈妈决心上前帮忙，她向那个人挪近了几步。突然，一个又矮又瘦、眼神犀利而邪恶的人像是从地底下冒出来一样，出现在了我和妈妈面前。他手里紧握着一把带血的刀。这个凶手看上去像是吉卜赛人。

“一边去，蠢娘们儿，狗日的，不然叫你躺倒在这儿，叫你儿子也躺倒在这儿。”那个“吉卜赛人”小声嚷着，嘴角泛起白沫，一边说一边晃着手里带血的刀。

妈妈说："唉，唉，唉！"拉起我的手，快速往家跑。我扭头一看，那个吉卜赛人俯下身，又用力地在伤者的脖子上补了几下子。砰砰两声伴着他吧嗒嘴的声音、吐唾沫的声音和死人腹腔出气的声音一同传到了我的耳朵里。地上躺的那个人蹬了两下腿就死了。

妈妈嘴里嘟哝着什么，同时加快了脚步。我能感受到，她非常恐惧。她的手心冒汗，黏糊糊的。她时不时低头瞥我一眼，点点头，似乎是在自己心里一遍遍确认儿子无恙。

等她这医者仁心的冲动消失之后，她才意识到，自己差点儿死了，差点儿还害死了自己的儿子。"真蠢！真蠢！"她身体神经性地颤抖着，"西莉瓦，你真是个蠢女人，怎么可以做出这种事呢？！"她用母亲特有的怜爱的眼神一遍遍地打量着我。阿尔门坐在钢琴旁的地板上翻着厚厚的图画书。他被吓坏了，黝黑的脸变成了铁灰色，其实孩子们都明白窗外发生了什么事。我们进来时，他迅速站了起来，前言不搭后语地喋喋不休起来，大概，这是给吓的。

睡觉前，妈妈没有像往常一样给我读故事。电视机开着，我躺在妈妈旁边，想着那个被打死的人。我并没有感到惋惜，那时的我还不懂得可怜别人，我只是对今天学到的新知识感到欣喜，沥青上烤焦的血，这种味道莫名其妙地搅动着我的思绪。我明白了一件事：原来，人是可以被杀死的。阿尔门在隔壁的床上打着呼噜，他的嘴微微张着，又让我想起了那个人。我们都会死，总有一天我也会死。奶奶会死，爸爸、妈妈会死，姐姐娜塔莎、娜佳、堂哥阿尔门也会死，只是，谁也不知道，死亡会何时何地来临，怎样发生。

"妈妈，我也会死吗？"

"什么？呃……，不会的，儿子，你说什么呢…… 说什么呢！…… 别想了…… 睡吧…… 上帝啊……"

这个回答让我更加坚信自己的发现是对的。我用被子捂住头，咬住了自己的拳头。就这样我一下子长大了。

（周聪　译）

两个死人

——瓦列里·艾拉佩强

1

奥克桑娜打破了我五彩斑斓的幻想，没有给我留下一丝希望。

她的性格很多变，有继承她母亲的，有和朋友学来的，男人的专横、女人的浪荡在她身上完美的结合，有时又像个孩子，爱使小性儿。总之，她这个女人，让我不爱她，我做不到。

我倚靠在小楼梯的扶手上，目送她离去。她说要去父母那待两个星期，但我很清楚，我们注定不能在一起，分手已在所难免，一切都已结束。

分开前，我们站在敞开的窗户旁边，相视无语。奥克桑娜的胸部被背心包得紧紧的，随着呼吸上下起伏。乳头紧贴着薄薄的背心，像两粒成熟的桑葚一样微微凸起。乳头似乎呼之欲出，紧张的呼吸让它们跟着轻轻颤抖。风从我们旁边吹过，如梦如幻，我们对面站着，也恍若游离。

跟她分开之后，我的生活是状况频出，打击一个接一个。生活中有任何小小的不快，我都觉得是有人故意编排好的，我变得疲惫不堪，濒临崩溃，脆弱的神经好像一个能干的驭手牢牢操控着我整个人。奥克桑娜从没爱过我，也许她最初对我有过好感，她当时说过，我身上有股可靠又温暖的气息。

我从贝尔哥莱德来彼得堡已经半年了。六个月来，我尝试着在一个全新的、空荡荡的城市安定下来。二十六周来，我没见过奥克桑娜。一百八十多天来，我一直疯疯癫癫。

从贝尔哥莱德转到彼得堡医学院可不是件容易的事：我被人一个办公室支到另一个办公室，而每个办公室里都会有一个人像是接到了指令一般，耸耸肩建议我到另一个办公室去。就这样，最终我到了人事部，一个只有一名工作人员的部门，这名工作人员是个胖女人，脂粉味特别浓，已经过了结婚的年纪，右手无名指却还空空如也。我不得不对她进行洗脑，努力让她觉得没有彼得堡户口和俄罗斯国籍都是小事一桩。在绝望的当头，我甚至杜撰出了一部照顾我这样的年轻人的政府决议，并讲了几段我这个难民的辛酸往事。在陈述的最后部分，按照我的猜想，我还不得不面带微笑，向人事部女工作人员那烦闷发福的脸递上我的温情。最后一次，当我陪着微笑，献上我微薄的柔情，当我含情脉脉地看着她，仿佛在祈求她为我生个孩子或者允许我当场为她去死，我发现，她那深邃而飘忽的双眼湿润了，一瞬间，又仿佛有人轻轻地拿小火苗点亮了一般，她小心地眨着眼，尽力隐藏着眼底的羞涩。差不多沉默了半分钟，她拿来一堆名册，写上了我的名字，亲自填了一些必须的文件，盖好章，让我拿着这些文件回系办进行最后的审核。我还记得，我是多么诚恳地说了句“谢谢”，她不敢把绯红的脸颊面对我，挥手让我快点离开，别站在这里使她扭捏，生怕我的眼神再去触碰她沉睡许久的少女情怀。天呐，绝望之际的奋力一搏多有威力啊！

升入四年级，也是大学的最后一年，课上到四分之一，我被派到贾涅利泽急救研究所外科创伤与急救复苏部实习。我去哪做什么都无所谓，我自己都快死掉了，这么说来这个科室还挺适合我的。眼下最需要急救复苏的人就是我。就连和办公室里同事的讲话都让我觉得很遥远、很神奇、难以置信，仿佛那是儿时的景象，无论如何我都无法再来一次。

奥克桑娜依然住在我的心里，就在我旁边说话、走路，对我颐指气使。她与我存在于平行的空间里，没有交集，但有时候她就是我。

2

我走进病房，就好像孩子在桑拿房里被雾气笼罩着一样，我被人类不堪一击的羞辱感笼罩着。无助的人们恍如坠地的黄叶一般，躺在这里。在这个被分成了两个相通隔间的区域内，微弱的灯光在无助地抵抗着浓浓的夜色。这场抗争，结局已定。

八张刷着米白色油漆的铁床，床头一律紧贴着天蓝色的墙壁摆放，床头已是伤痕累累，油漆已基本脱落。昏暗中，这些床就好像猎人布下的捕兽夹。病人的双手被绑在病床左右两侧直角形的侧板上，以免他们垂死挣扎时伤害到自己或医护人员，或者打坏抢救仪器。病人仰面躺着，有的还骄傲地翘起憔悴发黄的下巴，嘴巴夸张地张开，里面插着粗粗的导气管。不管是年轻人或老人，赌棍或长满疥疮的流浪汉，柔弱的女人或浑身弹孔的狠角儿，都不约而同地聚集在这个外科复苏室，仿佛是一群阴谋家来这里进行密谋。落难于此的人，命运已经被吝啬的死神牢牢握在手里，活下来的几率有多少，只能看他对生命有多大的渴望了。

病房里散发着人体开始腐烂的味道，到处是凝干的血块，充斥着呼吸机所发出的嘶哑的呼吸声。寂静就像是受罚的小学生一样，乖乖地待在房间的每一个角落里。我环视四周，突然明白，自己和这群不幸、无助而压抑的人没什么两样。说不定，这里有人透过模糊的意识还能感觉到一股强烈的幸福感，庆幸自己竟然还活着，或是内心对好好活下去充满了期待，而我呢，只是出席了这场生活的热症，如行尸走肉一样毫无意义地存在着。

突然，一个女人的大嗓门打破了寂静。

“你是学生吗？”她问道。

我转过身，面前站着一个保养得很好的成年女性，她胸部丰满，长得好似戴安娜王妃。

“是学生。”我回答道。

“好。”她的声音清脆如铜铃，“以后就跟着我吧。”

我幻想着未来和她相处的景象，明显感到自己下半身起了冲动。

“都会些什么啊？”

作为一个医学院的学生，我会的东西还真不少。我学东西快，求知欲强，完全没有洁癖，这让我在各种临床操作中游刃有余。血液、脓包、黄水、恶臭的腐肉、裂开的伤口、病人临死前的怪相、癌症病人的迷茫、流产妇女的忧伤——它们就是我这两年来生活中的家常便饭。

我叙述着自己擅长的专业领域，这个女人眉间的皱纹消失殆尽。

“还不错。”她说道，铜铃般的声音仿佛穿透了我的脚心，“留在我们科室吧，可以先熟悉一下病例。”

“戴安娜王妃”名叫尼娜·彼得罗芙娜，是这里的护士长，难怪她的声音里总有种带刺儿的威严。她走开以后，我在原地站了好一会儿，努力集中思想，做点行动规划什么的。我先是在整个科室里遛了一圈，看了一眼手术室、主治医师室，又回去看了一眼病房，然后去了冷藏间。冷藏间的地板上停着两个刚刚过世的男人的尸体。这之后我回到了主治医师室，决定熟悉一下沦落于此的病人们薄薄的病例。

3

谢苗是我的实习拍档，他过来的时候我正看病例看得入神。我早就知道，与我同一个年级的谢苗要和我一起实习。他是个活泼开朗、厚脸皮、头脑简单的家伙，我在报告中把他描写成了复苏室实习活动所需的完美搭档。

“病例，啊，你在看……病例？”他笑眯眯地问道，好像抓到我在做什么丢人的事一样，“抽一根儿去？”

我们出了房间，走到医院里的斜坡上，开始抽烟。

外面阴沉沉的，很闷，让人不禁期待一场暴风雨。旁边站着个姑娘，面无血色，一条腿打着石膏。这姑娘倒是和这天气很配。

“不错！”不知怎的，谢苗冒出了这么句话，然后心满意足地深深吸了口烟。

抽完烟后，我们回到办公室，喝着加了白兰地的咖啡（冰箱里总有取不完的酒，都是病人亲友送来探病的礼品，这丝毫不影响最后的结局：死亡让人清醒，滴酒不沾）又开始聊起来。谢苗一直在讲述起那些让他醉生梦死的“小母牛”，几次还绘声绘色地表演着后入式姿势，也许是为了强化叙述的效果吧。我听着点点头，内心平静如水，没怎么在意他说了什么。

“诶，你呢？”他神秘兮兮地问道，“是不早就弄过了？”

好在这时果洛夫科医生走了进来。他身材不高，有点谢顶，看上去很和善。幸好他来了，不然我还得含糊其辞地回答谢苗那些缠人的问题。

“小伙子们。”果洛夫科喊道，满是黑胡茬的下巴不住地颤抖，好像是强忍着不让自己哭出来一样，“趁着还年轻，好好值班！”

果洛夫科喝得醉醺醺的，顺嘴溜出了这句话就走了。

“活得可真自在！”谢苗把剩下的一点咖啡加白兰地干了，牛头不对马嘴地说，“爱情，屁也不是！”

我们一整天都在自己的科室和隔壁几个科室之间闲逛，要是碰到同届的同学，就彼此交换一下实习心得，有时也一起出去抽支烟。

其实，主要是谢苗在说。我呢，仿佛罩着一块痛失爱情的囚布，像一个影子跟着他们，他们笑，我也笑；他们问我问题，我就答“是”或“不是”；要是没要求必须回答，我就默不作声。总之，我整个人都萎靡不振。

夜晚来临之前，我们几乎抽光了我们兜里所有的香烟，拜访了所有能拜访的熟人，观摩了两场腔镜手术。我们在办公室溜了一圈后走进一间空荡荡的病房，铺上白天发给我们的已杀过菌的床单，几乎是一沾床就睡着了。

4

该来的迟早要来，而且常常凭空突现，与你不期而遇。

寂静的夜把我唤醒。

起初我什么都没听到，之后我开始能听到走廊里白炽灯的噼噼啪啪声、呼吸机运转的声音、城市夜里的喧嚣声和谢苗的鼾声。

我坐起来，打算出去抽支烟。

走廊里很暗，昏黄的灯光下，许多地方都阴影重重，窗外树木的影子投射在墙上，像随波逐流一样摇曳着。

我在走廊尽头的那个病房门口看到一辆靠墙停着的手术车，车上的白布下躺着一具人体。我走过去，就看到手术车的推手一侧有一个黑黢黢的人头，一个没有头盖骨的头颅。在这个地方、而不是在冷藏室或停尸房看到一具尸体，很是奇怪，但这也可能有点儿工作的意味。可能是警察局还有什么手续没办妥，没认定清楚是事故或是自杀事件，或是在等待家属认尸什么的。也可能是医生们在我们睡觉的时候对其抢救了，但病人还是抢救无效死亡了。我是个新来的，尽量不多过问。

卫生间里异常冰冷，消毒水味很刺鼻，我把烟点燃。我刚吸了一口，对奥克桑娜的回忆顿时涌上心头，我陷入了复杂的情绪中无法自拔：也许是苦闷，也许是怨愤，也许是残存着希望，很快，这一切便交融在一起。

我抽完烟，走出了卫生间。

我是睡意全无了，更何况，病房里谢苗那畅快的鼾声，也让我不可能睡得着。

我下意识地在手术车旁停住了脚步，走上前，撩起白布，看到了死者的脸。这张脸让我一下子想起了拉斯柯尔尼科夫[①]。这个人脸上具有明显的上个世纪的特点：这张笨拙的长脸之中，有着一股对自身的存在感到绝望、终日痛苦地思索的大学生和虚无主义者的气质。

他的头已经完全变形，紫色的脸上眼眶乌青，嘴巴张开一半僵在半空，笔直的大鼻子向上翘起。头盖骨不见了，里面的脑子损伤严重，身体其他裸露在外的部分大面积血肿。我猜，这不是交通事故，就是跳楼自杀。这人二十来岁，最多也就这个年纪。凝固的面部仍能找到年轻力壮的生命印记。鬓角两侧和后脑勺的头发沾满了血，凝成几根又长又尖的血棒。他可能是个喜欢飙车的家伙，是个暴戾的哥特人，或者就是个花花公子。

他的胸前挂着一枚文着彩色螺旋图案的胸章。我按了一下侧面凸起的钮，胸章弹开了，里面有两张照片。我点亮打火机，把火光凑近，照片上两个年轻人精美的脸庞映入我的眼帘，他们微笑着，毫不掩饰内心的喜悦和对生活的热忱。这两张脸告诉我，他们的生活很美好。姑娘的眼睛大大的，绽放出勇敢的光芒，小伙子眼睛温顺而深邃，他们的眼里都透着善良的光。我合上胸章，把床单盖回去，在手术车旁边倚着墙蹲了下来。我在想，这一切至少让人感到奇怪，奇怪而让人百思不得其解。生命中我们会遇到各式各样无法理解的事物和现象，颠覆我们对世界已有的认知，而我们的大脑还得为这些毫无意义的东西搜寻合理的论据。

是的，我可以随便说点什么来说服自己，但这小伙子的样子告诉了我一件事："这是一条生命，这就是突发性事故所取得的凯旋，而这种凯旋对于我们的意志薄弱是一种耻辱"。他的脑子像是凝固了的绵羊油，上面沾满了头发。这是人的脑子，是我同龄人的脑子，也可能是我们任何一个人的脑子，也可能，他妈的，可能就

---

① 拉斯柯尔尼科夫，是陀思妥耶夫斯基长篇小说《罪与罚》的主人公，是一名生活潦倒的大学生，经过各种思索和思想斗争后，杀害了放高利贷的老太太及其妹妹，最后在索尼亚虔诚信仰的感召下投案自首。

是我的脑子！发生在别人身上的一切事情，也会发生在我们身上，我对此深信不疑。

我蹲在那儿，想象着旁边这名死者生命中的最后一天。

他的早晨是如何开始的，我想，他是怎么说服自己起床，又打算如何度过这一天呢？他是否想过他的爱人，前一天晚上他是否与他的爱人共度了良宵，是否曾对她温柔耳语？早餐吃了什么，出门前有没有冲个澡？不知为何，我觉得他生命最后一天的每个细节都特别重要，应当为所有的细节找个解释，来证明死亡的公正，为生命的无常寻一个借口，然而，徒劳无果。我感受着这一切，愚钝地盯着自己的双手，把拳头反复地握紧、松开，我喘着粗气，听着自己的心跳声，试图抓住自己最微小的生命迹象。然而，我的大脑中一片混乱，这确实不争的事实。这个人死了，躺在了这空虚绝望的冰冷之中，他就是一个不可辩驳的证据。

我不记得自己是怎么站起来的，随后我去了处置室。在无菌材料罐里找到一副橡胶手套，从玻璃门的金属柜里拿了几卷纱布，拿上条方格毛巾又回到死者身边，掀开床单。动手前，我再次打开胸章，用火光照亮那对幸福的脸庞，戴上手套，展开绷带，开始给他的头包扎，把折成四叠的毛巾固定在他的头顶，绑了拆，拆了绑，直到让他的头看上去只是缠了一圈绷带而已。看着这张石头一般的脸，我的心头竟涌起一股兄弟情，甚至觉得有些温暖，我不禁去想，不久前这张脸还能那样灿烂地笑呢。我幻想着，这个时候他要是待在心爱的人身边，和她躺在床上，抚摸着她的秀发，诉说着他对她的珍爱，该有多好啊，能够陪在彼此身边是多么幸福。

我在遗体前站了一小会儿，把剩下的绷带卷成一团后扔掉了，到卫生间抽了支烟，做完这项艰巨而又有意义的工作后，我顿时感到一种让人赏心悦目的疲惫。

再次经过手术车时，我没有再看它一眼。

谢苗睡得昏天暗地，甜蜜地呼吸着屋子里沉闷的空气。我砰地一声把窗子打开，躺到床上。月亮在天上唱着摇篮曲，徐徐夜风在敞开的窗边低声徘徊，此时此刻的大自然布满凄凉与哀伤，却让人心里明亮宽广起来。我侧过身，抱着枕头就睡着了。我梦见了奥克桑娜，梦见我们又在一起了，梦见，我们又在一起……

（周聪　译）

实 习 经 历

——瓦列里·艾拉佩强

窗外已是春意盎然，丁香花在绽放。

人工流产室忙得炸开了锅，手术灯不分昼夜地亮着。忧伤顺着惨白的墙砖无情地流到地板上，可我们已经麻木了，根本无暇顾及这些。

“诶，大学生。”医生冲着我喊道，“赶快铺好！”

“好嘞，医生！”

我飞快地把消过毒的床单铺到工作台上，上面的各种手术工具已整装待命。门外排队的人正在不耐烦地低声嘟囔什么着。

“铺好了吗？”

“铺好了。”

“叫人进来吧。”

我瞟了一眼挂号本。第一个——斯托里娅洛娃。我打开了门。

“斯托里娅洛娃！”

“在！”

“进来。”

“手术疼吗？”

“你是指你自己，还是肚子里的那位？”

“我。”

“不疼。”

“怎么这么长时间？”门外排队的人当中传来神经兮兮的抱怨

声，“我们可都是大忙人。时间就是金钱。”

“女士们，干掉一个人是需要做准备的。”我从门缝里探出头打断了她的话。

“大学生，确认一下孕周。”医生嘴里嚼着口香糖说道。

“马上就好，医生！”

等那个女人爬上妇检台（我们都称这把椅子为“珠穆朗玛峰”），岔开双腿，我已戴好手套，手指蘸上生理盐水，这样能起到更好的润滑作用。我把两根手指插进去，手掌拖住耻骨处，推滚胎囊。这很简单：子宫里的胎囊如果是鸡蛋大小那就是怀孕 6 到 8 周，如果是小拳头大小的话——10 到 12 周。我是一名出色的学生，做这事又快又好。

“10 到 12 周，医生。”

“好，好样的。”

接下来的事就简单了。医生眯起那双慧眼给女士下体做检查的时候，我去清洗搪瓷盆，其实就是普通家用的厨房餐具，着急的时候，我们都把它称作“杂物盆”。

所有的物品都需要有个名称，沦落到流产室里的搪瓷盆也是如此。

“麻醉准备好了吗？”医生突然从女士的胯下冒出头来问道。

“要看她付的哪种，全麻还是局麻？”

“全麻。”

“准备好了，医生！”

“那就注射吧。”

我在她的上臂绑上止血带，下针，松开止血带，注射。女士的眼皮开始打架，瞳孔渐渐向上，呼吸均匀香甜。这时，医生上场了。

“听着，我觉得，麻药还没完全起作用。你给她脸上来一巴掌试试。”

“你咋不敢给她来一下，医生？”

“我戴着无菌手套了。”

“哦……”

啪啪两下，她还睡着。

“那就开始吧。”医生打起精神，欢快地哼起了列昂季耶夫的《绿灯行》，把钳式扩张器推入宫颈。一切必须依照严格而残酷的程序进行：第一步、第二步、第三步，直到第十步，直至宫口达到最佳尺寸。轮到刮匙上场了，它闪着金属工具自带的寒光。

“究竟为什么、为什么、为什么？”医生哼唱着，把刮匙伸进子宫，“信号灯是绿——色——的呢”，他的手一前一后，和副歌一个节奏。

“诶，大学生，想试试吗？”

我可是名好学生，必须从各个方面了解这门科学。我回答说：“想”。

“戴上手套！戴好了吗？过来！”

我接过医生手里的工具。

“温柔点儿，但也要用力。感受一下里面的构造。明白吗？”

“明白。”

咯吱——咯吱，咯吱——咯吱，我的刮匙顺着子宫前后滑动，将附着在内壁的生命刮下来。

“行了，可以了，过来，把盆拿过来。”

搪瓷盆紧靠墙砖，在一旁静静地等着。

“快点儿。”医生开玩笑似的说道，“都流出来了！”

我把搪瓷盆放在下面紧贴着阴唇，好让金属工具的下端触到盆底。刮匙的“咯吱”声混合着弱弱的“噗嗤”声，胚胎的血块儿瞬间从宫颈里淌出来，顺着刮匙的凹面慵懒地向下流。气味随之散播开来……

咯吱——噗嗤，咯吱——噗嗤，“绿啊那个灯嘞……”医生小心厌恶地眯起眼睛，“麻木的墙砖，窗外的春天，门外的长龙”。咯吱——噗嗤，咯吱——噗嗤——这堆“杂物”流进了搪瓷盆的怀抱里。

好啦，出来吧，小家伙，出来吧，你们这些被判有罪的人，一点点地出来，伴随着伟大医生那欢快刺耳的节奏，完完全全地流出来吧。出来吧，还没长成的莫扎特、巴赫、拉斐尔、凡·高。凝成一个血球儿，滚出来吧，未出世的天才或者恶棍，不管你是风流浪子卡萨诺瓦还是一文不名的倒霉蛋，是恐怖分子亦或诚实的纳税人，是美少女还是满脸脓包的丑八怪，是历史的创造者还是社会的寄生虫，都赶快，缩成一小团从"珠穆朗玛峰"之巅滚落下来吧——落到这搪瓷盆的无底深渊里！你们被母亲的肚子拒绝了？！不要绝望！在你们被拿出去倒入下水管道的漩涡之前，我的搪瓷盆依然是你们栖身的乐土。所以勇敢地流出来，把险恶都留给那些正常出生的婴儿，仪表堂堂地流出来吧，迎接迷人的春天，像哈喇的油、变质的果汁一样流出来吧，再像洋甘菊一样地凋零！快出来吧，就好像你真的出生了一样，你要知道，生命是多么美好、愉悦又甜蜜呀！

"大学生，完事儿了，用手术车推出去吧。"医生长出口气。

一、二、三，一个新生命就没了。卸下了小生命的身体绵软无力地躺在手推车上。

"把她送去三号病房吧，那儿宽敞些。下边别忘了放上冰袋冷敷。"

"知道了，医生！"

门外排队的人神经质一样地左右徘徊。

"快吗？"

"疼不疼？"

"大夫水平好吗？"

"真那么快吗？"

"快，不疼，水平好，快！"我一边应付着这些堕胎女人愚蠢的好奇心，一边东挪西转地推着手术车。我回到手术室，在水龙头下面把搪瓷盆清洗干净。一个顽固的血块儿怎么都洗不掉。我将黏稠的血块拿到灯下一照。上帝啊！透过浑浊的黏液骨头的纹理清晰可见。我怔住了，惊愕地跑去找医生。

"医生，快看：人，人！！！"

“唉呀。”医生拉长了声音，“拿走，拿走……你最好赶紧把手术台铺好，午饭前哪怕做完一半也行啊。”

我把水流开大，冲洗掉这个小生命，戴上手套，重新把东西摆在手术台上，让手术工具整装待命。我瞥了一眼挂号本，叫进来下一位女士，安抚着门外那些已经等得不耐烦的女人。

窗外已是春意盎然，丁香花在绽放。

（周聪　译）

请勿投食及触摸鹈鹕

献给格尔曼·萨杜拉耶夫

——安德烈·阿斯特瓦查图罗夫

地　图　旁

“这里可能会很漂亮，”卡佳说着把嘴唇伸向了我。在她的声音中我听出了不安。从地铁站出来后，她一路沉默。“没有风。顺便说一句，你很棒。”

有趣的是，而为什么我现在“很棒”？是因为把她带到了这个“可能会很漂亮”、“没有风”的地方，还是因为早上跟她做了爱？最好别较真，吃力不讨好。一般她还会发神经高声叫骂。我回她一个浅吻。

几分钟前我们从白厅[①]转弯，很快穿过了拱门，从检阅般身姿矫健、身着红色制服的骑兵旁经过，从无精打采考虑处理纪念品的犹太人货摊旁经过，从两个身着八十年代时髦打扮、看似异性的朋克分子旁经过，然后横穿空旷的广场。纤瘦的亚洲游客像流浪狗一样不知所措地在广场上徘徊，最后我们顺路去了公园，站在了一幅绿色的大地图旁。

“现在最主要的是别下雨，”我严肃地告诉她，但马上意识到用词不当，“要知道，现在还是冬天。”

“不会下雨的，”卡佳边笑边指着地图，“看，这就是我们所在的地方。”

她捕捉住我的目光，紧贴着我，我已经几次感到了这件窄腰带舒适地扎紧的巴黎时尚款、红色短大衣下她温暖而强健的身躯。

浴　盆

早晨她泡在浴盆里，我进来坐在浴盆边上，开始欣赏她匀称修长的双腿、丰满的胸脯、刮得精光的下体、她慵懒半闭的双眸、像是粘在一起的扁平双唇。对我而言，她浸在水中的胴体举重若轻。我总是喜欢仔细看她的身体。这娇躯中现出了某种盲目而无法控制的意志力。躯体好像扭曲了我脑中熟悉的想法和触感，使我所学的一切都化为乌有。所有那些庸俗的、或新或旧的思想，早在上学的时候就像钉子一样钉进了我的脑海里。我感觉这具身体将我清零，甚至没变成动植物，而是变成了一块不会说话的、光溜溜的石头。不知为什么强迫我做完全不想做的事，说我完全不想说的话，去我不想去的地方。

“你在浴盆里的样子一点都不让人羞耻。”我说道。

“你转过去！”她懒洋洋地笑起来，并用手遮住了小腹。“亲爱的，你要知道，每个洗盆浴的人，都是这种很让人羞耻的样子。”

“你是特例。”

“讨厌，你转不转过去啊？！”卡佳朝我扬水（用水泼我）。我站起了身。

“好吧……回见……”

“什么‘回见’？怎么还要躲起来了？！我说‘转过去’，没说‘让你走’。你没长耳朵啊？给我站住，过来！这就对了。你把毛巾递给我嘛，就这条……你现在给我擦干净点。”

---

① 伦敦的一条街道，英国政府机关所在地。——译者注

公 园 里

铺满碎石狭窄的柏油小路，整齐地绕过一大堆花坛，将我们引向长长的水池，两岸围起了金属护栏，池水浑浊微微发出淡绿色。水池中间直接升上一股喷泉—四面八方的来风吹散了水滴，溅向岸边已经晒暖的鸟儿。这里确实很漂亮。

“听我说，亲爱的，这个公园叫什么来着？”

“圣 · 詹姆斯……”

“嗯，是的……正确……那么，以前这儿是什么地方？咱们坐一会儿，我喜欢看着水面。”

卡佳拉我坐到木头长椅上。

“以前啊？卡佳，让我想想。”我试图集中精力，“以前这儿好像有条水渠，一条长水渠，很长很长。你瞧……”

我们坐在长椅上，打量着泛起涟漪的池水，看着云朵笼罩着低沉的天际。卡佳拿出了烟。

“而再往前推，”我回到正题，“这里曾是一片沼泽，有一条河流过。好像叫泰伯恩河……我记不准确了。把烟收了，这里不让……”

“OK。”

就应该如此。她第一次这么听话。她这是突然怎么了？平时，遇到这种情况，她会说“我在乎个鸟啊”或“我可以”。奇了怪了。她坐在那儿，在想着些什么，并没在听我说话。好吧，就让她坐着吧……要不然，她一缓过神，就会大喊大叫、蛮横无理，然后过会儿就硬要索吻……我们一进到这个地方，她就有些不安。还有这个假发……她为什么要戴假发？不过，也没关系，假发的黑色配上她的红大衣，挺好看的……

午 夜 铃 声

正好是在一周前的半夜，我屋里响起了电话铃声，响亮而刺耳。

夜间的所有声音似乎都响亮而刺耳，特别是电话铃。我像被烫到了似的起身下床接电话：午夜响起电话铃，一准儿没好事儿。

“是你吗？”我在话筒里听见了卡佳的声音，像电话铃一样尖锐而刺耳的声音。

“是我。”我在半睡半醒间尽力强打起精神来，“卡佳，你这是……你知道现在几点了吗？”

“是这么回事，”她并不理会我的问题，说道，“后天你飞伦敦。明白吗？在我到那儿之前你先过去，明白吗？我晚点时候从巴黎飞过去……”

老实说，我还没彻底睡醒！无法理解她说的什么。什么伦敦？为什么？我哪有钱飞什么伦敦。

“这怎么‘飞伦敦’？”

“讨厌，亲爱的，一般都怎么飞伦敦啊？乘上爱情的翅膀、骑着狮鹫，还有笨蛋坐着火药桶飞呢。”最后这句，她说得气哼哼的。

我有点反应过来了，刚嘟囔着说这一切来得不是时候，还有些事没仔细考虑好，但她打断了我：

“你听见没有？够了！你等到下次再发愣，行不？你一发愣，我就笑……现在真是没有时间了。上帝啊，我怎么突然想到了你呢？”

这时我终于彻底反应过来了，跟她说：她怎么也得听听我的想法。首先……

“你最好告诉我，我让你办的签证，你已经办好了？”

签证我办好了。

“太好了……你去扎戈罗德内街的旅游公司取机票。你记一下地址。”

我说，我不能飞伦敦，我得上班、写文章……

“去你娘的工作！”卡佳一口回绝道，“让你的文章也去他娘的……你请个假，明白吗？你是自费呢，还是你们单位有点儿什么表示？想让我给你的……，你们那儿怎么称呼来着……系主任，想让我给他打个电话，是吗？”

我想了想，失去工作我还真就没法感到自己百分百的幸福了，但是我压制住自己无所谓的情形，提高嗓音说：或许不用她打电话，我自己能搞定。

“那就记下地址……”她吩咐道。

我问她究竟发生了什么，为什么那么急，而我暗自认定：这是因为格沃兹杰夫已经和她谈过了。要知道我以前求过格沃兹杰夫的，妈的，这真挺蠢啊——我光着脚站在冰冷的地板上，心里在想——我请他如果在巴黎偶遇卡佳，有机会的时候，潜移默化之间告诉她，她不用特意给我打电话，我爱她，我想把一切料理好，跟着她无论去哪儿，不过我自己还下不了决心……格沃兹杰夫当时还说：“别着急，你这个软骨头。”并答应我会把这一切安排得“妥妥的”。我想，她既然给我打电话了，意味着格沃兹杰夫还是和她谈过了……

“我说，你记下地址，你怎么又发愣了？”电话中传来了卡佳的声音。

就这样，我到了伦敦。一切都安排得再好不过了，几乎不用我插手。近几年来，我习惯了不做主，一切都顺其自然，随便哪个地方录用我、辞退我，随便别人对我推推搡搡，带着我坐轿车、公交车、无轨电车、电气列车、长途火车、波音飞机里。那些人娶了媳妇，就回归家庭了，没有给我任何解释。半夜我站在黑暗的屋子里接电话，听筒贴在耳朵上，光着脚在冰凉的地板上挨冻，我突然清醒地意识到，我的本性和命运中有着某种隐藏的意图，它与我顺从的感觉、想法以及内心毫不相干。我一旦发现这种东西，它就会十分固执，永远都会让我不得安宁。

麻风病院公园

“卡佳，一切都好吗？”

“一切都好，亲爱的。我说，你在这儿坐会儿，我先去趟厕所……这是饭店，对吧？”

我点了点头。

她走进饭店，消失不见了。我感兴趣的是，她进的这个饭店里都有些什么吃的。卡佳不能忍受的是，我……

我细看这个曾是一条水渠、再之前是条河流的水池。池子当中有一座小桥，像绿油油的冰球。我脑海中浮现出这里先前一片混乱的场景。总的看来，圣·詹姆斯公园早就埋葬了这片混乱。之前那块荒地，那片生满蚊虫、盖满烂木头的沼泽，那条泥泞河岸上长满划腿小灌木的暗河已经无迹可寻。现在这里已经听不到夜猫子让人心悸、不吉利的叫声了。周围有小路、小草地、草坪，连草坪都不是，而是那种小草和水禽融洽的嘎嘎声。我对自己说，它，这家医院，之前甚至可能就坐落在现在饭店的这个位置。那些人，那些不能与外界接触的女麻风病人，当时是从整个伦敦城运来的。她们仿佛被活埋了一样，死亡仪式也搞得像模像样的。

“你们再也不是活人了！”每个女病人都听见了这个声音。对所有人来说，她已不再是母亲、姐妹、女儿，而是令人恶心的人类躯壳，只是一具每天都会越变越小的躯体。疾病无休无止，难忍的疼痛充满这些女性的身体，令其面容抽搐。它侵入五脏、扭伤肌腱，疯狂地地啃噬手指、脚趾、鼻子、耳廓、压迫眼睛。有时人们可怜她们，像现在这个公园里投食喂鸟一样，远远地给她们丢下食物。她们只得如鬼影、幽灵一样在艰难中徘徊，在人性的垃圾场中徘徊于生死边缘，而这境遇比上帝将魔鬼打入的那个深渊还糟糕百倍。不过，欧洲开始看上去更好、更卫生了……

而后来，一切都结束了，和它开始时一样突然。疾病带着最后一批患者离去了。于是，国王命令把沼泽地抽开。水就被全部抽干了。麻风病院的原址上，建起了一个动物园，养了一些骆驼、鳄鱼和大象。后来才发现，这样做的目的是昭示天下：上帝有时会给地球上的生物配上极其古怪的外表。也许，就跟这里发生过的那件事一样，稀奇古怪的外表就是对这些动物的惩罚吧。不过，这次惩罚是可以有欢声笑语的，不再有灯火熄灭之时的送葬队伍和墓地旁的呻吟声。

我想起了，接替第一任国王的新国王撤掉动物园，在这儿建了个狩猎场。似乎是这么回事吧？他可能追撵过鹿群吧，然后很有技巧地对其进行猎杀。他郑重其事地把鹿身献给贵客。但这里的混乱局面不知怎么自行得到了控制，所以，对凡尔赛宫赞赏有加的国王就在这里建起了公园，布局设计严谨、整齐，几乎就是一个法国式的公园。最终，还是人类的秩序占了上风。如今这里鲜少有人想起那条两岸泥泞的河流、满是蚊虫的沼泽荒地、胡闹得惊人的受苦受难的女人们。只有枝叶纠缠低垂水面的柳树，像哭诉命苦不公的女人一样忧伤，如果一个人长时间坐在这里看着水面，他的心中就下意识地出现了奇怪的不安情绪。

卡佳在一旁坐了下来。

“你怎么样？”我问，“没出什么问题吧？”

“还行，我还能怎么样啊？”

一群意大利人从我们旁边经过。黑头发的矮个导游忙前忙后，大喊着什么。他所带的游客们快乐地大笑起来。我突然想做件让卡佳高兴的事。

“嘿！”我说，“这里卖一种特别好吃的华夫饼。就在那个角落后面。这么大一个。想尝尝吗？”

“华夫饼？”卡佳瞪大了眼睛，“亲爱的，你怎么了？你傻了？我的屁股本来就连一条牛仔裤都穿不进去了……”

“好吧，上车走吧。”

“上车去哪儿？！”她突然怒了，“你真缺根弦儿啊？你应该说：‘亲爱的，你的屁股很正常。’明白吗？”

“亲爱的，你的屁股很正常。”

“这就对了……起来吧……已经坐够了。”

卡佳常常这样没有分寸。今天她在机场已经露脸了。她对一个教授非常无礼，因为这个教授确实很卑鄙，存心要整我。

“他怎么说也是上了年纪的人。”我责怪她，“咱们还是请他去咖啡馆吃点东西吧。”

“你就等着吧。”她简短地撇下一句话。

在 机 场

我跟其他接机的人员一起站在金属护栏旁，等她出来。巴黎来的飞机已经降落了半小时了。人们陆陆续续往外走，或成群结队，或单独一人，有年轻人，也有上了年纪的人，有男人、女人、白人、黑人、亚洲人、带箱子的、肩扛大包的，还有些不带行李的。所有人的脸上都是同一种表情。我总能在坐飞机的人的脸上发现这种神色慌张、同时又凝神专注的表情。你刚一进机场就会有这种神色，等到飞机抵达了目的地，你坐上出租车之后，它才会消失。我觉得，导致出现这种专注的慌张神色的，是在值机柜台旁，你交付行李、领取宝贵的登机牌时，机场会传染给你的一种奇怪感觉：你仿佛把自己的生命托付给了别人，有些东西对你来说已经结束了，而新的事物尚未开始，也不知是否会开始。而突然咖啡馆、饭店、商店、药店会向大家展示自己的产品，建议你买下它，把多余的钱留在这里，留在地面，仿佛在说：“你可能已经用不上这些钱了，可是我们用得上啊”。于是，人们就选择商品、交钱，带走纪念品、酒瓶和小瓶化妆品中隐藏着的都市记忆。

为了不看这些人，我开始打量起了航站楼的大厅。有一位城市设计师说过，机场要么太大、要么太小。这个机场在我看来显得太大，像座人口稠密的大都市的一个街区，只不过是隐藏于一个塑料拱门下了而已。在这儿没有任何秘密，一切都摆在面儿上，一切都暴露无遗。所有的一切，一切的一切，都一览无余：木条、悬架、固件、电线，这一切都表明人类多么努力，在亲手创造着一切。角落里白色长管上挂着的拱顶结构让人想起了可怕的蜘蛛腿。电灯散发着奇怪的光，半明半暗的灯光中的人们，有如在蛛网中忙碌穿行。

我突然有种感觉，这里尽管人声鼎沸，却仿佛一个人都没有。为了分散注意力，我开始想卡佳，想着她会不太礼貌地笑着，马上就向我走来，想着我如何对她悄悄地说习以为常、不知羞耻的话，而她会说她太想我了。有意思的是——我突然想道——格沃兹杰夫对她说了没有？也许，他忘了说吧……神经病，他可是答应过我的……

上了年纪的男人

“跟您说过不用来接我！”一个老头沙哑的嗓音突然在我耳边刺耳地响起来。我惊得一颤，猛然转过身。一个已过中年、短腿、身穿深蓝色羽绒服的男人站在我面前。他身后拖着个带轮的小拉杆箱。

“请问您说什么？”我没听明白。

“我已经拜托过好几次了——不用来接我嘛！”男人坚决地重复着。

我想这个人是疯子吧。但男人看上去完全具有责任能力，甚至仪表很优雅，虽然有点可笑，从哪个角度看上去他都像是某种砍成段的短木头。他几乎没脖子，小脑袋像是从身体里孵出来的一样。双颊、嘴边、下巴上长着猪鬃般花白的短须。肉头儿的短鼻子上牢牢地架着一副金属眼镜。我好像在哪儿见过他。

“我真拜托过你们的！”男人气愤地说道。他从兜里拿出块手帕擦净额头上的汗。

“可您凭什么断定我就是来接您的？”

这时我突然明白了“凭什么”。以前我们就认识了，很久以前。我听说，他是80年代从苏联来的，现在欧洲某大学工作。我记得，他作报告时，我们所有的语文学家——确实都是些想出国的人——全都去了，他在几家评委会受聘当评审人。我忘了这个教授姓什么了。只记得这个姓有个缩写，用来表示关系亲密的，听起来像某一种啮齿动物，这跟他的形象很搭配。也许，他是飞到这儿来讲学了，见到了我这张熟悉的面孔，就觉得是来接他的。

“我特地给你们基金会打过电话！”教授继续道，“我说过，我要自己搞定。”

他把手帕收入口袋。

这个时候，我终于看到了卡佳。她朝我走来，迈着稳定自信的步伐，身后拉着个深红色的箱子。她穿着红大衣，不知为什么戴着黑色假发，我还没来得及想她为什么戴着这个见鬼的假发，教授就又插嘴道：

“您怎么回事，没听见我的话吗？”

“我接的不是您。”我冷冷地、不耐烦地答道，“请往外走……”

这时卡佳走了过来。

“你好，亲爱的。”她凑过面颊让我吻她，她的面颊很凉，“让我看看你。”

“我再重申一遍。”教授插嘴道，“我不需要任何人作陪！去忙您自己的吧。”

（你怎么还不走？）

我把卡佳紧紧搂过来，心想，这回教授自己该明白是怎么回事了，可就这么一搂就来了感觉。一群人从我们身边走过，一个人的包碰了我一下。

“这又是个什么傻帽儿？！”卡佳闪在一旁，朝教授那边点了一下头示意说。

“操，没完了你……”

我抱歉地看了看他，意思是：“对不起，我可管不了她。”我双手一摊不知所措地笑了。

“他要你干吗？”卡佳眯起眼睛转向教授呵斥道，“喂，滚开！”

那个教授假装没听清，脑袋像鹈鹕一样几乎转了180度，往后退了几步去拉箱子。他把箱子拉到自己跟前，嘟哝了几句什么。卡佳马上把他忘脑后了。

“喏，给你。”她把箱子拉手塞给我，“咱们快点走。我想你了，非常想要。”

“他也是活该。”我心想，不过却大声说道：

“他怎么说也是上了年纪的人。咱们还是请他去咖啡馆吃点儿什么。”

“你就等着吧。”她简短地撇下一句话。

又在公园里

我们在公园里散步已经一个小时了。公园里哪儿都是人，像不久前在机场一样，我又觉得实际上周围什么人也没有。当然了，游客们在沿着空旷草坪上弯曲有致的柏油小路行走：有走着碎步喜欢大声说话的矮个儿亚洲人，有端庄踱步的高个儿斯堪的纳维亚人，有手舞足蹈身体瘦壮的意大利人和西班牙人，也许就是他们将炎热的地中海气候带到英国潮湿的气候当中来了。不过，我觉得，你再不会碰上他们中的任何一个人，他们每个人都有自己的立体几何路线。我眼中看到的压根儿就不是他们，也不是高傲地死乞白赖索食的水禽。我看到的是他们之间的空间。这里的空旷程度比别的地方都大。

“这有点儿空旷。”卡佳评论道。

我默默地点了点头。

圣·詹姆斯公园齐整地铺上了高尔夫球场般的草坪。公园像一个躺卧的女人，草坪向四面八方延伸，四敞大开地等待我们将它填满，用我们自己的身体丈量公园，我们直视着如茵的绿草和浑浊的池水。这不产生任何影响，要知道现在圣·詹姆斯公园里的一切都讲究卫生，空间和时间都被擦净、洗净、自由。这里全是连片的草坪还有像英国绅士一样距离相隔甚远的悬铃木。目之所及的是空旷和纯粹的明净。一个空旷的世界！那种世界仅给有幸度过了两千年，远离尘嚣、住在被四面八方的海水冲刷干净的小岛上的人创造。

法国人可是不会这样做的。他们会按正确顺序到处安上一个个花坛、砍短的树木。看得出，开始的时候就是这样的，但后来英国人把这儿的一切都清理走了，为的是保留下明净和空旷。他们把花坛归拢到一堆、拉到角落，一个一个堆起来。实际上，偶然、任性、公园小路急转弯的命运是没有自由可言的。这里的自由经过筹划、历尽艰辛，这里的自由是传统、大冒险、各种法规、围墙、游园指南的结果。我们停在了一个高柱子旁，柱子上有许多绿箭头，指向不同方向，上面用白色字母写着“威斯敏斯特教堂”、“白金汉宫”、“厕所”。

禁止标牌不太多。而且标牌上那些礼貌规劝的语气令人惊讶：

请勿投食或触摸鹈鹕

“对啊，”卡佳评论道，“要不然狠狠地惩罚你，你多难受。你这是想什么呢？

“什么都没想……”

“可我……”她说，“你知道吗？不知为什么，我想起了电影《灰姑娘》中的歌曲。你记得吗？‘孩子们，起来，站成一个圈……’然后她就唱道，‘世上有只老甲虫’。”

“那又怎么了？”

“什么怎么了？这跟孩子们有什么关系？”

“什么意思？”

“可是为什么世上有只老甲虫，孩子们就一定要站成个圈？这哪有逻辑啊？要是有个忧心忡忡的小蜻蜓呢？又该怎么办？或者要是鹈鹕呢？那还得排成横队吗？真的得这样吗？”

我大笑起来。

池水旁边不高的围栏后花羽鸟禽的生活过得热火朝天。大概，灌木丛中，在寻找那些老甲虫的过程中，鸭子乱蹬乱动，长有橘黄色嘴的肥鹅沿岸边摇摇晃晃地走着。围栏旁站着长相丑陋的水禽，它们的羽毛被仓促涂上颜色，没有任何品味和想象。无处不在的鸽子举止谦恭，走起路来伸着小脑袋，受到点儿惊吓就一飞而起。海鸥追逐着，不断地拼命喊叫，为争抢食物打起架来。乌鸦庄重地待在稍远处，时而用长嘴检查一下垃圾筐。池中游着两只白天鹅，一只突然开始扑棱扑棱地抖动翅膀，在水面追逐，然后，看得出，它想踏水飞起，但马上安静下来，收起翅膀，停下来一动不动。

“见你的鬼去吧！”卡佳目送着白天鹅评论道。

我变得郁闷起来。你看看它，那么大，那么帅气，来了感觉，可却不能。

“格沃兹杰夫”

“安德留沙[1]，你听着，”她停下转向我道。“有件事我应该跟你说。”

我感到全身有种令人不快的微寒。为什么我突然成了她的“安德留沙”？

卡佳停在我面前严肃地直视我的双眼。

“我在巴黎见到了廖尼亚·格沃兹杰夫……”

“OK。世上有只老甲虫”。

“咱们坐会儿吧。”

我们走向木头长椅。现在所有东西做得都很结实，尤其是长椅，木条厚厚的，扶手非常厚实。当然用不了几百年，但也会用很久。那就是说，格沃兹杰夫还是跟她说了。我们坐了下来。

“我跟他之间，该发生的都发生了。”卡佳突然说道。

犹如当头一棒。我觉得我气都不够用了。我向四周张望。

“什么事儿，卡佳？”

“妈的，亲爱的……他妈的，啥事儿都发生了。做爱了……”

我们沉默了一阵。我并没有马上理解她说的话。脑子里不知为什么总一个劲儿地转着之前的那句话“世上有只老甲虫”。

“纯属偶然。”她盯着我的眼睛继续说道。

……

“给我支烟，”我生硬地说。

“哎，亲爱的，你可是亲口说过……”

“给我支烟！”

---

① 安德烈的指小表爱形式。——译者注

“我没法跟你撒谎……”

“你是个婊子！明白吗？！可恶的婊子！”

“谁？！”卡佳眉头竖起来了，“嗯，来吧，来吧……让我抱抱你。”

我粗暴地推开她。

“妈的，你把我弄疼了……你傻还是怎么的……”

不知为什么，我觉得每个过路的人都转过头来看我们。

“现在什么都不重要。”她说，“维佳让人弄死了……我当时想把一切都告诉你的……”

（“怎么还有个维佳？这与维佳何干？荡妇！”）

我拿起电话，给格沃兹杰夫拨过去。（“婊子、荡妇！婊子养的，该死的荡妇！”）

“哎。”卡佳皱着眉说道，“你这是打给谁了？天啊，这纯属意外嘛……你打给谁？”

“你可以猜三次。”

“把电话给我！”

我又猛地推开她。

“他妈的，我都说疼了……”

“你好！”话筒里是格沃兹杰夫兴奋的声音。

“你个王八犊子！”我冲他喊道，“混蛋！贱人！”

路人听到我的喊声，都转过身来。话筒里沉默了一会儿。卡佳坐着，紧咬嘴唇，双眼含泪。

“贱人！”我重复着补上了句恶毒的挖苦，“这就是你跟她好好说的方式？”

“老兄……”格沃兹杰夫不自信地开场道。

卡佳双手捂着脸。

“挂了电话……请你挂了……”卡佳呻吟道。

“我现在跟你解释一切。”格沃兹杰夫说道。

“你要跟我解释什么？你个王八蛋，你骨折的时候，我还跑去给你买牛奶，一勺一勺喂你！！”

我的目光突然紧盯住牌子：*“请勿投食或触摸鹈鹕”*。

格沃兹杰夫沉默了几秒。

“我做了你让我做的一切。”短暂的停顿后，他说道。他嗓音中突然出现了兴奋之情。“你说你爱她之类的……真的……我俩在我家，我跟她喝酒，我简短地说吧，我跟她说了这些话。嗯，那个卡佳啊，我简短地说吧，卡佳因为感情失控痛哭起来，她扑过来搂住我的脖子，开始吻我……你是知道的，你的她太刺激了！嗯，简短地说吧，这一切就发生了……纯属酒后……”

我沉默着。

“听我说，安德留哈[1]，嗯，你别觉得委屈。你要是愿意的话，简短地说，就来跟我的埃尔卡打一炮。”

“跟谁？”我下意识地问道。

“跟埃尔卡，我老婆。要不然呢？她不会反对的。她一直喜欢你。”

老甲虫。我苦笑着，觉得我的愤恨在消失。挂机后我把电话放进口袋。卡佳一副被捉住了的小鸟的表情，在大衣口袋里翻找着，拿出纸巾擦眼泪。

“你弄疼我了……”

电话开始刺耳地响起来。显示屏上是“格沃兹杰夫”。

“是卡佳说走嘴了吗？”格沃兹杰夫问道，“她在旁边吗？”

我以沉默作答。

“你开外放模式。”

“少命令我……”

“用外放吧，求你了！”

“好吧。”我觉得实际上我再也不会冲他发火了。

“卡佳！”格沃兹杰夫喊道，“你在吗？”

---

① 安德烈的指小表爱形式。——译者注

"在，在。"卡佳大声抽着鼻子。

"你跟他说，这纯属偶然，一句话，咱们再也不会……"

"再也不会了。"卡佳顺从地重复道，"而且也不怎么样。"

"也不怎么样。"格沃兹杰夫在电话里赞同地跟着说。

"格沃兹杰夫，你听着。"卡佳突然发起了飙，"你有病啊？！是我感觉不怎么样，明白吗？！是我！你给我听着，你就是个一次性注射器！"

我按了外放取消键，关机，站起身来。

当然，悲剧常常会变成情节剧，没有办法的事，但情节剧的确不应变为滑稽草台戏。

"就这样吧，够了……"

"等一等……"

"卡佳，也许我得走了。"

"等一等。"她坚决地从长椅上站起来，把纸巾揉成一团扔进垃圾箱。

"喂，对不起。"她抚摸着我的面颊说道。我小心地推开她的手。

"对不起。"她重复道，"喂，你要是想，咱俩现在直接去亨普斯特德①，去旅馆，我穿上丁字裤……就像你喜欢的……"

"把丁字裤塞你屁股里吧。"

"亲爱的。"卡佳带有责备地傻笑道，"你会觉得好笑的，但丁字裤被发明出来，就是为了把它塞在你说的地方……"

我摇头微微一笑。

"你看，你已经不生气了。这真是个偶然……嗯，对不起……你看，我该怎么办呢……"

"好吧，翻篇儿吧。"

"乌拉！"卡佳拍手道，"哎，咱们喂鸟去，啊？我有早餐剩下的

---

① 英国伦敦旅馆名。

白面包。”

我一点儿也不想做这事儿，但我不知是为什么，还是跟她一起去了围栏边。鸽子、鸭子、鹅早已匆匆忙忙迎着我们奔了过来，海鸥在盘旋。我感受到了它们都很贪吃，从卡佳手里拿过白面包，掰成小块扔给围栏那边的它们。鹅、鸭、鸽子因动作剧烈而偏向一边，海鸥得到了所有吃的东西。它们大叫着从高处飞下，抓住面包块，四散而去。卡佳穿着她的红大衣、戴着黑假发，微笑着站在旁边。站在她身旁的，不知是谁家的孩子——两个五六岁、淡黄色头发的小女孩。她们一脸善良的傻相。我早就发现：不知为什么，所有善良的事物看起来都有些愚蠢，所有愚蠢的事物看起来都很善良。得了，彻底给抢光了。我抖落干净手里的面包渣。谢谢，朋友们。我得到了很多感谢。头顶上有大声鸣叫，下面是嘎嘎的叫，还拍打着翅膀。甚至远处的乌鸦内敛却赞同地叫了一声。

我感觉到，所有的东西和事情都变得很近、很虚幻，突然那首唱甲虫的歌里的孩子们一样，围成了一个我很熟悉的圆圈，把我围在了中间。一切都旋转来，这些鸟儿、这些眼睛、悬铃木、花坛、草坪、淡黄色头发的小女孩们，穿着红大衣、戴着黑假发的卡佳。我好像从一个长长的梦里醒来，看到了许多人从自己的立体几何路线中走来。但他们太少了。即便这样的人有很多，然而公园毕竟是空旷、宁静、人迹罕至的，它已忘了先前的病与痛。但我现在开始明白，为什么我和卡佳站这儿，站在这个公园里。

为什么我在这儿

“现在咱俩去散散步，吃点你的华夫饼干，然后去旅馆，去亨普斯特德行吗？”卡佳建议道。她的嗓音是少有的温柔。“咱们在那儿吃晚饭，”她冲我使眼色道，“什么事都可以做。”

我们沿着小路顺着草坪朝王宫方向走去，她突然挡住我，说：

“怎么能去亨普斯特德呢？咱俩可是……”

“亲爱的，你在街上抽烟的时候，我让人把咱俩的东西搬到另一个旅馆去了。这是在亨普斯特德。去离市中心远一点的地方。”

我停下来惊讶地看着她。

“我不想吓着你……开始我想找个舒适点儿的旅馆，后来我明白了——咱俩还是别图什么舒适了，但随便找个远点儿的地方，一个让人绝对找不到咱俩的地方。”

“天啊！不让谁找到咱俩啊？”

“维佳让人给打死了，你明白吗？”

“维佳被人打死了？”

“哎呦，我不行了……咱俩再去坐会儿。”

她眼中突然闪现出让我觉得很狂野的新表情。我对自己说，最近这一小时我们所做的，就是坐下去、站起来、站起来、坐下去。要这样做，没有任何问题：这里的长椅多得是。

“天呐，你确实跟我说过。”

“坐吧……”

维佳，也就是维克多·叶夫盖尼耶维奇，是卡佳的制片人，同时也是她的固定情人。两腮刮得精光、健壮、农民般结实的男人。总穿着一件深棕色的皮夹克。我一共见过他两次，一次在巴黎的饭店，但只是从背后匆匆一瞥，另一次是在莫斯科。

“他在那儿搞砸了些什么事，什么项目来着……”她双手捂着脸，“我不知道……我在巴黎待着，他们给我打电话，说是心衰。”

“那是他杀还是心衰？”

“好吧，这说来话长。我刚一知道，就马上去打电话，我担心他们会去找你。”

“哦，谁会需要我？”

“我……”

“啊哈，可你也需要格沃兹杰夫。”

她把手掌从脸上挪开，认真地看着我的眼睛，然后用尽全力打了我一个嘴巴。她还想再打一个，但我抓住了她的手。

“你干吗?！你傻啊?！”

我惊慌地四处张望。感谢上帝，旁边没有任何人。

“没什么……”

“好吧。咱们在这儿要待很久吗?”

“我不知道，”她皱着眉说道，“或许是永远吧。”

（沈莹　译）

珍藏馆管理员

——叶夫根尼·沃多拉兹金

是时候来讲讲两位珍藏馆中的工作人员——尤里·瓦连金诺维奇·克诺罗佐夫和利季娅·格奥尔基叶夫娜·涅查耶娃的故事了。我和尤里·瓦连金诺维奇并不相识，但利季娅·格奥尔基叶夫娜我却是很了解的，她是我的一位亲戚。

尤里·瓦连金诺维奇从事玛雅文字的破译工作。他的学生们都把他称为天才，而且总的看来，这也是有根据的。利季娅·格奥尔基叶夫娜研究高加索民族史，不过她的学生对她的评价我却完全没有听到过。我甚至不知道，她究竟有没有自己的学生。

尤里·瓦连金诺维奇是一位足不出户的学者。"要是可以直接研究文献资料，"他说道，"也并非必须得去爬那些金字塔不可。"而利季娅·格奥尔基叶夫娜则经常出去参加发掘工作，她所领导的多次考察活动连列夫·尼古拉耶维奇·古迷廖夫也曾参与过。她曾勘察过北高加索的墓葬建筑群，并根据自己的发现写了一本名为《奥塞梯民族的起源》的书，但该书至今也还未出版。

利季娅·格奥尔基叶夫娜只有一个生日，她出生于一九二零年的五月三十号，而尤里·瓦连金诺维奇却有两个！他护照上的出生日期是一九二二年十一月十九日，但不知是什么原因，他觉得自己的出生日期应该是八月三十一号。出于对事物客观存在性的哲学态度，这两个日期他都认可。因此，一年中人们为他庆贺两次生日。

尽管尤里·瓦连金诺维奇和利季娅·格奥尔基叶夫娜之间有那么

多的不同之处，但他俩一生的命运遭遇中却有着很多共通性。这些共通性不仅体现在一些外在的事物上，毫无疑问，也体现在一些更为内在的东西里。

他们两人都在俄罗斯博物馆中工作和生活了一段时间。但准确地讲，利季娅在俄罗斯博物馆，而尤里则是在近旁的民族博物馆。民族博物馆在三十年代便从俄罗斯博物馆独立出来了。因为想让员工住在工作地点近前，博物馆的这个安排并没有什么特殊之处。很明显，这在解决了员工的生活问题的同时，也加强了他们和自己工作地点之间的联系。也使得他们在极大程度上也成为了整个博物馆的一部分。

与最开始在民族博物馆工作过的尤里·瓦连金诺维奇不同，利季娅·格奥尔基叶夫娜之前并未在俄罗斯博物馆工作过。最开始和俄罗斯博物馆有关系的是她的父亲，格奥尔基·德米特里耶维奇·涅查叶夫。他是一名艺术家，而且按照家庭回忆录里的记载，他曾在一战时期获得了乔治十字勋章。在这些回忆录里他叫做古里亚叔叔，而且，我也并未听说过他还被称作过别的什么。

起初，古里亚叔叔在格鲁吉亚管理过阿拉克切耶夫博物馆，该博物馆一直保存到一战前（它也是俄罗斯博物馆的一个分馆）。在三十年代时他已经是俄罗斯博物馆的副馆长了。他和女儿丽达[1]，妻子柳德米拉以及一名叫奥列加的女亲眷被安顿到了博物馆的一栋叫做“罗西”的附属楼里。在大围困开始后的那个冬天，他们又搬到了旁边的一栋窗户朝着米哈伊罗夫斯基花园的楼里。他们觉得，在第二所房子里面会感觉稍微暖和一些（房间在一楼）。

既没有变得更暖和一些，也没能解决吃饱的问题。他们甚至开始吃古里亚叔叔在战前用来粘窗户的细木工胶水。房间的墙纸也被撕下来，煮着吃了。古里亚叔叔特别遭罪（人们常说，家里的男人都不太能抗饿）。在这个大围困的冬天里，他吃掉了家里的宠物猫。如今已无从知晓当时是怎么回事。不过我认为，也许他杀掉那只猫，是不想

① 利季娅的小名。——译者注

听见猫由于饥饿而不停地嚎叫。他后来就把它吃掉了。也正是在这个冬天，古里亚叔叔死了。

家人们本可以将他的遗体抬到街上去，那里会有专门的收埋队伍将他带走，然而她们却没有这样做。她们不想将他葬到乱坟岗。家人请他原谅，让他等到不需要领取限额粮票时再下葬：在被封锁的城里，葬礼是十分昂贵的。所以古里亚叔叔一直等着，就像一名真正的乔治十字勋章获得者一样，他就那么在屋子里躺着，却没有腐烂——天气特别寒冷。他每天送家中的女人们出门，又迎接她们回家。她们并不害怕他，因为事实上，她们自己也已经离死神不远了。那时候生与死的界限已经没那么重要了。她们还是如他生前一样地爱着他。

女人们出门领取粮票去换取粮食，而利季娅则去了木材厂参加采伐工作。有一次，利季娅和奥列加在特罗依茨基大桥（那时叫做基罗夫斯基大桥）桥上遭遇了空袭。走在最前面的青年直接被炸断了头，青年的头慢慢滚到了她们前面，头上那瞪圆的双眼投射出空袭来临时的极度恐惧。利季娅和奥列加用手肘艰难地从冰面上爬到了桥下。而青年的头还在不停地滚动着。与德军的轰炸机比起来，那颗头颅反而显得不那么可怕了。

古里亚叔叔毫无怨言地等待着——一个月过去了。她们终于把他安葬了。她们熬过了大围困。战争快结束时，丽达二十五岁，牙齿却全都掉光了。

战争结束时尤里·瓦连金诺维奇正好在莫斯科。他当了一名炮兵团的通讯兵。不知为何，在一篇 50 年代的报纸里却说他攻占了柏林。或许，从那时候的观点来看，后面这种经历对于一个解译玛雅文字的人来说，要更体面一些。我认为，关于尤里·瓦连金诺维奇战争结束时的这两种结局都是真实的，因为对于一个有两个生日的人来说，互不相干的事情未必就会冲突。

战后，尤里·瓦连金诺维奇被聘用到了民族博物馆工作。在博物馆分配的一间斗室中，他开始解译玛雅文字。与破译古埃及象形文字的商博良不同的是，克诺罗佐夫手头并没有已经破译成现代语言的玛雅文献可供参考。那时候玛雅文化研究领域的权威专家们都不认为玛雅文字有被解译出来的可能，视其为乌托邦。然而，他却将它破译了出来。

尤里·瓦连金诺维奇在某一程度上将自己取得的成就和童年受到的一次打击联系到了一起。他小时候，一次玩槌球的时候，不知道是哪个哥哥或弟弟打出的球正好击中了他的额头。他的伤势差点让他失明，还好只是有惊无险。不管文字解译和额头受到的打击之间是何种联系——时间上或者因果上的联系——克诺罗佐夫建议未来的解译学者们也让自己的头能被撞一下。而他唯一不懂的是，具体应该如何操作。

尤里·瓦连金诺维奇打算用解译玛雅文字作为参加博士论文的答辩的课题。他去答辩时，完全不敢想象会有什么样的结局。问题在于，按照恩格斯的结论，在阶级制度产生前的社会（他认为玛雅文明就是那种社会的文明）还并未出现拼音文字。而玛雅文字的存在明显违背了这位德国专家的猜想，这对此次答辩以及玛雅文字本身的存在这一事实来说，都是难以克服的阻碍。

不过，一切都极其顺利地结束了。尤里·瓦连金诺维奇不管恩格斯的画像，他在会议厅里挂满了自己答辩内容的简要一览表。答辩持续了整整三分钟。稍作停顿之后，学者委员会的一位女士向他问及表中的一个符号是什么意思。“我也不知道。”尤里·瓦连金诺维奇回答道。答辩委员会决定通过他的论文答辩，并授予他博士学位。画像上恩格斯的脸猛地抽搐了一下。

克诺罗佐夫那众所周知的言简意赅，不单单体现在自己别开生面的答辩会上。我记得有一次，他正好与我所熟知的另外一位学者持相反的观点，但按照规定，他需要在论文答辩会开始前的两周内给对方写上自己的评语。而评语并未在两周内写好，甚至答辩前一天也没有写好。那些了解克诺罗佐夫的人甚至不敢保证他会不会在答辩会上出现。他出席了。尤里·瓦连金诺维奇走到讲台上，向大家说道：“这篇论文我读完了，我喜欢。它应该通过答辩。”面对陷入一片沉寂的大厅他补充道，“我说完了”。论文的评语还是那位学者后来自己写上去的。

尤里·瓦连金诺维奇在完美地进行答辩后不久，便调到了珍藏馆工作。他在这里曾与利季娅·格奥尔基叶夫娜在同一屋檐下工作，毫无疑问，在某种程度上，他应该和她熟悉。至于具体熟悉到什么程度我就不知道了，因为她从未对我提起过尤里·瓦连金诺维奇。

我对于她的工作的印象在很长的一段时间里都停留在我们对她唯一的一次拜访上。当时是奶奶（她的堂姐）带着十一岁的我一起去的，她带领我们参观了整个珍藏馆。和成千上万的珍藏馆的参观者一样，我一个不漏地认真走过那数不清的民族物品陈列柜，目的只有一个：去看著名的“怪物藏品”！该陈列区给人的印象很震撼，但不能说是令人愉悦的。丽达大娘工作的地方给我一种黑暗阴森的感觉。那时候我还不知道，在学院的机构中工作和生活着一些古怪得多的人。他们在学院中自由自在地漫步，甚至会出现在会议上并发表一番演说。要把他们装在陈列馆的罐子里，是绝无可能了。

然而，在珍藏馆中的生活并非那么阴沉黑暗。它有着自己的色彩，而尤里·瓦连金诺维奇便在其中扮演了不小的角色。所有单调无聊的事情都会在他的参与下变成令人难忘的事件。比如有一次，在莫斯科参加完一次会议之后，珍藏馆的全体职员要乘车去莫斯科的列宁格勒车站。大家都决定坐出租车前去。然而当大家都在车里坐好准备出发的时候，同事们却发现尤里·瓦连金诺维奇不在了！因为他是和大家一起叫的车，所以大家便都跳下车动身去找他。这位研究玛雅文明的专家明明一分钟前还站在出租车旁，这时却像在空气中突然蒸发了一样。经过一番仔细的寻找后也毫无结果，大家不得不决定先乘车去车站了。然而到达车站之后尤里·瓦连金诺维奇却和大家一起下了车，原来这一路上他一直都待在出租车的后备厢里。

另外一件事与克诺罗佐夫不喜欢与记者打交道有关。应该先说明一下，那时总是有很多人想对这位研究神秘文献的解译员进行采访。有一次，珍藏馆馆长终于成功说服他接受一家报社的采访。他和女记者的会面被安排在一处很体面的地方——著名民族学学者德米特里·阿列克谢耶维奇·奥里罗德的办公室里。克诺罗佐夫第一个走进房间，然后用钥匙从里面锁上了门。

见到这一幕后女记者哑然失笑。出于对这位天才的体谅，女馆长先轻轻地敲了敲门。然后使劲儿敲门。大家都开始叫尤里·瓦连金诺维奇开门，语气之中甚至渐渐有些责备了。但大家的叫声却没有得到回应，回答他们的只有一片寂静。当大家拿来备用钥匙打开房门时，却发现房间里连个人影也没有。只留下一扇窗户大开着，就像过去的浪漫主义者们所说的那样，窗户在风中吱吱呀呀地宣告着自己的命运。奥里罗德的办公室在二楼，说实在的，也正是这一点决定了尤里·瓦连金诺维奇后来的想法和行动。有意思的是，和馆长一同进到屋子里来的人中还有警察。因为一个路人看到一个身影从珍藏馆的窗户里跳下来，便立刻赶去报了警。

尤里·瓦连金诺维奇和利季娅·格奥尔基叶夫娜之间的众多相似点中，或许再没有哪一点能像他们对待猫的态度那样明显。由于在人际交往中存在着一定的困难，他们对猫这种神奇物种的喜爱愈见加深。尤里·瓦连金诺维奇记得他所能见到的所有猫的名字。每当去流浪猫之家的时候，他不忘随身带上一小瓶有安神止痛功效的缬草滴剂。虽然他明白小猫们对这瓶液体特别喜爱，但他是不会纵容这些小家伙开怀畅饮。不过，他对它们的癖好却是十分地理解和同情。或许，这使他想起了自己的某些问题。

猫几乎占据了他生活的全部，既帮他表达积极情绪（在开心的时候他甚至会发出“喵呜”的叫声），也帮他释放消极情绪：很明显，他愤怒地把那位将国家变成了“奇幻田野”[①]的俄罗斯第一任总统怒称为大猫“巴西利奥”[②]。尤里·瓦连金诺维奇自己也有两只猫，一只叫做阿霞，一只叫做吉斯，它是阿霞的胖儿子，体型硕大无比。对

① 苏联时期开始制作的一档综艺节目。——译者注

② 阿·托尔斯泰童话《金钥匙》中的形象。——译者注

于那篇在阿霞的帮助下完成的关于语言起源问题的文章，尤里·瓦连金诺维奇想要署两个名字来发表，一个是他自己的，而另一个则是阿霞的。然而在文章最终发表时，阿霞的名字被拿下来了，这对克诺罗佐夫而言无疑是个莫大的打击。

利季娅·格奥尔基叶夫娜并没有和自家猫合作的作品发表，虽然说她有着超过十倍的理由来做这样的事。在她并不宽大的房间里生活着大大小小二十多只猫，甚至还有一只狐狸。这真是一个够奇怪的团体了。其中有些猫没有爪子，而还有一些——没有尾巴甚至是耳朵。丽达大娘（不知道还会不会因此想起那只在大围困中被吃掉的猫？）从街上捡回受了伤的猫，把它们医好后便留在了自己家里。其他的猫，她都是到它们生活的自然环境中去喂养。她从学院的食堂里买来一些剩饭，然后去外边给它们喂食。这时候她家里的猫开始不停地叫，用爪子抓挠所有够得着的东西，并且（做只小猫真好，做只小狗也很不错）把粪便拉得到处都是。因此常常会引起一些邻居的不满和吵闹，他们甚至威胁说要把房间里面那些不让人安宁的家伙——其中也包括丽达大娘本人——都撵出去。有时候她家的电话打不通了，我们可能就认为，邻居们是说到做到了。后来才知道，原来是猫咬断了电话线。

在一次中风发作后，利季娅·格奥尔基叶夫娜的身体出现了局部的瘫痪，那些猫便也从此从这所房子里消失了。后来我们知道，她在格鲁吉亚的园子里（她是作为一名经历过大围困的人，分得了这处园子）还养了大约二十条狗。这些狗左等右等也等不来自己的主人，于是便四散跑了出来，在各个区段里闲逛，对当地的园艺人员进行恐怖统治。

不得不放弃喂养哺乳动物之后，丽达大娘又转而开始饲养鸟类。她先把鸽子们引诱到房子里，然后慢慢将它们驯服。这一切做起来好像也并非那样困难。这些天我和妻子一起去看望了丽达大娘。到那儿之后我们感觉自己仿佛置身于一间鸟舍，又或是在参观一处黄金时代的彼得堡住宅。我们的脚旁不时有鸽子飞起。它们在柜子上面搭巢，落在吊灯上歇脚，咕咕咕地叫着，在桌子上溜达。丽达大娘的脸上毫无保留地显露出一种回归自然的神色。书架上堆满了一层又一层的鸽粪。那些最珍贵的书籍早就被丽达大娘藏到了床头，她按照考古人员的习惯，把这张床称作“发掘现场”。

在窗前一个放花的匣子里我发现了许多鸽子的尸体。她扶着墙走过来，把死去的鸽子拖到匣子边，把它们整整齐齐地摆放在匣子里。我本想把它扔到垃圾堆里去，但她没有同意。我（带着耐心的微笑）问她，她是否觉得这些鸽子还能再活过来。她（带着神圣的那种平和安详）回答说，不排除有这种可能。那些鸽子当然没能再活过来，但是它们也没出现明显的腐烂迹象。它们可以说是已经风干了。

年少是多么的无知啊。现在，许多年过后，我渐渐明白，这些死鸽子对丽达大娘来说意味着什么。这更像是要回到父亲去世的时光，照顾她生命中最重要的男人，这也是对万物全面复活的某种预感。

走进这些令人有些唏嘘的事件，我们可以断定，尤里·瓦连金诺维奇和利季娅·格奥尔基叶夫娜的命运是被历史的滚滚车轮使尽浑身解数碾压过的。大围困时期的恐惧，和平岁月里平静的荒诞，外国书籍不好买，离开苏联不可能……如果说高加索终究还可以去，那么，研究玛雅文明的事儿就糟多了——尤里·瓦连金诺维奇怎么也辩白不了自己这些工作闭门造车的性质。值得注意的是，这场小插曲并不影响他后来在垂暮之年前往墨西哥并获得了墨西哥最高奖励。

不过，仅用声名狼藉的历史车轮来限定尤里·瓦连金诺维奇和利季娅·格奥尔基叶夫娜命运之中的相似之处，就大错特错了。他们的一生中，就好比吸烟者的咳嗽声中或孩子睡梦中的啼哭声中包含着难言的苦痛一样，他们的心灵深处也隐含着某种痛楚。这种与周围世界的格格不入基本不取决于任何历史场景。不过，对一个人的生活做出概括性的总结——这可不容易。生活由千百个场景组成，它们纷繁复杂，有时还相互矛盾，不能归纳为某个固定的公式。还是做个简短的结语更为理智。

利季娅·格奥尔基叶夫娜中风后又得了心肌梗死，死在了一九九二年。尤里·瓦连金诺维奇同样也没能逃过中风病痛的折磨。他因中风引发肺炎，一九九九年死在了彼得堡一家医院的走廊里。突然消失是他生前的一贯风格，直到离开人世时仍是如此：过了好几天，家人和同事们才得知他死在了哪儿。然而，城市中任何一处体面的墓地都没有为这位一生远离政权、商业和不法行为的学者提供安息之地。他死后得不到承认，对于这种遭遇他的学生们把克诺罗佐夫的死比作帕格尼尼的死。其实这种比喻同样也适用于他的人生。不能前往自己研究的国家，使得他只能用一根弦来演奏。

由于各种原因，丽达大娘关于奥塞梯人起源问题的作品未能在她有生之年出版问世。她死后，珍藏馆馆长鲁多利夫·菲尔迪南多维奇·依特斯向我承诺，一定会出版这本书。但后来他也去世了。我带着打印好的稿子去了利季娅·格奥尔基叶夫娜曾经工作过的高加索事务部。那里的工作人员无奈地耸耸肩向我说道，“现在这个世道啊，我们都已经没钱给活人出版东西了，而您还在为死人忙活。”他们有他们的道理。相比已经死去的人们，活人面临的问题要多得多。

（白文昌　译）

叶莲娜的泪珠

——斯维特兰娜·沃尔科娃

列娜[1]能同时做几件事情，和恺撒一样。能边爱边恨，边哭边笑；能边睡边看表；能一边朗诵梅列日科夫斯基的作品，一边吃着烤鸡。

她居住的公寓位于曼哈顿区，房间阴暗，堆满了旧家具，混乱拥挤。她就是在那巴掌大的地板上练功的。现在她一边唱着歌曲的最高音部分，一边不可思议地旋转着，跳着踢踏舞。

“在曼哈顿城区”[2]，本地人如是说。

“不行，调起得太高了。得低点。”

列娜咳嗽了几声，降了个调。她一边重复着那段歌词，一边将重心移到脚跟，将身体转向了另一侧。

“这破玩意儿是谁编的？”

她一把抓过桌上的乐谱，转过身来愤愤不平地对我说：“你看看，啦啦啦啦，这一段歌词是重复的，有必要吗？接下来要求跳踢踏舞。要求踏出点儿来，还要唱高音，这能行吗？”

“列娜，你能做到的。”

“那倒是。不过这么编舞没道理，我又不是机器人，我会喘不过气的。算啦，我休息一下。”

列娜的好友留姆季克关掉了录音机。

我坐到窗台上。列娜住在 21 层。这楼层对于纽约来说就是接地气的高度了。窗户几乎顶到了对面灰色的墙体上。院子就像个天井。

不过与其说它是天井，倒不如说是天坑更贴切，因为我们上面还不知有多少楼层呢。光线基本照不到房间里，所以我们整天都开着灯，这在本地人看来是太浪费了。我根本弄不清楚，窗外是什么天气。相邻大楼的墙体给人一种感觉：仿佛伸出手即可触及。那面墙总是淌着水。我弄不明白，这水从哪里来的，是在下雨还是房顶积存的雨水流了下来？天是看不到的，就是探出半个身子也看不到它。

“你疯啦！会掉下去的！”列娜边冲我喊叫着，边把我从窗台上拽下来。

纽约呀，纽约。

有人按门铃，是送外卖的，我们订了中餐，餐盒五颜六色的。留姆季克付了钱，列娜脱下舞鞋，一头扎到床上。那张床可真大，上个月，列娜的四个亲戚来纽约，列娜和他们一起睡在这张床上。留姆季克只好睡在浴室里。

“列娜，你在布莱顿③的那个小屋多舒服，多亮堂啊！出门就能看到海。”

“那儿是不错，可这里是曼哈顿啊！这不是布鲁克林，不是布朗克斯，不是城乡交界处。是曼哈顿城区！是不夜城的市中心啊。”

我不太理解列娜那种酷爱大都市的情结。我对纽约的态度挺复杂的。每次来到这座城市，环境和杂事都搞得我疲惫不堪，酒店和出租房的照明不给力，摩天大楼令人压抑，电子广告牌炫目刺眼。可一回到故乡彼得堡，我便会怀念起纽约来，脑海中会时常浮现出衣着绚丽、边走边喝咖啡的行人，想起那些总是由意大利人开着的黄色出租车、数不胜数的桥梁、戴着可爱大檐帽的胖乎乎的警察，想念起那些来到这座城寻求更好发展机会却始终未果的朋友们，想起列娜。

---

① 叶莲娜的小名。——译者注

② 曼哈顿是美国纽约市的一个行政区。这里有时代广场、百老汇剧场等著名景点。虽然曼哈顿只是纽约的一个区，但很多本地人提到曼哈顿时都会用“城里”来称呼它。——译者注

③ 布莱顿是英格兰南部海滨城市。——译者注

这个位于东区110街[①]的公寓是留姆季克找到的，列娜看都没看，收拾好东西马上就搬过来了。房租两人各付一半，双月列娜付费，单月留姆季克承担。

他们俩的关系挺奇特。我一直在猜测，留姆季克与列娜到底是什么关系？男女朋友？后来弄明白了，他们就是普通的朋友。我是通过观察他们之间的交往、争吵、彼此的眼神、相互关心的程度得出这个结论的。我从未见过情侣间会像他们那样相处，他们的关系像水晶一般透明，他们给予对方的是另一种心灵温暖，另一种坦诚相待。

没错，他们是睡在一张床上，这是因为房间仅能容下一张床，如果能放两张的话，他们就会各睡一张了。再说，与其说它是“床”，不如说是机场的停机坪，你就是横着睡，都不会碰到另一人。还有啊，合租公寓便宜一半呢，这里都这么租房子。

留姆季克其实叫留梅尔，是来自罗马尼亚涅格列施基的侨民，33岁，毕业于莫斯科大学语文系，俄语特棒，不经意间他还会顺嘴溜出些俄罗斯人的口头禅。听他讲话，你绝对不会想到他是罗马尼亚人，他在美国找到的工作都与俄语有关：翻译资料，带俄语国家的游客参观自由女神像，在大学里教选修课。他是我认识的侨民中唯一一个工作与所学专业对口的人。列娜，一个俄罗斯姑娘，都没考上俄语导游，考试竟然没通过！

明天列娜要去面试，这可是决定列娜命运的关键时刻。百老汇要为音乐剧《芝加哥》补招B角或C角演员。列娜是偶然从熟人那儿得知这一消息的。演出任务有合唱部分，也有舞蹈部分。出场时间总共11分钟。

“就11分钟！和做爱的时间一样长！不，比做爱的时间要长些！你想象不出，为这舞台上的11分钟，我情愿付出一切！”

美国人看不起非专业演员。想在百老汇音乐剧的群众演员阵容中露上一面，必须在残酷的面试中胜出，必须超越所有竞争对手，不仅

① 这里作者所指不够明确。——译者注

要能歌善舞，还要有一份很博眼球的专业简历才行。列娜唱得一级棒，舞跳得也和明星差不多，就是简历不行，没啥可写的。

“我胡编了点简历，说我在彼得堡的音乐厅唱过。你觉得他们能看出来吗？”

“你写没写你在马林斯基剧院当过一年群众演员的经历？”

“你疯了？！这会吓死他们的。在他们眼中，马林斯基剧院那可是神圣的艺术殿堂啊！他们绝对搞不懂，我怎么会离开马林斯基剧院，弄得现在没地儿可去。他们准会想，我要么是被人撵出来的，要么是疯了。你还记得吧，你我那时正在备考语文系，哪里还顾得上跳舞。百老汇的剧院招聘演员时，都有心理测试专家在场。这是最要命的。”

“你怕什么啊？”

“你不知道，这些测试专家经常提一些无厘头的问题。我去参加轻歌剧《妈妈咪呀！》的演员招聘时，有个傻瓜问了我这么个问题：‘海伦，请告诉我，假设您在邮局工作。您会穿红色衬衣上班吗？’我立马开玩笑说：‘我上班根本不穿内衣’。”

“这没什么可笑的呀，美国人的思维嘛！”

“没错，是不可笑。一周后通知到了，他们礼貌地告诉我，我没通过面试。”

列娜才华横溢。这一点我始终深信不疑。她爱唱歌，爱开怀大笑，是各种社交场合的灵魂人物。她开朗大方、光彩照人，她是庆典活动上最璀璨的明星，但太过耀眼，显得有些另类。她的前两任丈夫不愿生活在她的阴影之下，跑路了。不过列娜依旧和他们保持联系，与他们新组建的家庭保持一种礼尚往来的关系。这也是列娜的一种才能。

列娜唱歌天赋极高。每次唱完轻歌剧《吉卜赛公主》或《蝙蝠》中的咏叹调后，总有专业音乐人过来问她：“你是哪儿毕业的？”他们很难相信她是自学成才的。列娜舞跳得也很棒，她曾在一家不错的舞蹈学校学过踢踏舞。

“我不是科班出身，这很麻烦，”列娜边说边用筷子从餐盒中夹起一根粉条，送到嘴里。“你知道吗，我这辈子尝试做过不少事，可都没坚持到底。我念完了少儿音乐学校，参加过合唱团，在文化宫跳过舞，曾是社区居民业余文艺演出团体的明星！我是语文系毕业的，可又怎么样？你看，留姆季克俄语讲得都比我强！你不知道明天的面试对我有多重要！哪怕只给一丁点的报酬，我也想参加百老汇的演出，这辈子哪怕只给我一次机会，然后把我开除都行。我现在满脑子就这一件事。你说，他们能看出我不是科班出身的吗？”

“列娜，这世上多一半经典都是非科班出身的人搞出来的。”

“可这和他们说得清楚吗？！”

“关键是，你别装科班出身的。”

“可他们不需要个性化的演员，尤其是来自东欧的。”

留姆季克没有介入我们的谈话。平时他都会参加这类话题的讨论，可今天他不知为什么很低调地坐在一旁，全神贯注地读着俄文报纸，用铅笔在上面做着标记。

“我给你看样东西！”列娜拿出一个盒子，盒子上面有个对每个美国人来说都非常神圣的商标——被咬了一口的苹果。她小心翼翼地从里面拿出一个学生用的显微镜。这盒子显然不是显微镜的原包装。“这是留姆季克的同事送他礼物的包装盒。”

俄罗斯侨民特愿意把“寇雷之”[①]说成“卡雷之”。对此我非常不解。我发现，所有俄侨都这么讲，就连像列娜这种刚来不久的侨民也这么讲。

列娜把显微镜放到我面前，几乎耳语般地对我说：“看这儿！”

我只看了一眼就惊呆了，里面的镜像太美了！……

这让我想起了儿时别人送给我和姐姐的万花筒，为了自己能多玩一会儿，我们姐俩常常打得不可开交。可搬新居时它竟被弄丢了，我们绝望地大哭了一场。怎么就弄丢了，这不应该呀！

---

① Колледж（学校）。这里作者在诟病侨民的发音。——译者注

显微镜的目镜里出现了色彩缤纷的钟乳石石笋，奇妙的晶体，我仿佛置身于被施了魔法的山洞里……海盗藏宝处满地是散落的珍贵宝石……我紧张得喘不过气来，我特想像儿时转动“万花筒”那样转动目镜。我眨了一下眼睛，视角发生了小小的位移，结果我看到了染上一层霜的小树丛和手工编织的花边，薄薄的，宛如十一月光秃秃树林中透明的蜘蛛网。

“这是我的泪珠，”列娜自豪地说。

我重新看着目镜，这次看到的是：用佛罗伦萨马赛克拼出的五光十色的明信片，一张张旅行后留下的明信片。可它们保存在我家里呀！

发明显微镜的人真是个天才，而想出观察自己泪珠的人则是诗人，即便他平生从未写过一句诗文。

我慢慢地把视线从目镜上移开。绚丽的童话色彩迅速变淡，镜像变小，变得朦胧起来。目镜可以无休止地看下去。里面有一种让人心里凉丝丝的东西，奇妙的画面令人发出无言的赞叹，绚丽是让人赞叹的首要因素。可没有人会想到，这非同寻常的美景竟是人的泪珠！它作为一个完全独立的本体、一种玄妙的活体，突然出现在显微镜下！它是怎么形成的呢？！

列娜笑了，笑得像个刚刚用小圆环搭起了小金字塔的孩子。

“我身体里住着两个人，一个产生眼泪，另一个在显微镜下观察它。”

* * *

每当听到熟人说：“我曾有个女友，她是……”我都会去琢磨他们说的“曾有个……”有没有朋友这件事本身我却并不那么关心。曾有，却又没了。死了？吵翻了？怎么从前有，现在就没了呢？他们通常都这样解释说：“这有什么奇怪的呀，就是不再交往了呀。” 没什么奇怪的？！有过，可又没了！她们为什么会离我们而去？我们为什么不再和她们联系了？过去有过，现在没有了。我们总是无暇去翻寻记忆深处的东西，去分析大家不再交往的原因，我们总是给自己找各种借口。因为这样可以不费脑子。生活让大家各奔东西，之后就断了联系，这个解释最能聊以自慰，可却是自欺欺人的。我们不敢直面真相：你曾和某人交往过，和她分享过内心的秘密，可现在这个人却从你的生活中消失了。轻轻地来了，又轻轻地走了，取代她的是“新朋友”，也许有一天“新朋友”也会进入“曾经的女友”行列。可那个和你共同度过一段人生的人真的会那么容易就从你的生活中消失吗？

我和列娜曾一度走得很近，可后来见面的次数却越来越少了，之后就只打打电话了，先是每逢周末通电话，而后就只有过节时才通通话，最后连电话也不打了，只在几个大日子里发发短信而已，就好像我们在日历上做了标记一般，只在这几天发发短信，保持一种社交礼仪。我们从没静下来好好想想，我们为什么这样做？我们之间出什么问题了？我们没有吵过架，世界观依旧相同，两家住的地方也没变，还住在彼得堡比邻的两个区里。倘若列娜突然来电的话（既不是过生日，也不是过新年），她总会说：“你好！我就问一个简短的小问题，行吗？”接着她会说出这个问题。她经常问的是工作上的事儿，或是想听听我的建议，选哪家旅行社或选哪个装修公司更好。有时我真想对她说：“列娜，大小问题你都可以问，我很高兴与你聊聊天啊！”可这话我一直没说出口。一年中我也会破例给列娜打一两次电话，对着话筒说：“列娜，占用你一分钟时间……”可内心却渴望听到列娜说：“干嘛只占用一分钟呀？我们好久没聊天了！”

四年前列娜拿到工作签证，去了美国。签证到期后，列娜没回来，留在了美国。躲躲闪闪打黑工，在比萨饼店端过盘子，在“梅西百货”当过售货员，当过出租车公司的调度，在一家快递公司当过文书，有一段时间还当过卡通广告人偶，在喧嚣的第九大道上游来荡去，胸前背后挂着和她身高相等的印度小饭店的广告牌。她可是语文系毕业的研究生啊。一个偶然的机会，让她拿到了绿卡，她住到了纽约的市中心。可她变成美国人了吗？看到她那双灰绿色眼睛后，我知道了，她没变，没变成美国人。她成了另外一个人。

“特棒！是吧！”列娜把显微镜装回盒子中，“想都不敢想：普普通通的盐的结晶，可却变成了这么神奇、这么妙不可言的东西！”

“你的泪水怎么没干呢？”

“亲爱的，我把它压到两块玻璃中间了，没空气，真空了，所以就保存下来了。另外，它是昨天才做好的，还是新鲜的，不知过后会怎样。”

“你昨天哭了？”我使劲回想着昨天都做了什么。列娜早八点到宾馆来接我，我们俩逛遍了曼哈顿区，在中心公园滑了旱冰，去了弗里克博物馆，晚上去听了爵士乐，半夜时分才分开。

“没错，半夜郁闷了……”

纽约呀，纽约……

列娜看着留姆季克对我说：

“我用显微镜看泪珠时，把他弄醒了。留姆季克是标准暖男，他盯着显微镜看了一个小时，然后给我泡了茶，抚摸我的头安慰我。因为这么个破玩意儿，他被我折腾得半宿没睡。”

“这可不是破玩意儿！”

“那我就把这份美丽的礼物送给你，你把它带回彼得堡，看到它你就会想起我。”

“到那时眼泪就干了。”

“那我就给你大哭一次。多大个事儿啊！”

列娜从床上跳下来，放了一张音乐剧《芝加哥》的光盘。俄罗斯的音乐圈里把伴奏音乐称为“米努索夫卡”，列娜认为这种叫法太冒傻气，也令人反感。

列娜又开始一遍又一遍地试唱着明天面试时要唱的片段，每一次都有些许变化，每次音色、音调上的处理都有些不同，我的听觉很灵敏，她所有的处理方法我都喜欢。

“列娜，这方面我没法给你当参谋。”

列娜接着唱副歌，但这次配舞了。

“你的邻居不会烦吗？这么晚了还跳踢踏舞。他们不会像彼得堡人那样敲墙抗议吧？”

“不会的！”列娜爽朗地笑起来。“我的左邻右舍都是拉丁美洲人，他们每天都在大吼大叫，在他们眼里，我和留姆季克大概算是安安静静的小老鼠了。我们楼下没人住，那儿曾住过一个白俄罗斯人。他刚搬进来时，我开心极了，我们几乎算是老乡、亲人了。结果呢，这家伙简直就是个混蛋，不知因为什么，是嫉妒啊还是喝醉了，总之，他把老婆杀了。警察马上就把他逮起来了。现在那个房间还空着没人住呢，里面可能有幽灵在游荡吧，总有嘎吱嘎吱的可怕响声。”

隔壁的西班牙邻居大声吵了起来，接着什么东西摔碎了。

“听到了吧？！这是老公在教训老婆。”

“瞧瞧你们住的地方！”

“你可别这么想！我们住的街区最好。安静，不像旁边的街区，那里基本上住的都是波多黎各人，那叫一个乱啊！他们总和委内瑞拉人、以及来自哈勒姆的黑人打架斗殴，用蹩脚的英语骂街，那骂得真叫有滋有味啊，我都想用录音机录下来了。”

留姆季克倦怠地皱着眉头，整理着报纸，小心翼翼地折起来。这一晚上他头一次开口说话。

“我真搞不懂，你们这是跟风还是怎么着？”留姆季克冲着我们两人说，“你们都在用‘有滋有味’这个词，也不管该用不该用。媒体和文学作品中也是如此，什么‘他有滋有味地抻了个懒腰’，‘她的浪漫曲唱得有滋有味’，‘强盗骂得有滋有味’。你们为什么用这么俗气的东西糟践你们伟大的语言呢？你们的托尔斯泰听到后会怎么说？”

“留姆季克，别烦我们行不行？！”

我叫了出租车，该回宾馆了。列娜坐到我身边，搂着我的肩膀说：

"咱俩多傻啊，见面的次数太少了！"

"更傻的是，这么多年了我们都没有意识到这一点。"

我们俩笑着，愉快地回忆起大学时光、我们的爱好、男同学、梦中都在背诵的书籍。想起大三时我们玩过一个游戏，卡洛斯·卡斯塔尼达①的小说中有这么个情节，说死神总是站在人的左肩后面，如果猛地转头看去，就能看到死神。我和列娜总想验证一下这个说法。有一次，我俩走在戈罗霍娃街上，突然想起这档子事，就停了下来。我们说好数到三就快速回头向左后看，看看能不能见到我们的死神。我们俩紧张地拉起手，我数到三，使劲把头转向左后，颈椎都扭得卡卡响了，结果我们的长发（那时我们还留着长发）抽到脸上，疼得我们两眼直冒金星，我们透过冒着金星的眼睛看到了一行字："我去供应站了"。我俩愣住啦，这是什么意思？过了一会儿才搞明白：原来这是家门窗紧闭的蔬菜店，门前挂的是留言，字是用彩笔写在纸板上的。我们哈哈大笑了好一会儿，列娜说："那我们就祝愿彼此，让我们的死神留在'供应站'吧，留得越久越好，愿我们俩幸福长寿，活得像肥皂剧里的主人公一样快乐！"

我的手机响了。出租车到了。列娜和留姆季克把我送到车前，我们不舍分开，又聊了好一会儿。

"你明天来给我站脚助威吗？"

"当然！"

"十点开始面试，我会早去，我想早点去排队。"

出租车行驶在纽约午夜的大街小巷上，我望着鳞次栉比的摩天大楼，看着上面的霓虹灯广告，思绪万千，不由得重又陷入回忆之中，重又想起列娜。

* * *

第二天早晨，阳光明媚，虽是四月的第二周，天气却温暖如夏。

---

① 卡洛斯·卡斯塔尼达(Carlos Castaneda)(1925—1998)，秘鲁裔美国作家和人类学家，以唐望书系列而著名。——译者注

透过宾馆餐厅的大窗，我观望着路人，他们身着各色衣服，从百老汇走向时代广场。我看了一眼手表：7 点 30 分。

我走出宾馆。空气好清新。熙熙攘攘的人群依旧行色匆匆，纽约人右手依旧拿着热气腾腾的咖啡杯，左手拿着面包圈或是热狗。每天早晨看到的都是同样的画面。

我住的酒店叫“剧院酒店”。这里几乎每隔一步就有一家剧院。这种说法虽显夸张，可也与事实相差无几。一家剧院经常只上演一出戏，这样可以不用经常换舞台布景。我听说，有时能专为一出戏而建造或重建一个剧院，例如《歌剧魅影》。剧院间建有宾馆、饭店、礼品店，甚至还有一些小商店，里面售卖牛仔服和印有“我爱纽约”(I +红心+ NY) 图案的文化衫，这样的图案充斥世界各大城市，看得够够的了。

纽约呀，纽约。

我费力地穿行在拥挤的时代广场上，这里人太多了，我在人群中挤来挤去，终于走到了队尾。我听到排队的人群在讲俄语、波兰语、西班牙语、立陶宛语。队伍顺着百乐汇排着，三四个人一排，排出了好远，几乎一眼望不到尽头，队伍只有在十字路口处才会断开。上班高峰期间人多车多并不奇怪。奇怪的是我从未见过纽约大塞车，至少没见过像莫斯科和彼得堡那样的塞车情形。纽约刚有点堵车，每个路口就会冒出穿着漂亮、鲜艳制服的交警（也有女交警），他们好像是在挥动魔杖，轻轻松松地就把一大堆车撵跑了。每次看到这个场景我都不禁会想：“我们要能效法他们这一点该多好啊！”

我费了九牛二虎之力，和列娜通了几次电话之后才在队伍中间找到她。

“你知道吗，我五点就起床了，早饭都没吃，太紧张了，我跑到这儿时，已经排起好长的队了。排到哪儿了？你看到没？”

“快排到我住的酒店了。”

“真的啊！这才八点钟。这要到了十点，得排到哪儿呀？！我到离我们最近的咖啡店买了咖啡和牛角面包，得强迫列娜吃东西。”

“吃，要不没力气唱。”

“不行，我一点儿都吃不下！”

有人在给排队的人发大袋薯片，列娜高兴了，津津有味地吃起脆脆的橘黄色薯片。

来参加面试的人开始相互认识，相互交流着以往参加面试的经验，这里不乏专业演员。一个很有魅力的黑人混血儿说，她在拉斯维加斯参加了两季《狮子王》的演出；一个个头不高的金发男子和大家分享了去年入选《舞动人生》的秘密，在这部剧中他与某个演员一起唱了个片段。我没记住那个演员的名字，也不知道他是谁，可大家听到这个名字后，不约而同地发出了赞叹声。

列娜的脸阴沉下来。

“列娜，我真弄不明白，怎么会有这么多人争着去应聘出演群众场面的C角演员？”

“当然要争了。这可是百老汇呀！”

我看着这群排队的人，心想，他们的人数几乎与俄罗斯一些小城镇的人口一般多了。这些人都是唱歌跳舞的吗？

“你看明白了吧，美国人就是有才。”列娜钦佩地看着排队的人群，“你看看，这队伍三四个人一排，还不算去了咖啡馆的，还有一些会晚点儿来的。这么多人，简直就是演员大军啊。剧院不应该用一天时间面试演员，应该分两天！”

我不由得想起了根据披头士音乐专辑改编的音乐剧《雨》。几天前，我、列娜和留姆季克看了这部剧。散场后我感叹良久，他们是用什么方法选的演员呢？选出了这么多长得像披头士的演员，而且演得、唱得如同披头士一般。演约翰·列侬就罢了，粘上大胡子、戴个眼镜就成了，演林戈·斯塔尔，化上一个小时的妆，形象也就复活了。可演保罗·麦卡特尼的演员把所有人都征服了。更令人称奇的是，假保罗·麦卡特尼唱得和真保罗·麦卡特尼简直一模一样，也用左手弹吉他，太像保罗本人了。现在望着长长的队伍，我终于明白了，剧院选演员的空间太大了。从好几百个唱得好的“保罗”中选几个像他、又能左手弹吉他的演员（用于A、B角）并非难事……列娜说得对，美国是有人才，尤其是今天早晨看到这排队的场面后，我对此也深信不疑了，而且美国这样的天才远比我想象的多得多。

仿佛为了证实我的看法，排队的人唱了起来。无论我用多美的词语描述这一场面，此时都显得苍白无力。原本喧嚣、灰蒙蒙的曼哈顿瞬间变成了音乐厅，长相不同、穿着牛仔服的数千人合唱起来，他们的声音无比干净，他们唱着无歌词、却美妙绝伦的歌曲。我发现，所有人，包括列娜，都在唱自己捻熟于胸的那个片段。这里听不到一丝不和谐的声音，相反，耳边响起的是同音同度、天籁般的歌声。

“大概天使就是这样歌唱的吧，美国的天使。”列娜说话的声音压得很低，因为这里每两个人中就有一个懂俄语。“你知道吗，我刚来这里时，有一段时间恨他们所有人，尤其恨那些和我一样的侨民。可当我第一次来面试，听到他们练声之后，我明白了，我爱他们。爱他们所有人。”

列娜脱下运动鞋，从她的大背包中拿出踢踏舞鞋穿上，开始忘情地在柏油马路上跳起了踢踏舞。瞬间她身边的人跟着跳了起来，之后，跳舞的人越来越多，人群如浪潮般涌动起来，最后所有排队的人都跳了起来。看热闹的行人吃惊地发现，所有舞者不仅富有节奏地舞动着，他们脚下的数百双鞋跟还发出有节奏的撞击声，太美妙了！“这是怎么回事？在拍电影吗？”一群疑惑不解的日本游客边问，边不停地按下相机的快门。“他们是快闪族。”一个裹着头巾、戴着耳机的半大孩子权威地解释道，并同情地对这群好奇的游客说：“他们是有组织的，这样做是想吸引大家的眼球，让大家感到惊奇。”

留姆季克来了，他先和我们，然后和旁边的人打了声招呼，祝愿列娜面试顺利后，就上班去了。我看了一眼手表：马上9点了，百老汇上赶着上班的美国人越来越少，拿着相机的游客越来越多了。排队的人各忙各的。他们相互介绍着彼此，甚至还有人开始谈情说爱。列娜对我说，她在认识两任前夫之前，生活一团糟，她曾在这种场合遇到唯一一位正经男人，一位可以在纽约全心去爱的男人。可后来分手了，分手原因非常简单：他被剧院选中了，而列娜没有。按列娜的话说，他很快就“蹿红”了。

“列娜，你要是入选了，你第一件最想做的事儿是什么？”

“到第一大道的美发沙龙去做头发。”

“我是认真的。”

“我说的也是实话。”

列娜的电话响了。她用英语解释了好半天，告诉对方她排队的位置。十分钟后一对年轻男女来到我们面前：女孩儿一头红发，胖乎乎的，穿着一条绷得很紧的紧身裤和一件大花T恤衫，男孩儿很漂亮，打扮得像个摇滚明星。

“认识一下吧！”列娜愉快地向我介绍说，“这是雷内，这是她的男友大卫。”

雷内快步上前，像和亲戚打招呼那样，吻了一下我的脸，大卫也吻了我，然后三人就喋喋不休地聊了起来。我发现雷内讲话的口音很特殊，和美国人不太一样。我开始猜她是哪个州的。

“别猜了，”列娜看出了我的心思。“雷内是地道的英国人。从威尔士来的。没错，他们在这里混得风生水起。”

雷内的个人经历很不一般。她原名叫瑞宝，彩虹之意。她父母是嬉皮士。她的兄弟姐妹叫瑞维尔（河流之意）、弗拉维尔（花朵之意）、伊戈尔（鹰之意）、穆莱特（月光之意）。她叫他们瑞维、弗拉西、伊戈吉、穆尼。她的兄弟姐妹分散在世界各地，有的住在荷兰，有的住在马达加斯加，有的住在果阿[①]。让我吃惊的是，他们全家没有一个人住在大不列颠，父母也不住在那里。雷内在印度的斋普尔住了很长时间，她就是在那里遇到被她称为“自由人”的大卫的。虽然大卫是爱达荷州人，但他们只想留在纽约生活。因为纽约是圆梦之城。

“大卫是IT人士，编程的，雷内在保险公司上班。”列娜解

---

① 印度面积最小的一个邦。——译者注

释说。

快十点了。我得到洛克菲勒中心的一家法律事务所去一趟。还有半个小时的时间，我可以走着去。我想对列娜说点祝福的话，可脑子里冒出的都是些平淡无奇、毫无创意的套话，为此我臭骂了自己一顿。

“列娜，祝你成功！再祝愿点儿什么呢？”

列娜抽了一下鼻子，冲我点了点头。队伍中开始传起字条，一个黑人小伙（应该是剧院的工作人员）不耐烦地解释着什么，大概都解释一百多遍了。我把列娜留给雷内和大卫，走开了。可内心却不能平静下来，我期望好友能圆她的美国梦。

* * *

我在法律事务所折腾了近四个小时，也没办成事。这里也是官僚气十足。下午一点，我走出了事务所。烈日炎炎，完全不似四月的阳光，大街上的游客穿得像在度假村里一般。我沿着第五大道急匆匆地向剧院走去，去找列娜。我边走边看着珠宝店和精品服饰店的橱窗。排队的人明显少了，队尾排到我刚才和列娜分手的地方了。打列娜的电话没人接。好在我看到了留姆季克、雷内和大卫，他们都在时代广场临时搭建的看台——红色台阶上坐着呢。这是我纽约最喜爱的地方之一。台阶上坐着好多游客，台阶下面是鳞次栉比的剧院售票处，那边在卖打折票，人们排起了长队。

我坐到留姆季克身旁，他默默递给我一罐可乐。我们沉默了大约一分钟，我忍不住了，开口说道：

“哎，留姆季克，是好消息还是坏消息？别折磨我了。”

“我真不知道。我和列娜都没来得及说好在哪里见面！”

“面试一结束，列娜肯定会来电话的。”

“她不会打电话的。她临走前把电话塞给了我，现场不许开机。电话先放你那儿行不行？我再去买几罐可乐。”留姆季克把列娜的手机递给了我，手机上挂着可爱的小饰物：一个戴着绿色尖顶高帽的红头发小丑。我觉得小丑有点像雷内。

“你们今天不上班吗？”我问大卫。

“我们请了几天假，”雷内不等男友回答，自己兴奋地先说了起来，还坐到了我的身边。“大卫买了部二手的敞篷福特车，列娜一完事儿，我们就开车去科尼岛，到那里玩儿几天。和我们一起去呗！”

“去不了呀，我今天就得走了。”

我说的是实话。我买了晚上去普林斯顿的大巴车票，我的另一个好友阿妮娅在普林斯顿大学城等着我呢。她不认识列娜。我每次来美国都想方设法见见她俩。三天后我就要飞回国了，经莫斯科回彼得堡。

留姆季克回来了，买了一大堆到现在我也没能适应的美国食物。时间过得太慢了，太无聊了。列娜那边儿怎么样了？此时是否正在舞台上面试？为了分分心、消磨消磨时间，留姆季克建议玩个游戏：从台阶上冲着人群大声喊出一个名字，只能喊最普通的名字，不能喊像“弗罗多”，“格尔米奥内”之类的名字，看有多少人回头。我们站起身来，玩了起来。

“巴格丹！”我先喊了一声，马上有人冲着喊声转过头来。

“格里高利乌！”留姆季克叫着，也马上有人回头。

“佩尔西！ 玛格努斯！”雷内和大卫也喊起来。

“瓦茨拉夫！谢尔盖！亚采克！奥丽嘉！波热娜！达捷乌什！”我和留姆季克争着抢着喊出想起来的斯拉夫人名字。

雷内显摆起来，喊起印度人的名字，大卫轻松叫出好几个日本人名。每个钩上都有钓到的鱼！

“古姆别尔特！”知识渊博的留姆季克喊出这么个名字。令我吃惊的是，有好几个人马上转过身来，其中还有个女的。这不禁让我想到：这些人瞪大眼睛看着我们，并非因为我们叫出了他们的名字，而是太好奇了。我们不可能去核对他们的证件呀！

广场上人头攒动。我们旁边的红台阶上已经没有空位置了。

“你知道吗，这不可能分出输赢的，”留姆季克笑着对我说，“全纽约的人都在这里了，世界上叫各种名字的人都在这里了。这个场景每个人都会牢记于心间。”

“留梅尔！！！”我扯开嗓门大声叫着。

这次只有一个人转过头来，就留姆季克一人。

“我赢了！”我高声笑着说。“没人叫留梅尔了！”

“难道我不是人？”留姆季克委屈地问道。“你不认为我是人吗？你没赢。时代广场上有叫这个名字的人。”

纽约呀，纽约。

* * *

“你们怎么了！晒傻了？叫喊什么呀？”

是列娜！列娜来了！她站在那儿，眯缝着眼睛，用手遮挡着阳光。那表情就像个淘小子似的。

“列娜！怎么样？！”大家异口同声地问道，只是有人用俄语，有人用英语。

“我也不知道。唱完跳完后，他们对我说：‘谢谢！我们会给你打电话的’。他们说，很快就会出结果，最晚明天就会有消息。”

“那你自己感觉如何啊？”

“非常棒！现场没有心理测试专家。我一下子就放松了，把会的都呈献给评委了。随他们去吧，就算不用我，也无所谓了，我已经在百老汇的舞台上表演过了。”列娜叹了口气，嘴角间露出忧郁的微笑。“我还独唱了呢。不是在合唱队里领唱！而是独唱！大家只听我一个人在那儿演唱！像听明星演出一样。这就是选演员时的美妙之处。现在让他们都见鬼去吧！”

我看着列娜，觉得她这几个小时里瘦了许多，尤其脸瘦得厉害。她站在那儿，看上去轻飘飘的，脖子细细的，露在领子外的锁骨窝像小孩一般窄小。让人心疼。

“你应该和我们一起去科尼岛。真的，很好玩的。”

“不行啊，列娜。你知道的，我得去普林斯顿。周末离开纽约回国，如果那时候你们能玩回来的话，我们就能在登机前见上一面。”

列娜噘起嘴来。

“我也去不了，”留姆季克说道，并内疚地把目光转向一旁。“同事给我找了个活儿。当家教。我没法拒绝。”

“去你们的吧！大卫，雷尼，我们走！”

列娜走到我身边，把额头靠在我肩上。我感觉到，此时的她已精疲力竭、内心充满忧伤。她累了。她需要好好休息休息。可她能吗？她这辈子总是同时做几件事。像恺撒一样。就是从未休息过。她在科尼岛上会一边玩耍，一边想着剧院的事儿，想着面试的事儿，想着她工作的邮政所，她可是费了好大劲儿才请下一周假的。她还得想着，过几天去机场送我时该和我说些什么。

他们三人一起走了，一个是胖胖的红发英国女郎，一个是又细又高的美国小伙子，一个是纤细的俄罗斯姑娘。列娜·伊万诺娃。我们年级的人都叫她“约翰逊”。

* * *

“昨晚八点左右，在布鲁克林大桥下桥处，通往亚当斯街方向的路段，一辆福特轿车撞上钢筋混凝土隔离带，翻转了720度，车内有一名司机和两名乘客。后面‘森林人’公司的厢式货车司机紧急刹车，但未能避免相撞，货车翻车，压到已经燃烧的‘福特’车上。两辆车上无人幸免。此次车祸导致该路段交通中断两个半小时。事故原因正在调查中。”

听着这段干巴巴的早间新闻，我并没有在意新闻频道女主播说的是什么事。但它那么令人不快，那么令人心烦意乱！主播面部表情生硬，播报人员伤亡情况时的语气和播报普通新闻（像经济论坛或是某一新的法律修正案）时相差无几。就像在播天气预报……

突然，我在电视里看到了一辆翻过来的厢式货车，看到了数辆警车、车祸现场拉起的警戒线，看到，尸体用白布苫着。瞬间又出现了一个特写镜头：留姆季克弯腰站在一具白布苫盖的尸体旁，他泪流满面，双肩不停地抽搐着，青筋暴突的双手紧压在胡子拉碴的脸上。他怎么一下子变得这么苍老？！我们昨天刚见过面呀……

我的大脑拒绝相信看到的这一切，可我的心脏已然绝望地狂跳起来，我的血液仿佛燃烧起来，直冲太阳穴：列娜，列娜，列娜……

列娜！

不，我不相信！几小时前她还冲我笑呢！她是那么年轻！那么有才华！那么充满活力！她后天还要去机场送我……

阿妮娅静静地走到我跟前，摇了摇我的肩膀。使点劲儿，阿妮娅，使劲摇晃一下我！这是个噩梦！我马上就会从噩梦中醒来！

“阿妮娅，从曼哈顿到科尼岛怎么走？”

不！别告诉我！别告诉我！那个小伙子不过长得像留姆季克而已。留姆季克和我说过，在纽约，每个人都能找到和自己相貌相近的人。

“经东河，走大桥或者隧道去布鲁克林……出什么事了？”

* * *

我机械地整理着行李箱子，大脑中一片空白，本能地把脚塞进鞋里，抓起放在过道地板上的手提包，匆忙地告别了阿妮娅。我内心的痛楚不断加剧。纽约这座不夜城还在，上演各种音乐剧的剧院还在，车辆川流不息的布鲁克林大桥依旧在。

列娜不在了。她再也不会出现了。无论是在这座城市里还是在其他什么地方，都不会再见到她的身影了。

我和留姆季克站在布鲁克林大桥上，望着桥下的河水。今天的河水是灰绿色的，波光粼粼，像列娜的眼睛。从曼哈顿赶往布鲁克林、从布鲁克林开往曼哈顿的汽车疾驰在桥上。红白车灯不停地闪过。有人去桥那边，有人急着往回赶。这些车就像紧张兮兮穿过乡间小路的弱小蜗牛，它们的命运就在那些不长眼、内心冷漠的行人脚下，只能听天由命。

留姆季克的声音时断时续，他的话都很短，有些上气不接下气。

“大卫没有马上丧命，但也没能等到救护车的到来。雷内和列娜当场就死了，汽车爆炸前就死了……他们是这么告诉我的……”

“留姆季克，列娜当时就死了，没遭罪。阿妮娅是大夫，她是这样对我说的。”

“真的吗？不！是真的吗？对！当然是真的！她经不起长时间的

折磨，她没法忍受……”

我们身后是布鲁克林医院冷冰冰的院墙，医院的工作人员正与列娜的母亲和继父、与雷尼及大卫的父母通电话。在逝者面前我们永远心存愧疚。永远！不知为何，在他们的亲人面前我们也抱愧自责。也许是因为我们俩没坐那辆车，没去科尼岛。我们继续活着，可他们却走了。脑子里还有其他愚蠢的想法……

我们和列娜在时代广场分手还不到24小时，可这短短的时间里发生了这么多事情！我们看着河水，眼前重又浮现出列娜那深邃的灰蓝色眼睛，她的眼睛颜色变得好快啊，就像她的情绪一样，能瞬间从狂喜转为忧伤。有时还两种情绪并存。列娜是能同时做几件事的人。和恺撒一样。

突然一个熟悉的旋律打断了我痛苦的沉思。哪来的旋律？这么熟悉的旋律？

“纽约呀，纽约”——这是弗兰克·西纳特的歌声。

见鬼了！这是列娜手机的铃声！

我使劲甩了下头，想赶走噩梦。可真的是手机在响，声音是从我那牙买加雷鬼包里面传出来的。

我在包里翻着，里面装的都是我出门旅行时必备的东西：化妆品，小药盒，旅行指南，几小瓶水，照相机，还有一些有时根本想不起来用的小东西，我生怕惊走幻觉，小心翼翼地拿出挂有一个杂技小丑饰物的黑色小手机，小丑像极雷尼，我就像拿小鸟儿那样谨慎，唯恐弄断它细小的脖子。铃声可千万别停啊！我突然想起来了，昨天留姆季克把列娜的手机给我了，让我保管。但列娜面试回来后，根本没人想起手机这件事儿。

“您好！我找列娜。”

我也需要列娜。特别需要！

“我是剧院的工作人员。您能转告列娜吗？让她给我们回个电话。她被《芝加哥》剧组录用了，星期一开始排练。”

……列娜曾经能同时做几件事，和恺撒一样。而且每件事都能做好。可是这次她不能同时又高居天国，又在音乐剧中光彩夺目地演上11分钟了。某个黑人混血儿或波兰女郎将取代她登台表演。好几千人竞争这个位置呀。

“很抱歉！我无法把您的要求转告给列娜，她死了。”

我头一次说出“死了”这个词。我不能相信，这话竟出自我的口。我的声音如此冷漠、刻板，和那位播报新闻的女主播没什么区别。电话闪了一下，没了动静，手机屏上的蓝色直角标识消失了。电池没电了。

* * *

肯尼迪机场一如既往乱糟糟、闹哄哄，让人烦心。我不喜欢告别，我喜欢相逢。下次再来这座弗兰克·西纳特歌中的不夜城时，列娜不会在机场迎接我了。

留姆季克递给我一个布包。

“给你的。列娜想让它和你一起回彼得堡。”

我们坐到地上，靠在我的箱子上。我从包里掏出了盒子，上面有被咬了一口的苹果商标。

“我问过航空公司，这东西可以带上飞机。”留姆季克帮我打开了盒子，我从里面拿出了显微镜。

我的心好痛！

在永恒的空间中，在目镜的玻璃片下，是从未见过的冰花、钟乳石，还有五光十色的佛罗伦萨马赛克。

列娜没了，可她的泪珠还在。它被压在两小片玻璃间，没有干涸，没有失去它的色彩和结晶。它离开了列娜，在显微镜下独自过着自己的生活。

列娜继续活在她自己的泪珠里。

“你知道吗，我最难过的是，我没来得及告诉列娜，我是多么爱她，”留姆季克几近耳语般低声说道，播报我航班讯息的广播压住了他的声音。“我始终想对她说来着，但不知为什么总是以为‘来得及’说。”

我也想告诉他："你知道吗，我也没来得及告诉列娜，我是多么爱她。我多么需要她。没了她，在她喜爱的两座城市里，圣彼得堡和纽约，我是多么空虚、孤寂。整个世界变得多么缥缈，大地上少了一个亲爱的人。我也曾以为，'来得及'。"

机场的广播不停地播报着我所乘坐的航班登机讯息。我走了，过了海关，过了边检，走进银色大飞机的机舱，我从纽约带走了最珍贵的宝贝——我的叶莲娜有生命的泪珠。

（荣洁　译）

玛　莎

——米哈伊尔·叶利扎罗夫

当你离我而去时，准确地说也不是离开，就是打着打着电话就断了生息，仿佛你一脚踩空，电话从手里滑落，像从屋顶跳下自杀的那样翻滚着飞速坠下，中断了我们不愉快的聊天——你总是这样对待我，好像马上就要撒手而去：留下一片停顿和表示通信中断的短摩斯密码——“嘟嘟……”，然后就再也打不通了。

在你离开我之后，尽管过去也常发生类似的事，你原来也这样从餐厅或是在大街上就无故离开，拂袖而去，不见踪影……

你走了，而我感受到了这次并不是预演，也不是虚张声势。孤独的恐惧吞噬着我，那么强烈、湿冷、全身心的恐惧，像一名丧失理智的水下救生员，那沉重的鲶鱼，不是让空气填满胸腔，反而让猛烈的吸气挤压着纸袋般脆弱的肺部，我觉得自己的心脏在一点一点地停止跳动……

心已衰死，生无可恋。也许，过去每次你离开时我也曾深陷在痛苦与伤心之中，可是每次你都回到了我的身边，而我，像那些幸福的初为人母的人，在欣喜无限中很快淡忘了此前的磨难重重。

电话那端的你不见了，一天以后，一周之后你都再也没再打来电话。在这一刻，在这神奇的瞬间，七天一闪即逝后的瞬间，我终于明白，所有的一切都真的结束了。过去的七昼夜像解除了魔法的尸体，膨胀、胀破、破碎成了成千上万个支离破碎的痛苦时分。

有一次，我无比耐心地像部队的电报员一样，在三个小时里不断地拨打你的电话号码而你那边一直是“嘟嘟”的声音。我给你发了短信！有粗鲁的：“你这个臭婊子！”有温柔无奈的：“亲爱的，告诉我，出什么事情了？”

我试图在你的“生活杂志”（那是女性用来吐槽的网上论坛）中联系到你。而你第一时间删掉我的评论还限制了我的发言权（那感觉如同把光着脚仅穿内衣的我领到黑咕隆咚的木头浴室外面，击中要害，一招了结）。

我想要在你家的门前候着你，反正我也进不到房子里去，一个胸部丰满的像大妈一样的守门人一直守在电梯口旁。后来我还是理性地打消了这一念头，真害怕当你回来时不是一个人，而是带了一个像我一样搞写作的男人一起出现。

婴儿总是将所有诱人的东西塞进嘴里，你把我带到你家也就是个尝试而已：我曾在书店自豪又忐忑地推介我定期发表的宝贝作品，你从那里把我带了回来。

那时我刚到莫斯科，以为靠工资能养活自己。十一月第一场严寒把工作变成了一种天气现象：白色的，脚下被冰压得咯吱响的工资被冻住了。

无家可归的我在出版社的办公室住了三天，然后租下了“乔普雷斯坦”地铁站一个穷酸的角落，这两个词组成的地铁站名字让人很快联想到卖蜜饯的人，想起中亚那些向外移民的地区：比如乌兹别克斯坦、吉尔吉斯斯坦以及乔普雷斯坦。

一个身材矮小得像小孩子一样的贪婪主妇从我这收走了八千卢布的房费，房间没有门，只是挂着个破帘子，窗户上挂着脏兮兮的窗帘，像用过的绷带！也没有书桌，起初我把笔记本电脑放在窗台上，放好，再倾斜一点。后来我换了个地方，把它搬到家具柜上。柜上有一个小门就像吊桥，打开时从上翻下来。于是我就把它当桌子用。但还是有点窄，上面只能放个笔记本电脑，连放鼠标的地方都没有，这使得我只能用胳膊肘笨拙地拖动鼠标，而鼠标战战兢兢地扯着线，像受绞刑似的。

沙发上方橙黄色的墙上钉着三个光秃秃的钉子，扁平扁平的，像等腰三角形尖儿上的瓶盖儿应该也曾挂过画或是照片。窗上的缝隙使得房间有些漏风。我没能把缝隙堵上，但窗户依旧挡住了些许严寒。

很快我就有了一个写作的活儿，稿费一万五千卢布，在月刊杂志上写点专栏。没用几天就写完了，匆匆忙忙地修改了下用词，整理了一下稿件，赶紧拿去找编辑交差。有空我就酝酿着新书，与你共度闲暇的夜晚。就这样过了四个月。

三八节前夜你中止了我们的关系。杂志社的一个点头之交冷漠地开玩笑（我承认，我向每一个人都抱怨过你，完全失去理智了）说道："多好的女朋友啊，你就不用破费买妇女节的礼物了。"和我这么说，我也只能对这个傻子无奈地笑笑，但内心像蛀牙一样疼痛不已。

我变得颓废而空虚，仿佛，无边的空虚使我的胸口在三月的寒风中飒飒作响。路都走不稳，感觉失去了重心，头晕目眩的像被扯下的海报，我神经兮兮地环顾自周，像极了丢了孩子的保姆……

我乱了阵脚，心绪不宁。任何一个剧烈的动作，就算没有声音，都让我一哆嗦。有一次我的裤子从椅子上掉了下来，几乎没声音，但是这突然一动差点没把我心脏吓出来。

天灾人祸突然联合起来夹击了我这个受伤的野兽。编辑发现了我创作上的不足，第一次弃用了我的新作品，因为不符合专栏内容。重写这个该死的作品，但又不行，不合你意！好吧！骗人，被黑心的出版人骗得欲哭无泪。好吧！好吧！女房东把窗帘价格哄抬到一万卢布，不愿意吗？门在那儿，你可以走啊！

我身在外地的妻子也在此时雪上加霜，加入了帕斯捷尔纳克的全民折腾大军中，啊，我是为了她（全怨她）才来这里挨冻受罪。她给我打了个电话。我真不知道她出于怎样的直觉恨不得要踩死我，杀了我："畜牲！你抛弃了我们！"她从没用这样的语气跟我说过话。而在她身旁，我听到心爱的宝贝，我的小儿子悲伤地哭着，央求着说：

“妈妈，妈妈，别对爸爸喊了！”

并不记得我回答了什么，好像是辩驳了几句：“我没像你想象的在莫斯科乱搞，亲爱的，我在忙工作！”

妻子含泪哭喊道：“你死了就好了，贱人！……”

而我一点都不生气。脏话失去了原本的含义。好吧，贱人！她骂我骂得狗血淋头，说我是看大门的：“你死了就好了，看大门的！”

到了第二周开始，你的离去已不只是呼吸和血液循环系统的问题了。忧伤已经侵蚀入骨。肋骨焦躁地哭诉着，仿佛每一根肋骨上都穿着一根弯曲的金属丝。为了能入睡，我大口吞服着瓦洛克金——一种老太太秘制的薄荷味草药。它能让我迷迷糊糊地睡几个小时。每天早晨起来都觉得很热——就像全身都被酒精棉擦了一遍一样，我觉得，我醒不过来，心里只闪烁着一个想法：她走了，我的金发女郎，我的性感尤物……

起初我想要通过喝酒来忘却你。但是健康不允许我继续这种无声的慰藉。十二指肠溃疡突然又找上了我。每到早上胃痛在食道内燃起篝火，甚至觉得能呕出滚烫的煤来。

对你的寂寞思念如监狱的高墙难以翻越，我丧失了工作能力。不知何时我灵活的手指忘记了如何加工，如何写出那些美妙动人的文字——我的创作完蛋了。我的专栏被撤销。在魂不守舍和精神崩溃中度过了一个月。然后我就开始拔除你，像取出弹片一样。删掉昔日的短信，清空电脑里的照片。不再每小时都看你的论坛，我还找不到别的东西取代它吗？

你使我萎靡不振，寸步难行。但也到了该撑起躯壳，跳着《卡琳卡》，寻找新专栏的时候了。

本来想着用主人给的吸尘器清扫下房间，在灰尘落满的老沙发后面，我看到了原来的室友留下的恶心的东西，一个用过的避孕套，是那种没见过的黑色的，像极了被被扯断的章鱼触角。吸尘器被这块橡胶腐肉噎住了，发出像马打响鼻一样的声音。

难道一定要这样吗，再也没有机会见到我的金发女郎玛莎了吗？

我又坐到桌前开始制定关于找寻玛丽亚[①]的计划。

你遇到过她。你还记得玛莎吗？在你我还如胶似漆时，谷歌上一个令人感动的笨拙的稻草人，和邮件一起出现在我邮箱中。

我承认，那时的你过得也不是一般的艰难。不喜欢看戏，无论是舞台剧还是歌剧都一样，电影也不喜欢。对什么都没兴趣，除了能摆弄明白纸上的那些词句。可能，那种残忍而充满讽刺的马戏能博你一笑，因为舞台上演的正是那些其貌不扬小人物的卑微。

你原来一直认为玛莎长得不好看。我们还肆意嘲笑这个不在眼前的她。知道吗，她搞到了我的邮箱，还给我发来了诗。诗写得很有趣："您好，我的紫水晶，我是您的仰慕者。仰慕意味着什么呢？就是我崇拜您，对您唯有敬重。我的偶像，您的意见对我尤为重要……"

你嘲笑这些所谓紫水晶的溢美之词不太值钱和也嘲笑玛莎拙劣的诗。这些诗句单调乏味，像萨满的铃鼓音韵错杂，还满是生搬硬套的比喻。

玛莎推敲韵脚来描绘这样的景象：

淅淅沥沥雨下着，绿油油的树木十分享受。
混凝土的胸衣环抱着大地。
破败的树叶装点了柏油路。
雨中的小灯落下光的泪滴，
入口的厕所阴森而又恐怖。
醋意满满的灌木心怀恶念，
专注用干枯的刺伤害彼此。
唯有月亮被乌云遮住了脸，
慵懒又冷漠地任它们放肆……

"小灯、厕所、美妙的时光，还有你还打着盹，可爱的朋友！"你像只乌鸦一样哈哈大笑。我也和你一起笑。我高兴，我明白是什么逗笑了你。你打心里不喜欢抒情诗。为了满足你爱笑的天性，我也染

---

① 玛莎的大名。——译者注

上了胡诌几句诗的毛病：

窗外雪花飞舞，我打死了你，并将你付之一炬……

这傻气的扬抑格诗和十九个香奈儿的化妆品都是为妇女节准备的。但你却等不到收到礼物了。

我当时回复了玛莎。还含蓄地夸奖了她一番，令她备受鼓舞。还给我寄来了新创作的诗：《闹钟叮当作响，晨雾扰了清梦》。我缄默了一段时间，玛莎也知趣地没打扰我。十二月，在我们的某次旅途中间，你第一次做了这样的演习，消失了两天，而后又出现了。看来你明白，我还未被驯服，我不会独自饮泣。

玛莎给我发来了新年祝福。怪诞而可笑："天蓝色的人儿啊！别人一定都祝你身体健康，生活幸福。我希望在众多祝福中你能记住我的。所以祝您：在新的一年里，红色的小猪能紧紧粘在天花板上！您知道吗，过节时我孤身一人，剪了毛，像一个苍白的小公爵，喝着果汁！"

我回复道："那就粘上去吧。"此时感觉到了卡拉马佐夫猥琐老头式的挑逗，如淫荡的蜘蛛腿销魂地蠕动着，而正是这个小公爵唤醒了我的孤独，无助，修剪过毛发的苍白阴部，流下的红色果汁。想不到吧，未曾谋面的玛莎瞬间勾引了我。但我是如此地爱你，而谷歌上的倾慕者恰巧成功满足了我的想象。

后来她不时地给我发来信息。当你已经离开我时，有一条信息是这样的：卡罗密欧，我很担心你。有没有发生不好的事？准确地说，瘦了吗？虽然我自己就很瘦，但受不了骨瘦如柴的人。

我相信，玛莎给了我安慰。

很快，在大扫除之后（我的错啊我的错，在黑色的避孕套上我并没有看出不祥的征兆！）我约了公爵见面。写道："玛莎，我同您认识已有半年多了，见一面吧。"为了显得讲究我用了"您"这个称呼，也为以后做了准备："亲爱的玛莎，请您允许我，亲爱的玛莎，请您脱下衣服，亲爱的玛莎，请您分开腿……"

我们约好了在市中心的普希金像旁见面。见面前的夜里开始下雪，潮湿的四月被处处翻涌的泥土衬得黑漆漆的。空气中飘着青草饲料和湿漉漉的耕地的味道是浓郁的乡村气息。太阳又出来了，但躲躲闪闪的，像用温暖的手指一会儿摸摸这里，一会儿又摸摸那里。

我等着玛莎，她迟到了。我围着铜像转，寻觅着你——我亲爱的人儿。我基本上确信，玛莎看上去像你一样美好。

等了十五分钟后，我决定给她打电话。玛莎早就发给我过她的电话号码，我记得，这串数字像獠牙一样死咬住我：最后两个数字都是四。亲爱的，知道吗，玛莎的电话号码和你的一样，都呲着蛇一样的毒牙。

玛莎回应我："我已经到了，但是还没找到您。"电话里能听到汽车的声音和特维尔大街的喧闹。有车在鸣笛，我在电话里听到相同的喇叭的声音。玛莎就在附近。

然后我看到了玛莎……

也不是这样。我看到了她，但没想到她是玛莎。我东张西望地寻找，但是她自己过来跟我说：是我啊，天蓝色的人儿……

她歪着身子朝我笑，我知道玛莎是鄙视我的慌张和男人的惊惧。某处的树枝上传来乌鸦嘎嘎的笑声。

如果假设玛莎的牙齿是用新罗马 12 号字体打印出的，那她的门牙就得是 18 号字体。近看玛莎，性别不明，又驼背——像我之前写的科幻小说里的鬼怪。她像个拉提琴的，像留着土气的巴什梅特发型的残疾小伙儿，梳着稀疏油腻的及肩发。她动了动上唇，发出如骠骑兵民谣般的声音："我—叫—没—有—胡—子—的—年—轻—人，毫—无—原—因—就—这—么—叫……"有痤疮的鼻子红红的，像生气了一样。通红的额头。起泡苍白的嘴，就是她，就像胆小的差等生，在黑板旁吃着粉笔。脱臼而翘起的肩膀——还记得我为你写的《一个可怜的侦查员脱臼的肩膀……》。

我真想野蛮地做出反应，挥手大喊："这是什么蠢笑话？真正的玛莎在哪儿呢？！"

"您好，玛莎，我们见面了，"我含糊不清地说道，"一起喝咖啡去吧。"

我还能干点儿什么呢？当然，我也没拉着玛莎的手，也没挎着她胳膊，她摇摇晃晃地在我旁边走着。

“最近怎么样，玛莎？”我回过头来。她好像故意停了下来就是为让我能把她从头到脚看个遍。当然，也没有那么吓人。就是一个普通的相貌平平的同龄人——也许，大个几岁。衣着简单，甚至有点寒酸——浅蓝色及膝的带帽子的羽绒服，下身是牛仔裤和水靴。

“最近？非常好，我天蓝色的人儿。我刚从葬礼……”

“啊，玛莎，为什么您不说今天不适合见面呢？早知道我们改日再见啊。希望你家没发生什么不幸的事吧？”

“希望也没用，卡罗密欧！”玛莎的眼睛闪烁着，“我哥哥死了，”她非常享受我此刻的慌张失措。

“玛莎，我表示哀悼……”

“十五年前，当他强奸我的时候，哀悼哀悼吧。”玛莎提到这桩陈年往事，报复似的咧嘴笑了，“但我过不去这道坎，您懂吗？”犀利的眼神又斜扫了过去。

哦，上帝啊！跑吧，跑走吧，像蜘蛛一样……

我把玛莎拉到叫“咖啡屋”的咖啡馆，因为一般都这样。

在周五这个属于年轻人的夜晚，几乎所有桌都满了。在可以吸烟的区域找到了一个位置。我们坐在快乐又傻里傻气的人群中，他们就像圣诞树上的装饰物一样。

我翻菜单时，玛莎挤眉弄眼——仿佛打架之前给额头和脸颊做准备活动一样。我点了两杯卡布奇诺，来配合她的忧伤。

“两个中杯！”我向忙乱的服务员说道。

聊天进行得并不顺利。玛莎不高兴地噘着嘴，嘴唇撇来撇去，像被剪掉的尾巴。

接着玛莎说道：“我很痛苦，我蓝色的人儿。这是我第一次也是最后一次见您。以后您再也不会见我了……”

她说得这么痛苦。亲爱的，我能反驳她什么呢？她是对的。“哪有，你说什么呢，玛莎，我们还会见很多很多次呢！”但我虚伪地说道。

玛莎把小勺子放进卡布奇诺中，突然话锋一转又说起自己已逝的哥哥："但您不要谴责阿尔伯特，卡罗密欧。我给你看看他……"

玛莎把手伸进衣领—敞开的外套里是夹克的翻领，掏出类似扁的皮钱包一样的东西，从中拿出三四张小照片。照片中有一个人像得了凸眼性甲状腺病的巴什梅特（苏联时期著名提琴演奏家），远看很像玛莎。

"他比我大三岁，很有数学天赋，但退伍回来就完全精神分裂了。在部队他被强奸了，天蓝色的人儿，甚至他想自杀，结果他凌辱了我。当妈妈知道这事儿时，她差点没死了。对于这件事我们都闭口不谈——家丑不可外扬。但是我选择了原谅他！……"

玛莎说话声特别大，她哥哥的故事，也许邻桌都听到了。

玛莎的嘴猛地凑近杯子，仿佛那里深不可测，嘴唇上挂上了浓稠的咖啡沫。

"他死于胰腺癌。都是因为他吃的那些可怕的药。他胖得吓人，头发也都掉光了。"

离我们很近的一桌人说："胡子，像他妈的狐狸的一样！"一群年轻人哈哈大笑。

不知为何玛莎认定他们口中"狐狸"说的就是自己。她擦掉唇上的咖啡沫，拿起了卡布奇诺，走向那群"敌人"。还没等我明白怎么回事，玛莎已经大声喊骂着把咖啡泼向了那群无礼的人。我整个人尴尬得不知所措。

亲爱的，真是哭笑不得。勺子和餐盘摔得叮当响，两把椅子被推倒了。遭殃的那个女孩穿着白色衣服，在胸前被泼了咖啡之后，瞪大了眼睛，摊开双手。她旁边的同伴大喊："啊，奥莉雅，啊，奥莉伊奇卡"，并用纸巾擦着被卡布奇诺弄脏的地方。这时的玛莎就像丘特切夫的盖布（古希腊神话中的地神、植物神）一样，使劲摇了摇空杯。被泼女孩的一个朋友抖了抖裤子。所有可吸烟区的人先是惊呆了，然后喧嚷起来："怎么了这是，怎么这么可怕呢？"

咖啡屋的服务员乱成一团。一个也被咖啡"临幸"了的小伙子走向玛莎，他优柔寡断的脸上写着："别想我能饶了你。"但他停住了，吓呆了，看到玛莎此时摇着头，像个投石器。她微微张着嘴，倒在地上。躺在地板上开始抽搐，从嘴巴里流出唾液，就像吐出了喝下的卡布奇诺。不知谁大喊地赶紧叫救护车，找个东西塞到嘴巴里，别让玛莎咬伤自己的舌头。

我一直搞不明白，这是真的癫痫发作了，还是她装的。玛莎顺从地接受好心人对她的照顾，乖乖咬住了用餐巾纸临时拧成的绳结。抽搐了几分钟之后，她像狗似的猛一抖然后迅速站起来，朝我走过来："蓝色的人儿，请送我回家！"

我在路上拦住了一辆车，司机是个亚洲移民，我好不容易把玛莎推到车里，塞给她五百卢布。她撕扯着，竭力想从车上下来，伸出双手："别走！求求您了！"

"亲爱的，你并没做错什么！"我给玛莎吃了颗定心丸，催促司机："快走吧！见鬼！"

走了，把她拉走了。亲爱的，那一晚我都没想起你，因为我满脑子全是玛莎。

两小时之后玛莎又给我打电话。我听出她是在大街上。玛莎哭喊着说，那个亚洲人要强奸她，抢走了五百卢布，把她扔在了路上，她差点没被摔死，她能活下来多亏了原来练过体育，在少年宫练过两年花样滑冰，才能够蜷起身子，然后侧身落地。

我跟玛莎说："必须赶紧报警。"

"谁也不会去抓他的。"玛莎回答道。她郁闷地说道："亲爱的，我今天吓到了你，跟我在一起就是很多麻烦事……所以以后我还可以给您打电话吗？"

"当然可以了，玛莎。"

她每天都打！她的手机开通了一个要命的套餐可以让她说个几小时。她完全不懂规矩。她约我见面，就像伏击一样 "再加点月桂叶，姜和红辣椒……卡罗密欧，来我这儿吧，我给你做好吃的……"

我想尽办法找借口拒绝她，没办法啊。

"早上好，亲爱的！睡醒了吗？请我跳舞如何呀。"玛莎踩着鼓点，哈哈笑个不停，"我不强迫你做任何事，卡罗密欧。能听见音乐吗？"

嘣-嚓-嚓，嘣-嚓-嚓，嘣-嚓-嚓。

“我听着呢，玛莎。”

“施特劳斯！他的音乐让人心醉。来，把手给我，放这儿，放在腰上，带着我转圈……”

这能让人疯了。但我还是同意了。我们每周至少跳三次，跳马祖卡，跳波尔卡，跳克拉科维克舞，跳探戈……

到了列特卡-茵卡舞“早晨在草坪上蹦跳”，我罢工了：“玛莎，受够你的这些舞蹈了。看在上帝的面子上，咱们干点正事吧！”

她生气了，差不多一个星期都没露面。亲爱的，我开心的想着，没想到她这么小心眼。

电话铃响了。电话那头那边玛莎上气不接下气地失声痛哭：“我的蓝色的人儿，真糟糕。我想告诉你，我，有一个女儿。”

“嗯，玛莎……”

“女儿叫埃列奥诺拉，今年十五岁了。我的前夫尤拉是个物理学家，八年前放弃学术开始下海经商，往阿根廷卖光纤电缆，他们骗了车臣人。现在明白了，尤拉欠了他们很多钱，他们就绑架了我的埃列奥诺拉！他们打电话向我要钱，尤拉却消失了！”

从列兹金卡舞开始，以车臣人结束。

“玛莎，我能帮你做点什么呢？！”

“和他们谈判。”

“和谁？”

“和绑走埃列奥诺拉的人。”

“玛莎，我不会车臣人的语言。我要跟他们说些什么呢？”

“威胁他们。”

我用了四十多分钟来安慰玛莎。安抚一个无法安抚的人真是徒劳。

我并不很相信玛莎关于埃列奥诺拉和电缆的故事，尽管万事皆有可能……

到了早晨我就被嚎啕声弄醒：“我的蓝色的人儿啊，很抱歉，我没跟你说全部真相。埃列奥诺拉，她，并不是尤拉的女儿。”

“她的亲生父亲，是我死去的哥哥阿尔伯特……”

越来越……上帝救救我，保佑我吧……

“那时我已经怀孕了，尤拉对此并未怀疑过。车臣人也不知道，他们以为埃列奥诺拉就是尤拉的孩子。如果告诉车臣人真相会怎样呢？！他们会立即把我的埃列奥诺拉放回来吗？告诉他们真相吧，你可以的，我相信你。也许，你打不合适？我把你电话给他们！……”

“玛莎，求求你，别把我的电话号码给任何一个车臣人！”

我从沙发上蹦起来，睡意全无。远处高耸的起重机，就像执行死刑的绞架。

中午玛莎打来电话。

她激动不已，呼吸急促：“我的蓝色的人儿啊，我自己都安排好了。决定卖房子。我只有一个请求：帮我找一个中介吧！我害怕被骗。”

“亲爱的玛莎，我也没有认识的房产经纪人啊，网上有很多这种公司，你看看吧。”

我不再接她的电话。给她发短信：“我在外旅行。”

玛莎给我电话留言：“我的天蓝色的人儿，我是如此思念你”，“您什么时候回来，有事商量”，“吻你美丽修长的手指”，“他们建议我卖房子的钱用瑞士法郎支付，你觉得怎么样？”

玛莎真是超有规律，像吃药一样一直是一天四次给我留言。

每天都从玛莎那里知道些新消息，但是不久之后就发生了一场严重的悲剧。

“他们把埃列奥诺拉杀了！”大约停顿了一刻钟之后又接着说，“马上给我打电话，否则我就活不下去了！”

我打了个冷战。玛莎是何等的绝望，既然有勇气杀了自己的骨肉——埃列奥诺拉·阿尔贝托夫娜，埃列奥诺拉·假尤里耶夫娜。

几小时后我收到了一条短信：“您好，我是玛莎的姐姐瓦列丽娅，我是用玛莎的手机给您发的短信。玛莎现在在市第一医院，情况危急。”另一种笔风，另一种口吻。不是那个神经质的玛莎，而是像荞麦米一样平缓的瓦列丽娅。

我并没有妥协。握紧了拳头没有回复。

白天又收到了她的短信："还是我，瓦列丽娅。玛莎的情况恶化了，要做一个大手术。"

太阳落山时又收到一条短信："手术进行得不成功，可能有生命危险。瓦列丽娅。"

晚上收到短信："玛莎昏迷了，来跟她道个别吧。"

时而我会怀疑谁发的这些短信，我仿佛看见她丑陋的表姐，一样巴什梅特样的发型，在玛莎的病床边守护……

凌晨两点时我被叫醒，得知一个悲伤的消息：玛丽亚去世了。

紧凑的剧情将单纯又热情的玛莎送进了坟墓。谁能继续这份感情的接力？难道是瓦列丽娅吗？

早晨短信又来了："玛莎的告别会于明天上午十一点举行，地址为五一地铁站，第七公园大街，某幢某号。希望您能出席。以后将不再打扰您。瓦列丽娅。"

偶尔也会有这样的想法一闪而过：要不要去参加一下玛莎的葬礼，想看看她们那些人，比如她的姐姐瓦列丽娅、前夫尤拉、那些车臣人，还有躺在棺材里的玛莎。

不过，我知道，我是不会去的。五一地铁站附近经常上演一些愚人节的葬礼闹剧。

亲爱的，在这个特别的时刻我希望你能原谅我曾经打过的电话和写过的信，原谅我一直无耻地上天入地地寻找你，回来吧，回来吧，别生气了。

亲爱的，我放你走……

第二天来了一条蓝色字体的短信："关于我死了的种种传闻都所言非实，死的其实是另外一个叫玛莎的人，是瓦列丽娅另一个任性泼辣的妹妹。她搞错了，也不是头一回，您别怪她。总之发生了这么多的事，咱们见一下面吧。您的玛莎。"

（黄东晶　译）

被流放的皇帝

——瓦季姆·列文塔尔

那是一个炎热的夏天，热得让人喘不过气来。可他没有走出过那几间昏暗的房间——暴怒和羞愧折磨着他。他把畸形的脸庞侧开，不让前来送餐的女仆看到。他一直默不作声。有时候，他情绪失控，想要说些什么，听到的却是自己那让人讨厌的、含糊不清的言语，他就气鼓鼓地推搡那名愚钝的老女仆。

他需要吃力地把被人割掉了一截的舌头往前伸到牙龈处，重新学习说话。他还要重新学会去注视那些盯着他那被割掉的鼻子看、却又假装没在看的人。他喝酒，吃饭，在几个房间之间来回踱步，读书，小便，可能还自慰，以泪洗面。

他在想什么呢？他在想日食的事。去年九月五日，太阳变黑了，他的城市陷入一片灰暗之中。人们把教堂挤得水泄不通。他自己也在祷告，但是是在宫殿的台阶上祷告，他尽力不去看那些不详的征兆。他觉得上帝是在警告他，给了他一个信号，而他自己参透不了这个信号的意思。除此以外，他的眼前不停地回放着一个画面：他被拽出了宫殿，在众人的挖苦嘲弄声中被一直往下拖，一直被拖到了赛马场。每当画面中出现夹剪的时候，回忆就让他心如刀绞，他竭尽全力，想用叫喊赶走回忆，用拳头和头去撞墙。他为什么不自杀呢？这样的想法不可能没在他的脑海里出现过。任何一条绳索、任何一个海边的悬崖，都能引诱他结束自己的性命。可是，绳子应该是都被人收起来了，而要到达悬崖和海边，起码得能走出去才行。他被拉到城里游街时，行人们都停下脚步看热闹，窃窃私语，孩子们都跟在后面奔跑，对他指指点点。并不是每个人都知道今天有游街的事。如果早点告诉大家将会带谁来游街，估计整个城市的人都会涌上街头。

一个预言打消了他自杀的念头。也许问题就在于，对他来说，复仇的想法比求死的念头更甜美。他想向所有人复仇，不仅仅向利昂提乌斯①，还要向其他人、甚至是那些对他指指点点的当地儿童复仇。他要让这座城市血流成河（哪怕是到时候这些孩子都已经长大成人，他也要让城市血流成河）。

我一直在想着“查士丁尼”②的事。这当然不是说：我就想让尼娜一直在我的耳边嗡嗡嗡地念叨他的事，不是这样的。要想听到尼娜的讲述，我就必须不停地提问题，于是我就一直在问，哪怕就当是看看她嘴唇运动的样子也好——她回答我问题的样子，就好像是在为她的蛮横无理向我道歉。她喜欢这样，这一点她恐怕一辈子都不会承认：哪怕是交谈对象正赤身裸体躺在你身边，抚摸着你的乳头，你也“不能显得比交谈对象更聪明”——尼娜满脑子都是这样的想法。

我有几次听到尼娜的朋友们开玩笑说：“她在我们这儿啊，用不了五分钟就能成为副博士”。虽然尼娜比她身边的所有朋友加起来都聪明，她自己可能也知道这一点（她不可能不知道这一点），但是她曾举手抗议说，她想放弃写这些烂东西了——她把自己的论文称为“烂东西”。而夜总会、毒品、各式女装、亲密关系（这都什么乱七八糟的啊）对她来说，都不是“烂东西”。有时候我有一种感觉：好像只有我知道，尼娜在奔走于各个夜总会、无休止地谈论谁是同性恋、谁不是同性恋之后，每天上午会开着自己的丰田车去俄罗斯公共图书馆，在那里连续几个小时抱着（但是只看一小会儿）文献——基

---

① 利昂提乌斯（694～698），曾是查士丁尼二世手下的忠臣，被刚愎自用的皇帝以图谋造反的罪名关押三年，后因军事需要被释放，出狱后即号召民众起义，从而迫使查士丁尼二世退位。利昂提乌斯当着成千上万人的面割掉了查士丁尼二世的鼻子，并将他流放到克里米亚半岛上。——译者注

② 查士丁尼，这里指的是拜占庭皇帝查士丁尼二世（约670—711），他于685年—695年以及705年—711年两度出任拜占庭的皇帝。——译者注

本都是希腊语和阿拉伯语文献。当然了，她要是听到我这么说她，会杀了我的。

不，尼娜可不是哥萨克人在疯狂茶会上决定派到白痴国度里周旋的施季里茨[①]。她实实在在是自己圈子里的自己人，虽然也正是这份实在让人最难相信。她就差放声大哭，把我的行李扔到楼梯上了："你去找一个穿蓬松肥大高领毛衣、头发都没洗的女人吧——这就是你所需要的。"

琢磨查士丁尼的事情，是不去琢磨尼娜的方式之一，或者准确地说，这是用另一种方式去考虑她的事情。当然，我明白这一点，所以我可能是带着极大的性欲去考虑她的。我和查士丁尼从不同的地方来到这座城市——一个腼腆的大叔在辛菲罗波尔[②]的机场接的我，把我塞到车里，开了一个半个小时车，把我送到了宾馆。一路上，他使出浑身解数，找一些世俗的话题跟我聊。而查士丁尼，即便不是被五花大绑，那至少也是被人押着，从海边带到了这里。——但是我与查士丁尼的人生道路在两条平行线条（我现在倒像是在他的脑海里穿梭），但我们在这个地方至少交汇了一次。他在这儿的某一幢房子里住过，有一天他终于走出了家门。而这座城市在君士坦丁堡之战呈现出的赤贫状态让他的心灵变得扭曲。街道像走廊一样逼仄，空气中弥漫着鱼腥味，教堂里熙熙攘攘，到处都是衣衫褴褛的人们。

他开始在傍晚黄昏时分出门。他把脸侧开，不让路上的行人看到。他走到城墙外的海岸边，坐下来，看着海面。白天他曾在柱子后面躲避的太阳，此时在离他的故城很远的海面徐徐落下，应该已照在了那个宫殿的宴殿和游廊上，而在这里，则照在他畸形的脸庞的右侧，一切都被染成了通透的石榴色。渐渐地，他开始去适应自己的面庞，开始照镜子，听自己说话的声音。终于，他开始白天出门，何况此时整个城市的人都已知道他是谁，他们会主动垂下自己的眼帘。先

---

① 施季里茨是《春天的17个瞬间》中的人物，是第二次世界大战期间深入纳粹高层的间谍。——译者注

② 辛菲罗波尔是乌克兰城市，州首府。——译者注

前盯着他看的那些人，在与他四目相对时，会忍不住眼神躲闪——他们感到毛骨悚然。

他在这个城市里慢慢地重获新生，他感觉到身体里正在酝酿一种继续活下去的潜能，而这种潜能只有一种实现的可能——那就是重生为另一个人。这个人在他身体里抓挠着他，用弯曲的骨骼推搡着他，角质化的四肢发出嘚嘚嘚的声音。虽然他和妓女结账时所用的硬币仍然是刻着他头像的铸币①，但他已经越来越不像先前的自己了。从他被流放至此，到他逃离此地，之间有长达10年的时间跨度，其中有两个未解的谜题：一是“为什么用了这么长时间”，二是“是什么支撑着他等了这么长的时间”。

虽然我既不确信尼娜在讲到他的事情时有没有任何胡编乱造，也不能确信对于尼娜那些基本算是半梦半醒状态下对我讲的话，我自己是不是确实没有编造任何内容进去，但是，如果说可以垂直于时间流逝的方向，仅凭空间相近就能感觉到自己与一个活在将近一千五百年前的人存在共鸣的话，那么我就是找到了这样的共鸣：我觉得自己也是个被流放的人，我只需要一张两天后从首都飞往人类最偏远居住地的机票。当然了，我的首都是另一个首都，一个北方帝国的首都——这样一来，我和他的处境（再次假设时间是一种非欧几里得几何学的存在的话）又一样了——我们俩的帝国都已经烟消云散。

问题的关键不在于叙述形式上的相似（为了避免出现错误的判断，我需要大声说出来：我没有、也不会将自己与拜占庭帝国的“被劓鼻者”皇帝查士丁尼二世等同起来）。不过我确实觉得，空间中应该是存在着黑洞的——如果说无法像钻兔子窝一样咕咚一声进入时间的黑洞，那么机缘巧合之下，至少也能侧耳听听另一种时光车轮的声音。

当然，我的经历是另一番模样——我不是熬到最后关头才出现在街上的，因为我兜里有两张去克里米亚的机票，我以为，尼娜会招架

① 此处指拜占庭时期的货币。——译者注

不住，她不会放弃这样的机会，不会放弃这种在游客不是特别多的时候去塞瓦斯托波尔度假的机会；我以为，她会跟任何一个女人样，找出一些最微不足道却道貌岸然的理由来和我重修旧好——最悲观的情况是明天和好，而乐观的话，现在当场就能搞定（我在窗边又抽了好几根烟）。夜出乎意料地寒冷，我需要从塔夫里切斯基公园附近一直走到科洛姆纳小区（好像故意和我作对似的，街上就是没有一辆出租车），这一袋东西拎着真不方便，尽管包也不是很沉——同居了两个月，并不会积攒太多东西。我还是不能相信，她竟然能像个没事人一样躺下睡着了，而且还把灯关了，她都没有咬着嘴唇站在窗边偷偷看着窗外——男人真蠢啊！

我第二天没有打电话给她（不知道为什么，我总觉得她会自己打电话给我。另外，我宿醉后还有些头痛。没什么大不了的，不过，有意思的是，正是这种事情决定着我们人生的走向）。第三天我打了电话过去，但是没人接，可能她在图书馆，然后我想，等她看到未接来电时，她会打电话过来，后来我忙碌了一整天也没顾上打电话。而第四天再打电话过去的话，会显得很奇怪。可能她也是这么想的吧。我觉得，她四天里压根儿都没尝试过跟我聊聊，也许，我自己单方面的努力会毫无意义，只能算是委曲求全吧。倒不是说尼娜惹了我，我有多难过，而是随着年龄的增长，我不会再迷茫，虽然这种伤害可能并不锥心刺骨，但它愈合的时间会更长。

两周之后，我坐上了飞机，飞往辛菲罗波尔。来人接到我以后，把我送到了宾馆，让我好好休息——当时是傍晚时分。我吃了点东西，一路走到赫尔松涅斯①，我回宾馆的时候，天已经完全黑了。冬日的克里米亚让人觉得有些奇怪：树冠光秃秃的，赤褐色的叶子飘落在还带着绿色的干草中，柏树睡意蒙胧，天空阴沉着脸，寒风刺耳；只不过没有下过雪而已。

---

① 赫尔松涅斯是古城，公元前 5 世纪—前 1 世纪是古罗马城邦，公元 1 世纪开始隶属于罗马的贵族共和国，公元 4 世纪被拜占庭占领。——译者注

次日，天放晴了。我早早就醒了（大学里好像搞个讲座之类的活动），吃完早饭，穿戴整齐。应该会有人来接我，不过我打电话说，昨天晚上已经摸清路况了，所以我自己走过去就可以了。原本如铁锈一样的树叶仿佛染成了铜色，黄色的水泥墙上透出凝灰岩的颜色，路面接缝里的绿草闪烁着青铜锈一样的颜色。我置身于冬日的从容与安静中，没有了诸多的繁碎琐事，突然之间觉得，塞瓦斯托波尔是帝国的大都市，是黑海边的圣彼得堡，甚至在某些方面，比如天空的颜色与地势，它近乎于古罗马城的变体。

“上完课”之后（我在这里用引号引起来，是因为这所谓的课程类似于见面，但是“见面”这个词永远都存在语体问题），好吧，就说是“见面会”之后吧，一个女大学生向我走来，说：

“你好！我是阿尼娅。”

阿尼娅中等身高，瘦瘦的，黑头发，她就像一座哥特式建筑拱门的肋拱一般（我指的是骨头的弯曲程度和柔韧性，此处我可没说她脸部轮廓有多完美）从地板上挺直腰身站起来。有一个温厚而活力四射的女人和我相互发邮件交流了一个月了，我上课之前还跟这个女人聊过几句。她告诉我：阿尼娅会给你介绍这座城市，她是二年级学生，精明能干。此刻，我很自然地产生了一种错觉，好像这个女人和我说这些的时候，有点儿恶作剧的意味。当然了，可能真实情况并非如此。事实上，在某种程度上说，过去，多多少少会被后来的事情不断地修正。

我当时以为阿尼娅会有些不自在，因为我们差不多是同龄人，但相互却总是用您来称呼，而且我们——一个从俄罗斯第二首都来的客人和一个被调派来搞接待的阿里阿德涅[1]——之间的关系笨拙而过于形式化。现在我深信，当时不太自在的人原来是我，我只是把自以为的想法强加给了阿尼娅。我们在城市里逛了一个小时或一个多小

---

① 阿里阿德涅是希腊神话中克里特国王米诺斯之女，她为来克里特岛除魔的雅典王子忒修斯提供了线球和魔刀，从而使得忒修斯杀死怪物并沿着线，顺着来路走出了迷宫。——译者注

时，各自扮演自己的角色：殷勤导游女士和好奇的傻瓜先生。当我脑袋里不知道该跟她聊什么的时候，我就聊起来我最感兴趣的查士丁尼。

也许，这样做，也是一种不地道的表现。不过，即便如此，能减轻我负罪感的是，我讲了一个故事，而且我把这个故事变成了自己的故事，还不只是那种形式上粗暴地占有这个故事，我貌似加入了许多内容，而且，如果说人能对事情进行消化吸收的话，我让它（我指的是这个故事）参与了我的新陈代谢。阿尼娅对诺特梅特[①]一无所知（或者是她装作一无所知），因此我不敢冒险抓她的手，而是趁我们沿着锡诺普台阶而下的时候，我抓住了她的手。后来我松开了手，但这几分钟就足矣——我感受到无名指关节下她轻轻的脉搏。我当时立即就安心了，我很自信地认定：也许我接下来不用再讲什么了，我想到什么，随便胡编都行。

晚上，当阿尼娅坐上公交车回家以后（我们分开的时候说了句“明天见！”我并不怀疑当时我是可以亲她的，我确实也想这么做，但我更想让紧张的心情再多持续一段时间——不知道我说明白了没有），我买了瓶“波尔特温”红酒回到了上坡上的宾馆。我看着婆娑的冷杉树影轻抚着楼梯的台阶，我望着大海，在某一个瞬间里，我突然强烈地感受到了大海的恐怖之处：海无定向，没有什么前后左右可言。人们习惯于将时间比作流水，这是把大海比喻为不受人类控制的时间，让人毛骨悚然。时间的粒子，时而朝向我，时而远离我，周围越黑，我所听到的它们彼此碰撞的声音就越清晰。

我想对查士丁尼生命中停滞的这十年[②]做出一个解释。也许，它并不需要任何解释，而且可能原本就没有任何解释。历史学家把这十年夯实为节略符号，这样做不是因为无能为力，而是为了符合史实。这十年没有如水流逝，不是波涛翻滚，也不是细水长流，而是

① 诺特梅特是查士丁尼二世的名字。——译者注

② 这十年是指查士丁尼二世从 695 年被罢黜到 705 年再度出任拜占庭皇帝之间的十年。——译者注

就在那里沙沙沙地来回晃动。我把自己这种云山雾罩的思想归功于我所喝的马桑德拉“波尔特温”红葡萄酒，你们就当这是植入式广告吧。

如果要我讲讲自己与尼娜做了什么，那就只能勉为其难讲一讲了。准确来说，我们做爱了（哎呀，俄语可不是用来描述那些细节的。我这么说吧，我们在房间里像两条炙热的、流着口水的章鱼一样缠在一起。但愿这不会让人产生食欲，把性爱比作食物，是达不到表述的效果的，性爱就是性爱）。但是，如果问的是这一个半月的时间里发生了什么，回答这个问题还是很难（但是比用俄语来描述性爱要简单一些）。我们去看了两次电影，经常一起散步、在外面下馆子或是在家里自己做饭吃，但整体而言，更多的是我和她的朋友们去形形色色的夜总会。对我来说，这就好比是沉入了光怪陆离的海底，海底有五彩斑斓的珊瑚、迅速游过的鱼群、一动不动地趴在那儿准备伏击海鳝的慵懒的螃蟹，以及栖息于这个城市夜生活中的各式野味。我不敢说自己是这个水族馆唯一的戴着呼吸器、兴高采烈地吐着泡泡的人类，不过我担心的是，当时我可能就是这种感觉。那里的所有货色都对我表现出不信任之后，我才明白这一点。但是，最糟糕的莫过于：我自己那些愚蠢的行为可能会让自诩水陆两栖的尼娜被别人诟病。

起初，人们友好地接受了我：在一家窗外能看到蒙佛朗所设计的圆顶教堂[①]的玻璃餐厅里，有人客气地传给我一些冷菜，当我下定决心说两句的时候，他们就鼓励性地倾听。虽然我现在也不确信，他们这样做，到底是言行得体的表现，还是源于嘲弄人的好奇心或别的什么心理。我甚至不知道，尼娜是不是经常把新的年轻朋友介绍给这帮人，这一点至关重要。有一次，当我们一行在一夜之内到了第三家还是第四家酒吧时，我第一次放松了警惕，突然觉得有必要

① “蒙佛朗所设计的圆顶教堂”指的是圣彼得堡市内的伊萨基辅大教堂。该教堂与梵蒂冈的圣彼得大教堂、伦敦的圣保罗大教堂和佛罗伦萨的花之圣母大教堂并称为世界四大教堂。——译者注

聊一聊巴赫金[1]，但更糟糕的是，我完全没在乎尼娜看我的眼神，我开始解释狂欢节的某些情节。你知道吗？当天晚上，尼娜一边用电脑写信，一边跟我说："不管怎么样，这就像你告诉所有人，你的小鸡鸡什么什么样的。好吧，不是小鸡鸡，是脚趾甲，大脚趾甲"。我答应尼娜以后再也不这么做了。

简而言之，我很快就明白了一个事实：我就是一台尴尬制造器，我骂了一群人，却发现这群人中的吉他手就坐在我对面；我说了自己对丹麦导演拉斯·冯·提尔最后一部作品的看法，结果谁也不感兴趣；还有一次，我讲了个嘲笑同性恋的笑话，却不知道我们在座的人当中就有一对男同性恋。最后大家喝鸡尾酒喝累了，于是点了伏特加，结果我喝醉了，开始唱苏联歌曲。我唱歌难听，这我知道，但是更糟糕的是，尼娜的这个圈子并不认为唱这种歌有什么好笑的。我这台制造器的动力越来越足，他们都觉得我跟他们格格不入。我感觉到了这一点，非常生气，结果做了许许多多的蠢事。因此，我为尼娜犯下的这一件件丑事（就因为她的那些白痴朋友，尼娜这么聪明，为什么要结交这些人，尼娜怎么可以把时间和精力花在这些烂人身上）就是认可了我的失败。也难怪她把我推出了门外，随后把我的东西都扔了出来（很明显，她不是觉得委屈——只不过是我不能跟她呆在一起，给她丢人，我只配做一个一闪而过的过客）。

闲话少说，我们重新回到查士丁尼这个话题来。他逃跑前完全不需要发生什么大事，这可不是钟响之前必须要有人先敲击钟舌，也不是烧水茶壶发出响声前壶里的水必须先烧开。查士丁尼越来越频繁地想起那个被关押在阿玛斯拉[2]的修道士基尔的预言，也越来越频繁地向别人说起这个预言。查士丁尼像一个走向海岸的游客一样越来越开心，他感觉到一股清新的海风袭来，随时能扬起风帆。他胆子越来越

---

① 巴赫金是苏联著名文艺学家、文艺理论家、符号学家，结构主义符号学的代表人物之一，提出了对话理论、狂欢化和复调小说等理论。——译者注
② 阿玛斯拉（Amasra），位于今天的土耳其境内黑海地区，是一座美丽的海滨古城。——译者注

大，带着侍卫在城里闲逛，发出有些可怕的笑声，他承诺很快会剖开每个人的肚子。有一天，午饭之后，查士丁尼在一个凉快的地方打盹，一个同情他的人气喘吁吁地跑来，因为消息太重要了，这个人瞪圆了眼睛，小声地说，他们不能再待在这儿了，那里（他用手指向统帅府的方向）正在决定如何处置他——或是杀死他，或是发配到提比里亚①（在此之前，继任他皇位的利昂提乌斯本人也被人割掉了鼻子，正在一个修道院里郁闷呢）。

查士丁尼的心怦怦直跳，他感到既兴奋又紧张！他已经不是那个手脚并用地被人拉去施以肉刑的二十六岁男孩了，更不是那个刚一继任就随意跟人交战的十六岁孩子。啊，他已年近四旬。而且他知道，成功就是婊子中的婊子，喜欢人们曲意奉承她、追求她，之后再如闪电一样拿下她。他强迫自己静下心来，闭着眼躺了十五分钟，然后起身，命令大家集合。他看起来让人有点恐惧，而且，他显得很庄严，他已不再是流亡者，而是一名皇帝，他要回家！

查士丁尼只带了几个仆人，买通守卫，连夜出发。第二天，他就到了曼古尔堡垒②，他要求惊恐的地方长官送他们去见可汗，而且坚持要有一个高礼节的送行队伍。很明显，地方长官看到他脸上的表情，吓得不敢逮捕他这个逃跑者，也不敢去打听赫尔松方面有多担心他逃匿。相反，这位地方长官急于摆脱他，给了他马匹和警卫，这个让人毛骨悚然的客人一出城，他就立即关闭城门，一会儿划十字，一会儿感谢真主阿拉。

查士丁尼很着急，他催促着队伍前进。他睡得很少，醒得却比以前任何时候都早。他需要快点赶回海边，后面很可能会有追兵赶来。

过了一个或两个星期，伊武济尔·格里阿温可汗接见了他，并且，为了保险起见，以最高礼遇接待了他。这一路的经历让这名逃跑者受到了更大的鼓舞。查士丁尼在可汗面前平起平坐，要求可汗给他

---

① 提比里亚，位于今天的以色列北部加利利海畔。

② 曼古尔堡垒（Mangup）是克里米亚半岛最大的洞穴堡垒，现位于乌克兰境内，毗邻塞瓦斯托波尔。——译者注

派一支军队，并提出：如果预言成真，等他复位以后，双方可共筑友谊，结成同盟。可汗听着他的话，一声不吭，脸上露出一丝难以捉摸的微笑。可汗连连点头，答应考虑派军队的事情，最后决定把查士丁尼留在自己这一边。而且，他还把姐姐费奥多拉许配给他作妻子。费奥多拉已不是少女年龄，也算不上是个美人，但她爱上了自己的配偶，对他百依百顺。他们在法纳戈里亚度了蜜月，费奥多拉怀上了“被劓鼻者”皇帝的孩子。提比里乌斯①派了一波一波的信使，承诺用金山换取这个被流放者，不管死活都可以。而可汗是个务实的人，他知道“千鸟在林，不如一鸟在手”②，他决定偏袒自己手里的这只山雀。

伊武济尔·格里阿温可汗向法纳戈里亚派去了整整一支军队，他说，担心有人要谋杀自己的姐夫，所以要派兵保护他。这也许是查士丁尼这一生中最后一次相信别人了：仅仅几天之后，费奥多拉跑来找他，惊恐地躲在他的怀里，在他耳边急切地说了些什么，说得语无伦次，令人费解。查士丁尼只好费了很长时间让她平复心情，最后才弄清楚是怎么回事：一个老仆人告诉她，卫队统帅得到圣谕，一有风吹草动，就得除掉查士丁尼这只小山雀。

那张没有鼻子的脸上显露出仇恨、忧伤、痛苦和恶毒等复杂情绪。他安慰好妻子之后，悄悄地喊来自己的几位老仆人，吩咐他们找个理由出去一趟，去海边悄悄备好船只。他一晚上都没睡，一直在祈求上帝赐福，另外劝费奥多拉不要自杀，承诺永远对她不离不弃，他也对自己承诺，一定要让可汗看看他想弄死的这只山雀到底是什么样的鸟。

早上，查士丁尼叫来了帕帕茨，这名被可汗从身边派来“听候差遣”的老仆人，现在他终于明白这个人为什么会跟到这里来了。查士

① 提比里乌斯三世，是利昂提乌斯之后的东罗马帝国（拜占庭帝国）国王，698—705年在位。——译者注

② “千鸟在林，不如一鸟在手”。这是大哲学家苏格拉底对学生说过的一句名言。——译者注

丁尼问了那个仆人一些一语双关的问题，他在老仆人的眼中验证了自己的猜测，然后仿佛是很偶然地走到了他的身后，突然把一根细绳套在了他的脖子上，他拖着仆人挣扎着的身体，在他耳边低声问道："老兄，感觉怎样？老兄，感觉怎样？"他把尸体拖到角落，盖上毯子，从容地出门，吩咐人去叫卫队统帅过来商量一件特别重要的事情。查士丁尼又迅速地、一声不吭地勒死了这个人，卫队统帅毕竟是军人出身，跟他可开不得半句玩笑。

查士丁尼爱上了费奥多拉，至少是对她有了好感，但他不能带着她离开。他让她返回萨曼达尔，回到可汗身边。查士丁尼自己则坐上船，朝西边前进——还是和几个月前到这里时一样：没带军队，没带妻子，只有一个预言支撑着未来，除了有几个老仆人以外，他众叛亲离。他们一行在巴拉克拉瓦上了岸。他们成功抵达赫尔松，乔装打扮成仆人。第二天，留在家里的为数不多的一批仆人也都找了各种借口出城，然后都上了船。

跟随他的，大约有十个人，也可能是十五个，但不会再多了——他要带着这支军队回去夺回自己的帝国。中途，他们驶近保加利亚岸边的时候，遭遇了大暴雨，所有人，包括老人、士兵和孩子，都开始跪在地上向上帝祈祷，请求得到救赎。海浪又涌了上来——船被抛来抛去在水中打转，只有出现奇迹，才不会翻船。人们只有尽全力拉住绳索，才能不掉到海里。一个老仆人对他说："请您向上帝保证：您复位后绝不向任何人复仇，这样上帝才会救我们。"——查士丁尼怒吼道："见鬼，如果我会饶了任何人，就让我死在这风浪里！"风浪很快就停了。

最后一幕看起来像是《权力的游戏》的片段。而且，如果相信尼娜所说（当然，我就像孩子对儿童杂志里的狗或猫按线路进行涂色一样，对她跟我说的话进行了涂色处理），那么一切确实就是这样发生的。她的学位论文可是来不得半点虚假的，讲的是中世纪黑海地区国家的外交。我没敢向她坦诚：比起合同的条款、联盟或是贸易来说，我对没鼻子国王的形象更感兴趣：对于这个形象而言，历史中最微小、最真实的碎片都比思辩更有价值。

尼娜对她的朋友圈子以及这个圈子所接受的生活方式十分依恋。在我现在看来，就其本质而言，这个圈子并不想要其他什么东西。在这个圈子里，与假装和虚伪相比，人们更喜欢真实——任何的真实，哪怕是愚蠢而蹩脚的真实（其中就包括有关尼娜的父亲、尼娜就读的英国贵族学校、尼娜衣食无忧等等说法在内）。如果尼娜看见阿尼娅的话，尼娜会气得脸都变形，这想想都觉得可怕。我倒是希望这是吃醋而已，不过我在这里说的是另一点，尼娜会觉得阿尼娅存在得不真实（她大概会说："她可能是角色扮演游戏中的某个角色吧？"）。我呢，我要忏悔：就算那是幻想，我也情愿把它看做真实存在的事。

其中缘由不仅仅在于：第二天早晨上课以后（或者叫做"见面会"之后？）我们去了图书馆，然后散了很久的步，吃了晚饭之后，我们出现在尼娜的家里，我脱去了她的衣服，她的身体充满了对性爱的渴望，她胸口下方有一块胎记，她对胎记有些害羞，我费了很大周折才使她忘记了自己的长相、体味和呻吟声，并最终达到了高潮。而且问题还在于：归根结底，最重要的一点是，这幻想是那么地真实，竟然能让真实性免受乳房下的胎记或断了热水（在冷水下，她发出可笑的尖叫声）之类现实问题的困扰。

毫无疑问，假如我告诉尼娜，当阿尼娅上气不接下气地张着嘴，身体往前探，弯着身子用双手搂住我，把我的脸贴向她的时候，我在想什么，尼娜一定会挖苦地看着我。我可能都没有想什么，准确地说，我觉得很有必要记住自己的感受，也明白是为什么。与此同时，我的感受极其有意思。我不想说，和一个昨天才认识的漂亮姑娘做爱，这种做爱本身不美妙（无论谁问，我都不会这么说），而是这其中有些东西把性爱从享受变成了甜蜜。在我一次次进入她身体的核心地带，战栗着趴在她身上的时候，我的被流放生涯给这件事赋予了绝无仅有的忧伤和苦楚基调，而感官上不言而喻的动物性快感冲破了这种基调，把我伤得更加明显而眩晕，所以在我全速到达终点以后，我冲上了站台，甚至忘了紧急刹车（谢天谢地，后来才知道，阿尼娅是月经后的第四天）。我不想解释，这关查士丁尼什么事。

保加利亚可汗特维尔派来了一万五千名士兵。“被剜鼻者”皇帝率领着这支军队回到了故城。他用了三天劝城池放弃抵抗，然后晚上带着一小支军队，经由供水用的水渡槽进入城内，打开了城门。就像他对上帝承诺过的那样，他没饶过任何人。城市里血流成河，太阳都被血腥的气息掩盖了光芒。利昂提乌斯和提比里乌斯三世被捆绑着带到了赛马场，皇帝像看赛马的马匹一样，用双脚踩在这两人的脖子上，然后将这两个自封为王者拉到了狗市斩首。他们的属下也纷纷被吊死、流放或淹死。大牧首被挖去了双眼，被放逐到罗马。

查士丁尼释放了基尔，并把大牧首的帽子赐给了他。他派了一支舰队去接妻子费奥多拉——舰队遭遇了暴风雨，不幸沉没。但是伊武济尔可汗还是大吃一惊，为了赎罪，他派人把姐姐和小王储送到了姐夫那儿。装备齐全的十万大军向赫尔松挺进，众多鳗龟战船、德龙蒙战船和斯卡佛斯战船像一个岛屿一样，沿着小亚细亚的本都水域前行，塞瓦斯托波尔的各个山丘前所未有地被鲜血浸透。当时，查士丁尼一直在流鼻涕，鼻涕流得特别多。他每擦一次鼻涕，就把一批人送到刑场，总共斩首成千上万人。他听说有人饶恕了赫尔松的那些孩子，不禁大发雷霆，命人务必把这些孩子送到首都来，后来孩子们乘坐的船只沉了，“被剜鼻者”皇帝听说以后，哈哈大笑。

如果说有什么东西可以证明魔鬼撒旦存在和他的幽默感的话，那么这个东西就是“被剜鼻者”皇帝的命运。他一心想着复仇，结果醉心其中，无法自拔。他十分憎恨自己流亡过的城市，恨不得把这个城市从地图上抹去，把这个城市的城墙推倒，把道路夷平。可是，也正是在这个城市里，另一个新皇帝举行了加冕仪式。在消灭赫尔松的战役前被查士丁尼全副武装起来的统帅伊利亚，回到君士坦丁堡，砍掉了废帝查士丁尼的头，把那颗没有鼻子、掉出来残留的半截舌头、让人不寒而栗的头颅挑在长矛上，送到西部各地传看：天下百姓需要证实恶魔已被消灭。被罢黜皇帝的六岁的儿子也被捆在案板上割断了喉咙，一个朝代结束了。

至于费奥多拉，历史完全忘了提到她。不过，这场悲剧的最后出现了另一个女人，一位老妇人，是查士丁尼的母亲。她和孙子藏在教堂的祭坛旁，无助地恳求新帝派来的人不要杀害孩子。我尝试着想象老妇人在一切事情发生后的眼神，她那干瘪的脸上，皱纹包围中的双眼犹如两个火山口，喷发出两行纯净的伤痛。“我认为，”阿尼娅曾对我说，“这位老妇人去看了大海，然后就死了。”我们在被窝里闲聊了一夜，只睡了一个小时，然后我就急忙跑回宾馆收拾行李：九点钟，上次那个把我送到塞瓦斯托波尔的大叔会来接我去机场。这一次，他不用再想出各种话题跟我聊天了：我说了声“对不起”，往后一躺，就睡着了。阿尼娅的热气袭向我熟睡的身体。我跟她告别了，但她的体味一直陪伴着我飞回了圣彼得堡。

我从我的小流放中回到了积雪的城市，感觉怅然若失：我所失去的，不是像哥特式拱门肋拱一样的女孩和帝国南部的灯塔（我和阿尼娅还可以互相通信一段时间，而且每个夏天都可以飞到克里米亚），我失去的是自己的放逐，虽然这种失去由不得我，但是我爱上了自己内心软组织里的一粒细沙，而这颗细沙在我心里留下的划痕让我有一种甜甜的痛感。其实，我担心自己会被这种感觉所羁绊。那时我正坐车穿过丰坦卡运河[①]，左边一闪而过的是伊兹玛伊洛夫教堂[②]蓝色的屋顶，唉，我连自己的圣彼得堡也失去了。我倒不能说那有多难受。打个比方，这种感觉就像是任何船只在海里游过时留下的微波。

我最后要说的是，我和尼娜当初认识时就发生过类似的情况。那是一个暖和的秋日，我站在基洛夫大桥旁的公交车站上，不知道为什么，我当时就是不愿意走路。但是，那时已是半夜，没有希望看见公交车了。尼娜从我身边走过时说：“你在这里是等不到车的，走吧。”她本可以打出租车的，但是却想散散步。我耸了耸肩，表示无可奈何，就跟着她走了。首先，她是对的。其次，她的美貌刺中了我

---

① 丰坦卡运河是圣彼得堡市区的主要运河之一。——译者注

② 伊兹玛伊洛教堂又称“三一大教堂”，是圣彼得堡市海军区的东正教大教堂。——译者注

的心。说实话，她的五官不太对称，不过我要说的不是这码事，我要说的是更为重要的东西。我直到现在都认为，她那时应该是吸了粉了：风风火火、絮絮叨叨的，显得特别幸福（不过，我始终也没问过她）。我们从桥上经过，运河两岸上的霓虹灯装饰在闪烁。她问我是做什么的，然后开始跟我讲她最近读的书，原来其中有我最近出的一本书。“得了吧，你是逗我的吧？什么？是真的？哎呀，你可能不相信，我当时哭得稀里哗啦的！”我在那一刻觉得，我要是失去尼娜，会有多么痛苦而又甜蜜啊。

不过，说到尼娜，我打算通过供水用的水渡槽道偷偷到达她家跟前，砸坏大门，血洗大街小巷和各家各户，把所有敢与我竞争的人都沉入大海，杀死那些可恶的孩子，挖出所有背叛者的眼珠，把奴颜婢膝者的头颅挑在长矛上，踩着变节者的脖子，进到皇宫，拿回属于我的一切。

（刘柏威　译）

人间乐土[①]

——亚历山大·麦利霍夫

我走进霓虹闪烁的温柔夜色里，仿佛突然置身于如梦如幻的彼得格勒[②]，徜徉在楚赫纳人花岗岩打造的具有现代风格的现代建筑之中，只是此处的现代感更加浓稠：城里到处是石头凿成的大门，仿佛要把人领入居住着巨人国王的神秘山洞；花岗岩凿成的巨人个个丑陋不堪，长着猪一样的嘴脸；善良可爱的小熊们看似闷闷不乐，它们用笨拙的爪子高举着花岗岩的火炬。还有古老而神秘的斯堪的纳维亚文字……

外国人对我来说已经失去了新奇感。从那一刻开始，我也清楚，我在他们的想象中同样没有位置。不过，芬兰人身上依旧有让我感动的东西，那就是他们就生活在热尼亚的城市中……

北国寒冷的大海上波光粼粼，石岛浮出水面，露出龟壳一样的脊背。远方的地平线上，还有一片波涛翻涌灯火组成的海洋，索菲昂卡图小街从码头向外延伸，一家名为“Samovar”的咖啡馆小窗户让人能触摸到外省的舒适感，尼古拉二世时期的彼得堡似乎复活了，并以幻觉的形态出现在我的面前，足以让我睁大惊愕的双眼，是的，白色的伊萨大教堂[③]之尖顶直插天穹，显得特别突兀。围绕广场的是很难说清楚美丑的古典主义建筑群……在伊萨这个幽灵的前面就是号称为“解放者的帝王”，他被塑造得非常匀称且严厉。

就连在每个民族生活中随处可见的玻璃幕墙——这种让人乏味的工业产品——都让我备感神奇。就在这时，神殿般庄严的赫尔辛基火车站又向我敞开了它那富有现代感的一面。当然，这北国的现代气息多了一丝冷酷，因为车站门口伫立着两个浑身横肉、长发修剪十分齐整的巨人农夫。花岗岩凿成的守卫手里擎的不是宝剑，而是带很多棱角的发光地球仪。甚至在很远的地方，在身形匀称头戴尖帽耳塑像的侧影，我就看到了地球仪黯淡的反光。我对骑士心怀崇敬之情，并一下子就猜出他就是芬兰的民族之父曼纳林 ④。

不过，那座为人民之父伦罗特⑤所建的纪念碑已经沉入半明半暗的荧光之中……另一个庞大的身躯是忠诚的老人华奈摩伊宁⑥雕像，他的胡子如瀑布般下垂，巨大的手掌压着坎捷列琴⑦上大狗鱼的下颌，这里还有忧伤的花仙子丘利基，以及坐在成涟漪状花岗岩底座头戴蘑菇帽的两个地精。在这些雕塑的中心，则是给予所有形象生命质感的乡村医生，他看上去很谦逊，留着长到脖子上的船长胡，身着常礼服，内套西装背心，扎着蝴蝶结，脚上是翻口长靴……他时刻准备用三万块或者四万块新砖来建筑自己的房屋，让自己的房屋不是按天而是按小时快速建成，以便让那些自己幻想出来的人皆有其屋。华奈摩伊宁用火石击打出火花，易尔马里宁⑧将其变成火焰……

突然，我屏住呼吸，因为底座上的一个地精动了一下，他把什么东西递个了另外一个地精，那个地精好像也活了，他接过第一个地精递给他的啤酒罐，高高举起，把啤酒一股脑倒进蘑菇状的脑袋里，他连喝几口，两个雕塑又变回石头。这两个精灵都是嬉皮士一样的少

---

① 本文是麦利霍夫长篇小说《傻瓜国际》（该名称与共产国际中的“第一国际”和“第二国际”构成文际关系）的一部分。——译者注

② 彼得格勒是1914—1917年之间彼得堡的名称。——译者注

③ 又称圣伊撒基耶夫大教堂，坐落在俄罗斯圣彼得堡市区，与梵蒂冈的圣彼得大教堂、伦敦的圣保罗大教堂和佛罗伦萨的花之圣母大教堂并称为世界四大圆顶教堂。——译者注

④ 全称为卡尔·古斯塔夫·曼纳林（1867～1951），芬兰人，1889年参加俄国陆军，任骑兵中尉。日俄战争（1904～1905）和一战中屡建功勋，晋升中将。1918年12月任芬兰摄政。1919年芬兰成立共和国，他即退休。——译者注

⑤ 埃里亚斯·伦罗特，芬兰民间文学家，民族史诗《卡勒瓦拉》的编纂者，芬兰语言的革新家。——译者注

⑥ 《卡勒瓦拉》里的人物之一。——译者注

⑦ 芬兰及卡累利阿民间拨弦乐器。——译者注

⑧ 易尔马里宁在《卡勒瓦拉》中是有名的铁匠。——译者注

年，我突然产生一个很不可思议的念头：我会不会就此迷失自我？答案显而易见，我已经迷失了。我不是在走路，而是像蒸汽一样在飘荡，既看不清也记不住这些道路。见鬼，我甚至不知道热尼亚姓什么……

更见鬼的是，我的护照落在了公交车上……

我感到浑身不自在，我即将面对的是了无生趣的日子，无人与我相争，这样我也会变得一文不值，这令我感到恐惧。就在这时，她出现了，留着依稀可辨的亚述人式样的刘海，两个眼镜片闪闪发光，我的温柔和陡然增加十倍的感激之情一下子突破界线，我不顾一切地把她拉到自己的胸前，然后又瞬间放开，我发现，她竟然没有反抗。

“我一下子就猜到了在哪儿能找到您！”她仰起布娃娃一样的小脑袋，高兴地告诉我。

她的确像跟在爸爸屁股后面去参加节日盛典的小姑娘，穿着肥大的粉红色牛仔裤，迈开长腿，蹦蹦跳跳。她满怀信赖地将头后仰，仰靠在灯笼下千湖之国里主管这片人间乐土大腹便便的经理身上。最后一抹晚霞就要离开天际，渐渐消逝于其中一个湖上的午夜天空。几座熄了灯的楼房与墨色的松林融为一体，唯一能看见的是每幢楼房那盏一成不变亮着灯的小窗。

这情形让人联想到夏令营营地。

宾馆的双人大床果然豪华，只是天花板上蘑菇状的防火报警器警觉性过高，整夜没完没了地哀怨，发出吱吱警示危险的声音，不过说实话，这也是种治疗失眠的绝好方法。我从雏鸟唧唧鸣叫的梦中醒来，更确切地说是从梦中听到的报警声中醒来。外面又是个难得的好天气，炮筒粗的松树摇曳着茂盛的树冠向蓝色的天空致敬。爱恋首先要自恋，因为我觉得，整个世界都想在我的大戏里找个角色来演。

洒满阳光的松林充盈着浓烈的气味，对，就是气味，我活在千年之久没有气味的世界里，热尼亚在我的对面咧开大嘴绽放出小丑一般的笑容，她的牙齿像玻璃片一样闪闪发光，我们沐浴在幸福的阳光里，仿佛回到了十八岁的花样年华，像叽叽喳喳的鸟儿，随时准备展翅高飞。我们都抑制不住脸上的笑容，也感觉不到脚下被踩实的沙子小路，幸福地冲进一家挂满铃铛、充满阳光、有点像夏令营营地的自助餐厅，只是里面弥漫着不知从哪里飘来的有焦糊味的奶香。这时我才猛然想起自己此行的目的：我需要在这个苏奥米人[①]的国度里搜寻并描写芬兰人是如何对待那些被我们俄罗斯人称其为智力残缺之人的。

这是退休者的夏令营。这些老人们仿佛都被粗鲁不堪的特罗利附体一般，不过这巨人已无力做恶，只会愚不可及地揉搓着、撕扯着什么，伸懒腰，吐唾沫，把眼睛一会儿揉搓成两个小缝，一会儿瞪成铜铃，鼻子更是被揉搓成皮鞋、鸟喙或油炸小馅饼状，将下嘴唇拉到喉结处，把嘴角拽歪到耳朵的位置，一只耳朵被揉搓成饺子形，另一只又揉成了牛蒡草状，还好，他已经没有耐心摆弄自己的脑袋了，揉搓了一阵就消停了……

不过在这个地方，没人去关注这些鸡毛蒜皮的事儿。各种颜色的粥从他们的口中不断往出漏，一个人在桌子旁不停地摇晃，打转……有时是两个……或者十个，很有风中芦苇的画面感。可以想象一下，那是怎样的情形。有人扑通一声摔在地板上，托盘上的稀粥和沙拉撒的到处都是，可这又能如何？这里的护工大妈立刻就会收拾这堆垃圾。

女人们的样子我实在是想不起来了，我那高贵的性格不允许我去记住以如此面貌出现的女性。不过，根据穿衣打扮分不清谁是病人，谁又是真正的工作人员，她们穿的都差不多，一身夏天的行头。可就在这时，一个穿黑西服的人朝我们这边移动过来，这家伙如同巨人，肚子也有两个人加一起那么大。深色的头发梳的特别板正，和里根总统的一样光滑，鼻孔大到夸张，和法国最好的奶酪上面的小孔差不多大小，他和善地张开怀抱，热尼亚吓的赶紧躲开，被她的古板性格弄得有些不知所措的经理此时稍稍安下心来，他粗大的手指头在鼻孔中

---

① 芬兰人称自己为苏奥米人。——译者注

来个四分之一圈的旋转，然后把他那肥厚的手掌朝我伸过来说道：“我叫约瑟。”

去他妈的民主。当权者本不应该和下属有太大差别。

我极力压制内心的厌恶感，若无其事地嚼着口香糖，嚼的时候尽量不去感受糖的味道，忽略糖的气味。一切似乎都很棒，就像所有那些优质疗养院一样。可我想见的只有热尼亚。我们这个弱智者团队中的廖沙·彼诺奇金不知从何处拽来一把圆凳，他端坐在桌子一端，开始研究我脸部的侧面轮廓。突然，和廖沙并排坐着的老人斜着身子直挺挺地栽倒，然后就在干净的驼色地板革上不停地摇头，双手颤抖。所有人继续吃饭，我也一样。只有廖沙·彼诺奇金弯下腰来，认真观察这个浑身抽搐的人，他是个有责任心的人，他把一个鲜艳的绿色枕头垫在癫痫病患者的头下面。

“我们换到别的地方坐吧，”热尼亚低声说。

远离这样的同桌，我感觉自己是不是有让人恶心的洁癖，不过，如果这是专业女护工给你的建议，那你就……

我和热尼亚坐到另外一张桌子旁，我们开始万分小心地搬动椅子，挪动盘子和勺子，我内心深处甚至泛起一股致命的温柔，突然开始端详她那细细的脖子，在喉咙的位置已经隐约出现不易觉察的横纹……

早饭后，抹着发蜡的大块头约瑟带我们参观了散发医院清冷气息、泛着白霜、闪着银光、卫生完全达标的地下病房，然后把我一个人丢在医院大厅里，领热尼亚钻进一个房间，“去咨询”，她温柔地一笑说，眼镜片也投射出温柔的光。

我也许有点小忧伤，因为我感觉他们把我给忘了。我开始轻轻地推了推门，往里面看去：一丝不挂的美人鱼正躺在白塑料布上，布下是有轮子能自由活动的床。身穿肥大绿色衣服且仪表堂堂的洗涤工人正在冲洗她身上的肥皂沫。他一手紧握喷水的蛇形管，让水流冲洗美人鱼坚挺小巧的乳房、有着婴儿般褶皱满是肥皂沫的小肚子和腹股沟，泡沫让人联想到苏联时期装啤酒的大杯子……她那轮廓不是十分清晰的小脸蛋借助瓷砖的反光若隐若现，难免不使人浮想联翩：在她的这些幻想之中，浮现出帅帅的王子，但王子并不知道天下竟有如此卑微的生灵存在，无法触及的不死之灵魂在远处忽闪。此刻，没有了隐约可见的如无骨象鼻一般垂在地面上的鳍状肢，能看见的是叫人心生欲念的一双精致的美腿……

我几乎是把脑袋塞进了门缝中。热尼亚突然出现在我面前。

“您看，他竟然连手套都不戴，”热尼亚略带忧伤地嘟囔道。“虽然她们都吃避孕药，可每个月还是有人怀孕。在我们寄宿学校，这样的人必须要做流产，没有商量余地……虽然这种事情有人监管：假如我拥抱了你，我的手就会被人打断……”

“如死一般强……”[①]我喃喃自语。

“工作人员就更难监管了……”

“难道他们也会？”

“您以为不会？会！欺凌弱小是人的天性。有一次我晚上在病房稍微耽搁了一会儿，看到这样一幕，一个终日卧床不起的病人在不停地哼哼，浑身抽搐，女卫生员走进来，照病人脸上就是一耳光：‘你这个王八蛋，真他妈讨厌！’她突然发现了我，虽然那时天已经黑下来……于是她迅速离开了。可从外表上看，她绝对是让人尊敬的阿姨。当然，这件事之后，她就被解雇了。”

我长叹一口气，真不想与这童话的世界作别。童话的世界不是靠力量，而是以人性的善和高尚的品德保护弱者。我想问的不是“这世上的人还有良心吗”，而是“难道就没有人良心发现吗？”

我惴惴不安地与她一起上了公交车，我珍惜和她在一起的时间，那感觉就像她活不了多久了。她就坐在我身旁。当我们经过卡累利阿松林和斯堪的纳维亚风格的建筑物时，我们中的每个人对另外一个人都表现出十足的友善，似乎正在送这个“另外一个人”去断头台。在一处房子前面，一群看似幸福的疗养者放松地坐在安装了两个轮子可

---

① Сильно как смерть 是莫泊桑的小说《如死一般强》的俄文译法。——译者注

活动的椅子上，他们或身材干瘪，或情绪狂躁，或口眼歪斜，或脸颊下垂，或额头奇形怪状，他们每个人面前的小桌子上摆满了小螺栓、小垫片、小螺母。我们面带忧伤而深情的微笑看着他们，如同看着一群让人无法心生羡慕的幸运之人。但他们一点都不寂寞，淡定而卖力地将四个螺栓、四个垫片、四个螺母装进透明的小包装袋里，然后又是四个螺栓、四个垫片、四个螺母，然后又是……

窗外，透过楚赫纳人现代感很强的房顶上的水晶瓦，能看到泛着白光的大海，大海像龟背一样光滑，上面装点着花岗岩暗礁，而我们这个人间乐土的角落则完全是用流线型现代主义风格的百合花来装饰的……

在一楼，一群快乐的唐氏综合征患者戴着厨师的高帽正往温度很高的炉口上的硕大烤盘上摆放面包坯，用不了多久咸咸的面包干就会新鲜出炉，芬兰首都的居民像采购热馅饼一样把这些面包干哄抢一空。这些智障者通过这项劳动甚至可以为自己挣得买啤酒的钱。

* * *

但是此地真正的人间乐土位于花岗岩圆顶建筑物的下面，其大小和爬满长春藤的马戏院相仿。这极寒之地的美景，令人心生恐惧的同时，又让人的目光中满是诧异……大厅里，乐土的居民见到一张椭圆形大桌子，上面摆放着高如小山的蜡制水果，这里还有简朴但很有小资情调的壁炉、容量超大的水族箱，箱里既有一身橙色海魂衫装束活泼好动的鱼类，也有一些穿着天鹅绒外套动作舒缓像碎布头一样的幽灵鱼，当然，我们还看到了一台巨大的电视机……这就是赤贫的楚赫纳人的起居之所。

在电视机后面，有个身材微型，或者可以说是侏儒的女人，她戴着教授才有的高度数的眼镜，头发花白，额前还有一绺挺立的头发，此女的嘴非同凡响，大到可以清楚看见她那参差不齐、磨损严重、如自行车赛道般的牙齿。她聚精会神地看电视。热尼亚压低声音快速把此人的意图翻译给我，我感觉，我差不多已经懂芬兰话了。

“您看，他们在拥抱，他们在做爱。”侏儒女人不时手指着屏幕，大呼小叫，她脖子上的钥匙晃来晃去的。

名叫姚娜的年轻大胸芬兰女人也不住地微微点头。

“谁怕我，谁怕我？”人间乐土中的一位居民快乐地呲着大板牙向姚娜打探。

“大家都怕你，”姚娜安慰他说，好像她是个心地善良的大妈，听了她的话，该成员的嘴咧得更大了。

“你不会扔下我一个人不管吧？”第三个人说。

“不会的，绝对不会，到啥时候也不能把你丢下。”她朝第三个人宽厚地点了点头。

一个圆滚滚的有唐氏综合征相貌的男子散步回来，他留着契诃夫式的胡子，拎着纳博科夫式的捕蝶网，这里有位智障女性和他简直如两滴水一样相似，不同的是女患者没有胡子，她穿的是橙色带条纹的足球衫，让人不由得想到大黄蜂的肚子。他们很自信地走过来，握手并互通名姓（他们的手特别柔软，有丝缎般的质感），像在家里一样，以很放松的姿势坐了下来。

“你们看，你们看啊，上面的男人全是裸体！”额头上有一绺竖起来的灰白头发的女士兴奋地喊道，“还好，我和约翰订婚了，他爱我，爱得死心塌地！”

“贵国支持的萨达姆·侯赛因彻底疯了！”她听说我来自俄罗斯，说话声音更亢奋了。“他就知道杀人！来我的屋里坐会儿，我屋里有一张空床！我住在麦克的房间。他死了！他死后，我就搬到他屋里了。”

姚娜像一条热带鱼那样怡然自得：是啊，他们也是人，人就得按人的活法，他们交朋友、相爱、分手、痛苦……隐私呐？原则上是人就有隐私。他们也像我们一样会传出绯闻，多是办公室恋情，比如在一起闲扯、做做木工、缝缝补补什么的。正所谓：爱神厄罗斯一定会在火神赫淮斯托斯身边飞来飞去。

“所有的东欧国家，寄宿学校已日渐取缔。”热尼亚在我耳边一本正经、喋喋不休地告着黑状。我只有愁苦和叹息的份儿了：难道我们俄罗斯人果真比所有人心肠都要坏吗？

令人沮丧的是，他们干活并不比我们多。我挖过矿，捕过鱼，炼过铁，做过林业，还在烈日灼人的亚洲铺过路，这样的工作强度，任何芬兰白匪只要干一小时就会宣布无期限罢工……我的父母没白天没黑夜地工作，而他们留下的遗物，不过是一些裂了缝的茶杯，且既断了把，又没有了配套的托盘。工作日，热尼亚所在的医护中心处处洋溢着静谧和惬意，有一半左右开着电脑的办公室空无一人，厨房里光可鉴人的大桌子静静地摆在那里，无人去碰上面的免费咖啡、凝乳和面包干。

一群脸部扭曲变形的弱智保姆前胸挂着干净的蓝围裙走来走去，四处张望，不时地收拾着什么东西。那个长着淡黄色头发的四方头小伙子尤其卖力，他的脑围至少有 75 厘米，每次热尼亚走出办公室时，他都会精心地将她黑色的充电器电线缠成球状。（她的办公室平常时候也很干净，屋里有监视器和旋转椅，这足以让我内心升起无限的感动之情，所有这些人间物品一旦具有某些非人间特征，就能让我激动不已。）

每次见面，小伙子都会特别客气地和我打招呼，所以那次热尼亚带我去见经理时，我的心情可以用大惊失色来形容，因为坐在经理椅子上的正是这位脑积水患者。这就是所谓的终极自由主义！脑积水冷冷地朝我点了点头，匆匆地结束了对我的召见，将这种自由主义内涵发挥到极致，发挥得可圈可点。

不过五分钟后我们又在走廊里相遇，他还是那样友善地朝我点头示意。然后他又走进了热尼亚的小房间，第五次缠起电源线来……热尼亚回来后耐心地跟我作了解释，她说，经理和打扫卫生的是两个人，经理是个彻头彻尾的傻瓜。那个打扫卫生的，倒是可以给人们带来更多的益处，在单位，他也是能够给人带来快乐的谈话对象。每次开晚会，这个清扫工比所有人都爱笑，只是他要比所有人晚笑大概十秒钟（经理从来不笑），之后他会像猪一样往死了喝酒，再然后就得有人把他送到住处，第二天他又可以当班了。

虚心的人有福了[1]……

* * *

他们的天堂已经沉入灯光闪耀的傍晚时分，我和热尼亚决定到水面波澜不惊的湖边散步，在霓虹灯之下，湖边的白桦树树枝显出不可思议的美丽和优雅，看上去很整齐。热尼亚断然拒绝带我穿过宽度大概有十米左右尚未修剪的草坪，说上面黑乎乎的，那里可能有蛇，我的胸口因莫名的感动而隐隐发酸。

“波赫亚[2]女王说：‘你翻耕蝮蛇盘踞的田野，开垦蛇群聚居的耕地，用手依次将蛇儿抚摸’……”

“两年前，一个艺术家在此湖溺水身亡。事件最终不了了之，没有任何人因此受到任何处罚，就连这里的规章制度都不曾因此进行过任何修改。”

“自由主义的本质就是自由高于生命……”

我呼吸着从湿润沙地和深夜水面上升腾起的虚无之气，亮闪闪的珍珠贝在我们的脚下到处都是，湖对面岸边的枞树树冠在永远闪耀的朝霞之下竟然出现丢勒[3]绘画的质感。此情此景，我和热尼亚尽管是世上最需要保护的可怜人，但这一刻我们也光芒四射，永垂青史。

城市给自己的博物馆起个叫阿杰涅乌姆[4]的名称，这个实在很有意思。这里的馆藏有民族先驱最具代表性的物件，还有青年骑士的造像，甚至可以看到把死者放在船上送葬的场景造型，如果这一切不过是照葫芦画瓢，那可就没有意思了，尽管这也是对艺术高峰的致敬，而且不是对某种空虚无聊之物的模仿，即对全世界国家首都所特有的

① 见《马太福音》第5章第三节：“虚心的人有福了，因为天国是他们的”。——译者注

② 芬兰民族史诗《卡勒瓦拉》中的人物。——译者注

③ 阿尔贝赫特·丢勒（1471—1528），德国画家，主要从事写生画和水粉画。——译者注

④ 阿杰涅乌姆博物馆位于芬兰首都赫尔辛基，是芬兰藏品最为丰富的中央艺术品博物馆。——译者注

赝品模仿。可我眼前就有这样一个貌似专业的博物馆，我在埃里亚斯·伦罗特铜像等她的时候，我就想告诉她，我身体上流的可不是傻瓜的血，热尼亚却被这个铜制纪念碑震撼到了，她半张着涂着樱桃红唇膏失去润泽感的嘴，傻傻地看着。

“地精怎么不见了？”她终于用惊诧的语气说道，“基座上原来可有两个地精了！”

最后，她长叹一口气，如梦方醒，双手用力一拍：“让人给偷了。”

“这可是有色金属做的，怎么可能？”

“这伙贼是开车来的，这有痕迹！”

我觉得羞愧不已。

“这儿不过有一对嬉皮士在这儿坐着喝啤酒。”

“真的吗？我都要开始分析汽车留下的痕迹了……”

“我去补个妆可以吗？”这个穿着有长颈鹿图案裙子的女人怯生生地请求，样子很像受到惊吓的小学生，动作笨拙地扶正鼻子上的眼镜。“当然可以，”我满怀仁慈，朝她点了点头，用欣赏的目光看她从桌旁站起身来，那张桌子上冰鲜的牡蛎散发出浓烈的海洋腥味。

我知道，我永远也不会忘记这个夜晚，不会忘记这个透明苍穹之下道路弯弯曲曲四处灯火通明的港湾，还有这艘有无数闪烁灯光的小窗户的白色小船，当然，也不能忘了隐藏在黑暗中的城堡，芬兰语城堡就发音而言，要比很邪乎的瑞典语城堡一词给我的耳朵带来了更舒适的感觉。五角棱堡、侧防暗堡、田畦、斜坡上的青草、鹅卵石形状的铠甲、卫兵室……我们走进坡下的由城堡改造的监狱，里面散发着让人消沉的幻觉，我们小心翼翼，生怕惊扰里面的人，我们所要探索的正是能把人们聚在一起的神奇之物：美。可什么是美？犹太人认为，美会不经意间用它的小腿蹬踹人心灵的深处，所谓的美就是生活，只有死亡才是真正丑陋的。当然，任何脱离人存在的事物都难说是美的，也是令我们厌恶的，我们说一个人是活人，是因为他身上没有死亡的阴沉感……我要小心地进行反驳，问题还不在这里，我们所讨厌的是理想根本不符合现实状况，而幻想在基督教文化中被认为是无形体的幽灵。

我们避免相互对视，越走挨得越近。在科尔克萨利岛①，狮子和扁角鹿在花岗岩光滑的表面上和睦共处，我带的食物是彩纸包装的香肠，她带的是装在白色简易小碟子里的土豆泥，于是我们找个能看大海风景的地方坐下。就在这时，一大群海鸥尖叫着朝我们飞过来，黑压压的一片，我们根本来不及商量就一头扎进遮阳棚，这是希区柯克电影中的情节再现。不过，在这里我有幸看到毛发凌乱的熊和全身似乎披着毡子一样的欧洲野牛，它们是那么可爱，仿佛是我们的孩子一般。

当她再次在喧嚣的大厅里出现在我的桌旁时，我又一次认真仔细地端详了她，看她的眼神就像看自己的女儿，厅里的其他人都是我们这两个主角的配角，他们沿着透明的玻璃幕墙一字排开，这看上去有点像演戏。她那有中国女孩神韵的小眼睛描的是淡淡的黑眼影，这种颜色与其说是传达悲伤，还不如说表达了她的怯懦。镶在金框中的玻璃映出闪烁着的火光，那形状让人不由自主地想起新年的枞树。

“现在看上去漂亮多了，”我赞赏道，语气中充满了慈爱，她微微一笑，眼神甚是悲哀，朱唇轻启说道：“您是在嘲笑我吧？”

但她应该能看出来，我是在欣赏她。

此时，我感觉自己就是世界的主宰。我抓住女孩子圆润的肘部，像个主人一样让她坐在我的对面。在透明的苍穹下，我感到身后是一排排尖头砖块砌成的商铺，这里没有司空见惯的坑蒙拐骗，而是做良心生意，在闪耀着火光的水面左侧是纪念皇后的方尖碑②，金色的双头鹰站在碑顶的圆球上，碑后是空荡荡的滨海市场，白天这里堆放的是用香波洗过的皮毛、边缘锋利的木头板，摆的是鱼获和紫晶一样的

① 科尔克萨利岛位于赫尔辛基市中心的东部，岛上有欧洲最北部的动物园。——译者注

② 该方尖碑又称皇后之石纪念碑，建于 1835 年，为了纪念沙皇尼古拉一世的妻子亚历山德拉·费奥多罗芙娜皇后。——译者注

云莓果。沿着海岸往下走，我都能猜到是一个哥特式风格的工厂，以前这里曾是海关，港口建筑物的玻璃异常干净，不过，我还是喜欢一些词汇的绝妙发音，如卡塔亚诺卡[①]、哈卡尼耶米[②]和卡伊沃布依斯托[③]。

我无法用本地人的发音说出鱼的名称，比如鳕鱼，或者攀鲈，当然还有其他一些稀奇古怪没听过的鱼。伏特加——按芬兰语发音叫克斯肯科尔瓦[④]——度数一般，但入口后如火在喉。热尼亚目光极其悲伤地望着我，我真想用热烈的吻盖住这双眼睛，她正在听手机另一端经验丰富的碎嘴女友的分析，告诉她我选的是一条什么鱼。китос，китос[⑤]，热尼亚不断在电话里说。在通话快结束时她大声说“见你的鬼”[⑥]。

她很胆怯地看着我，扑哧一声笑了。

“这根本不是您想象的那个意思，我这句话是说她是个‘小骗子’。听她介绍说，这种鱼有脚，很久以前爬到陆地上，变成了人类的祖先。我敢说，鱼肯定非常高兴，它没想到自己的后代是这么聪明，这么强壮……”

“它倒不用以我们为荣……怎样让它去爱那些蠢货和智障，倒是一个难题……”

“那是不可能的。只有那些无所事事的人才有可能去爱蠢货和智障。”

“不止这些人吧？天才的政治学工艺大师拿撒勒人耶稣就非常清楚，人们只会在美面前低头，所以他们才会崇拜自己梦想的化身。耶稣告诉他们，美的新形式也有弱点，也是残缺的：凡在人们面前声称自己是崇高的，在神面前必是卑劣的。马克思不过是一个可怜的将这

① 赫尔辛基的一个区，位于老城的西部。——译者注
② 赫尔辛基商业广场，也是附近地铁站的名称。——译者注
③ 赫尔辛基人最喜欢的公园之一。——译者注
④ 芬兰本地酒。——译者注
⑤ китос 是芬兰语 kiitos 的语音转换，意思是非常感谢。——译者注
⑥ 作者这里使用了“хуяри”这样的粗口，所以才有后面的一番话。——译者注

些学说庸俗化的人而已。他将美拉人利益的泥潭，将高尚拖进胜利的深渊。不错，他也是第一个想到要让童话戴上科学面具的人。”

我说话的语气毫无情感，好像是医生在给患者下诊断，可苍穹下火光中漆黑的海湾，还有卡塔亚诺卡和哈卡尼耶米这样神秘的地名总是让人……

“凭什么我要为那些人服务，就因为他们是肮脏的、没有教养的和贫穷的人？……但如果告诉**他**，最高真理只向**他一个人**敞开，**他**才是人类的未来，那事情的性质就变了。那样，我就不是在为失败者，而是未来的胜利者服务，不是在走下坡路，而是往高处爬……我和你就应该成为智障者眼中的马克思和恩格斯。我们要组建‘傻瓜国际’，提出‘全世界智障者联合起来’的口号。‘智障才是全人类美好的未来’。不过，我们要有个漂亮的称谓，就叫‘幸福国际’吧。最重要的是，我们要在已经重复过的事情上独辟蹊径，比如生物场效能，比如特异功能者，这些新事物和特殊人能和宇宙进行交流，可以让犯罪分子放下屠刀，让贫困者的疾病得到医治。爱因斯坦就是智障，哥伦布也是，还有伦勃朗……如果电视上有这样的节目，世界真的就在我们脚下了。电视台有我们的人，只是他们还不知道该做什么。只有不可思议的事物才能让人印象深刻。那些可思议的事物才真正可怕。”

腰间的手机在震动。美人瓦西里莎。我身心到处是满满的幸福。

“你在哪儿？”美妙的声音透着悲伤、绝望和责备。

“来芬兰办事。你怎么样？”提这样的问题委实危险，但若不问，如同问了一样，都是一种冷酷无情的表现：我又不是不知道她的状况有多糟糕，女儿跑到阿尔泰的隐修院去拯救灵魂，生意做得也只够勉强度日，她简直成了一个弃妇……

“我怎么样？有谁顾得上我？那只老鼠死了。我明白，你肯定觉得我可笑，可对我来说，那的确是唯一让我感到亲切的小生灵。这只老鼠很聪明，从不真咬人，只是轻轻地咬你玩……”

这只忠诚的老鼠来到女主人身边之时，正是我抛弃瓦西里莎任她听凭命运摆布之日，那只可怜的老鼠和驯鼠的女囚徒突然令我的心感到一阵剧痛。可是……她楚楚可怜寻求帮助的哀求中总藏着根责备的毒刺，而我做不到在保护她的同时又能自保。

要宽宏大度，要大度些，她毕竟是女人，而且还是不幸的女人！我在煞费苦心绞尽脑汁寻找能安慰她的措辞，可每次都能预见她会朝我放一支毒箭。

“你会驯新老鼠吗？”

“把驯好的老鼠给换了，对你来说根本就不是个事儿。”

“我对你深表同情。”

“你要是真同情我，也不至于把我一个人扔下了。”

“老鼠怎么死的？”

“怎么死的，你都无所谓，你只会对这些无关紧要的细节感兴趣。”

据说，在任何情况下，只有一句万能咒语对女人起作用，那就是“我爱你”。但就是这种万能的咒语，也敌不过她一句“相爱的人至少应该在一起”这样致命的毒药。

我为时三四秒钟沉默也成了她宣战的理由：“算了，我看得出来，你对这事也不感兴趣。祝你一切顺利。”我摔了电话，确切地说，是向她提出了挑战。但我不能置女人于不顾，特别是身陷不幸的女人。可我也不能白白忍受这个女人对我的讽刺挖苦，也许这也正是她需要的，即她要推开那伸向她的援助之手。这就意味着，我以后永远也不能拒绝她的要求，即便她的要求会让我的自尊心伤痕累累。

热尼亚在桌子的另一侧，表情异常凝重，透过她的金丝边眼睛，我看到了她那很职业化的同情神态。

“我就知道，你在女人的问题上遇到了难题。”

我很想装糊涂，比如我可以说，您这是从何说起呐？什么女人？什么遇到了难题？可突然我感到没必要，太累了。

“难题只有一个，那就是所有的女人都想利用男人。”

“那你为什么还要忍受？这些女人都很漂亮？”

“我们爱的不是某个人，而是关于某个人的童话。当然，编漂亮女人的童话要容易些。因为她们都是童话的半成品。”

“那这个给你打电话的怎么样？她漂亮吗？”

“是的，漂亮得令人难以置信。有时我甚至故意在她身上寻找瑕疵，但都没成功。正因为这样，她才活得艰难，比很多人都艰难。生活欺骗了所有的人，可说实话，生活对她已经很照顾了。”

“您的意思是，丑女人的要求会少些？”

“我幻想拥有一个温顺的驼背女人做伴，她应该有一双饱经风霜的蓝眼睛。任何微不足道的关注，可以忽略不计的温柔都能让她充满幻想。”

金丝边眼镜后面的眼睛突然亮了。

“她会让您滚得远远的……！让您一次性还清所有欠下的情债。”

“也许是这样吧……您剥夺了我最后的希望。”我们突然都不说话了。现在，我们或者分手，或者继续前进，但前方已无路可走。我只好回头。

“赫尔辛基，赫尔辛基，神奇美妙的城市！”

“我第一次和前夫来这里时，是他的朋友在车站接的我们，他也曾在俄罗斯工作。我那是第一次出国，一切都那么不同寻常、那么干净、那么明亮……人也非常友善。他带我们去逛成人用品商店，用他的话说，你们俄罗斯人，就是野蛮人，没见识过真正的文明！我一个女人看到这些性用品，吓得跑到一边，整个城市在我眼里都成了该唾弃之地。可我真傻，我不知道自己有权利说出自己的观点，告诉他，这是无耻，这就是下流。我当时想，如果我这样说，我是不是有点假正经，很多原因促使我闭嘴……我还去那个混蛋的住处看成人片。他有这样的爱好。他和一些俄罗斯女人接触，那都是一些正常女人，可不是婊子，然后偷偷地把他们在一起的激情时刻录下来拿给朋友们欣赏。这回我真的忍不下去了，于是对他们两人说，这太下流，你们太贱，都是混蛋……我的前夫，我得谢谢他，马上就明白了，他立刻把我带离了那个地方。这么多年过去了，我觉得这座城市依然泡在污水池里。”

“今天的夜晚能彻底冲走这座美丽城市表面污水留下的最后痕迹吗？”我把自己的真诚和希望深藏在对女人的殷勤之中，在经过皇后方尖碑上被灯光照得通亮的双头鹰时我这样问她。她刚要回答，从漆黑的海面上刮来一阵大风，带来倾盆大雨，她浅色的外套一下子变成深色的并紧紧地箍在身上。突然，狂风夹着更大的雨迎面袭来，差点把她吹倒在地。

整个世界到处是金属撞击发出的叮叮当当、吱吱嘎嘎和轰隆隆的响声，似乎我们坐着一辆行驶在崎岖不平坑坑洼洼路上的大卡车里，外面的暴雨仿佛在抽打车身。我用身体半护着她，使她免受暴雨的侵袭，她惊恐地用手机打电话叫出租车，出租车司机是大爷，是大爷啊，被大雨唤醒的海洋幽灵将冰冷的波罗的海海水高高掀起，像砸一座着火的房子一样砸向我们，而且是一波接一波。我们蜷曲身体，湿衣服紧紧裹在身上，在狂风中孤独地摇晃着。我们费了九牛二虎之力才来到惨不忍睹的商业广场。一台比黑夜还要黑的出租车像快艇一样，溅起一排水浪，开着前大灯，驶到我们面前，大雨击打在车身上，形成向外散开的水道。司机说：“上车，我拉你们。”热尼亚绝望地喊叫着，她想让自己的喊声盖过风暴，打绺的头发紧紧地贴在脸上，她徒劳地想在身上找一块干布来擦拭满是水污的眼镜片。“没有关系，没有关系，我在身边”，我用了很大的力气才把她推进温暖又干燥的车里。“快艇”的油门被推到最大，刹那间消失在从天而降的水珠之中。风暴在马路上把银光闪闪的水碾成雪一样的银白色，将这些水流重新赶到海岸上，让其回到大海之中，水流再变成风暴又被赶出大海。

我不知道，这种反差强烈的淋浴是不是让我着凉了。我把湿衣服搭在椅子上，自己裹着床单，坐在简朴的小资情调的壁炉旁，里面的炉火是电控制的，煤是仿真的。我在热烈地胡扯，说如果有个好心的魔法师终于让我们能够摆脱被人利用的诅咒，不再让我们将令人窒息的义务变成快乐的享受这样的所谓理想，那该是我们两人在一起时多么快乐的一件事啊！遗憾，我们的文化就是这样令人窒息，一切都追求效益，说出单个的“л”是没有用的，后面必须还得跟个“е”。

失去最后一块遮羞布的几个波罗的海风暴巨人的脸颊因极度紧张而十分狰狞，这让人想到命名日的蛋糕上的刀痕，风暴每隔3—4分钟就会将各种物品摔向屋顶和窗户，仿佛是炮击，分分钟都在轰炸这座城市，屋瓦劈啪作响，恰似白痴抚琴，屋顶的铁皮咔咔声不断，各种各样石刻的熊也都蜷曲着蹲在自己的台座上徒劳地祈求花岗岩巨人，让他们的海上同类赶紧平息愤怒。只有伦罗特的铜像对这场风暴表现淡定，伦罗特在暴雨中划出几道电光，依旧继续在自己的笔记本上书写关于华奈摩伊宁的古代民歌，此人一生都在歌颂一个从未存在过的国度，而花仙子丘利基却没有在如此疯狂的康特勒琴声中醒过来。曼纳林元帅是以国内战争胜利者的雄姿，骑着一匹青铜色的高头大马进入赫尔辛基的，他后来突发奇想，把国内战争改成解放战争，巩固胜利成果的与其说是武器，还不如说言论。

风暴巨人开始慢慢疲惫，黑玻璃上疯狂的水流变成一串串的和缓之泪，眼泪最后变成匆匆流下的小点点。轰鸣声渐渐远去，隐退到拉普兰冻土带中，去感受萨阿米人①的史前巨石阵的坚硬，我清楚，那些巨石阵朴实无华，即便没有拉普人的智慧我也能猜出大概，我们的幸福并不坚固，其实也是系于发丝，可我的思绪反抗这种一目了然的事实，我心灵深处蹦出来的童话继续对我低语，告诉我说，我们一定变得更加强大而且长寿，比所有在毫无意义的死亡物质之中产生的妖孽活的都要长久。

也许，在赫尔辛基的某处地方，某个同样的屋檐下，同样深黑的流着泪的窗内，居住着一位中国姑娘，她正用一双动人的双眸透过细金丝边眼镜，望着玻璃窗上银丝线般滑落的晶莹剔透的雨滴。

（郑永旺　译）

① 居住于挪威、瑞典、芬兰北部和科米半岛的居民。——译者注

洪福商店

——列夫·纳乌莫夫

我走过很多地方，却很少去同一个地方两次。请相信，我去过的一些城市简直像天堂一样——布拉格就是其中之一。对我来说，她的独特不只是因为在这座街道、房屋、桥梁、广场堆砌起来的城市里，两年前发生了一件对我一生都至关重要的事，更吸引我的是，当我第二次踏上这片土地时，她带给我的震撼较之前更为强烈。

故地重游总是很无聊乏味又有几分不情愿，但布拉格之行却完全不是这样。感觉这是我第一次来布拉格，而上一次旅程才是第二次，仿佛时空交错了那样。我此时并不知道是什么促使我又一次来到这里，但就在前天我内心就有这样的感觉，我必须来这……

早上，我重走了两年前的路线：从火车站出发，路过国家博物馆，走到切拉科夫斯基花园，穿过瓦茨拉夫广场，然后从小路走到斯塔雷梅斯托广场，溜达了二十多分钟，重新欣赏了提恩教堂。接着走向宾卡斯犹太教堂和旧犹太人公墓，然后沿着小街走，第三个巷子的右边就是耶稣会大学的克莱门特学院。走在路上我开始明白，为何我独对布拉格钟爱有加。我想我对她是双重的爱：既爱整个城市的浑然一体，也爱斯塔雷梅斯托区，那个城中之城。

我完全搞不懂，是什么驱使我重走这走过一次的路。不知不觉间，我在“洪福商店”的招牌旁停了下来。可以肯定的是，之前我根本没见过这个招牌。毕竟，这种有特点的名字是不太可能被忘掉的。虽然漫无目的，还是感觉自己是被一件不知是什么但极其重要紧急的事带到这里来的。我站在招牌前，努力回忆着，猜测着，思索着，这家店里到底有什么。突然就下起了雨，刚刚天气还十分晴朗，所以这雨有些奇怪。在店里一样能继续思考，我脑海里蹦出了这样一个清晰的想法。于是，我走了进去。

柜台后站着一个戴着圆礼帽，夹鼻眼镜，拿着手杖的老人。整个商店，包括这个售货员，看起来就像这个地方的时间比门外的世界晚了半世纪一样。看他站在柜台后持重的样子，觉得他不像个普通售货员，有可能是店主。他看见我后，就把圆礼帽摘下放进柜台，手杖倚在后面的墙上，换了另一副我看和原来相似的眼镜戴上。

“早上好，您的礼帽……真可爱呀！”我用蹩脚的捷克语说到。

其实我更想夸赞的是那个有趣的手杖，上面嵌着五颜六色，不过多半不太贵重的石头，此外还装饰着镀金的四瓣三叶草。一时间我完全忘记了“手杖”这个词，脑子里只有“拐棍”这个词，完全不合适现在的情行，与这个区里优美的建筑物格格不入。有那么一瞬间，我还想为什么在布拉格“拐棍”这个词总在我嘴边转呢。

老人和善而又淡然地对我的问题报之一笑。这个反应让我有些局促，是我的捷克语太“蹩脚”以至他根本没听明白，还是他不说捷克语，要不就是他不想理我。不过后一个原因有些奇怪，因为店主应该卖货啊。我要提醒他一下，于是假装不满地说：“您都卖什么啊？”

他没说话，耸了下肩，用手指了下店内的柜台。这让我对我的捷克语有了点信心，但还是不知道聊啥，尽管在这种天气正好适合和陌生人聊聊。

我开始仔细打量柜台。商品的种类有点出乎我的意料。有一边有很大一部分是书，这个店简直可以说是个书店。另外一边，摆着各种各样的老饰品：首饰、手镯、戒指、袖扣、耳环。我感到奇怪的是，大多数应该成对的东西都是单只的。只有左边那只的耳环，谁会买啊？在这一点上，这家店很像那种简朴的古董小店。但在出售的商品中，我还看到了木陀螺、蹄铁、蛇杖和万字护身符、软玉金龟子、老虎雕塑，还有兔皮、干海星和中国灯笼、许多各样的珍贵硬币、不同鸟的羽毛，还有削尖了用来写字的鹅毛、其他书写工具、披肩和神秘的布、一条裙子、几十个骰子、一些数字 7 组合成的物体、四个夹鼻眼镜、两个单眼镜、土豆、匕首、矛、弩、古代战争时的头盔、弓、装着箭的箭筒、镜子的碎片，等等。所有东西都摆放的很规矩，但却给人一种乱七八糟的感觉。华美的冠冕与顶针、叔本华的小册子、一串弹壳放在一起。看不出一点摆放的规律。要不是有一些珍贵的旧书和有趣的饰品，我会觉得，这些东西没准是从哪个垃圾场捡来的呢。

刚刚的尝试让我不想再试一次搭话了，但是我还是想检验一下我的捷克语。而且我现在要是不说两句话，我可能会忍不住笑出来。

“老板，开这家店挣的多吗？”我问到。

“三分钟前我就在等你，”他用标准的英语有些不满地说，“我想知道，什么事情耽误了你呢？”

“你会说英语？”我用母语惊呼，愉悦的心情一扫而空。他提出的问题如此不可思议，甚至让我有几分慌乱。我更想知道的是，为什么他在等我，而且从一个特定的时间就在等我。莫非我的意外来此格外重要，甚至就那三分钟也意义非凡？想到这儿，谁会不惊慌失措呢。

“为什么你觉得我就是店主？”他又问道，没有理睬我那答案显而易见的问题。

“因为，您的架势就像……”我含含混混地说。

“啊，这样啊，卖我的东西就得有这架势。”

“就这个东西吗？”我指着柜台忍不住扑哧笑了，肯定十分无礼。我的脸上一下子就流露出尴尬的神情。

店主却平静地回答说：

“是的，这个，还有那个。这里卖的都是独一无二的东西。可不是普通的物件，是恩赐。是福尔图娜女神的恩赐。这家店也不是我的，是她的。当然，这对你来说有点难以理解，”他已经吓到我了，“当你以后想起我们这次相遇时，如果你愿意的话，也可以称我为店主。看这里，”他走到橱窗旁。“在这个架子上，您随便挥手一指的那个方向，放着写着《伊利亚特》的羊皮纸。这就是亚历山大·马克冬斯基希望荷马的杰作能带给他胜利，而枕在头下的那卷。这个，他指着旁边的橱窗，这是顿·茹安帽上的羽毛，给他带来很多风流韵事。您觉得女人们都爱他的美貌、英勇、口若悬河和那些情话吗？不，他只是幸运，他一无是处。这是雅克-艾蒂安·孟戈菲的领带，两兄弟中那个弟弟，热气球的发明者。正是因为这无足轻重的服饰上的细节，他们第一个不太成功的热气球才很幸运的被突如其来的气流托住，没坠到地上。就是因为这条领带他们才没放弃自己的想法，继续研究热气球，可以说是幸运之神的不断垂青使得他们的飞行得以成功，可以达到这个技术水平。虽不为人所知，但这些东西却因此十分重要和珍贵。这是黑人本杰明的皮手镯，他本来是密西西比河畔一个种植场的奴隶，正是因为这个小物件他才能摆脱奴隶主，去往一个自由的州。您笑什么？正是因为他拥有意想不到的好运，他和妻子以及三个孩子坐着一艘漏了的船上路，后面有十一个牵着狗的小伙子紧追着。但神眷顾他，当本全家藏在芦苇丛中时，寻找他的人从离他六米远的地方走过，他的孩子们都没出一声。漏的船也刚好撑过整个计划路线才报废。看这个烟嘴，来自一个杰出的孟买作家米尔阁下，他也是个兼职律师，怎么……您为什么笑？您难道不相信我？”店主终于平静地问我，没有丝毫不满。

我忍住笑意。他讲过的那些历史我都有印象，不过作为一个理智的人，我很难相信他。我们的相识让我觉得是件超级有趣的事，但也有点病态，有点神奇。我现在还说不准，与我谈话的人在现实中有病还是他是天才的幻想家。不过这重要吗？有可能把二者区分开吗？

“我不是笑，只是……我很吃惊。这些东西都从哪来的？亚历山大·马克冬斯基的羊皮纸，大概得有两千年了吧？”

“事实上要更久些，我从世界各地收集东西，从商贩手里，从如你所说的神的其他店铺的‘店主’手里，我的东西没有一样是自己的。所以，不得不托别的国家的人出面购买。这与我们的现实却相悖，每个店主都想搜集尽可能多的被神开过光的珍贵收藏品，因此，必须要经常卖出一些东西，这是我们与神的约定。当然，每个店主都知道同行都想要他手中的一些东西。我们做这行已经很多年了，能准确无误的区分订单是来自被雇佣的商贩还是毫不怀疑的普通客人。但是无论如何，我们对同行都保持着尊重和好感。只要同行稍微花点心思，就能隐藏自己的姓名，我们遵守这种游戏规则，进行着‘最坏的交易’也几乎从来不抗拒竞争。”

“我不太懂……”他说得很有道理，但是我作为二十世纪人类的实践认知让我无法忽略这里面明显的矛盾。“神的什么约定？”如果你们想尽可能多的收集藏品，那为什么还要不时卖掉自己的陈列品。”我觉得这个词比“商品”更合适。“为什么你们只有个商店而不是博物馆呢？！”

“像我们的商品这些东西，”他用了更常用的词，“人们很需要，尤其是现在，您也知道，现在欧洲正发生什么……正如我所说，我在等你。很不可思议吧，为什么呢？”

我耸了耸肩。

“看一眼你的钱包，里面有一枚古币……”

“我知道我有一枚古币。”我说道，但还是伸手拿出钱包。“我妻子送给我这枚中国古币，并说它会给我带来福气。我不迷信所以觉得着有些无理荒谬，但还是出于爱意一直带着这枚硬币。但是，你是怎么知道的？”

“这枚硬币带来的不是福气，”店主笑着摇了摇头，“而是成功。它的第一个主人是张角，道教的一个分支太平道的创始人。他把当时中国没有的末世论加入到宗教生活中。他认为代表汉朝统治者的‘苍天’时代很快就会被‘黄天’取代。张角被迫成立‘黄巾军’并起义。起义军人数虽少，但却一场接一场的取得胜利，占领了当时中国大部分领土。但张角被汉军节节败退的胜利冲昏了头脑，购买粮草时将此硬币花了出去。第二天，‘黄巾军’就遭到沉重打击，张角和他的兄弟也命丧黄泉。这件事发生于公元 184 年。”

店主稍微停顿了下，继续说道。

“你一定想问，我为什么知道你有这枚硬币？两年前，婚礼前一天你们来布拉格庆祝时，你妻子从我店里买走了它。她跟我说想要给她的未婚夫选一个特别而又贵重的礼物。然后我就以很高的价格卖给她了这枚硬币。结果怎么样呢？你也知道现在世界什么样……请不要怀疑，过去的两年中，它已经六次把你从死亡边缘拉回了。”

“六次吗？”我对这么确切的数字有些震惊。

“是的，此外，你马上就要遭遇第七次意外死亡威胁，但是你会平安无事的，别担心。”

“那你觉得都是这枚硬币的作用吗？”我无法怀疑他，因为店主讲的这些事只可能从这些事件的直接经历者处得知。“我们确实是在布拉格结婚的。那是我第一次来这个美好的城市，尽管……当然，这并不代表这枚硬币属于什么张角。”

“我不是以为，而是知道这个事情。现在，麻烦把这枚硬币还给我吧。它已经完成了在你生活中的使命。这枚硬币已经偿还了你妻子付的钱，所以自此它就不再属于你了。不用怀疑，它现在对你一点用都没有了。它的位置应该在货架上。”

我听话地拿出硬币，但还是在给出去前又问了一下：

“那我第七次意外怎么办？”

“你已经躲过这次意外了。顺便说一句，你是不是觉得，柜台中的商品摆放得有些凌乱？其实都是按照它们伟大拥有者的姓氏，根据词典学顺序排列的。所以这枚张角的硬币，应该放在这，切斯特顿和成吉思汗的东西中间。”

“它不光是属于张角的，也是属于我的，”我赌气地说，我无论如何也无法下定决心，把硬币放到店主手指着的位置去。

“当然了，”店主很温和地说，还微笑着点了点头。他的声音中有一点迷惑人的调调。“不要害怕，不要迟疑。我已经说过了，你不再需要它了。神有的时候会骗人，但我从来不会。可能正因为如此，神才需要我。今后，这枚硬币将服务许多人，但它最终总是会回到这个架子上去，回到切斯特顿和成吉思汗的东西中间的位置。它永远是张角的硬币。就是这样约定的。”

最终我还是交出了它。有一种无名的力量驱使我亲手把它放在它的位置上。

“这才对。现在你该走了。谢谢您的到来。”店主冷淡地说。说完他快速戴上圆礼帽，重新戴上夹鼻眼镜，拿起手杖。

我告辞后向门口走去，在我们奇怪对话的最初我提的那个问题一直让我纠结不已，让我停下了脚步。

“不好意思……但是……您个人能从中得到什么呢？开这家店挣得多吗？”

真是见鬼了，店主花了那么长时间让我明白，只能问村中小贩这种问题。现在我很后悔三件事，一是我走进这家让我像个白痴的店，二是我交出了让我想起我妻子的硬币，三是在我第二次问关于利润的问题之前没走出这家店。我想不听答案就跑走，但店主毫不迟疑地回应了我。他的声音又变得让人信服，是他自己想讲出来，这让我有些惊讶。

“亲爱的，你也看到了，这家店带给我的远胜于金钱——它给了我自由。我是世界上最自由的人。这种对自己的掌控，除我之外谁都没有。我置身于命运无常之外。你可能有些惊讶，但事实就是这样，作为这家小店的拥有者，我与神有一些联系，甚至对神有一些影响……再见吧。”他突然就停了下来。

神秘的人的神秘答案……我又一次为自己的问题后悔，鞠了个躬，走了出去。

深吸了一口布拉格寒冷的空气，我不知为何想起今天是 1945 年 2 月 14 日。虽然我觉得自己在店里只待了不到四小时，但现在已是深夜。环顾四周，我愣住了。整个城市变为一片废墟。可能是我之前没注意到？还是因为我在商店里，没有听到炸弹在周围爆炸？没有听到轰炸机飞过的响声？这不可能！但看看周围，没有一座完好的房子。甚至洪福商店所在的楼宇上层也被炸坏了。这是怎么回事？

我转过头重新看店铺的招牌。怪异的字在废墟和烟尘中显得有些可笑。现在我才注意到入口处的小牌子，其中暗含着我问题的答案。读完上面的字，我拿出小皮本，抄写下了上面的内容，“我被赐予自由，我亦为此竭力。若问何为自由？不为情势、命运、机缘所困。引洪福与我同列，我亦有缘超越。若生死由我掌控，其枷锁何需背负？”签名是“店主——塞涅卡先生”。

（黄东晶　译）

草坪上的两个告示牌

——谢尔盖·诺索夫

1

不，廖帕是不会允许别人说谎的，塔玛拉·米哈伊洛夫娜对狗没有任何意见，对吗，廖帕？问题不在于狗，而在于人。您瞧瞧：那个人走到了变电房旁边，放开手里的缰绳，抽起了烟。而他的那只德国斗犬在草地上就像在家里一样撒起野来了。

“廖帕，你瞧，”塔玛拉·米哈伊洛夫娜说，“它这是要拉大便了。”

廖帕正在看着这一切，但是它讨厌看这个，所以摇了摇毛茸茸的尾巴。它站起身，慢慢地绕过栽着垂叶榕的花盆（养了6年了），轻轻地叫了一声，开始蹭它的主人，似乎在说：塔玛拉，你别在意，别费那个神啦。

那个人站在那儿，抽着烟，等着自己的狗大小便，这怎么能让人不费神呢？那条狗沿着窗下的草坪边走边嗅，拖延着时间。不，塔玛拉·米哈伊洛夫娜并不讨厌狗，甚至不反对它们在窗台下大小便。但是这些混蛋也不收拾干净，这就让人讨厌了。这个家伙也不会去收拾粪便的。

她故意拽了拽窗帘，站在窗前，俯身向下看，额头都快碰到玻璃了。说不定那个人在下面能看到窗内有人在注视着他们的一举一动，至少会有一点点不好意思吧。塔玛拉·米哈伊洛夫娜本想打开窗户喊一声，但是要想打开窗户，还得移开窗台上的花盆——万年青、狗鱼尾和不喜欢挪动位置的垂叶榕。没办法，得把这些花从窗台上拿下来。她挪动着这些花，而廖帕却跳到地板上，向洗脸池前的小便盆走去，一边不停地叫着，似乎是在让她别为这些无用的事劳神，而要想着身边的亲猫。

“等一下，廖帕乖乖，等一下，亲爱的。”

斗犬摆出特有的姿势，忘情地在用力排泄。

塔玛拉·米哈伊洛夫娜终于打开了窗户：

“希望您别忘了清理您家狗狗留下的东西！”

窗户下面的那个人假装不清楚从哪传来的声音，转过身向塔玛拉·米哈伊洛夫娜对面的院子里望去。

“您忘了清理狗粪！”

那人看到她，无礼地回了一句：

“这儿又没禁止呀。”

“没禁止什么？”塔玛拉·米哈伊洛夫娜气得有点喘不过气来，“没禁止便后清理？”

但连人带狗都走了，并没有搭理她：就这样消失在她窗户下的拱门里。

“真是混账东西，得写封信反映反映！”

又来了，这是妈妈的口头禅。当妈妈说“哪怕写封信反映反映”的时候，她有什么确切的指向吗？写给谁，为什么写，写什么呢？这句“哪怕写封信反映反映”曾经让塔玛拉·米哈伊洛夫娜觉得非常刺耳，她年轻时甚至被这句话激怒过，而现在她自己都会不时地说“哪怕写封信反映反映”。这一点需要努力克服。

然而当她心里想着“这一点需要努力克服”的时候，她到底在想些什么，她自己一时之间也回答不上来。而且也没人发问，那她为什么要回答呢？这是为了提醒自己不要松懈，这就是原因。笨蛋，要努力克服的东西不是一目了然嘛——“写封信反映反映”。其他的事，包括狗，都是外来的、外部的因素，可以将就，也是可以补救的。无以律己，何以律人？

2

她察觉到自己经常自言自语。要是没有廖帕的话，这种情况会令她更加不安。有廖帕在旁边的时候，跟它聊天就很正常了，廖帕什么都能听懂。不过她有时也和妈妈聊天，准确地说，是她有时在对妈妈说一些事情——总有一些以前未曾说透的话。

有时她会找玛莎，那是她手边没有电话的时候。感谢上帝，这个外甥女可真好，随时都可以给打电话。但塔玛拉也不是有事没事都打电话骚扰她。

廖帕爱吃那种不太油腻的奶渣（如果不去挑剔商店里所谓的奶渣和塔玛拉记忆中奶渣的差异，姑且称之为奶渣吧）。它很走运，能有塔玛拉·米哈伊洛夫娜这个主人。塔玛拉不会给它喂含有人工添加剂和芳香剂的猫粮。如果喂它鱼，那就是条鱼。廖帕就是这样，非常喜欢牛肾、肝和心这些屠宰副产品。廖帕一餐的食量和塔玛拉·米哈伊洛夫娜的食量在很大程度上是一致的，其实是塔玛拉向廖帕的食量看齐了。

如果不算上“甜点”的话。

塔玛拉·米哈伊洛夫娜理解中的“甜点”（这是廖帕理解不了的）就是一勺蜂蜜就饼干，一勺蜂蜜拌茶喝，然后她就去房间里看电视了。

今天的节目不一般，她上这个节目了。

脱口秀《这样不好吗？》巧妙地借用了主持人列昂尼德·涅霍罗舍夫的姓进行命名，将会播出第一期节目。玛莎有个朋友叫莉卡。她在《这样不好吗？》节目栏目组担任主管。玛莎有一次跟莉卡说起过塔玛拉·米哈伊洛夫娜的事，说她这一辈子从未抽过烟。莉卡马上就给塔玛拉·米哈伊洛夫娜打了电话并邀请她报名参加《不抽烟这样不好吗？》。毫无疑问，不抽烟是好事，这一点塔玛拉很清楚。她非常用心地做了准备工作，录节目的前一晚她彻夜未眠。她被安排坐在现场第四排，那里大约坐着40个像她这样的人。下面的T形舞台上有两张沙发，列昂尼德·涅霍罗舍夫在沙发周围忙活着。沙发上坐着不同观点的代表，其中一方是一名神父，另一方是一位身材消瘦的美容师，不知为什么，他戴着墨镜。这两人坐在沙发上，在涅霍罗舍夫的主导下互相争论着。谁也没让塔玛拉·米哈伊洛夫娜发言。不过她要和其他观众一样时不时地鼓掌。她很失落，告诉自己以后再也不报名参加这种节目了。所以她给莉卡打电话说这真是白白浪费时间。但是过了段时间，塔玛拉·米哈伊洛夫娜也就平静下来了。她很想看着这个节目效果如何。

她知道自己是着急了：离节目开始还有20分钟她就坐在电视机前了。这也意味着，不等《这样不好吗？》播出，她的甜点和热茶就报销了。塔玛拉·米哈伊洛夫娜不喜欢吃甜点的时候赶上没完没了的广告，但又没有办法——总不能等着茶凉吧。

已经开始了。但让塔玛拉·米哈伊洛夫娜惊讶的是，这期《这样不好吗？》完全不是那期《不抽烟这样不好吗？》，而是她听都没听说过的《不偷东西这样不好吗？》。还是那两张沙发，还是那些观众席，那个忙忙叨叨的列昂尼德·涅霍罗舍夫。不过说的都与抽烟不相干。除了仍然有那位神父之外，沙发上坐着的完全是另外一些人，他们在争论着什么。但是，他们争论的是什么，一时也弄不清楚，因为大家似乎都赞同拿别人的东西不好这一观点。但仍然还是在一些细节问题上有所分歧。塔玛拉·米哈伊洛夫娜一点也不喜欢这期节目。她也不喜欢屏幕上的列昂尼德·涅霍罗舍夫，而观众们为这些空洞的言论鼓掌更是把她气得不行。观众们看起来傻乎乎的。塔玛拉·米哈伊洛夫娜心想，还好自己没有参与其中。她已经想关掉电视了，突然——这是什么呀？！——她看到了自己。就是她，还是个特写镜头，她的面部神色显得高度专注。当屏幕上紧接着出现涅霍罗舍夫等人时，塔玛拉·米哈伊洛夫娜甚至有些被吓到了，她不确定自己刚才是不是出现了幻觉。

3

节目接近尾声时，她再次出现在画面中，她跟那一期中一样，坐在第四排，神情十分专注。

塔玛拉拨通了莉卡的电话。

“这是怎么回事，莉卡，请你解释一下，刚才电视上播放《这样不好吗？》这个节目了……”

“对啊对啊，您看见了？您喜欢吗？”

“为什么不是关于吸烟的，而是……”

“关于吸烟的节目下下个周四才播呢，”莉卡打断她，“这是第一期节目，先录好的，没有您。不用担心，您已排到日程里了。两周后就能看到自己啦。”

“问题就在这儿啊，我看到自己的镜头了！”

“太棒了！祝贺您！”

“祝贺什么？我被放到了根本没有参加过的节目里！您说这是怎么回事？……”

“因为啊，”莉卡解释说，“这两个节目是同时剪辑的，您不用那么惊讶。难道有什么地方您不喜欢吗？”

“他们把我录到了一个我没参加过的节目里！我参加的节目是在另外一天，另外一次！那是另外一件事儿！”

“那又怎么样呢？有什么实质性的反对意见吗？”

“这不是造假嘛！”

“您表情丰富，导演很喜欢。”

“喜欢我的人还少吗！这可是造假！”

“嗯，不知道……那是您不想让我们再次邀请您来？”

“当群众演员？当然不想了！我浪费了时间，这还不够吗……像个木头人似的坐在那儿，好像我没话可说似的……还把我塞到了并没有参加过的节目里！……”

“您听我说，”莉卡说，“吸烟和不吸烟的人都非常多，这不很快又要有新节目要录制了嘛，一个很有意思的话题，这次一定让您说几句……您真的是酵母专家吗？”

“我是什么专家，有关系吗！”塔玛拉·米哈伊洛夫娜喊道，“您知道吗，莉卡……这是在骗人！你们太让我失望了。”

谈话到此结束了。

塔玛拉·米哈伊洛夫娜站在院子里望着草坪：微枯的草地上到处是狗屎，数都数不过来。夏天的时候，这些狗屎被掩没在高高的草丛里，冬天里它们大部分会被积雪覆盖，而在春天和秋天就一览无遗了。这块草坪是长条形的，从塔玛拉·米哈伊洛夫娜的窗户旁沿着高高的砖墙一直伸到变电房。这么一来，这片草坪便成了“狗圈”（这里所有的人也正是这么叫它的），三面都无法走人，只有一面朝向院子，有一道膝盖高的栅栏。塔玛拉此刻就站在栅栏前，她想弄清这个栅栏为什么没有通到变电室？干吗留一个一米宽的空隙？这装饰性的小栅栏并不大合她的口味，它有点像墓地的栅栏——就像她今年春天时给她妈妈墓地做的那个栅栏一样。不过，对塔玛拉·米哈伊洛夫娜来说，毫无疑问，这个栅栏是有必要的，而那个空隙却完全没必要。难道是靠这点空隙节省栅栏成本？或者是给变电室管理员、巡视员或者电工留的通道？这些都不重要。重要的是这条空隙确确实实就在那儿，非常糟糕。狗不会爬过栅栏，但是这个空隙却随时可以为它们效劳。只要它们一出现在院子里，就立马会引着主人，急忙冲向空隙，毫无障碍地从空隙穿过栅栏，缰绳被放开，它便自由地在这片草地上撒欢，然后随意地在塔玛拉·米哈伊洛夫娜窗下的草地上排便。

4

所有的不幸都源于这个空隙。

塔玛拉坚信：如果在空隙的一侧竖立一个“不得在此遛狗”的告

示牌，这样一来，谁也不会让狗进到草坪里来了。这操作起来太难了，因为告示牌得能挡住任何体型上大于达克斯狗的狗类进入。再说啦，不要脸也该有个度，不是吗？

说实话，塔玛拉·米哈伊洛夫娜明白自己家窗外那块草坪的尴尬境遇：像是个院子，但已经不完全是院子了，这么说吧，像是一个隔离出来的角落。这个院儿里有一个儿童游乐场和四块很显眼的草坪，里面种有杨树、灌木，甚至还有丁香（院子很大）。那里就没人遛狗，全上这一小块儿来了。求求大家啦。

要是早有了告示牌，人们就会带着狗经过这个昔日的遛狗场，从门洞出去，带到街上（院子是贯通的）——可以在那儿干点儿什么嘛。

塔玛拉·米哈伊洛夫娜坚信：遛狗的问题很好解决。给您举个成功的例子，就说8号楼院子里的草坪吧。它的面积比塔玛拉·米哈伊洛夫娜家窗台下那片遛狗场要小一些，但这丝毫不会影响它拥有两个禁止在此遛宠物的告示牌。

8号楼里养狗的住户们到塔玛拉·米哈伊洛夫娜家窗外来遛狗，也就不足为奇了。谁会去说自己人呢？

塔玛拉不明白：管理方为什么不在她家院子里安置一块告示牌。也就一块就够了，写上“不得在此遛狗”什么的。

她穿过马路向不远处的辖区住宅公共事业办事处走去，她不知道那儿现在的名称（曾经叫住宅公共事业），也不想知道，但是这里的人都认识她——她来这儿无非就是为了两个老掉牙的事：渗水和遛狗。

“我已经是第五次来找您了，但您还是没有安置告示牌。春天我可要在草地上种花呢，毕竟还是个院子，人还要经过呢。我得找您几回啊？”

调度员肤色黝黑，耳朵上戴着连线耳机。无论耳机里传来什么声音她都不曾摘下，一边还同塔玛拉·米哈伊洛夫娜交谈着：

“我们都记得，莫斯科也不是一日建成的，可您却想一日建成。”

“这关莫斯科什么事？他们8号楼那边院子里整整有两个告示牌，而我们一个也没有。难道这是什么复杂的事儿吗？您是要我行贿吧？”

“您真是糊涂！这儿可不是开玩笑的地方！”

“但这能加快办事速度不是？”

“写封信，收集一下居民签名吧，这个能管用。”

“这能筹到钱吗？我倒想自己花钱买一个，只是不知道哪有卖的。”

“您这是在挑衅我。”

“什么？”

“没什么。我们这儿房檐都塌了，而您的问题是告示牌，您这是真的着急得等不了了吗？您有点良心、留点耐心吧。要不然，结果就是，您过不了我们这一关。您看看，我们国家都是什么情况啊。就好像我们不是坐在同一条船上似的。”

塔玛拉·米哈伊洛夫娜感到羞愧难当，走出了辖区住宅公共事业办事处。走到门口的时候，她发现了进门时没曾留意的一点：有一条隔离警告线，显然，这就是房檐掉落的区域。她没有抬头细看，快步走到了拐角处。

对于塔玛拉·米哈伊洛夫娜来说，所有小汽车都是“外国牌子”的。为什么她得弄清这些外国的艺术形式？人体彩绘是一种人体艺术（塔玛拉·米哈伊洛夫娜曾在外甥女家看过一篇谈论这一话题的长文）。而车上画的那个叫什么，她不知道。这辆车体上画着有长发大胸美人鱼的汽车在十字路口溅了大家一身泥水。塔玛拉·米哈伊洛夫娜还后退了一步，躲开了，而她旁边的那个女人却没这么走运。现今已被法律禁止在新闻媒体中使用的那些词，塔玛拉·米哈伊洛夫娜从来都不喜欢听。“为何要如此粗鲁？”她问那个正拍打着大衣的女人，“应该直接说：棒槌！”她经常遇见这辆汽车，可能司机就住在附近吧……

“鱼、牛奶、面包……”塔玛拉·米哈伊洛夫娜重复着她准备买的东西。

通常大西洋鳕鱼鱼身肥美，而这是去了骨的鳕鱼肉。她一次拿了三份。带刺的需要解冻，这种却能直接丢入水中……即使是带鱼刺的，廖帕也会很乐意吃，从左右两腮开始吃，不过塔玛拉·米哈伊洛夫娜喜欢吃没有刺儿的鱼。

她起身走向柜台，想看看商标上写的是什么。没想到那鳕鱼特别光滑，直接从篮子里滑到了地板上。她刚张嘴冲着面前正弯腰捡鱼的那个人喊：“您干什么啊！”定睛一看，竟然是鲍里斯·尤里耶维奇。

“鲍里斯·尤里耶维奇，太巧了！”

“塔玛拉·米哈伊洛夫娜，您在这儿干什么呢？”

“哼哼歌曲呗，在商店里还能干吗？”

“啊！您就住在这附近啊……很高兴见到您。我是偶然路过……”

“我真不敢相信自己的眼睛：罐装啤酒？这还是您吗？世界观发生巨变了？”

“岳母家在装修呢。正忙着把建筑垃圾运出去。这不，累一天了，给伙计们买了点酒。您最近怎么样？”

“谢谢，很好。没有我的日子里您过得怎么样呢？”

5

鲍里斯·尤里耶维奇转过脸去，用蜷起的手抑制咳声，随后他用干哑的声音补充道：

“没有您的日子……有点儿……但我们记得。”

“那当然啦，”塔玛拉·米哈伊洛夫娜说。

鲍里斯·尤里耶维奇回答道：“我们正在培育，慢慢地培育中。我们以前曾致力于研究酵母，现在正培育您最爱的曲霉。”

“这个不需要什么大智慧，”塔玛拉·米哈伊洛夫娜说。

“就是有点小麻烦，”鲍里斯·尤里耶维奇神秘地说，“下一个恒温器会在明天之前充好电。”

“我们知道您的恒温器……您在那儿看的时候小心点，真菌有霉。不然您会咳得很难受的。”

“这是季节性的。秋天的时候，”鲍里斯·尤里耶维奇一边无精打采地说着，一边拿出啤酒罐放到传送带上，“现在我们正用黑麦酒糟做实验，结果非常有趣……不仅仅是在糖化方面。”

“粗略的过滤？有沉淀？”

“正是这样，分馏所致。”

塔玛拉·米哈伊洛夫娜也拿出食物放在传送带上。

“上太空的事怎么样了？”

“什么上太空的事？”

“您想参加这个计划的啊。”

“梦想，梦想而已，”鲍里斯·尤里耶维奇苦笑道，“您戳到我的痛处了。没有人帮我们推进，塔玛拉·米哈伊洛夫娜。这又是术语，你就在申请书上写‘土豆渣过滤’就行了，再见吧，太空……您的猫叫库贾？”

“廖帕。”

“做过手术吗？”

“为什么会这么问呢，鲍里斯·尤里耶维奇？”

“我妻子养了一只猫，我以为你们的猫做过手术，所以想请教一下。来个购物袋。”他朝女收款员说。

“是的，廖帕做过手术。这有什么可怀疑的呢？”

“这样啊”，鲍里斯·尤里耶维奇把啤酒罐放到袋子里，“纯属个人瞎想，我有点雄性间的同病相怜了。”

他说着向窗边的小桌走去，等着塔玛拉·米哈伊洛夫娜。

塔玛拉·米哈伊洛夫娜付完鱼、牛奶和面包的钱，向小桌走去，将所买的东西均匀地分到自己从家带的两个塑料袋里。

“鲍里斯·尤里耶维奇，”塔玛拉·米哈伊洛夫娜把小票放到装鱼的袋子里，说道，“我有时会梦到酵母。梦到多种多样、美得不同寻常的酵母。我上班的时候从来没梦到过，而现在……您看。”

“就没梦到过什么人？”

“梦到的东西都特别小，细胞那么小，哪有什么人呐！”

“我明白您的意思，塔玛拉·米哈伊洛夫娜，很抱歉这么对待您。真的。您可能不相信，但我个人非常……”

6

“对了，”塔玛拉·米哈伊洛夫娜想起来了，“我得给自己的本杰明弄点吃的……”

“本杰明是谁？”

“榕树。以前实行过不经发酵饮食制，但没有用，什么用也没有。”

从商店里出来后，鲍里斯·尤里耶维奇说：“好在遇见了您。我们并不是一切顺利。有一些菌株很有前景，但人才紧缺。塔玛拉·米哈伊洛夫娜，如果我们通过理事会的名义正式邀请您，您愿意给我们一些指导吗？”

那一瞬间，塔玛拉·米哈伊洛夫娜就有点窒息了，她本想说出一段自己无数次在夜里的独白，但她没有说，而是几乎欢快地作了回答。

“为什么……会不同意？我立马就同意。”

“好极了，那我们再联系，送您一段？”

“瞧您说的，我就住在旁边。”

她手里拎着两个塑料袋，感觉自己的状态越来越好。状态已经快能好起来了。丢了饭碗的想法不久前还立刻使塔玛拉·米哈伊洛夫娜痛苦不已，而现在，鲍里斯·尤里耶维奇亲口清晰地说出人们是需要她的，众所周知的那种不快便消失得无影无踪。她享受于认定自己不爱记仇的感觉。

手里的两袋食物有一定的重量，但塔玛拉·米哈伊洛夫娜并没有抄近路回家，而是绕到8号楼旁边，想从那个穿堂院路过，趁天还没黑，更好地、更仔细地了解一下架设告示牌的经验。

这个院子一点不比塔玛拉·米哈伊洛夫娜的院子大，而院子里的草坪不仅比塔玛拉·米哈伊洛夫娜窗下的小，还是这里仅有的一块草坪。尽管如此，这里的告示牌却有两个，院子里唯一一棵树的两侧各有一个，都指向同一个方向。

草坪上散落着一些黄褐色的树叶，乌鸦在树叶上走来走去，丝毫没有察觉塔玛拉·米哈伊洛夫娜的到来，无论她怎么看，草坪上都没有任何粪便。

这就叫井井有条。

她走近其中一个告示牌，想看看它是什么样的。排泥管上的告示牌看起来像塑料的，但有可能是镀锌金属（塔玛拉·米哈伊洛夫娜不想跨过这个栅栏）。告示牌上黄底黑字写着形式简洁却内涵丰富的几个大字：

禁止遛狗!

唯一让塔玛拉·米哈伊洛夫娜不喜欢的是那个感叹号。没有它本来也是可以的。告示牌应该通告（或者说的更好听些，应该提醒）人们为了秩序摒弃自由散漫，但无论如何都不能使用命令的口吻。在塔玛拉·米哈伊洛夫娜看来最好的标语就是“此地不宜遛狗”——首先，这样能够成功突出“此地”一词；第二，考虑到这个恰当的语气任何一个思维健全的人都能感知到这不是命令而是对自己良心的召唤。塔玛拉·米哈伊洛夫娜反对任何形式的压力。

她聚精会神地看着房子，心里想着游说之词的力量，此刻，她清楚地意识到：自己心地太善良了。如果世界是她设想的那样，便不会有狗主人的这种问题。说到底，告示牌都是由专业人士生产的，他们更清楚该写什么？给谁看？如何使用？

7

塔玛拉·米哈伊洛夫娜在任何事上都注重专业方式。

上楼梯时她像往常一样感到双脚沉重，这时响起了电话，使她陷入了一丝惊慌。手忙脚乱之中塔玛拉·米哈伊洛夫娜终于接住了电话，但装鱼的袋子还是掉在了阶梯上。

“喂！”

“塔玛拉·米哈伊洛夫娜，您是对的，（这是莉卡打的电话）再也不会有人把您的画面插到别的地方了。我跟领导说了，您只会在真正应该出现的地方出现，这一点我们向您保证。”

“你们也不用给我任何承诺，我以后哪儿也不去了。”

“但我们刚好就是要邀请您……”

“还去哪？我们好像是说好了的。”

“有一集特别有意思的节目，正好适合您。”

“不，我不去。我没空儿。”

“这次没您不行。”

“别说蠢话了，莉卡。怎么会没我不行呢？”

“塔玛拉·米哈伊洛夫娜，一切都将不同于以前，我们想知道的就是您的意见。我们的编剧想跟您谈几句。还有涅霍罗舍夫本人托我向您转达，他十分期待您的到来。”

“等等，涅霍罗舍夫怎么知道我的？他跟我又没有任何关系。”

“不是的，我曾和他谈起过您，他对您非常感兴趣。”

“莉卡，我现在在楼梯上站着呢，可以过一会儿再聊吗？”

“当然可以，必须的，塔玛拉·米哈伊洛夫娜。”

塔玛拉·米哈伊洛夫娜进入自己家。

它各方面都很好，但有一个缺点——忘恩负义。想吃的时候极尽谄媚，等到吃饱了连看都不看你一眼。

如果你给它揉揉鼓鼓的肚皮，它会表示满意。但如果你不这么做——那么你就被视而不见，似乎你不存在一样。

“好吧，你说我说得不对啊。我说得简直是太对了！觉得羞愧了？上哪儿去？”

但是廖帕肚子吃撑了以后，可不愿意跟人闲扯，它抛下主人独自待在厨房。

塔玛拉·米哈伊洛夫娜把刚洗好的餐具——盘子、茶杯、茶碟、刀叉和勺子——分放在带有底托的干燥器上。每一样物品都有自己的位置。廖帕的钵要单独洗——钵放在洗衣机旁。现在塔玛拉·米哈伊洛夫娜要打开冰箱的冷冻室，她的冷冻室被皱巴的报纸堵着——这是为了节省冰箱用电。如果冷冻室里有食物，它们冻结之后能长久保持着凉度，也就是说，当冰箱切断电源后重新通电，它再对那些已经冷冻的食物进行制冷，需要的电能就会少一些。而如果冷冻室里是空的，那么冰箱将以空气为工作对象——断电源和通电的频率会更大。因此，为使冷冻室不空置，聪明人会将它用揉皱的报纸填满。报纸冻结并保持着低温。显然，这里所有的问题都在于食物与热容的相互联系上。塔玛拉·米哈伊洛夫娜在这方面是个外行。也许她并不完全理解这种冰冻的物理学原理，但从实践角度出发，她用皱报纸塞满冷冻室是完全正确的。

8

她决定把这些报纸换掉，只是因为她手里积攒了一些报纸。从实践的角度看把已经冷冻过的报纸换成新的（即常温的）对于冰箱来说毫无益处，塔玛拉·米哈伊洛夫娜自己也明白这一点。但为什么不这样做呢？她只不过是想稍微有些变化，因为总要对冰箱做点儿什么。

整个晚上在家务事中耗费掉了。

她房间里开着电视机，电视上那个播音员她一点儿都不记得了。这时电话铃声响起。（当时，塔玛拉·米哈伊洛夫娜正在把拖在地板上的窗帘从下向上卷起来）她将针别在窗帘上，然后拿起电话。

“您好，塔玛拉·米哈伊洛夫娜，我叫玛丽娜，是莉卡把您的号码给我的，我在列昂尼德·涅霍罗舍夫那里负责编剧工作。您现在方便说话吗？”

“原则上……方便，”塔玛拉·米哈伊洛夫娜一边不确定地说道，一边回忆着上次她同莉卡最后说到哪儿了（难道她没有跟莉卡说“不”吗？）。

“我们可以在您觉得方便的地方见一面，或者，您想在电话里说？”

“我，说实话，没有任何想法，这是你们有所需求。”

“塔玛拉·米哈伊洛夫娜，我们将安排您坐在涅霍罗舍夫旁边的沙发上。期待您能就本期节目话题坦率地发表意见，您将是主要嘉宾之一。您感兴趣的话题是什么？……那您的观点呢。您本人，正是您，您个人，塔玛拉·米哈伊洛夫娜，是怎样看待这件事的。这是否可以称为‘命’、缘分，或者完全是有意识的选择？就是差不多这一类的。对吗？我们希望您能积极参与我们的讨论。”

“不好意思，我不是很明白，节目是关于什么的？”

“莉卡难道没跟您说吗？节目叫《当个老姑娘这样不好吗？》嗯，您自己也明白，这个名称多少有点挑衅的意味……我们非常期望得到您的帮助。”

塔玛拉·米哈伊洛夫娜不知道怎么回答，只想脱口而出一句简简单单的、书面上不允许表达出来的粗话。

“从外貌来看，”玛丽娜继续说，“虽然您的外貌有这种那种特别的地方，但您年轻的时候是个漂亮有魅力的女人，我说得对吗？大概也有人追过您吧。也许您自己也爱上过谁？没有？从没爱上过任何人？也有一部分女人是这种人，年轻时由于自我评价过高而拒绝那些她们认为与自己不般配的男性，一心等待着王子的到来。之后她们只得到了现在所得到的这一切，我指的是那些什么也没得到的女人。您是这种女人吗？或者，您是另外一种？总的来说，您对这些女人的看法，我们很想知道。您对这个问题总体上持什么态度……”

“您不了解我……”塔玛拉·米哈伊洛夫娜低沉地回应道。

“当然不了解了，所以我才要向您提问。我们需要了解这种稀有人群自己的观点，您理解吗？我们还想知道……但这算是个微妙的问题了……”

塔玛拉·米哈伊洛夫娜挂断了电话。而且还赶紧把手机关机了。噢，真想现在就把手机扔出窗外！不过，塔玛拉·米哈伊洛夫娜能控制住自己，因此只是把手机扔在了圈椅上，在上面盖上一个枕头，然后就离开了圈椅旁。她走到房间门口，出门走到门廊，然后又走到厨房。

9

玛莎，这个蠢女人，对方刚才提到她了，就是她，一定是她，这个叛徒！得给外甥女打个电话——但此时她又决定不打了：一想到电话，她就恶心。

塔玛拉·米哈伊洛夫娜站在冰箱旁，她觉得厨具都在窥视着她，最不知羞耻的是炉灶上的茶壶——把壶嘴儿对着她。

塔玛拉·米哈伊洛夫娜正要去关灯。

这时闹铃响了——音质有些沙哑，像是吸入了大量灰尘，不是嘀嗒声，而是滴滴，滴滴。

该做点什么——做点果断的事。

窗外的灯光照在屋内的碗橱上。

塔玛拉·米哈伊洛夫娜突然在想：窗外是什么情况呢。于是，她快速走到窗边，果然，她看到草坪上有一条狗。砖墙上的灯照在草地上，有的地方亮，有的地方暗，这条狗喜欢待在最亮的地方。这是8号楼的多伯曼犬，塔玛拉·米哈伊洛夫娜认识它。这条狗穿着一件绗过缝的小夹克，叉开后面两只爪子，伸着脖子，目光直勾勾地看着塔玛拉·米哈伊洛夫娜。狗绳的另一头是一个穿大衣的女人。她不会清理的——塔玛拉·米哈伊洛夫娜想。

果不其然：主人把烟头随手扔在草地上，然后就牵着狗离开了。

“这样没法儿过了。廖帕，该做些什么，不能这样下去。”

廖帕没有吭声，但塔玛拉·米哈伊洛夫娜不用问它也知道自己该怎么做。门廊的灯亮了，照亮了工具挂钩下的小箱子。

箱子里有 3 个工具，其中两个她叫不上名字，第三个是把小锤子。

塔玛拉·米哈伊洛夫娜穿上外套，拿着小锤子和垃圾袋就出了门。

8 号楼的院子，夜间主要靠各家窗户里的灯光来照明，也就是说基本没有什么光亮。现在才刚过 11 点，这里停满了汽车，车身反射着院里将近一半窗户的灯光，而长方形的草坪却像大洞一样张着血盆大口，深不见底。院子里，除了塔玛拉·米哈伊洛夫娜，空无一人。

这是因为没有长凳——塔玛拉·米哈伊洛夫娜一边想着，一边仔细听着周围的动静。有个房间里响起了孩子的哭声，不知从哪儿传来了厨房特有的叮当声。“不，不是因为这个。”塔玛拉·米哈伊洛夫娜自己反驳道：她的院子里有四条长凳，但酒徒们只有夏天才彻夜在那儿坐着，而十月份天已经很冷了，在那儿是坐不住的。

晚上 10 点以后她通常不出门，而此时她只身一人在院子里，在黑夜中……

她一个人站在院子里，有点儿怪怪的，况且还是站在别人的院子里——站在这儿偷听。她明白，她可不想住在这里。这里总共就一棵树，汽车比她那里多很多，远处的那面墙上还没有窗户。这都是什么啊，这面墙，这面防火墙，在黑暗中还得仔仔细细看，才能看清楚。这里一切的一切都是别人的，都不是自己的。

她跨过栅栏，迅速走到那个告示牌跟前（她自己把它当作第二个，而不是第一个）。

她甚至没有用小锤子去掀动——直接伸手把告示牌的小标桩从土里拔了出来。她把告示牌倒过来，放进垃圾袋里。

她没有被任何人发现，飞速穿过院墙上的门洞——就已经出了别人家的院子。

黑色垃圾袋里只有小标桩露在外面，塔玛拉·米哈伊洛夫娜穿过马路就到了自己的院子里。

10

她的草坪以后再也不是遛狗场了。她用锤子敲了小标桩四下，顶多五下，不超过五下。标桩完美地楔入了草地。

塔玛拉·米哈伊洛夫娜对自己干的活儿感到非常满意。这个牌子不仅仅写着应该写的、富有说服力的语句（这一点上，你没法反驳她），而且，上面即便不写字，也能隔断了栅栏和变压房之间的那条空隙：现在无论是文盲、外国人，还是眼睛看不清楚的人，谁都不能把狗放进草坪来。

塔玛拉·米哈伊洛夫娜再次在家里感到怡然自得。茶壶也让人心情大好，它殷勤地仰起壶嘴儿。

塔玛拉·米哈伊洛夫娜往窗外一看，就看到了告示牌。那告示牌真该就这样一直竖在那儿，就这样等着有人牵着狗过来。

非常正确的决定，你们都是傻瓜。

塔玛拉·米哈伊洛夫娜对自己的行为很满意，唯一有点儿遗憾的是，现在不会有人把狗牵到这里来了，不然她还真想看看呢。她不愿离开窗边，决定浇一浇自己的本杰明。按时间安排（每隔一天浇一次）应该是明天，但她感觉土干了。她给叶子和土壤都洒了些水，对它们说："喝吧喝吧！"

玛莎通常睡得很晚，塔玛拉·米哈伊洛夫娜想跟她说说这事儿，但一想起那老姑娘的事儿，她就打消了给外甥女打电话的念头，最好还是跟廖帕说吧。

她想起斯特鲁加奇博士有一天跟她说过：在他的病人中她瞬间脱颖而出了——因为她伶俐生动的目光，因为她理智的言论和对待自己的冷静态度。即使年龄大了，她们这种人的身体也比那些生过孩子、把自己奉献给男人的女人要更年轻更健壮。

她决定奖励自己一小杯卡戈尔酒。她餐厨里那瓶开过的卡戈尔已经放了半年了，有时她也会小酌几杯，但酒就是不见少。

塔玛拉·米哈伊洛夫娜的书架上收藏着很多书。作品集（普希金、福楼拜、柯南·道尔、爱伦堡、德沃耶格拉佐夫等人的作品集）和其他一些文学作品，还有很多她工作领域（以前的工作领域）的书——微生物学的，其中包括食品生产方面的书、会议论文集，还有一些关于酵母的书、关于霉菌的书。说到霉菌，它们总是挂在墙上，镶嵌在一块玻璃里面：在一种曲霉样本的框里——像是一幅超大的图片。不是图片，只是交织在一起，好看得不可思议。

这还是同事们在塔玛拉·米哈伊洛夫娜周年庆生时送给她的礼物呢。

每当塔玛拉·米哈伊洛夫娜看相片时，她的眼睛都能得到休息。

但是现在她又在看有关贪污的电视（最近到处都在播放这种题材的电视），不过她脑海中没在想贪污的问题，而是在想某些自己的、一些难以释怀的私事。

塔玛拉·米哈伊洛夫娜边看电视，边吃可口的食物，她感觉自己的内在很不平凡。起初她觉得一切都很简单，就是一切很好，尽管有些不寻常。后来她觉得一切都还好，但并不是那么简单，而不寻常的地方正在于此。而现在她觉得以前的感觉不足为信，也并不是一切都好，甚至一点儿都不好。

可能原因并不在于她，而在于外在因素——就怪电视——电视总是向她传递一些悲伤的东西、沉重的东西，最主要的是——总是报道一些让人无法理解的东西。当屏幕上讲述一些无法企及的事物时，人还能感觉到“这样不好”吗？

11

贪腐 15 个亿。

这是一部讲述一群官员贪腐15亿公款的纪录片，里面讲了避税啊、贪腐的犯罪过程啊什么的。

塔玛拉·米哈伊洛夫娜甚至都害怕去深入了解纪录片作者想向她阐释的贪腐犯罪过程，——她也不想深入考虑，仿佛了解了这些骇人听闻的犯罪过程，就会玷污她内心里的某些纯洁的东西。

但她还是在看电视。

“廖帕！……10亿！这可是9个零啊！”

廖帕哪里懂这些。

“这可不是6个零，而是9个零啊！”

当她换到别的频道（一个喜剧类的节目）之后，刚才的负面情绪仍在喉咙以下的胸腔某个部位里打转，使她无心观看搞笑节目。塔玛拉·米哈伊洛夫娜对自己解释说，之所以这样纠结，就是因为在回味一个被揭露的罪行。

于是，她给自己下了一个现阶段要养成健康生活和卫生保健习惯的任务。

她沐浴之后，穿着浴袍站在书架前（她从来不会因为任何原因而丢弃书籍！）倾听着自己内心的声音，忧心忡忡地猜想道：苦闷也许是她与生俱来的，是她的个性固有的，而不是外部世界的环境所固有的。

接受这一点，并不令人十分愉快。马尔夏克的那些白色封面的书出现在她眼前，缺了第四卷和最后一卷。第四卷大约在30年前被人借走了，一直没还回来，那里面可是有罗伯特·彭斯和莎士比亚的英文十四行诗的俄语译文。她甚至知道是谁借走的。她不是个记仇的人，但就是记得这点，她也想忘记，但就是忘不掉。所以就这样了。可您说，15个亿呢。

“廖帕，那些人过的是什么样的生活啊！”

现在这糟糕的心情源于她与生俱来的苦闷——塔玛拉·米哈伊洛夫娜觉得，她为自己眼下的闷闷不乐找到了辩护的理由。

现在好像已经不那么忧心忡忡了。

因为她明白了这是什么情绪：这似乎是羞愧——为别人羞愧，为那些拿走别人东西的人羞愧（这是一种她特别熟悉的感觉）。

塔玛拉·米哈伊洛夫娜盖着被子，向右躺着，一直在想着那件事。她试图将那15亿卢布折算成某种看得见摸得着的东西。她想起了今天白天她出镜的那个节目《不偷东西这样不好吗？》，真是个愚蠢的问题。怎么可以这么问呢？有人去偷窃，就是因为没有人问过，应该怎么做。即便有人问起，也不是问这个问题，也不是这样问的。而你们只知道起一些有挑衅意味的节目名称……只是为了怪里怪气、不符合人性……现在有什么好惊讶的？塔玛拉·米哈伊洛夫娜只惊讶于一件事：那些贼头贼脑的官员们小的时候，难道妈妈没有告诉过他们不能拿别人的东西吗？塔玛拉·米哈伊洛夫娜在睡眼蒙眬之间，想起了妈妈和小时候的自己。她想要回忆起自己小时候妈妈对她说的不许拿别人的东西，却想起了她们荡漾在小船上采莲蓬的画面。她一辈子从来、从来没有拿过别人的东西。这时突然咔嚓一声响：

"拿了！"

塔玛拉·米哈伊洛夫娜睁开了眼，她不由得后背发凉，双腿发麻，甚至受到了惊吓。

12

这时内心开始争辩：别啊，亲爱的塔玛拉，你这是干什么？——这可完全是另一码事。

这明明就是一回事嘛，怎么是另一回事呢？

没有什么"明明是同一回事"，你做的都对，因为一切都得公平。谁也不去他们院子里，所有的狗全奔我们这儿来了，难道这公平吗？

但是，不好意思，这样做可不对。这可是最缺德的行为——损人利己。难道这是有文化修养的人该做的事吗？

根本没有什么"损"，他们并没有因此而损失什么啊。他们有两个告示牌，基本上又在同一个地方。亲爱的塔玛拉，你只不过是消除了这个荒谬的存在。

借口。错！

被子掉在了地上，她坐在床边，而她的血液在五脏六腑翻腾着：“错！错！错！”

她也明白，她想给自己的闷闷不乐找个原因，而那件事正是她自己苦闷的缘由。所以她不是为别人羞愧，而是为她自己感到羞愧。

要是她的一生中哪怕有一次拿过别人的东西——铅笔啊，橡皮啊——那么这次占有告示牌她就可以更轻松地承受得来了。然而，甚至连小时候玩的沙箱中的小铲子，如果没得到许可，塔玛拉·米哈伊洛夫娜从未曾动过一次，从来没有这样过！而这次突然！……她可真是神志恍惚了……

塔玛拉·米哈伊洛夫娜和着睡衣披上短外套，走向厨房去喝缬草滴剂。

她感觉浑身发冷，不舒服。

内心的辩论手又蠢蠢欲动。其中一方说，又不是这两个告示牌自己把自己设在了一起，只不过是某个管理有方的上级犯了个错罢了。而塔玛拉·米哈伊洛夫娜纠正了这个错误，她现在也不应感到烦恼，而应自豪。只是：

“不！不！不！”太阳穴胀痛，她感觉血液往上涌。

玛莎睡得晚——应该给她打个电话。

“亲爱的玛莎，你怎么样，一切都还好吗？”

“亲爱的塔玛拉阿姨，怎么了？”

“没什么啊，就是你没给我打电话，我有点担心你。”

“半夜三点打电话？”

“怎么就三点了？不可能，三点……十二了！”

“亲爱的塔玛拉姨妈，你嗓子怎么了？”

“真的是三点了，不好意思啊，我碰上了点儿事……嗯，对了，你为什么说我是老姑娘？人家的私生活怎样关谁什么事？干涉别人的事算什么？……”

“等一下，我去走廊上……”

“你没在家？”

“为什么说我没在家？”

“你从来不会把门廊叫成走廊。”

“我在家呢，而且我没有说过你任何坏话。他们需要某种特定类型的人——有教养的、口才好的女性。他们很感兴趣，你是酵母方面的微生物专家，然后才是：你是……正如你所说的，老姑娘。对，那又怎么了？我们每个人都不同，这很正常。”

13

“你这是给我搞破坏，玛莎。”

“亲爱的塔玛拉姨妈，如果你这么想的话，那对不起了。只是我以前总觉得，连你自己也会时不时地自我解嘲。然后现在这是什么情况？看看那些同性恋，他们现在都宣布自己出柜了，你知道什么是出柜吗？”

“玛莎，你在抽烟。”

“我没有。”

“我觉得你摁了一下打火机。”

“就算是我抽烟了，又怎么了？”

“糟透了。她跟我说话的语气真让人气愤。”

“是莉卡吗？”

“不是……她叫……玛丽娜，是个编剧。”

“那就应该送给她一句三字经。”

“我就是这么做的。”

“好样的。”

“10 月 17 日是你妈妈的忌日，你怎么给忘了。”

“我没忘，我为她祈祷了，我一个人祈祷的。”

“那为什么没给我打电话？”

“那你为什么没给我打呢？她是你的姐姐，你跟她，就像我和我妈一样亲。”

“我看不到什么逻辑关系。唉，算了。不过你没有去墓地。”

“你怎么知道？”

“我就是知道。我还去了外婆的坟墓，你大概都忘了外婆的墓在哪儿了吧？”

“你就为这事，半夜三点给我打电话？”

“等等……只问你一个问题……听着，亲爱的玛莎，我想问问你……你曾经拿过别人的什么东西吗？……”

“亲爱的塔玛拉阿姨，你喝醉了？”

“没有，我知道我没醉，但就是想到这儿了……拿……就是‘拿东西’的拿？”

“你指的是偷？”

“嗯，粗鲁地来讲，是的。尽管我知道，你肯定没有拿过。”

“为什么没有？我有一次偷了副墨镜，很便宜，确实，就值几戈比的那种，但我还是偷了。”

“你撒谎。”

“在市场上，摊主那儿挂了上百副眼镜，各种山寨货。我当时并不需要眼镜，就是顺手偷了，后来就扔了。”

“你想说你是盗窃病患者？”

“不是，就是偷了。”

“我不信，我不信，玛莎。”

“小的时候还从你口袋里掏过零钱呢。”

“你为什么要诋毁你自己？这不是真的！”

“为什么不是真的？所有的孩子都从大人口袋里掏过钱。”

“胡说！谁也不会去掏的，只有那些后来能偷盗几十亿的人小时候才会掏大人兜儿，他们后来就成了……正常的孩子不会掏的！……你肯定也没掏过！”

14

“读四年级……五年级的时候……有那么回事，我掏过。”

“你那时候还是个戴蝴蝶结的小女孩儿！你四年级的时候都能熟背勃洛克的诗！你觉得我完全失去理智了吗？”

“亲爱的塔玛拉姨妈，你问什么我就回答什么而已。”

“算了，睡吧，晚安。”

唉，这个糟糕的小女孩儿！还挖苦起姨妈来了……塔玛拉·米哈伊洛夫娜清楚地记得，小玛莎四年级的时候画的水彩画有多漂亮，还在学校展出过，甚至还被派到另一个城市参加展览。正是她，亲爱的塔玛拉姨妈，让姐姐把她的女儿转到西班牙学校。而现在小玛莎却告诉她自己小时候曾做过小偷！

塔玛拉·米哈伊洛夫娜坐下来翻看家庭相册。这是身穿印花小裙的亲爱的姐姐，就像现在的玛莎，同样的脸蛋，同样的身材——这是她出嫁前一年，小玛莎出生前三年。而这个是小塔玛拉和姐姐一起坐在船上，各戴一顶小草帽——妈妈划着双桨，她们一起采莲蓬。父亲在岸上用苏联产“敏锐”牌胶卷照相机为她们拍照。

塔玛拉·米哈伊洛夫娜又想起了自己的罪恶——她终究还是有一天拿了别人的东西。爷爷的圆盒子里放着五个从世界另一端带来的育成的芸豆球蛋白——他极其珍视它们，还给它们起了这个科学名称。有一天她和姐姐，那时还小，每人从盒子里拿出一个芸豆球蛋白，两人商量好在棚子后面的花园里把它吃掉。但是这个东西硬邦邦的一点儿也不好吃，于是她们就把它直接吐到了麻袋里。

然后各自带着一半的罪恶感（两人分摊了罪恶感）努力表现得乖乖的，只是期待着能被从轻发落。然而一切就这样安然无恙地过去了。到底为什么呢？

塔玛拉·米哈伊洛夫娜本来是忘记了的，忘记了是怎么应付过去的、为什么能应付过去。而现在她想起来了。

她想起来了，她没有遭到责骂。她也很少被责骂过。

她把窗户稍稍打开了一些——有点喘不过气来了。

鸽子在变电室屋顶上踱来踱去。天快亮了。

原来昨夜下雨了，因为柏油马路湿漉漉的，而塔玛拉·米哈伊洛夫娜没注意到这件大事。草地上的泥土、树叶、空气——全是湿漉漉的，但她并不感觉潮湿，而是觉得很清新，这新鲜凉爽的空气扑面而来。她大口地呼吸着，平时只有清晨才能呼吸到这样新鲜的空气。

她光明正大地走进8号楼的院子，左手拿着告示牌“禁止遛狗！”每走一步她都倍感轻松而自由。

宽厚的防火墙是那么的完整，锅炉房的烟囱高高的。那棵树像一把向上竖立的大扫帚，又如常年清理烟囱的破旧掸子：树叶凋零——典型的秋天景象。院子里有很多车，其中草坪上有一辆车的发动机还未熄火。但是塔玛拉·米哈伊洛夫娜此时并不担心有人出现。离草坪越近，她的脚步就越自由，她的呼吸就越纯净越频繁。

塔玛拉·米哈伊洛夫娜跨过栅栏，踩在湿漉漉的树叶上，很快就找到了原来那个地方——她把告示牌插在了它本来的位置。随着小锤子第一次——也是唯一一次的敲击她仿佛被闪电击中了一样兴奋——有一种强烈的幸福感：自由，解放！

“哎！您干什么呢？……我说您呢！……”

16

塔玛拉·米哈伊洛夫娜转过脸：只见那人个儿不高，留着胡须，那表情可不高兴。说这句话之前，他特意从已经发动了的汽车里钻了出来。

“这里已经有一个了！瞪大您的眼睛看看，您没看见吗？”

“不用紧张，”塔玛拉·米哈伊洛夫娜尽可能平和地对他说，“这个牌子是从这儿拿的。”

“什么‘从这儿拿的’？这不——旁边不有一个嘛，还要多少个？”

“您大概不住在这个院子里吧。否则您应该知道这里昨天有两个告示牌呢。”

“我在这儿住了10年了！一直都只有那一个！”

“您撒谎！”

“我撒谎？您怎么——是白痴吗？您为什么要往这儿插第二个告示牌？别犯浑了！一个已经够多了！”

“谁允许您以这种语气跟我说话的？您觉得我好欺负吗？这个牌子不属于您，而是属于这个院子！况且我也不需要和您讨论这里应该有几个告示牌！……”

得让他知道点厉害。她坚定地说：

“2个！就是2个！这里的规矩就是这样！”

那个矮个儿男人咆哮道：

“哦不，我受不了了！我已经没有力气了！烦死了！……”

他向告示牌跑去。

“你拔出来试试！……又不是你插进去的，你无权拔出来！”

男人服软了，他向后退了两步，目不转睛地盯向塔玛拉·米哈伊洛夫娜。而塔玛拉·米哈伊洛夫娜响亮地发出了无可争议的、欢庆胜利的一声：

“这就对了！”

然后转身背对着他，自信地向前走去。但她眼前却出现了那个画在进口汽车车身上的大胸长发美人鱼。塔玛拉·米哈伊洛夫娜认出了那辆车，静静地呆在原地。瞧瞧这是谁啊！仿佛车又溅起了一身泥。她转头看向那个矮个儿男人，跟行人作对的家伙，那个热衷水洼竞技的人——他怎么瞧不起别人，我就怎么瞧不起他——而当转过头时，那人已经不在这儿了。她看到这个人渣正向垃圾坑走去，手里拿着那个禁狗的告示牌。

“站住！你敢！”

然而告示牌已经飞奔垃圾桶而去了。

“哎呀呀，你这狗日的！”塔玛拉·米哈伊洛夫娜喊着使劲儿用锤子（她右手里可是握着小锤子呢）朝他那辆车的前灯砸去。

她愤怒的表情和那飞溅的玻璃碎片的样子此刻对她来说难以分辨，仿佛碎片在她脑袋里飞迸着，在这漫长的几秒内她甚至还能顾得上害怕、惊讶和赞叹自己。

破口大骂。呜，她可真讨厌这样做！……他挥着拳头跑过来——塔玛拉·米哈伊洛夫娜面朝着他，让他不能睁大眼睛——她不怕他。

她甚至没用小锤子打他，只是把它向前一戳，而他伸出的拳头正好打到了锤子上，他不禁尖叫一声，把手抽了回来。这是他没有预料到的。

塔玛拉·米哈伊洛夫娜手里紧紧握着小锤子——很难把她手里的锤子打落。而尤其危险的是——由于愤怒他似乎对疼痛感已经麻木，松开拳头，张开五指——他只想着要掐死塔玛拉·米哈伊洛夫娜，至少得把她手里的武器夺掉。不过，她在主动进攻，而他并没有敏捷到能趁她扑空时抓住她的手，而是往后退了一步，手腕挨了一下。于是他只得逃跑，但是逃得很奇怪。他绕着汽车来回跑。他顺势打开车门，躲进了自己的车里——他仿佛不是手受伤了，而是脑子被打坏了。塔玛拉·米哈伊洛夫娜用锤子砸他的发动机盖。

然后她朝美人鱼砸去——受死吧，美人鱼。你这个狗日的！……她又朝发动机盖砸去。

现在她用尽浑身的力气就这样扬起手来——砸向车的前挡风玻璃——她一抬手，看到那个被她打伤的仇人一脸惊恐，她砸了下去，但这次没砸中：锤子砸到了车顶上。她的手随锤子往旁边一偏，整个人也侧向了门洞的方向。于是，塔玛拉·米哈伊洛夫娜对发生的一切不管不顾，头也不回地离开了。

血从两鬓流下来。

“哼，哼，哼。”

塔玛拉·米哈伊洛夫娜已经失控了。只有当她在意识中忘了那些碎片的真实存在时，她才恢复了理智。她记得自己过马路时很显然闯了红灯，记得自己躲开了一个满脸胡子的流浪汉，记得有一把雨伞，记得有个人差点儿跟她撞上。她手抖得厉害，没法儿把钥匙插进锁眼。廖帕瞪大了眼睛看着她。

塔玛拉·米哈伊洛夫娜坐在床边止不住地颤抖着，她把玛莎曾经玩过的那个绿色的小鸡按在胸口上。雨顺屋檐流下。打扫院子的人用外语叫喊着。

极度的疲倦感像滚滚潮水一样向她席卷而来。她仰面躺下便马上睡着了。

她梦到了酵母，许多许多的酵母。

（白文昌　译）

混 凝 土

——亚历山大·斯涅基廖夫

母亲总是把酸奶油藏起来。在那个饥饿的年代，并不是所有人都能弄到酸奶油。他们却能弄到——那是做将军的父亲订购的。就因为这酸奶油和其他一些在今天的餐桌上极为平常，但在那些年却很少见并且难以弄到的美味使得他不能邀请同学到家里做客。

母亲是一位被没收了家产的小商人的独女。那时候，她父亲给她留下的只有一块随意挂在墙上已经褪色了的家族招牌。革命前那里曾经是一个店铺，后来被隔成多个狭小的房间。一群流氓在这里酗酒、斗殴、糊里糊涂地繁衍。母亲找到了一位信仰可靠的丈夫，她懂得必须伪装。

父亲在战前大镇压时期开始走上坡路，接连担任了几个空闲的职位，都是前任上了枪决名单后空出来的位置。他从没有暗害过谁，也没有突出的才干，只不过是俄罗斯族，是党员，农民出身，善于执行且不会动摇。

他们住在一栋独门独户的宅子里。德军空袭之后，人民委员会的工人们重新铺了地板，盖了房顶，并把革命前的一个茶叶店分隔成数间房子分给了大家住。在保卫首都时岿然不动的将军分得了三室一厨的房子，还带一间小储物室。储物室里原来放着滑雪板和冬大衣。小儿子出生后，便被腾了出来给从农村请来帮忙的杜霞住。

父亲从前线带回了一把“瓦尔特”式手枪。用破布包成厚厚的一卷放在桌子的抽屉里，严厉吩咐谁也不准碰。他最终没能忍住，拿出枪朝院子放了一枪。杜霞正在给弟弟洗澡，院子里是一群小孩。

没人受伤，但警察把枪没收了。父亲也被传唤了。后来就是一顿暴打：“你是想害我判刑吗？”

他的梦想是做一名远洋船长。长期的海上远航、无名的港口、不纠缠不休的女人。父亲战后便在总参谋部一个闲职上消磨着时光。对于他的梦想父亲一言未发，而母亲坚持让他选一个正常的专业。他学的是工程专业，具体说是混凝土结构学。毕业后他去了设计学院工作，一个月的工资是120个卢布加奖金。父亲要了一块地搞副业，开始盖房种菜。

给将军分地时，国家并没有多么慷慨：它给自己的英雄儿女只分了0.06公顷的薄地。将军所在的合作社分得的地大多都在沼泽上。俄罗斯文学中曾有过一位二流的大胡子作家说过，这种地方就适合猎杀山鸡或其他什么在那个光荣的时代非常时髦的野禽。自然，有人提出在离那些显贵们那不显山不露水的领地旁边，在绿松白桦之间给将军分一块好地。战争一胜利就有人这么提了。但是他，一个在战斗中英勇无畏，而在日常事务中特别，甚至可以说是太过谨小慎微的人，却借口不喜欢这些小资产阶级的东西，拒绝了这数百平方的按现在市值堪比黄金钻石的土地。那是这样一个时代：好像是给你你就拿着，可你一旦拿了，就得让你坐牢。边边角角的理由多得是，然后你就得滚到遥远的伐木场去了。就这样他没有拿。就这句话——“小资产阶级的！”很可笑的一句话，然而在那个年代这句话却常常被人说得一本正经，一个崩儿都不打。

将军朋友，也是战友就拿了，丝毫没有胆怯和嫌弃。而他，自然也是被关了起来。其实也不是因为一块好地和上面的好房子，而是因为一个娘们儿。甚至可以说也不是因为这个娘们儿，而是因为她的丈夫。事情是这样的，将军的这位朋友跟这个女人上演了一出戏：波尔特温葡萄酒、这般那般的，突然女人的丈夫下班回来。衣帽架上挂着军大衣，奖章叮当作响的制服上衣搭在战利品椅背上，忠实的妻子只穿一件德式衬裙，军大衣和制服上衣的主人则一丝不挂。受到了极大侮辱的丈夫本可以合理地惩罚一下，他本来是这么做的，然而结果却出人意料。光着身子的将军抓起了枪，在戴了绿帽子的情敌身体上钻了八个窟窿，正好打光了弹夹里所有的子弹。

自那次极有教育意义的惨剧发生算起已经过去了数十年。一丝不挂的枪手始终没有从劳改营回来——在失去自由的地方火爆的脾气不利于长寿。而生活一刻不停地向前流淌，很快便将一分钟前还能算作当下的时光留到了过去。

在别墅，儿子帮父亲干活。父亲干活时总是很急，显露出他进攻柏林时练就的秉性。种菜和造房使老人精神焕发。他再次感受到了所有在前线时才会体验到的东西：泥土的味道、铁制工具、皮肤上的擦伤、随便挖了个坑就算作厕所、一个水桶就是洗脸池。除了一些极特殊的情况，绝大多数活都是自己干，很少请工人。全合作社他们是第一家盖起房子的，白墙蓝窗。将军喜欢德国，这有什么好隐瞒的？当你用四年去对付一个国家时，你便会不自觉地去尊敬它。

房子建好后很快便开始装修了。一会儿地板干裂了，出现了一指宽的缝，一会儿隔断把胶合板带偏了，墙纸上爆起一个个小气泡。最让人意外的还是房屋的地基。他按照可靠的配方用铁铲在旧浴盆里拌好优质的水泥，然后亲自用模板定型浇筑，再按照国家标准把坚固又整齐的桩子打入足够深的地下，甚至留出了富余，在第一个冬天便产生了倾斜。接下来年年都是如此。春天一到，从地下突起的柱子就斜冒了出来，像青少年还没有长好的牙齿，一会翘起这个角落，一会翘起那个角落。他们就这么把房子折腾来折腾去，使本来就不结实的墙晃来晃去，把门窗钉了又钉。

混凝土专家本行的活干得很好，无论是搅拌还是浇注都没问题，但他打地基不行。他的专业是配比、钢筋、压缩强度和弯曲强度等。这些东西学校里怎么教的，他就怎么做了，像是建造议会大厦一般。至于俄罗斯以前那些烂泥工程，至于如今还不采用改良后极为结实的六百平米的浇注基桩，那不是他的错。长久以来，每年别墅劳动的第一件事便是花费很大力气打开由于门槛和门框的变形而难以开启的大门，给仿德式的房间通风，放净满是老鼠臭味的潮气，喝上一杯茶，接下来好几天都得四处涂抹水泥，弄平那些不听话的混凝土。

休假就是这样过的。

小儿子正相反，没有成为像哥哥那样性格随和的人。中学辍学，搭乘驿站马车跑去了南方。在敖德萨的港口做了一名装卸工，也做过别的工作。家里人跟着警察一起找过他，母亲差点没急疯。他先是和一位带个十岁女儿的画家结了婚。婚礼是在罗新卡的一个破房子里办的，父母都没有到场。不久就离了，然后又结了。第二任妻子拖着个上一年级的儿子。他们一起也生了一个儿子。

在园丁协会成员们蚂蚁搬家般的勤奋努力下，别墅区的那片沼泽展现出了一派蓬勃发展的景象。沼泽沉入了地下，只在道旁的排水渠底冒出一些黑水。羸弱的嫁接树苗上叶球茎已经发芽，而且长出了能够结果实的树冠，树干上第一遍油漆的颜色脱落后紧接着刷上了第二遍，光景好一些的人可能已刷了第三遍了。

将军和妻子一起消磨着退休后的时光，妻子还没有完全向癌症低头。已经转移了，她一会病情发作，一会又跟个没事的人似的，好几年了。病症折磨着她那看似灰白而实际上发黄的身体，她整个人变成了灰褐色，浑身发痒。儿子们的表现很不相同：如果说小儿子借口家里事多，借口现任的伴侣为他生的后代，越来越推托对母亲的照顾，那么大儿子——这个混凝土专家则展现出良好的美德。他仍然和父母住在一起，白天干活，晚上回家照顾母亲。夏天的时候，如果母亲的身体状况允许，家人会把她接到郊外。在那里，在已经长大的苹果树的树荫下，她躺在铁床上，眯缝着眼睑，回想起童年的时光，想起像火车头一样快的马，回忆起青春时代，还是师专学生的时候她在大街上参加游行，幸福地大声喊着："张伯伦去死吧！阿嚏！"她想生大儿子的事。那晚上一有了生产的预兆，丈夫要把她往医院送，要过一座桥，但那座桥却不让过，不是人行桥，不符合要求。于是他找到一块石头砸开了别人船上的锁，用一块木板当作船桨，刚划到一个区（那里现在叫做西北区）的河中间的时候，她就在船上把大儿子带到了人间。而小儿子已经是在首都机关医院里，在那些大清洗运动因战争动员而幸存下来的医生的监护下出生的。

她时而任性胡闹，时而精力充沛，时而大声哭诉，时而奔走于剧院和展会之间。父亲和大儿子最终也没能习惯于她那拖得过久的亢奋，只能苦笑着尽量迁就他们这唯一挚爱的人。当她生命的活塞终于耗尽所有力气而停止运行时，将军哭了，而陪伴她的四十七岁的未婚大儿子眨巴着干涩的眼睛，没有流泪。小儿子没有在母亲的葬礼现身，因为买不到从克里米亚回来的车票。

将军愈加衰老了。他把贩商的宅子卖给了几位黑头发的大使，从将军楼里搬了出来，住进了一所普通的房子。小儿子这次娶了个没房子的姑娘，不过也没有拖油瓶。他带着年轻的姑娘回来投奔父亲和哥哥，于是他们一起生活在一套新的三居室里。国将分崩，处处都露出迹象，很快便解体了。这一切曾是那么牢固：党、政府、特供酸奶油，而现在突然一下什么也没了，没有了党，没有了政府，也没有了酸奶油，只有被欺骗了的储户们一脸激愤地在各种群众集会中游荡。

国家如同一架生了锈的四轮马车一样在新时代的沟沟坎坎中向前疾驰，不匀称的车身摇摇晃晃，不时有零件掉落下来，砸伤路上的行人和车里的乘客。还是母亲在世时开的那个储蓄账户（大儿子连续三十多年每月都雷打不动地从工资中存进去一部分）突然就泡了汤。将军还保持着所剩无几的理智，对主教堂的竣工十分高兴，就像年轻时曾为它的毁灭而欢呼一样。并不是非要受过高等教育才能做出总结——一辈子就过去了。

别墅区的邻居开始变卖自己的房屋和园子。新主人建房子时拆掉了墙框架，把那些破烂放到空地上烧了。这样做并不是为了好看，但新房子确实更加舒适。设计院靠着某种惯性保存了下来，混凝土专家仍然在那里上班。

将军去世的时候，大家得知，按照军衔他可以得到一块专供的双人墓地，离安葬老伴的地方比较远。小儿媳妇坚持要把父亲葬在指定的地方，因为不该放弃在如此体面的墓地占一席之地的机会。况且将来如果需要用钱，可以给傲慢的高加索人卖一半，也可以卖给某个暴发户。而刚刚死去的父亲和母亲就可以合葬了。两兄弟没有争论此事，他们在那些死去的军官旁边把将军的遗体埋入土坑。小坟包用各种东西做了标记：有顶上装饰着一个小飞机的弯曲的铁纹，有像个茄子似的潜艇，还有跟真的一样的边防界柱。必须指出，这些标记十分原始粗陋，却直观地告诉那些偶然闲逛到此的人，长眠于此的这位军人把自己最美好的年华奉献给了哪个军种。

他们默默地送走了将军，好在天气还不是很热。弟弟这次没有推脱，出席了葬礼，但没出钱。他答应以后给，说要给参加舞蹈组的女儿置办服装，二女儿的托园费也还没交。堆满花圈的坟头沉下去了，退休了的哥哥已经不再向弟弟请求经济上的帮助了。他自己花钱立起一块很普通的没有任何装饰的墓碑，既没有大炮造型，也没有炮弹图案，甚至连一枚弹壳都没有。这种弹壳家里有一枚：圆圆的侧面雕刻着战友们的赠言，竖边削出了大炮和圆顶建筑的剪影，侧面插着一面画着镰刀和锤子的小旗。老一代人能够很容易就能认出这幅全景画中的红军炮兵和被占领的德国国会大厦。如今的公众木然于随意地出境旅游，对父辈们建立的功勋也十分模糊，把这个圆顶建筑当成是摆放着各种玩具大炮的商业中心。这个弹壳有很多年被逝者用来装钢笔和铅笔，在他死后也被大儿子用来做笔筒。一年半以后，小儿子突然去了父亲的墓地，对哥哥的审美选择很不满意：石料太普通，墓碑上的字体也不得体，爸爸的椭圆形瓷质遗像也过时了。

每个假期哥哥还是在别墅度过：春天的时候耕种，夏天的时候除草，秋天的时候收获。弟弟来的时候，带来了一群闹哄哄的小家伙，孩子们直接从树上摘马林果和醋栗吃，踩坏了菜畦。这小小的房子可不够五个孩子闹腾，当然城里的住宅也一样。现实和拥挤拨动了精明的弟媳妇早在选择墓葬地时便已经埋下的那根弦。她想出一个解决的办法：别墅归哥哥，而城里的房子归他们。这很公平，反正哥哥身边也没别人。同单元的女邻居常给他送些小馅饼，但并没有实际内容。单身并未让他感到不适，他白天读书，晚上看电视，夜里连梦都不做，时间过得很快。院里有过一次改组和裁员，混凝土专家的工龄在还差一点就五十年时走到了尽头。大家悄悄地送他退休，没有惊动别人。那时候他的朋友可分为三种：一种在以色列，另一种在病房，第三种在坟墓里。对于偶尔前来拜访的年轻人还能有什么要求——他们从塑料瓶里喝了一口水，说几句难以理解的新潮的祝愿，便各自散去了。

此外，讲求实际的弟媳妇又给出了以下建议：扣除他们在乡下别墅的份额，她和丈夫付给哥哥一半房钱。他用这笔钱把别墅改建成适合全年居住的寓所，供这位极端节制的退休人员住。应付款共计两万四千卢布，分两年支付。

由于喜欢独居并且想尽量减少和亲戚的来往，他同意了。第一笔和第二笔钱都准时到账了。他给墙增加了保温层，翻盖了屋顶。接下来的一笔钱延迟了。那时候的资金到账表格很好统计——拖欠了半年的第五笔钱成了最后一笔。连这笔钱弟媳妇都不同意给："够了，他还要啥！"但是丈夫坚持要付。这时候所有的文件都签了字，什么也没给混凝土专家留下。他还得高兴的是，他还没到一无所有的地步。安装好了一套简单的暖气系统后，他就完全沉浸在这郊外的生活之中，要不是因为发生昏厥（这是自出生后第一次发生，也没有任何原因），他可能就这样度过余生。他把这归咎为年龄大了。要不是再次发生昏厥而且这次他的头还重重地摔了一下，他可能就把第一次昏厥忘了。他决定去看医生。

头昏吗？排便如何？胃口如何？大夫用冰凉的手指给他号脉，开了条子让他去化验。两个星期以后，一位毕业于第二医学院的医师（目前他正在国立医院消磨着青春，但很想转到私立医院去）翻动一叠沙沙作响的文件告诉退休老人，他的病情已经到了无法手术的阶段，并且预计他只剩下两个月，最多三个月的生命了。几乎没有任何疼痛，这很少见，但的确有。

回到家后，老人关上窗户，拉下窗帘，好几天也没有出门。他在想，不管怎么说这是最直接的死亡，没有任何矫情，冷冰冰的期限。

假如不是一个消息传进了他那被窗帘遮蔽、上了锁的住所，他便有可能在这片他所热爱的郊外土地上静静地消陨。地方官员们突然生出一个想法：他们决定完善道路交通，提高转运能力，和卸货效率，拓宽道路，编织一个四车道快速网络。未来高速公路配置有自行车道和供野生动物迁移的隧道，在鲜艳的建筑草图上有一个分支径直穿过他那0.06公顷土地和做过保暖处理的房子。若不是这样，官员们的计划早就顺利实施了，不会引起这位无车族退休老人的注意，他的房子正好坐落在公路干线的交叉口。当然不只他一个人收到了有偿回收土地的通知。他们打算将镇里半数的早已被遗忘了的达官贵人及其子孙后代连同他们那些老旧的破房子以及新修高级别墅从地图上抹去。

人们都忙碌了起来了。五月的夜来得早，天黑前集体管理委员会里愤怒的尖叫声从没有停歇过，吵闹的主要是女人。在过去的四十年，除了和小偷小摸的酒鬼女会计吵架以外，这次吵得最凶。有年轻人的家里在博客里活跃起来了，吃亏上当的、生计没有着落的人们组建起一个个小组开始反抗。积极分子们在别墅区行动了起来，有本地的退休女人，也有各年龄段喜怒无常的男人。他们散发自制的传单，没完没了地给你讲权利和自由。如果院子的主人把自己关在家里对其充耳不闻，他们就转换话题，从修路这个模棱两可的具体批评对象转向对政府的憎恨，那可是发自肺腑的，说不清道不明的无限憎恨。

镇里处处能听到批判的声音："他们什么时候才能死绝，这群吸血鬼！"也有很多人感叹跟政府闹别扭注定会失败：如果坚持不让步，他们会烧了你的房子，如果你乖乖地交出去，兴许会有赔偿。而法院永远站在强者一边。失败的情绪在很多人的心里悄然弥漫。就连最莽撞的斗士也不时地在考虑，自己的坚持是不是徒劳，如果自己单独交出会不会得到这个大建设项目的好处。

我们的这位退休老人起初也去参加集会，不过他不属于任何党派，也不发表任何明确的看法，十分随和，大家都认得他。就像托尔斯泰笔下的巴格拉季昂公爵在申格拉本会战那天表现的那样。假如在这群业主里有谁熟悉托尔斯泰的作品，那么他一定会发现，有一天这位混凝土专家“巴格拉季昂”式的随和变成了“巴格拉季昂”式的无畏和果断。但是读托尔斯泰的人不多，直说吧，根本就没人读！虽然在很多人的别墅里，在没用的破烂和老鼠经常光顾的食物附近也乱扔着几本托尔斯泰的作品，甚至是全集。再说也没有人去关注这位退休老人，除了已被遗忘的重型矿山机器制造工业部第三副主席那位半老的孙女，一个腿毛浓密的胖女人。她也没有读过托尔斯泰，只读过《秘密政权报》，偶尔也读一读《安热莉卡报》，不过记不得读过多少遍了。要是她能再机灵一些，也不用知道托尔斯泰，她就能发现，她所倾慕的退休老人在所有的集会上都表现含混不清，不够积极，这只说明一件事：他心里有某种念头在成熟，也许微不足道，也许能把一切掀个底朝天。

在参加当地人的集会时，他认真聆听官方发言人阐释对土地回收和赔偿的诸般好处（那意味着他将会失去唯一的住所），他没有往前闯，不过心中却已打定主意。做出决定后，他便不再参加集会了。除了副主席那位相貌平平的孙女（她仅仅为了他才参加集会的）谁也没发现他的缺席。他把自己关在园子里，查看了那些从前和父母一起种的果实累累的树木。政府许诺按照市场成本给它们估价。他封好树身上冬天冻出的裂痕，给树干刷上白漆，然后给它们施了稀释的鸡粪。他绕着这栋房子走了一圈，那还是早在他放弃城里住宅权利之前和两名塔吉克帮工一起整体浇铸的新地基。经过几十年春天的沉陷和冬眠后的翻腾，房子依然端端正正地立在那里。

一楼的两间卧室和一间带有餐厅的厨房，还有顶层都整齐地堆放着杂物。几十年来它被城里用不着却又舍不得扔掉的东西填满了。此外，老人在放弃了城里的房子以后，便把他所有的个人物品都搬了过来，有书桌和一些书。他这笔并不富裕的财产装满了两个肥皂式样的冰箱，三个餐具柜，其中两个是当年一位喜欢经常换家具的女邻居莱卡送给他的。她是个活泼的姑娘，花钱大手大脚，一名机灵的护士，是被一位仪表堂堂的首长从前线带来的。沙发椅难为情地张着大口，有些地方塌陷了，有些地方裂口了。座位上堆放着各种破烂，灯座和吊灯上的挂饰沾满了毛茸茸的灰尘，由于茶垢茶杯看上去黑乎乎的。

他打开抽屉，逐一翻阅了以前的文件，那是他的毕业证书、成绩单，还有国家实行禁枪法令后自愿上交猎枪时留下的子弹、旧通行证、一些老照片、父亲送给他的进口钱夹，那是用臭烘烘的猪皮做成的、一截刻有“建筑师”字样的铅笔，用卷笔刀刚好削到了中间部分，还有父亲的奖章。之前弟媳妇想要把它们隐藏起来，但被弟弟制止了。看着这些不知何故得以保存下来的旧明信片和一些难以辨认的配方，尽力回想起这些陈旧记事本的主人，他不到五分钟便已经知道了后来的情况。

仔细地算了一下从弟媳妇的施舍中攒下来的钱，他开始计算房子的空间和地下的立方米数。他从地基上专为维修之便而留下的小洞爬到了地板下面，很快便在那儿用钢筋扎了一个结实的多孔结构。他用钢丝把贴条捆绑在一起，那还是他浇筑第一批基柱时剩下的钢丝。那时候他把钢丝绕成环（完全可以在葬礼上用）套在脖子上从火车站往回拉，真沉。但是他明白自己从小就喜欢克服困难，一直都想胜过父亲讲的那些前线故事中的主人公，尤其是那些惩戒营中的死刑犯。这都是父亲在喝完两瓶半升装的白酒之后，用忧郁的语调悄悄讲的。父亲是个有良心的人，没有参与但亲见了这些事情。

当地下空间的加固工程完成以后，他叫来一台混凝土搅拌机，用自己能够弄到的最牢固的1000标号水泥拌料把这个空间填满。搅拌机司机感到十分惊讶，认定老家伙一定是精神不正常。但是拿了人家的报酬，就把该干的活干了，他把拌好的水泥浆从孔洞灌了进去，两趟便在房子下面浇筑起一块半米高的整体混凝土台。

在即将拆迁的时候，老人的邻居们看到他这么不合理地投钱，都认定他一定是疯了，便没去打扰他。只在继续进行的集会上偶然会有人提起，56号地段的那个老人想在晚年把积蓄全都变成混凝土。第三副主席的老孙女挠着毛茸茸肉嘟嘟的小腿肚子发愁了。前不久她想出了一个和老人结识的由头，给他拔了几株秋天开花的秧苗带了过来，但是却没能下定决心敲他的篱笆门，只是把这些带着几根残枝的苗别在了门前的篱笆上。

修路的消息来得猛，去得快。建筑商们没有发出任何倡议，全权代表也没来找园子的主人们，官方的通知也没来。于是，人们觉得不会有什么事发生，一切都取消了，他们很“幸运”地被政府遗忘了。暴风雨来临之前通常就是这样：一阵狂风撕扯着枝叶，掀翻户外的遮阳伞，突然又平静下来。而当上帝创造的生物们被这令人迷惑的平静搞糊涂后，当它们从自己的洞穴里探出身子，震撼世界的雷声突然在天际炸响，洪流般的雨柱从天而降。事情真的这样发生了，当被传言搅得躁动不安的镇子开始渐渐恢复到往日那种人们所习惯的平静与安适时，告示板上出现了一张已经获得批准的施工图，还有施工期限。

老人心中并未对此产生多大波动。他买回一大堆10毫米口径的钢筋，把草地上堆得满满的铁线，他还买了绑钢筋用的钢丝、铲子和一些其他的工具。最主要的是他从可靠的工厂拉回来很多袋极为结实的水泥、沙子、砾石和一台橘黄色的电动混凝土搅拌机。他清点了一遍材料，亲切地摸了摸这些沙袋和钢筋，然后给脸庞黝黑的装卸工付了钱，第二天便着手动工了。

为了试试所买的材料，同时也温习一下记忆中的配方，他先少和了一点水泥，把莱卡的衣柜抽屉浇注了。里面的东西他什么也没有拿出来，径直把混凝土倒进了抽屉，浇到母亲为自己保管的中学日记和其他一些让人感伤的再无用处的东西上。水泥很快便凝固了，把抽屉变成了一个沉重而难以挪动的物体。当被通告牌再次打破了平静的居民有的在收集签字，有的在顺从地收拾行装，有的则是聚在街角喝酒的时候，他把钢筋切成所需的长度，满满地堆在一个被他用来当储藏室的卧室，从前那是弟弟的房间，窗户已经被他事先钉死了。他心里对试验取得的结果十分满意，明确了要稍稍减小沙子的比例之后，他开始用自己设计的泥浆槽通过在小窗上留好的洞浇注那间卧室。随着混凝土慢慢灌入那前不久还住人的房间，木板发出噼里啪啦的声响，墙体上也开始胀裂，灰水从裂缝中挤了出来。地板被事先打好的水泥平台稳稳地支撑着。老人不停地搅拌着灰色的混凝土，从那个洞口不断地往里灌，直到把弟弟的卧室变成了一个实心的立方体，把所有的家具、吊灯、地毯和床底下早已布满灰尘的缺口搪瓷夜壶全都砌到了里面。

当混凝土不再往洞里流，反而开始往外溢的时候，老人环顾了一下四周，想找个东西把它塞住。目光落到了一个棕黄色带有深色斑点的切面包用的旧砧板。他握住手柄拿起来，忍不住端详起来，这好像还是母亲当年买的。他看着表面磨损的砧板，觉得自己拿着一面镜子。

他的背突然疼了起来，在床上躺了几天，腰都挺不直。下床后，他去城里买了一个电按摩仪，然后便用这种早在古罗马时代就广泛使用的建筑混合剂继续浇筑房里的空间。于是便有了不是装着书而是装着预制块的书柜，有了曾经装着母亲衣裙和父亲制服而现在却装着立体水泥块的衣柜。那两个肥皂式样的冰箱中的一个成了良好的容器，装了 0.8 立方米的混凝土。它被断了电，有些奇怪地平躺在地上，就像一个贪吃的人撑坏了。

在这些忙着搅拌和浇注水泥的夏日，老人的脑海中常常浮现出他尚未记事的童年。他从小便一直在抗拒着什么，不过并不是很激烈。抗拒母亲的管束、父亲寄托在他身上的希望和社会规范，但最主要的还是抗拒自己。他好像没为什么特别的幻想兴奋过，因为他总是在克制自己：禁枪令一颁布他便上交了猎枪；兴致勃勃地阅读有关帆船运动的文章，也仅仅是读读而已；他每年假期都留胡须，但每年都在上班的前一天全部剃掉；他回避那些美丽而又任性的爱慕者，只为不闹出难堪的丑闻；他服侍母亲，尽管心里很不情愿。他所受的教育与他的本性发生了本质的冲突。在另一个时代，他可能会成为一位禁欲的僧人，一位隐士，或者一位捕鲸人，然而代替这些的却是冷水浴、滑雪板和年复一年徒劳的地基浇筑。他的生活是矛盾的：过了，却像没过一样。就像出生在一条大河的中央，让他无法果断地站到选定河岸上。就如同我们肉眼看不见的平静水面下的水流，可以维持巨大的水电站的运转，水下长久积蓄的自然力量也十分强大，如果不找到一个出口便无法排遣。要命的诊断报告和注定要修建的公路干线发生了短路，擦出的火花激发了他沉睡多年的潜力。或许这里应该告诉诸位读者，很快第二间卧室也填满了捆绑得极为认真的钢筋套，就像大自然中特高硬度元素的晶体结构。这些钢筋套将和房间，连同里面的陈设一起被几方搅拌得无可挑剔的混凝土吞没。六月已经接近了尾声，自收到诊断报告已经过去了三个月。

老人每天傍晚都会去附近那片被集体农庄废弃的田野散步，那里已经开始了筑路工程。杂草丛生的田野很快变成了一个个大坑和土堆。总统在竞选前许下的诺言催促着工程朝镇子逼近。散步的距离一天天在缩短，他便增加了作业量。安装好简单的升降装置后，他把钢筋从楼顶的一个小洞放进去，绑成一个整体结构，然后用混凝土把卧室上面的那部分顶楼给浇筑了。察看浇筑的混凝土是否结实时，他开心极了，下楼时都没踩楼梯，直接用双手撑着楼梯的扶手就跳了下来。

仲夏前，由于几个星期没完没了的沉重劳作他在去食品店的路上摔倒了。路人叫了医疗急救队。急救队来了，不慌不忙，但所有的急救措施都做得很认真。他躺在医院里输了一个星期液便办理了出院手续，“我自己承担责任，医生嘱咐过等等”。邻居们都已认定：完了，疯子死了。副主席的孙女哭了，她把自己反锁在房间，悲痛地将饼干胡乱塞进绯红的嘴里，唇髭就像两片衣领一般很调皮。

回到他的混凝土战场，他得知道公路事务所的律师在几名壮汉和胖警察的保护下来巡视过这片地。老人绕着还未浇筑混凝土的厨房和餐室察看一周后，决定先不去管医生的嘱咐。就在这天晚上，混凝土搅拌机橘黄色的拌桶亢奋地旋转着，咀嚼着水泥、沙子和卵石，灰浆不断发出扑哧扑哧的声音，他把浓稠的混凝土一股脑倒进灰浆槽里，一厘米一厘米地浇筑着房间内部。邻居们都说他疯了，副主席的孙女却兴高采烈。

代表来找他了。他本想躲起来，却被发现了，还亲手交给了他一份通知。“大爷，你的证书有问题，因此对你的赔偿也有问题。你这是在建什么？快别干啦，赶紧收拾行李吧！”他没有插话，听他们把话说完，也没有冲这些大佬的虾兵蟹将发火，让这些习惯了闹事的代表们有些惊讶，甚至是失望。

之后便再没人来探望过他，除了一只小松鼠。它总会在傍晚出现，突然从板棚后面的结着黑色浆果的灌木丛中冒出来，在温室的屋脊上面跑过，然后抓着松树的树干不时地蹿下蹿下。然后它坐到松树上剥松球，当把怀里这个松球吃光了以后，便松开爪子，吃剩的松球就刚好落到了老人的脚下。有一次，他当看到小松鼠扔下的松球，他想，人的生命不也正像松球一样吗？当松球还是满满的并还被松鼠剥食的时候，生命就在跳动；而松鼠一旦松开它的爪子，生命就停止了。他看着松鼠，并没有发现这时一抹微笑悄悄浮现在自己已经老得像树皮的脸上。

浇筑写字台抽屉时，他决定翻翻那堆不记得上次是什么时候整理过的文件。他意外发现了一堆已经泛黄了的信封。假如副主席孙女的夙愿有一天能够得以实现，那么可能会有一天，他们已经很亲近了，她一定会在就着“珍妃儿”奶糖喝茶的时候问老人，他的初恋是谁。老人也不会撒谎，他会睡意昏沉地回答说不记得了。这个问题会让老人十分紧张，他会自觉不自觉地一头扎进模糊记忆的洪流。初恋，第二个恋人……他还爱过一个女登山运动员，爱过一个娇里娇气的姑娘，还有一个不知是谁家的女儿，一个隔壁研究院的工作人员，还有一位性格乖僻的格鲁吉亚姑娘。难道还少吗？但是现在，执着于突然跳出来的往事，他从这堆信中抽出了一页写满了字的纸——厚厚的岁月散落一地。不仅是初恋，整个一生的画面都在他脑海中明朗而清晰地浮现了出来。这便是他的初恋：一位黑头发的顽皮姑娘，她奶奶盯得很紧，常跟着他们，就像裁判员追着拳击手看一样，还把手插在他们中间：“停！”老担心结婚前会出什么乱子。可是婚却没结成。多年以后他们偶然在加里宁格勒相遇。他问道：“你还好吗？”她回答说：“嫁人了。”然后是一阵沉默。“去我那儿坐坐？”儿子在夏令营，丈夫在服役。他一直很紧张，担心她丈夫会回来。而此时他正看着一封印着滑雪运动员的信封，看着上面的字——“亲爱的峨参小子”。她不知何故叫他“峨参小子”，那时他什么也没去想。他没有读这些信，把它们扔回抽屉里，嘎吱一声提起了灰桶，把半桶浓稠的混凝土哗啦一下倒在了他的初恋上。

待在混凝土中间，他总有一种迷惑，仿佛他主要是由很久以前生活在海里的软体动物的化石粉末构成。研磨后的甲壳和鳞片按照人的意志在模具里凝固成一个个整体，构成了人工制造的城市崖壁，它们注定有一天会开裂，风蚀，变成建筑成分，延续着被磨碎和凝固这个永无止境的宗旨。

奶渣状的混凝土填平了逝去的激情，他变得极为平静。接下来的几桶混凝土灌满并吞没了那个礼物弹壳、战斗勋章和纪念奖章，还有妈妈用第一份工资买的玫瑰式金耳环。

一桶桶的混凝土掩埋着过去的生活，他想起了第一次浇筑地基基桩的事情。水是从小水塘取的，当巨大的混凝土块凝结之后，他敲掉上面的模板，混凝土的侧面有一条已经和墙体凝结到一起的小鱼。

诊断报告眼瞅着就该有半年了。

* * *

晚秋时分，由于弟媳妇、弟弟以及已经长大成人的继承人借口说早已没有亲戚的联系方式，警察所的人在打了无数遍电话也没得到什么结果后，便来到了这片土地上。他们看到从门口露出来的尸体，双腿嵌在几层厚厚的混凝土中。尸体有了一定程度的损伤：邻家的猫来过，刺猬来过，总的来说这里的生态环境很好，肉食动物非常多，只有那只小松鼠没有改变吃素的食性。

虽然私下里使了钱，上面也打过电话，刑事调查还是持续了将近两个月才结束。建筑工人不得不租来一台专门设备，用了三周的时间夜以继日地打碎那座房形岩体。它还保留着将军家的生活印迹，就像沙滩上的卵石带有史前蕨类的痕迹一样。一队人马负责用撬棍把木梁挖开，保加利亚人负责切割钢筋。工人是一群在很久以前被征服的牧民，他们马虎而粗鲁地捣毁这些“化石”，直到有人在碎石中发现了一对儿玫瑰耳坠。这个发现震动了这些中亚人，干活的速度大大降了下来。不知从哪一代便不再骑马的中亚人开始仔细砸碎并筛选一些可疑的碎块。无论是工头的喊叫，乔普人的冲心凿，还是爆炸的猎枪子弹，甚至是一个寻宝人被炸坏的一个肩膀半个脸都没能阻止他们寻宝。但是，除一枚红星胸章外什么也没找到，就这个物件上面也死死地沾满了杂物，清洗不干净了。有个从小便做梦用防坦克路障环绕莫斯科的乱世英雄，他记得母亲讲过，她们妇女怎样一起在敌军坦克和装甲车可能行进的路线上挖壕沟，还有从中亚共和国源源不断输送过来的男劳工们怎样裹着大花长袍在严寒中被冻死。我们的主人公要是知道，他一个人的努力就使得56号区段上的工程进展延迟了将近三个月，他一定会感到欣慰的。

小松鼠搬到了别的住所，弟弟和妻子拿到了被扣除了一部分的补偿款，正在和道路公司打着官司，第三副主席的孙女被强制迁出了原来的园子，她不再看书了，开始热衷于一些吵闹的电视秀，电视是用补偿金买来的，因为她已经不能只靠阅读和甜食就和现在的社会接轨。那些她打算亲自送给退休老人的花苗已经连土一起被挖了起来，被移栽到了路旁的斜坡上，种在了用来加固土壤的混凝土网格里。花树被移过来后开始从混凝土格子里生出许多根芽，几年后便长成了一丛丛小树。每年秋天，它们都会开出丁香般的花序，使这个区域养路工少见的几个浪漫的人满心欢喜。换班的时候他们会为妻子折下一束松软的花环带回家，平常板着脸的妻子们这时就变得柔和起来，瞳孔里也会现出一丝温暖。

谁也不知道老人在把灰浆浇向自己，将自己和房子砌成一个整体时脑中最后出现的想法。那是回忆，回忆他还是一个小男孩的时候，大人们在厨房里边抽烟边谈话。他也想过去，却不让他去，让他去睡觉。那时候他便开始幻想能够学会穿墙术。他想我现在起身穿墙而入，大人们都会大吃一惊。他感受着渐渐凝固的混凝土一点点束缚了自己的双腿，默默地笑了。

（白文昌　译）

火　　鸟

——安德烈·斯捷潘诺夫

从前，叶卡捷琳娜老奶奶有一只鹦鹉，名叫费留沙。当时，这种三色金刚鹦鹉[①]算是个罕见物种，而如今已经完全灭绝了。费留沙的头上有一小撮天蓝色的冠毛，躯干的羽毛雪白雪白的，尾巴宽大而蓬松，是那种樱桃味蛋黄酱的颜色，像极了冬日涅瓦河上的夕阳。这件奇宝是几个不知名的南方小国联合派使臣进献给俄国塞弥拉弥斯[②]的。费留沙是只尊贵的鸟儿，帝王至尊之手抚触过它的羽毛，婀娜贵妇轻唤过它的名字。现在这只鸟由十等文官列别加耶夫负责照看，豢养在宫殿的鹦鹉司之中。列别加耶夫奉命向这只蛮夷之鸟教授俄罗斯方言和礼节，让它变得性格活泼豪放，以便在把它呈献到女皇跟前时，它已经是一只学识渊博的鸟了。

费留沙天资聪颖、勤奋好学，进步神速，当然，在这一点上列别加耶夫功不可没。鸟儿的语言课程是严格按照《贵族大辞典》进行的，这使得它的一言一行都能准确模仿洪布耶侯爵夫人[③]的风范，言行中绝没有粗鄙的词句——像“尾巴”这样的词都是用“飞行控制器”来替代的。在学术方面，费留沙已经全面钻研了科学、艺术和手工技术的大百科全书，还学习了聪明法国人想出的各种花样。除此之外，为了取悦女皇，费留沙还学会了各国语言中的骂人话，当然了，俄语里的脏话不能教，因为十等文官知道，女皇只能忍受从列夫·亚历山大雷奇·纳雷什金[④]嘴里蹦出的俄语脏话，况且也毋需每周都忍受。

就这样过了半年光景，万事俱备，然而这只鸟儿并未被召见——女皇已经忘了这只鹦鹉的存在。费留沙整日梳理羽毛，模仿不同的声音，时刻准备着自己的初次觐见。而列别加耶夫则在金鸟笼旁徘徊，一边听着鸟儿睿智的高谈阔论，一边纠正学生的小错误，梦想着有朝一日能凭此得到圣上的奖赏。然而，这一切在某天晚上发生了翻天覆地的变化。豢鸟司的房门突然四敞大开，御前显贵——沙皇的亲戚、全俄勋章的获得者、皇家马厩总管，也是宫廷中最滑稽的人——列夫·亚历山大雷奇·纳雷什金驾到。他刚进到鹦鹉司，就马上用他那满是香水味并带有字母图纹的小手帕捂着长鼻子，透过手帕嘟囔："臭死了！跟马厩似的，merd⑤！"

十等文官列别加耶夫刚一听到最后那个法语词，马上像鸵鸟般弓着背——屁股比脑袋还要高一些——双臂惊慌地向两边张开。一看到此情此景，豢鸟司里孔雀单腿呆立住了，野鸡也呆若木鸡，一时间所有的300只宫廷鹦鹉都闭口结舌了。房间里弥漫着一种可怕的、死一样的寂静，这种死寂只在面临神雷大作以及沙皇盛怒时才会出现。不过，这一回，暴怒却迟迟没有出现。列夫·亚历山大雷奇看着列别加耶夫的这幅德行直接说：

"我说，你这儿臭死了，一股牲口棚的味道。你把这宫殿都弄成什么样子了，avorton⑥？"

听到这第二个法语词，这个醉心于鸟类教育事业的家伙把手臂张得更开了，把头压得不能再低了。房间变得更安静了。

突然，犹如晴天霹雳一般，房间里清楚地响起了和皇家马厩总管

---

① 虚构的物种名称。——作者注

② 塞弥拉弥斯（Semiramis）是尼诺斯国王的传奇王后，成功地接替了他的亚述王位。在这里用来比喻叶卡捷琳娜二世。——译者注

③ 德·洪布耶夫人（Madame de Rambouillet）长期受意大利文艺宫廷的影响，身体孱弱的她无法适应亨利四世宫廷的紧迫拥挤与粗鲁无礼，于是决定搬离宫廷，开始邀请文人雅士在巴黎的住所餐叙、谈诗论文，期盼以细腻高雅的语言匡正当时粗鄙质野的说话方式，以优雅的举手投足取代莽撞的肢体动作。——译者注

④ 纳雷什金伯爵（1733—1799），叶卡捷琳娜二世的宠臣和好友。——译者注

⑤ 法语词，意思是"臭"。——译者注

⑥ 法语词，意思是"小杂种"。——译者注

那浓厚鼻音一模一样的声音：

“不能说臭死了，应该说是臭气熏天的花~露水！”

接着又用优美的法语温柔地说：

“去见鬼吧，傻X！”

列夫·亚历山大雷奇气得脸都绿了，右手揪着着列别加耶夫头上的一绺头发，左手则拽着他的下巴：

“你是在羞辱我吗，臭养鸟的？”

这时又传来反驳的声音，仍然模仿着刚刚达官贵人的语调：

“不是养鸟的，应该说鸟~类专家！”

说完还用德语补充：

“再次见鬼去吧，你这个虚荣的人！”

豢鸟官吓得眯起了猪崽儿般的小眼睛，颤动着发青的两颊，目瞪口呆，列夫·亚历山大雷奇看到这一幕，放开了列别加耶夫无辜的小脑袋瓜儿，开始环顾找寻那个幕后荒谬不经的小无赖。

寂静再次笼罩着整个房间，画面像油画上一般定格住了。这时，却有一个小污点破坏了这种和谐的氛围。列夫·亚历山大雷奇大步走近这个污点，看到金色鸟笼里有一只无耻的鹦鹉，它展开了火红的尾羽，把蓝色的小脑袋歪到了一边，伸着厚厚的舌头，斜着一只眼睛，对这位大人毫无敬意。

“怎么，丑八怪，刚才是你在教训我吗？”这位权贵惊讶地问。

鸟儿把舌头收了回来。

“不是丑八怪，是样~子过于抽象！”

接着又用西班牙语补了一句：

“丑八怪！”

说完又把脏兮兮的舌头伸了出来。

“哎呀，那个谁，列别贾耶夫[1]，你给我过来！”列夫·亚历山

① 纳雷什金故意叫错了豢鸟官 Лебедяев 的名字，叫成了 Лебезяев，这个名字来自俄语动词 лебезить，是奉承巴结的意思，在这里是纳雷什金在讽刺十等文官。——译者注

大雷奇转向了仍在原地弓着背的十等文官。

列别加耶夫踮着脚走过去，手臂仿佛是挥动着翅膀一样瑟瑟发抖。

“你说，是谁在这里肆意妄为，算怎么回事？是嘲弄我了？”

“怎么敢呢！”列别加耶夫收起了“翅膀”，“列夫·亚历山大雷奇阁下，请您放过它吧，这是一只遵照女皇命令来学习演说术与哲学的鹦鹉啊！大人，请您三思啊！”

“女皇的命令？你不是在撒谎吧？”

“确实是女皇的命令。她钦定要培训一下这只未受教化的小鸟。只是后来把我们忘了！”

列别加耶夫说着开始哽咽起来。

皇家马厩总管认真地看了看这个学习演说术的学生，费留沙此时则端起架子来，把舌头歪向了喙的另一边。

“啊，是让你来教这只洋鸟。”列夫·亚历山大雷奇挖苦地说道，“而你却教它骂人话，还反用达官贵人们的口吻还嘴。你就指望把这种玩意呈献给女皇陛下？想把显贵们变成供人取乐的小丑，而你自己大出风头？列别贾耶夫，你想过没，就你这么个丑八怪，莫不是还想在女皇陛下面前让它说这些乱七八糟的话啊？你是想造反吗，训鸟官？”

听到最后一句话，列别加耶夫吓得一哆嗦，像一只傻乎乎飞入鹰巢的小麻雀似的。

“小的不敢！小的不敢！”他的嘴也变得不利索了，“您行行好吧，大人！这只珍稀的鹦鹉讲话是极为文雅的，它所学之词都是沃尔科-利索夫斯基教授从洪布耶侯爵夫人的宝典里精挑细选的。而用来逗乐的骂人话都是洋话！统统都是洋话！它很有教养，俄语里的那些蠢话它是说不出口的！

“这样啊，洋话……那它怎么对位高权重的人毫无敬意呢？”

“哪有不尊敬！没有不尊敬！”

“你别瞎叫唤，给我好好解释解释。”

“列夫·亚历山大雷奇！这鸟儿之所以模仿各种声音，纯粹只是为了逗乐！您刚才可能没明白，这就是个玩笑！请您再听一听！”

然后列别加耶夫转向了鹦鹉：

“费留沙，向尊敬的皇家马厩总管先生道歉！”

鹦鹉在列别加耶夫声音的基础上又添加了一丝厚颜无耻的声音，用细细的嗓门回答道：

“我为自己对尊下所表现出的不敬行为向马车总司令表示惋惜！在下不敢！”

最后没忍住，又加了一句：

“拉裤子的人！”

列夫·亚历山大雷奇的薄嘴唇露出微微的一笑：

“拉裤子的人，列别贾耶夫，就是你啊。它说，我们这位像大肚子鸵鸟的教育家直接拉在裤裆里。我似乎能感觉到，这鸟儿挺有智慧的……”

“是的，大……人，确实有！”列别加耶夫甚至高兴得呛了一下口水，“它不会在女皇殿下面前胡言乱语的。只是，列夫·亚历山大雷奇，它有的不是智慧，是悟性。智者爱尔维修[①]曾说过：智慧不存在于无情的本性之中。按照这么说，这神鸟……”

“你就别跟我讲这些大道理了。你分内的事儿就不用跟我再啰嗦了。你都快成一只鹦鹉了。”

听到这几句话，列别加耶夫一下就蔫儿了，不再作声，把背又弯成了半鸵鸟式。而列夫·亚历山大雷奇则深深地陷入了沉思，视线落在了费留沙火红的尾巴上。过了一会儿，他给十等文官做了一个出去的手势：

“你先出去吧！我要和这只奇鸟单独聊聊。”

---

① 爱尔维修是经验主义哲学家。他认为通过感官，世界是可以被认识的。爱尔维修反对“天赋观念”，认为人的智慧是后天“教育的产物”，而人获得才智的能力是天生平等的。他反对贵族和教会对学校的垄断，提出世俗教育的主张。——译者注

总管和这只神奇的鸟儿聊了整整两个小时，到底聊了些什么，列别加耶夫就无从得知了。他在门口不断地徘徊，期盼着能打探到点儿什么，耳朵刚贴近锁眼，就像被平底锅烫到了似的马上缩了回来。终于，“马车总司令”带着满意的笑容出来了，蜡黄的脸蛋上竟还带着一丝红晕。

他深思熟虑后说：

“明天女皇陛下梳妆的时候，我就把这只鸟引荐给她……记住，列别贾耶夫，这只鸟是我教的，不是你。”

总管停顿了一下，更加严厉地说：

“好好伺候着吧！看着我，别耍花样！要是跟我耍花样，我就把你这破屋子给拆了！到时候把你流放到西伯利亚去教育寒鸦！”

说完，总管看了一眼他鸵鸟式的瑟瑟发抖，笑着说：

“拉裤子的！”

* * *

第二天早上，受过加冕礼、名正言顺即位的女沙皇叶卡捷琳娜·阿列克谢耶夫娜穿上了图尔绸的长衣，开始梳发髻了。像往常一样，亚历山大·瓦西里奇·赫拉波维茨基[①]与女皇殿下同在小钻石盥洗室内，他专门负责女皇陛下的私人事务，无论谁想向女皇呈禀帖，都要先通过他。尼古拉·谢苗内奇·科兹洛夫上校刚要为女皇陛下梳发髻时，仆人便通报皇家马厩总管觐见。

小淘气廖乌什卡[②]的到来在任何时候都会得到女皇的欢迎，每天以廖乌什卡的笑话开始是女皇的最爱，早上和廖乌什卡聊聊，一天都能过得轻松愉快。但是，为了合乎规矩，女皇故意问道：

“怎么，廖乌什卡，睡不着吗？这么早来见我？”

这次，列夫·亚历山大雷奇没有用惯常小丑般的语气，而是郑重地说：

---

① 赫拉波维茨基（1749—1801），叶卡捷琳娜二世时的枢密官和秘书。——译者注

② 叶卡捷琳娜二世对列夫·纳雷什金的爱称。——译者注

“殿下，我压根没睡！我展开翅膀飞得比埃俄罗斯[①]还快，我要尽可能地赶着让那些永恒安康的四海八荒臣服于陛下。”

女皇十分惊奇，甚至有些惊慌：

“永恒安康？你没事儿吧，廖乌什卡？这是何种幸福，何时会到来？”

“这种幸福现在只取决于陛下您是否想要了！”

“嗯，我感到，这种永恒早已在我的股掌之中了，但那个四海八荒又是怎么一回事，列夫·亚历山大雷奇？快说，别折磨我了！”

“亘古奇闻啊，陛下，奇妙无比！”

“你的每一天都充满了奇闻轶事。别卖关子了，这儿都是自己人！”

列夫·亚历山大雷奇鼓起腮帮子，瞪大了眼睛，恨不得把小钻石屋里的空气全吸进去，然后突然说：

“火鸟，陛下！”

女皇惋惜地“啊”了一声，看着他：

“你呀，廖乌什卡，是不是昨晚喝多了，小可怜儿，怎么变得傻乎乎的……”一边摇头一边说，“火鸟，这是仅存在于俄国童话里的东西”。

听了这话，列夫·亚历山大雷奇却不以为然。

“在圣明的叶卡捷琳娜女皇统治下，一切童话都能成真！请您鉴证，陛下！”

说着，善于创造奇迹的马厩总管拍了拍手掌，大门开了。门口站着两个健壮的仆人，抬着一个巨大的镶满祖母绿和红宝石的金鸟笼。这五光十色的中间，有一个红木小横杆，在这横杆之上咱们的费留沙一只翅膀叉着腰，满身散发着得意。

“这就是费留沙，正式的全名是费利茨塔特，”列夫·亚历山大雷奇特意做了一个意味深长的停顿，“是带来幸福安康的意思。”

---

① 埃俄罗斯（Aeolus），希腊神话中掌管风的神。——译者注

可惜，这并没有使女皇感到震惊。

“我好像在哪儿见过这只鸟儿……”女皇若有所思地说。

“是的，您确实见过，”赫拉波维茨基插了一句，“去年夏天的时候，外国大使呈献给您的，您当时命人调教这只野鸟来着。”

“啊，是它……没错！我记得当时把它送去豢鸟司了。廖乌什卡，你又怎么和这只鸟弄到一块儿去了？难道你现在又改去调教禽类了？好像我是让你做马厩的总管吧……”

“回陛下！自我看到这只鸟的第一眼起，我就明白这只鸟就是一个尚未开发的智慧宝库啊，于是暗下决心，我要为了祖国的幸福而干出一番事业！我夜以继日地教授它科学知识——今日进献给您。蠢货们，快把笼子放下！”

仆人们轻轻地把笼子敬呈于女皇面前——就这样，费留沙那傲慢的模样正好和女皇的绿色双眸对视了。双方的第一印象还都不错。

“好一只花色斑斓的鸟儿啊！”看到费留沙，女皇变得亲切起来，“小东西，想不想吃坚果呀？”

费留沙挺起了近卫重骑兵般雪白的胸膛，用洪亮的声音答道：

“非~常感谢您能体~谅我的渴望！他~妈的[1]，我要吃坚~果！”

在场的人都乐了。

“快给它！给它坚果！它应得的。真是能说会道！机灵鬼。它是在哪儿长大的，廖乌什卡，难道是意大利？”

关于这只鸟儿的出生地，列夫·亚历山大雷奇还不如费留沙自己知道的多呢，不过他仍大言不惭地回答：

“这只神奇的鸟儿是天空之城的居民！要想知道它是在哪里被捕获，是毫无意义的。它能带来数不尽的好处才是重点。”

“你来举例说明一下，说明一下！”

“就拿它的聪慧说吧。它认识字母，拉丁字母，会用八种语言恰

---

① 原文是意大利语。——译者注

如其分地骂人，喜爱坚果和饼干，最厉害的是擅长哲学辩论。”

费留沙对在场所有的人亲切地点头致意，然后将一只翅膀向侧边展开，优雅地鞠了一躬。

“相当出色的优点。”女皇点了点头回答道，“嗯，看来我得考一考它……”

“用理~性来思考！”费留沙插了一句。

“嗯，用理性……从何开始呢，啊？”

“陛下，从哲学开始吧！”赫拉波维茨基提示道。

“您是说从哲学开始？好吧，试试吧。圣鸟，你来说说，一切善良品德的根源是什么？”

费留沙看了一眼列夫·亚历山大雷奇，伸出一只爪子，把一只翅膀贴在胸前，慷慨激昂地说：“活着要学会给予，勿要算计别~人！要学会满足，勿觊觎他人之物[1]……”

然后费留沙鞠了一躬，表示已经说完了。

女皇殿下站起来感叹道：

“嗯！这鸟儿确实是个哲学家！赫拉波维茨基先生，请您把这个思想记入到备忘录中，回头咱们再讨论。廖乌什卡，你说实话，你有没有背地里教过它？你了解我的，知道我是很看重即兴赋诗的。”

“怎么可能！这只鸟儿是自学的。”

“它的音节诗怎么样？不会也自学作诗了吧？”

“这都是它与生俱来的才能，殿下！”

“纯天然的！”费留沙又插了一句，“请给我坚果，我应得的！”

女皇的眼中燃烧起象征着垂青的紫水晶色火花，这是在宫廷中的每一个人都梦寐以求的。

坚果被源源不断地送到了这只新宠面前。晨起的梳髻活动以鹦鹉被封赏而圆满结束。女皇好像生怕费留沙的这种智慧被束缚似的，命人立刻打开笼子，让费留沙在宫廷之中自由飞翔。

---

① 此句是俄国诗人杰尔查文《致纳雷什金》中的诗句。——译者注

这只哲学鸟飞来飞去，怀疑地歪着头观察房间里大大小小的皇冠，却对伏尔泰的半身像青睐有加，它落在了这个半身像上，开始索要坚果。

终于，尼古拉·谢苗内奇最后整理了一下女皇的空心发髻，在上面插入了钻石饰品，然后向女皇殿下鞠了一躬，女皇就站了起来。赫拉波维茨基先生立即把一沓需要签署的文件放到了女皇的书桌上。

于是，女皇开始处理政务。首要政务向来都是从慈善事务开始的。

"哎，亚历山大·瓦西里奇，你说，今天谁最需要咱们的帮助呢？"

"陛下，我认为是尉官遗孀库察佩托娃的禀贴。她独自一人带18个孩子，请求予以救济，是个苦命的女人。"女皇刚要去拿鹅毛笔，这时列夫·亚历山大雷奇悄悄地用他那细长的手指打了个响指。于是，费留沙飞起来，像石头一般重重地落在了禀贴上，把尾部冲着女皇，伸出了它红色的尾羽。

"这是什么意思？"女皇问道。

"陛下，这就表示，鹦鹉为了您能签署这个禀贴而毫不吝惜自己的羽毛。您就用它的羽毛签了吧！"列夫·亚历山大雷奇郑重其事地回答。

叶卡捷琳娜·阿列克谢芙娜热泪盈眶，抓住火鸟的尾巴，拽下一根尾羽，用这根羽毛签署了禀帖。

从那天开始，一直至女皇去世，宫廷里都保持着只用鹦鹉尾羽来签署皇家慈善文书的传统做法。

此次觐见的结局皆大欢喜。费留沙被女皇特别任命为"女皇专属火鸟"。而列夫·亚历山大雷奇被赏赐了两千卢布作为他调教鹦鹉的奖赏。列别加耶夫则被授予"豢鸟院长"的称号，还得到了一个价值500卢布、画有一只哈巴狗的鼻烟壶。

* * *

从那个早晨开始，费留沙就得到了前所未有的恩宠。金鸟笼全天候开着，费留沙自由飞翔在女皇左右。有时，站在女皇的肩膀上突然高喊：“牛奶！”于是，女皇用她那洁白无瑕的手拿起迈森牛奶倒入金碟子中，但是“火鸟”仍表现得像个小混蛋一般，总爱耍小性子。它歪着头问：“这牛奶好喝吗？”叶卡捷琳娜·阿列克谢芙娜露出珍珠般温润的笑容，亲切地答道：“好喝呀，宝贝儿！”

还有时，“火鸟”站在窗前落寞地远眺涅瓦河上的落日。

女皇很担心：“怎么了，我的小费留沙为何总眺望天空？”

列夫·亚历山大雷奇是这样回答的：

“陛下，它这是思念天空了，这就是所谓的莼鲈之思。”

女皇叹了口气说：

“我倒是想把你放归自然，费留沙，你再忍忍，待春暖花开，咱们一起去皇村……”

费留沙回答：

“不是放归自然，而是回归鸟~类天堂！”

女皇听了这话大笑了起来，费留沙还继续说：

“也就是放归天空之城，他妈的！”

“真是我的开心果……”女皇说道。

女皇的所有近臣都由衷地喜爱费留沙。一个头上只有一绺头发干巴瘦的“一撮毛”将军却不以为然，他不满地说：“我们见过的鸟儿多了去了，之前是孔雀受宠，现在不过是轮到鹦鹉而已。”正因为这几句大不敬的话，女皇把他派去远征了。另一个有着完美牙齿的年轻人[①]，地位比宫中的高级侍从官还高，在一旁慢吞吞地说：“把他发配远一点儿有好处，省得他欺负咱们的费留沙。”听到这几句话，女皇一言不发只在一旁笑着。然而，这个年轻人有一次对费留沙有些不大尊重，遭到了女皇的严厉指责。那天，他的口袋里装满了坚果，在埃尔米塔什博物馆里到处喊：

“费留沙！过来！”

---

① 暗指叶卡捷琳娜女皇的宠臣祖波夫。——作者注

女皇皱了一下眉毛，严厉地说：

“亲爱的，这是一只智慧的鸟儿，而不是一只莫普斯狗，怎能让你随意地呼来喝去呢？”

所有人都因费留沙聪慧过人而对它尊重有加。科学院院长——公爵夫人卡捷琳娜·罗曼诺夫娜花重金命人打造出一个白色大理石的费留沙雕像，并将其摆放在一排罗马恺撒皇帝雕像的对面。费留沙对自己的雕像很是满意，夜晚常常傲慢地端坐在雕像之上，并常常在这个人类暴君的头上排便，还用法语破口大骂。

* * *

就连伏尔泰这位伟大的作家也曾说过：好景不常在。很快，这黑暗的一天就到来了。

那天晚上，女皇进了不少晚餐，无心政务，悠闲地喝着汽水，心里惦记着巴黎雅各宾派造反的那档子事儿。

女皇问：“那水深火热的地方怎么样了？”了解情况后，女皇变得更加担心起来。

列夫·亚历山大雷奇有些手足无措，不知如何逗乐女皇，想办法找了些民间乐师来埃尔米塔什表演，木笛、芦笛、冬不拉、手鼓轮番上阵，然而女皇对音乐不大能提起兴趣，这些乐器反而让她的头疼了起来。

于是列夫·亚历山大雷奇拿出了杀手锏——费留沙，他和费留沙窃窃私语了几句，费留沙飞到了女皇的肩上，大叫：

“牛奶！”

女皇眼里噙着因偏头痛引起的泪花，笑着说：

“就你爱我。”女皇开始给费留沙往小碟子里倒牛奶。

“你看看，我的小费留沙，这是从巴黎传回来的消息，说是当地的反动派竟然把皇家动物园破坏了。这些人真是坏事做尽呐！他们把善良无辜的国王杀了，把他的头像砍白菜一样砍了下来，如今又要向这些不会说话的无辜动物下手了。”女皇激动而又伤感地说。

费留沙斜着眼看着激动的女皇，突然冒出了一句蠢话：

“要教化民众！”

听到这句话，女皇非常失望，她收起笑容说：

“我才发现，费留沙，你也不是那么聪慧过人。正是因为有了教化，雅各宾派才得以趁虚而入。我的人民虽然有些无知，但跟那些法国混蛋可完全不一样。”

费留沙用另一只眼睛也斜着看着女皇，又挖苦地问：

“那普加乔夫呢？”

女皇无论如何也无法假装自己没听到这几个字，心情急转直下，气得心都揪了起来。

“我真倒霉！”女皇大叫，“这些暴民真是越来越放肆了，现在竟然把魔爪都伸到皇宫里了。我都能闻到一种硫磺的臭味了！你的真面目是什么，费留沙？是敌是友？”

“鄙人是全人类的朋友！”费留沙傲慢地回答。

刚刚远征回来的“一撮毛”将军这时插了一嘴：“陛下，”他说，“不要听信鹦鹉的话！您就是真理，我已经忍无可忍了！请您派我去解决那些长裤恶棍[①]吧！”

女皇看了一眼费留沙，满含热泪地点了点头。

“我批准你去征讨他们。把你的红色羽毛呈上来！”

费留沙像被蛇咬了一样，猛地腾空而起，飞落在吊灯上，高喊：

“谎言是不可能战胜真理的！”

叶卡捷琳娜·阿列克谢耶夫娜听到这一句妄言，气得噘起嘴，有气无力地说：

“哼，雅各宾派……给我抓住这只鸟！”

场面一片慌乱。有的人去拿梯子，有的马上去拿笼子。而费留沙则在他们头上盘旋，好似一个火球，同时用尽鸟儿所有的力量嘹亮地高喊：

“自由！平等！博爱！[②]”

---

① 指参加革命的穷人。——译者注

② 1789 年法国大革命中提出的宣言。——译者注

然后，鹦鹉深吸了一口气，补充了一句更可怕的话：

“暴君——只有死路一条！”

刹那间仿佛轰雷闪电！听到最后一句，所有人都愣住了，女皇的脸变得惨白，白得像迈森牛奶一样。“嗝”地一声，就与世长辞了，于是，费留沙的恩宠也就此结束了。

* * *

新沙皇登基后，开始调查此事是否是蓄意谋害。他一怒之下命人逮捕了费留沙，而平静下来想到，这鹦鹉又何罪之有？于是调查这只鸟是何人所教。所有人都推了个干干净净，说连那样的词语都不曾知晓，列夫·亚历山大雷奇则像嫁祸给死人那样，把罪责都推到了列别加耶夫身上。新沙皇巴维尔·彼得罗维奇是个善良软弱的人，他本下令所有人都发配到西伯利亚，并把鹦鹉做成标本。稍冷静下来后，又大发慈悲，决定遣散豢鸟司，把豢鸟部的头儿轰出宫去，这只惹人生气的鹦鹉则送给了已经退休的皇家马厩总管，总管则把这只鸟儿锁在了一间阴暗的储藏室中，只提供一些大麻籽来喂食，任其自生自灭。

于是，费留沙和它的笼子便在纳雷什金官邸的黑暗储藏室之中度日如年。

* * *

1917 年寒冬，储藏室中突然出现了一丝烛光。费留沙睁开了一只眼睛，眼前出现了一个身着皮大衣的秃顶大叔。

“你是谁？”陌生大叔用平民的语气问道。

费留沙睁开了另一只眼睛，努力伸了伸腰，浑身的老骨头都咯吱咯吱响，它嘶哑却傲慢地回答：

“我~我是人类的朋友！”

陌生男子惊呼：

“我去！这鹦鹉会说话！”

听到这句地道的俄语，费留沙竖起毛蜷身高喊：

“火~鸟！火~鸟！智~慧的火鸟！”

随后又补充了一个不明所以并令人恼怒的绕口令：“傻子多费力

别尔可乐诺和马力！上格罗特纳木大河，牛肉[1]！”

穿皮大衣的大叔先是惊愕，接着忽然展现出了微笑。这时，在破败宅子的幽暗深处又传来了另一个更浑厚的声音：

“米科拉，你在那儿磨蹭什么呢？找到什么了？”

“雷博夫同志，这有一只会说话的蓝脸鹦鹉。用外国话骂人，应该是个资本主义的畜生。说自己是火鸟……”

在门口又出现了一个秃顶的男人，和刚才那个几乎一模一样，只是更高大，还有海象般的胡须。

“他妈的！这笼子是个宝贝啊！还镶满宝石呢！这鹦鹉像童话里似的……难道，咱们还真逮着了一只火鸟，啊，库贝什金？”

第一个人却有点怀疑：

“看着不像火鸟啊，雷博夫同志。”

“可能是只小火鸟？”政委挠了挠秃顶。

“嗯，确实，看起来还挺小的……”

于是，两人开始默不作声地欣赏这金灿灿的笼子和那火焰般的羽毛。

“你说，雷博夫同志，用这火鸟能点烟吗？”年轻一点的秃头问道。

“你这是迷信。嗯，不过试试也行。”

库贝什金拿着蜡烛凑向笼子，掏出根烟伸到了费留沙的尾部。费留沙第一次遇到这种放肆的行为，显得有些手足无措，转过身来反啄了一下这位契卡[2]队员的手指头。

“啊，你这畜生！”契卡队员尖叫着把手指头缩了回来。

“怎么，点不着？”政委好奇地问。

“什么？啊，点不着，雷博夫同志，”受伤的同志边回答，边把

---

① 各国语言中的脏话和无意义词的组合。——作者注

② 契卡，全称为全俄肃清反革命及怠工非常委员会，简称全俄肃反委员会，契卡是俄文的缩写音译。是苏联的一个情报组织，于 1917 年 12 月 20 日由捷尔仁斯基创立。——译者注

被啄伤的手指伸到了嘴里，“它肯定不是火鸟。”

“我都跟你说多少遍了：这些神话都是神父们杜撰出来的，就是为了蒙蔽人民的双眼。”

“的确如此，雷博夫同志。”

“如果这并不是什么神鸟，那么问题来了，这鸟他妈的到底对咱们有什么用？”——政委想到这些不经意说出声来。

“我也正想这个问题呢。拿它怎么办，把刚才的对话向上头报告？”

“无产阶级是没有时间瞎扯的，你说得对，库贝什金同志。但是资产阶级分子的财产应该是有用处的，这点你也学着点儿。”

“资产阶级分子的财产能有什么用处？拧下它的脖子，这样才对。哼，混蛋！现在我的手指头都没法扣动扳机了！”

政委没吱声。陷入沉思的他一直盯着费留沙火红的尾巴看。

“把它的羽毛薅下来！”——他终于想到了，“共产主义写字儿的家伙不够用，让它也为劳动人民服务服务。”

“也对！”——库贝什金附和，“让它知道知道厉害！那笼子怎么办？这笼子可挺重要。瞧瞧这还发光呢……”

“笼子和这混蛋一起征收。你写一下征收纪录，我说你写。”

“那个，我手指头不太方便… 而且，我也不太识字，雷博夫同志。最好还是您自己写吧……”

“好吧！”

* * *

“全俄肃反委员会主席捷尔仁斯基同志：12月8日，任务执行人雷博夫，奉命在纳雷什金家旧宅进行清查，在其储藏室中发现一窝藏的资本主义金笼子，在笼子上大概镶有80多个宝石，笼子里是只不寻常的蓝头红尾的鸟，看起来是只鹦鹉或是只小火鸟。我们询问它是谁，它说自己是人类的朋友，后来又用外语说了好多骂街的话。这个敌人在库贝什金同志执行任务时还袭击了他，可能是某种怪物，捷尔仁斯基同志，您审问它就知道了，如果不是什么怪物，我认为应该把它的毛薅光……”

捷尔仁斯基同志将疲惫的视线从笔录上移开，看了看他面前这个红木横杆上被捕的火鸟。

“嗯，您到底是谁，人类的朋友？”他刻薄地问道。

费留沙像近卫军似的挺起胸膛，抬起一只翅膀深情地对着自己画了个十字。接着，用洪亮爽朗的声音回答：

“鄙人是天空之城的臣民，而你是上帝的惩罚，地狱的囚犯[①]！”

肃反委员会主席暗淡的目光燃起了绿色的光芒。

“这样啊。这歌词倒是挺耳熟的。看来加弗里拉·雷博夫说得没错，你确实是我们的敌人，而且对自己情感并不隐瞒。那到底是谁教您如此会说话呢？”

“接受赞美吧，叶卡捷琳娜[②]！”

“哪个叶卡捷琳娜？姓名，住址？”

“叶卡捷琳娜二世，他妈的[③]！”

听到这几个波兰语的词捷尔仁斯基同志惊讶地想稍微张开嘴巴一些，但在钢铁般意志的支撑下还是把嘴合上了。他忖度了一下，把左轮手枪放在了桌上，悄声问道：

“也就是说，您是永生鸟？”

“我们所有人都是向死而生的，”费留沙义正严辞，目光直视地回答道。

“但，您到底是不是神鸟啊？您的尾巴能不能喷火？老实回答。在胜利的无产阶级面前您必须缴械投降。”

费留沙看了一眼左轮手枪，梳理了一下羽毛回答：

“当然能喷火。接着我的尾羽。我缴械投降！”

这位契卡主席左手拿着左轮手枪，右手小心翼翼地稍打开了笼门，并伸进了笼子，一副生怕被烧到的模样。费留沙把火红的尾巴转

---

① 这一句是一些无意义词语的组合。——作者注
② 杰尔查文的诗句。——作者注
③ 这句是波兰语的脏话，捷尔仁斯基是波兰人。——作者注

向了哆哆嗦嗦的手。它屏住呼吸，内心暗自与女皇告别。

结果是它拉了一大泼鸟屎。

捷尔仁斯基同志削瘦的脸上浮现出了厌恶，他砰地一声关上了笼门，右手在弗伦奇式军上衣上擦了擦，左手抬起了手枪。费留沙像小锡兵般挺直后背，摆出了视死如归的架势。

就这样，双方互相直视，连眼睛都不眨一下。忽然本来意志坚定的主席先败下阵来，他的胡子猛然抖了一下，毫无血色的鼻翼开始颤抖，他向后退了一步，把左轮手枪放在一旁，开始在办公室里来回踱步，像在囚房一样，走到墙角再转弯，然后毅然决然地走向笼子。他把费留沙从笼子里拖出来，猛地拔下了一根尾羽，蘸了蘸墨水，在雷博夫的记录上迅速地写道：

“在得到其他指令前，暂将此笼挂于我房间。捷尔仁斯基。”

* * *

他们把费留沙关在了一个藤编的笼子里，把笼子挂在了豌豆街契卡总部最顶层的窗口。左边望去，能看见涅瓦河上的夕阳，右边能看见深红色的冬宫，在那里，费留沙曾度过非常愉快的年少时代。如今，费留沙的早晚餐都是受潮的面包，到了夜里笼子上会罩一个满是灰尘的头盔，以防它半夜嚎叫——年老的鹦鹉常常因噩梦缠身而哀嚎。

午夜从噩梦中惊醒，费留沙随即陷入了充斥着各种嘈杂声音的无尽黑暗之中——“叮铃铃”的电话声，水兵骂骂咧咧的声音，发动机轰隆的声音①，还有令人振聋发聩的射击声。隔壁房间传来低沉的惨叫声，还有主席清晰的话语：“我交给你的时候上面有 80 个宝石！是谁把金鸟笼上的宝石挖走了？快说！”

费留沙把头埋进翅膀里，想逃出这些声音的包围，却无济于事。两百年来，鹦鹉第一次体会到了生不如死的感觉。

它自顾自地吟起了音节诗：

---

① 在契卡执行枪决时，特意启动发动机以消除枪击的声音。——作者注

“活着要学会给~予

勿要算计别~人……”

可惜吟诗也无法缓解。

直到快天亮，这些恐怖的声音才渐渐沉寂下来。被捕的人进了监狱，宪兵们仍在进一步的搜查中，其他的同僚则趴在地上敲击地板，发出沉闷的声音，后来这些人在地板上横七竖八地躺着睡了大约2个小时。终于，电话声安静下来了，该死的马达声也停止了。

就在某一天清晨吵嚷之声逐渐消失的时候，费留沙笼子上的头盔突然被取了下来。它打了个战栗，在横杆上伸展了一下。费留沙面前突然出现一张脸，在窗外黯淡晨光的映衬下主席那本来就苍白的面孔变得更加惨白。奇怪的是，费留沙反而觉得仿佛是上帝的惩罚在微笑。

“我想看看，我是否梦见的是您，”契卡主席喃喃自语，“在梦里……所有的枪决令都是我用您的羽毛签署的……”

他沉默了，又是一阵寂静袭来——死一般的寂静，不祥的安静，这过于安静的氛围甚至能让人听到耳朵里的嗡嗡声。

费留沙也不作声，等待面对最坏的结果。但是，这个可怕的男人突然问了一个出乎意料的问题：

“请问，您在这儿坐牢有多久了？”

“121年。”费留沙直视这个吸血鬼似的人，坚定地回答。

它竟然在此人空洞的眼神中看到了燃起的一丝火花，和审讯时看到的绿色火光不同，这次是像女皇一样的——泛着紫水晶色的。

“独自一人？”

“独自一人。”

捷尔仁斯基擦了一下苍白的额头，低沉而又迅速地说：

“我坐了11年的牢，独自一人的时候是两年。在华沙的堡垒式监牢。从那里的窗户往外看，除了一小块天空，几乎什么都看不到。就因为这一小块儿天空，我差点儿再次不再相信上帝了……”

“即使看不见天空，我对上帝也依然深~信不疑，”费留沙坚定地说。

主席沉默了一会儿，又断断续续地接着说：

“当时每天都有同志被处死……如今轮到我来签署这些命令了……用你红色的羽毛…… 我又能怎样？别无出路。海德拉[1]般的恶势力日益猖狂。谁来捍卫俄国未来的幸福？谁能？”

费留沙什么都没有回答。

又是一阵寂静。

“你叫什么名字？”——捷尔仁斯基突然问了一个不能再简单的问题。

“费利茨塔特。”

“费利茨塔特。幸福的意思……我也是幸福的。费利克斯。”

他假笑了一下，然后把手伸向了笼子。

* * *

这一天的清晨，在令人毛骨悚然的旧时特辖市市政府大楼附近的行人稀少，他们却成为了这巨大的梦幻般感觉的牺牲品。他们亲眼见证了，在这幢楼顶层，窗户“咚”的一声打开了，一只七彩的火鸟冲上云霄，像一个火球一般盘旋着，终于，它飞向了冬天里的太阳，它拼命地高呼着：

“自~由！”

（李希卢　译）

① 海德拉（Hydra），希腊神话中的九头蛇，是西方的神话生物，在古希腊神话中出现最为频繁。传说它拥有九颗头，其中一颗头要是被斩断，立刻又会生出两颗头来。——译者注

番茄汁——关于另一个时代的女人的小说

亚历山大·齐普金

我很少看到我的朋友们流泪。男孩子只有周围没人的时候或者旁边是女孩子的时候才会哭泣（足球运动员不算，他们怎样都可以）。我们在其他男孩子面前很少哭泣，除非是情况特别糟糕。

我的一个朋友流泪的场景就让我特别记忆深刻，当时我们去莫斯科的路上，我给自己倒了点儿番茄汁，他就突然泪如泉涌。

现在我们言归正传，给大家讲一个欢乐而又有教育意义的故事。

少年时期，我曾有过许多各种各样的圈子，这些圈子又因为各种人员或情况不同而时有交叉。每个圈子都常有新人进进出出。年轻的心仿佛置身于一台巨大的粉碎机，被翻来覆去。这些朋友也不知道是打哪儿来的，谢苗就是其中之一。他来自列宁格勒，是个浑球，家境不错。后两项是加入我们团伙的必要条件。不是说我们不“接收”别的人，绝不是，道不同不相为谋而已。90 年代，出身低微的浑球们离开我们或者加入了犯罪集团，或者沦为无产者，而家境好的非混球们后来要么是做了生意，要么就沦为科研人员，顺便要说的是，他们的经济状况往往与无产者相当。

我们这帮衔着金钥匙降生的年轻人肆意挥霍着生活，我们知道，基因和家道 never let us down①。而谢苗呢，应该说，他是尝试过干一番事业的，他当过翻译，倒腾过黄金首饰，有时候开着他老爹的车去“投机倒把”挣点外快。他非常努力，为人诚实，富有同情心，这在那个时候可不是什么竞争优势。我记得，无论我们拉来多少乘客，谢苗总会和一些乘客聊得天花乱坠，一高兴就不收别人的车钱。还有，谢苗挺依恋自己的家人，他曾带我去见过他的家人。我们两家很像。

年轻的父母们想在万恶的后社会主义社会中实现自我，但一切都是枉然。我们俩的家里都还有老人，他们在家庭中的作用在苏联解体后的动荡时期里显得尤为巨大。他们是20世纪初出生、经过血水洗礼的、具有钢铁意志的人，是各自家庭里的承重墙。他们清楚地知道，不能把孙辈交给儿女抚养，因为孩子无法教育好孩子。总之，每个家庭里，通常都有爷爷奶奶和父子这两代心智还没发育健全的孩子。

谢苗的奶奶叫丽姬娅·利沃夫娜。有的承重墙，中间可以挖一个拱门，但是丽姬娅·利沃夫娜这堵承重墙绝对能让任何挖凿机都报废。我认识她时，她快80岁了。她是十月革命的同龄人，但她发自肺腑地蔑视这场革命，却又认为与它对抗只会自降身份、斯文扫地。她是一个没有贵族根源的贵族，虽然是无产阶级，但家谱又不能证明她是世代农民出身。她的血管里还部分可见摩西的血统，丽姬娅·利沃夫娜常说："任何一个有礼貌的人的脉搏里都应该流着点犹太人的血脉，但总量不能超过夹肉的白面包大小"。她很健康，很有智慧，因此就引起某些人的阶级仇恨。

从百科知识的角度来看，与丽姬娅·利沃夫娜交谈一个小时，能抵过我在大学里学一年；从生活知识的角度来说，她的教导是无价之宝。她身上能与她的自尊心不相上下的，只有她沉闷的性格和她毫不留情的冷嘲热讽了。还有，她很富裕，一个人住在雷列耶娃的两室房子里，还经常去别墅休假，当然了，对于我和谢苗来说，这比什么都重要。不是所有人都喜欢在车里做爱，可是所有人都喜欢在豪宅里发生性关系。我和谢苗都很喜欢做爱，而且我们能够互相分享，把各种妞送来跟人保持短期或中长期的性关系。除此之外，丽姬娅·利沃夫

① never let us down，源自一首英文流行歌曲的名字，意思是"不会让我们失望"。

娜一直都供我们吃食，她有时是给钱，而更多的时候是给我们白兰地。她对一切都洞若观火，认为这么点儿蝇头小利不会让她心疼，再说了，她爱孙子也懂得怎么爱。其实不是所有人都能这样做，很多人会害怕。而丽达①奶奶却什么也不怕。她高傲、独立，品味极佳，言谈举止无可挑剔，双手保养得很好，首饰低调却名贵，直到现在，她都是我心中任何年龄段女性的标杆。

这个女人说过的名言警句都可以集结成书了，可惜我们是糊涂蛋，记住的不多：

“女人即便满脑子都是博士论文，也无权不洗头发”。我和谢苗表示同意。

“老来有钱好，年轻有钱糟”。我和谢苗不赞同。

“男人最离不开的，是没有他还可以活下去的女人”。对于这个问题，我和谢苗没有明确的立场。

“谢尼亚②，你消失了2个礼拜，这甚至连左琴科（这是个作家的名字。我觉得，他年轻的时候对丽姬娅·利沃夫娜有点儿意思）也做不到啊。”

“奶奶，那为什么你就不能给我打个电话啊？”谢苗极力狡辩。

“我对左琴科都没曾纠缠不休，而你这个傻货，我早就不指望你了。况且，你钱花光了以后自然会来找我，不过你以后会觉得自己是一头不知感恩的猪的。你能带给我的欢乐不多，不过也还是有的。”谢苗就差用墨水在自己手上写上“给奶奶打电话”了，不过他仍然老是忘记，朋友们把他——顺带着把我——叫做“离不了奶奶的人”。

“我知道，每次我不在家的时候都发生了什么事，但如果我哪怕有一次找到证据，你们约会的房子我就收回来：得开窗放味儿。”正是在丽姬娅·利沃夫娜家，我练就了一身高级清洁工的能力。失去这个豪华待客厅，对我们来说，那可是灭顶之灾。

---

① 丽达就是丽姬娅。
② 谢尼亚是谢苗的小名。

“这样吧：同一个时间里，这套房子里只能有一对兔崽子。我的房间是绝对不能用的。还有，你给我记住：从你的言谈举止看来，你以后会出现忠诚问题。和情人在妻子的床上睡觉的人只会是彻彻底底的下流坯子。记着，我的床就是你以后的婚床。”谢苗虽然吊儿郎当、厚颜无耻，但他仿佛是死活不让小流氓抢走自己的钱财一样—也就是竭尽全力地——护着奶奶的房间。他的这个原则让他失去一位朋友，却赢得了其他所有人的尊重。

“谢尼亚，你唯一要珍爱的是你的健康。生病是一件很花钱的事，而且你要相信我，你以后不会有钱的。”后来的事情证明奶奶说得没错，真是一语成谶啊……

“谢尼亚长相像妈妈，性格像爸爸。要是反过来就好了。”

这句话是丽姬娅·利沃夫娜当着谢苗父母俩的面说的。列娜阿姨瞪了婆婆一眼。列沙叔叔漫不经心地打趣道：“列娜的脸哪儿让你不喜欢？”然后又看了一眼妻子，好像他真的觉得那句话有什么不对似的。儿子性格上像他，这一点还不明显。“我喜欢列娜的长相，但它不适合男人，就像你的性格不适合你一样。”丽姬娅·利沃夫娜或许真就只是挑明自己的意思而已，也或许是给儿媳妇留了面子。

“我要和塔妮娅阿姨要去听音乐会，她孙女也会去。那是个非常好的姑娘，你可以去接我，跟她认识一下。我觉得，以后没人要你的时候，她会要你的。”塔妮娅阿姨的孙女后来选择了别的男人。她还挺会选！

“前儿媳才是好儿媳”。谢尼亚父亲的前妻们领到了离婚证，同时也终于等到了前婆婆姗姗来迟的爱。“谢苗，如果你对某个姑娘说你爱她，而你只是为了骗她上床，那你不仅仅是个下流坯子，还是个没有良心、怯懦无能的下流坯子。”应该说，她给我们上的这一课我们记住了，至少我是记住了。开诚布公永远都是我晚上睡个安稳觉、迅速拿下对方并且虽然跟一个女人有了男女之情，但仍能继续保持友情的前提保证。

“小崽子们呐，人一老，要么是过得糟糕，要么是过得很糟糕。人老了，顺风顺水的事就不可能有咯。”

后来我遇见过不少相对幸福的老年人，也遇到过更多不幸的年轻人。我觉得，两个人从一开始就处在同一个年龄段并且自己的实际年龄和生理年龄相吻合的时候，才会觉得幸福。你看看人家贾格尔[①]，他永远都是25岁。又有多少30岁的人的活力像70岁的？他们沉闷枯燥、喋喋不休、毫无生机活力。我觉得，丽姬娅·利沃夫娜很幸福，是35—40岁吧——这是一个美妙的年龄，是女人仍然如花似玉，却又聪明睿智，仍在寻觅爱侣，但也可以独立生活的年龄。

造化弄人，有一天我很不幸地（准确地说，是“很幸运地”）在完全出乎意外的情况下跟丽姬娅·利沃夫娜打了个交道。

事情的开头极其平淡。我失恋了，心情郁闷，借酒浇愁。走出失恋阴影的方法有很多，但我往往只有想法，并没有付诸行动。不过，有时候我会爱慕上某个女同学或者女同学的闺蜜，就会理直气壮地向谢尼亚要他奶奶公寓房间的钥匙。据可靠消息，丽姬娅·利沃夫娜应该是去别墅了。我口袋里揣着钥匙，脑子里装满了淫欲，假装邀请姑娘去看电影。我们大约在演出开始前2个小时的时候见了面，我的阴谋是：就跟她说，奶奶要我顺便去检查一下她是不是没关熨斗，然后提议喝杯茶，再来个突然袭击。我只和这个姑娘在楼道里热吻过一次，而根据她在我当时松开双手后的反应来判断，还是有很大胜算的。

我从没打算把这个女孩介绍给我的亲友认识，所以我把丽姬娅·利沃夫娜的房子说成是我自己奶奶的房子，对我来说，这完全不成问题。谢苗的照片我曾打算提前撤掉，但是，显然来不及了，所以我就编了一个荒诞不经的故事，就说我奶奶爱恋上了我这个朋友，还一起去度假，并说我还给他们拍了一张动天地泣鬼神的照片，所以照片上没有我——那个时候还没有自拍技术。

一切都在按计划进行。这个女孩风风火火地赶着去看熨斗，我小

---

① 迈克尔·菲利普·贾格尔，英国摇滚乐手，滚石乐队创始成员之一。

跑着，也只能勉强跟在她后面。我好奇的是，如果说我们是上帝按照自己的样子或类似的行为模式创造出来的，那就说明上帝也曾年轻过，也曾在天空上追赶过谁……总之，我们上楼梯也是冲着上去的，中途我们停下来接了几次吻。当然，年轻人才有的那种恐惧（万一她不同意怎么办）让我们火急火燎的，结果导致欲速而不达。我一边舌吻，一边双手颤抖着用钥匙去捅锁孔，可钥匙没插进去。“好事多磨”——我脑海中浮现了这句经典语录。

“让我自己来！”我就喜欢女人说这句话。被我吻得神魂颠倒的姑娘很温柔地把钥匙插进锁孔，转了一下，然后……“砰”的一声，房子消失了，确切地说，整个世界消失了。

“谁啊？”丽姬娅·利沃夫娜问道。

“是萨沙。”我吓得嗓音都变了。

然后，门就开了。我不知道当时我脑子里到底在想什么，但是我确实进行了临场发挥。

“奶奶，你好，我们是应你要求来检查熨斗的。”

我至今都不明白，我怎么能厚颜无耻到这个地步。你们也知道，知识分子都有个“羞臊”的概念。对方如果不是这种秉性，你都没法跟他解释这个概念。我说的还不是那些对别人粗鲁无礼甚至侵犯他人利益的行为。我指的是：你觉得自己所做的某件事可能不符合别人对和谐世界的理解时，你会有一种奇怪的担忧，担心对方会怎么想或有什么样的感受。我们不好意思去面对的那些人，要是能了解我们心中的不安，一定会真真切切地大吃一惊。

我在年轻的女孩面前极度羞臊，因为我把她带到别人家的房子里来了，而且居心叵测。而这种羞臊感让我在丽姬娅·利沃夫娜面前豁出去了。

她想了整整一秒钟。这位“女士”眼睛笑成一条缝，她也启动了表演模式：

“谢谢。不过你也看见了，我没有去别墅——我有点不太舒服。进来喝杯茶吧。”

“介绍你认识一下，这是……”惊慌失措之中，我竟然忘了这个女孩的名字，忘得一干二净。我常常会突然忘记特别亲近的人的名字。这可糗大了，不过我灵光一现，想到了摆脱窘境的办法。

我突然把手伸进兜里，掏出电话（当时才出的一款迷你版爱立信手机），装出有人给我打电话的样子。

“不好意思，我接个电话。”我一边假装打电话，一边认真地听我的女朋友怎样向我“奶奶”介绍自己。

“我叫卡佳。”

“我是丽姬娅·利沃夫娜。请进。”

我马上结束了并不存在的通话。我们进了厨房。我更愿意把它叫做“小厨房”，它很狭小，用起来很不方便，窗户外面就是对面楼的墙。不过这却是彼得堡当时最好的厨房。许多人尽管住着高楼大厦或别墅，他们的人生却像家里的这种厨房一样憋屈。

“卡佳，您想喝茶吗？”

丽姬娅·利沃夫娜曾教导过我：对任何人说话都要用“您”，对晚辈和服务人员更应如此。我还记得她教训我的话：

“你以后会有自己的司机。要永远，我强调的是‘永远’，要称他为‘您’，哪怕他是你的同龄人并且已经在你身边工作了10年。‘您’是一种护板，可以让你免受贪婪和野蛮之苦。”

丽姬娅·利沃夫娜拿出几个茶杯放在小碟上，又拿出了牛奶壶、烧水壶、银勺，把马林果的果酱倒在高脚的水晶盘里。丽姬娅·利沃夫娜向来都是这么喝茶的。这没有虚伪和做作的成分，对于她来说，这一切，就像我们在打招呼的时候说“您好！”而不会简短地说“早！”，我们不会因为图省事而穿着睡衣上别人家串门或去看医生一样，都是非常自然的事。

卡佳惊讶得眼珠子都圆了。她马上起身去洗手。

“诶，萨什卡[1]，你怎么连她的名字都不记得啊。”丽姬娅·利沃

① 萨什卡是萨沙的小名。——译者注

夫娜亲热而略带幽怨地看着我。

“非常感谢您……对不起，我都慌神了。”

“没什么，我理解你。你是个有教养的孩子，在女孩子面前会局促不安，她还很年轻，应该遵守规矩，不能随便进别人的家门。”

“名字我突然忘了，真的是实话。”

“那你和克谢尼娅怎么办？”——我说过，我不久前和女朋友分手了。我们约会了好几年，经常一起去别人家做客，也来过丽姬娅·利沃夫娜家。

“嗯，我说实话吧，她把我甩了。”

“可惜了，她是个好姑娘，虽然我也知道迟早会是这种结果。”

“为什么？”——我爱克谢尼娅，分手让我相当痛苦。

“你要明白，她并不特别看重你个性中最主要的、也是很好的、甚至是非常独特的品质。而要接受你身上与这些品质背道而驰的缺点——她还没有做好准备。”

实话实说，我当时还不明白她的意思，后来还在很长一段时间内尝试着去改变别人的某些性格特征，我没有意识到，其实它们是我所赞赏的品质中不可分割的组成部分。

丽姬娅·利沃夫娜的脸上突然闪过一丝焦虑：

“萨申卡[1]，你要和谢尼亚继续好好相处，他是个不错的小伙，为人善良，从不发火，而男人是应该有血性的，哪怕偶尔有点也行。我很替他担心。你能看好他吗？你这一辈子，做什么事都能成的，而他不会，那他能有几个令人尊敬的好朋友也好啊。你能答应我吗？”

我第一次看见这个我心目中最坚强的女人透露出无助的眼神。爱一个人是幸福的事，而它最大的代价是：当你发现自己无力帮他时，难免会黯然神伤。或迟或早，都会出现这种情况。

卡佳从浴室里出来了，我们把煮好的浓茶都喝了，又聊了点什么，就离开了。

---

① 萨申卡是对萨沙指小表爱的称呼。——译者注

一个星期以后，丽姬娅·利沃夫娜在睡梦中溘然长逝。在此之前，谢尼亚又一次没有抽空去探望奶奶，因为我们又溜到什么地方度假去了。

两个来月以后，我和他坐车回莫斯科，坐的是“红箭”列车的包厢。这对我们两个傻帽来说，就是一场惊喜之旅。餐车服务员到我们的单间推销食物，我向他要了点番茄汁，作为我们刚才猛灌下去的伏特加的解酒剂。

我打开瓶子，倒了满满一杯，然后看了一眼谢尼亚。他看着我的番茄汁，哭了，确切说，是他的泪水挂在了眼角，马上就要呈溃堤之势了。

“谢尼亚，怎么了？”

“想我奶奶了。她总是让我给她买番茄汁。”

谢尼亚把身子转了过去，因为男孩不会在男孩面前哭泣。几分钟之后，当他再次看着我时，他已经变成了另一个谢尼亚，完全变成了另一个人，苍老了，成熟了，豁达开朗了，但已经没了那种阳光明媚的模样。他的脸就像海浪冲洗过的沙滩一样。奶奶走了，他终于相信了这个事实，也相信任何时候再也不会有人像奶奶那样爱他了。

就在当时，我明白了一个道理：亲人去世时，我们平生无数个瞬间里一共受过他多少温暖，此刻我们的心就会有多痛。

宇宙的某些物质是质量守恒的。这一点，上帝和物理学家们都能接受的。

（白文昌　译）

亚希尔·阿拉法特是怎么救我的

——亚历山大·齐普金

爸爸打开别墅的下水道。

我关切地问："需要帮助吗？"

他（仿佛不太相信我的样子）回答道："下水道用不着修理，你就用耙子把树叶拢起来吧，但别把耙子弄折了！"

1991 年，我没有像别的中学生一样待在别墅里等待即将到来的政变，而是被送到了以色列参加儿童改造夏令营，嗯，我的意思是，我去爸爸那儿度假了。这是我第一次出国。那个时候，我就像所有持苏联护照的人一样，梦想很丰满，囊中很羞涩。

在以色列的汽车加油机上，我平生第一次看到了数不胜数的 Juicy Fruit 口香糖①和可口可乐，我兴奋不已，当场就把自己在俄罗斯时领到的 20 或 30 美元都花光了。很多人不理解的是，在那之前，我一直保留着前两年别人送我的可口可乐空罐子，我在罐子里装上百事可乐，坐着无轨电车在列宁格勒闲逛，引得周围的人羡慕不已。

最后，涅瓦河畔的一伙无产者抢走了我的罐子和身上的钱。当时我特别伤心，后来有整整一年的时间，我一直想念那个刷着油漆的铁皮罐子。而在现在这个地方，这种铁皮罐子有成百上千个之多。

总之，钱花光了，而生活才刚刚开始。爸爸察觉到了我心里的紊乱，只给了我去博物馆的钱，我马上就觉得自己是那个讲述犹太小男孩故事的笑话中的主人公："我当俄罗斯人还不到一天，就已经恨上你们这些人渣了。”[2]

我向爸爸索要“占领军军税”。爸爸却用“授人以鱼不如授人以渔”的妙招来对付我。虽然耶夫基尼米哈伊洛维奇同志只是个医生，但他决定培养我的商业头脑，顺便也把我赶出那个我几乎天天待在里面吃东西、看电视的家。他给我买了一个带轮的小冰箱和20瓶可口可乐（他这是丧心病狂，明知道我超爱这个大品牌的东西），然后要我去耶路撒冷的大街小巷叫卖。

以色列几乎每天都有恐怖袭击。我14岁，父亲33岁。可是，人嘛，是有意志力的。

第一天过得很顺利。我走到一个院子里，坐在椅子上，开始悠闲地喝我的可口可乐，我要以此“报复这个快乐的小区（快乐小区是我在彼得堡所住的小区）”。可以说，我的固定资本在不断地缩水。我每隔一个小时，对行人懒洋洋地咕哝一句“冰镇可口可乐”。到傍晚之前，我喝掉了10瓶，卖出了2瓶。我这个劳累却心满意足的少先队员回了家。爸爸清点了一下账目，他对我说，我现在欠了他18个谢克尔。反犹太主义的种子开始在我那还未定性的心灵里生根发芽。我认定，但凡是高贵的俄罗斯氏族的后裔，都不会挣这些吸血鬼的钱，所以我说自己不舒服。而这时，爸爸（反正我叫他爸爸）开始放大招了。

“对了，我想介绍你和我朋友的女儿认识，这是照片，你请她去看电影吧。”

这个小姑娘并不像Quelle公司[3]宣传册上的模特（那一页页的女

---

① Juicy Fruit口香糖，即“黄箭口香糖”，是美国的第一鲜果口味口香糖品牌，也是小孩子们最喜爱的口香糖产品。

② 这是一个俄罗斯人带着民族偏见嘲笑犹太人的笑话，大意是：年幼的犹太孩子阿布拉姆放学后回到家里，说自己在学校里谎称自己是俄罗斯人，家人听了很生气。爸爸罚他坐小板凳，妈妈不让他喝鸡汤，奶奶不给他吃羊肉排。吃饭时，阿布拉姆只能坐在小板凳上吃最简单的食物，他气鼓鼓地说：“我当俄罗斯人还不到一天，就已经恨上你们这些人渣了”。

③ Quelle公司，即德国万乐公司，全称“德国卡尔施泰特万乐公司”（Karstadt Quelle），是欧洲最大的百货邮购集团。

性内衣照是我生活乐趣的重要组成部分）那样可爱，但也比我们班上大部分只关注某个瘦不拉几、满脸粉刺的知识分子的女同学们好多了。

“她等着你邀请她周五去看电影，你还有3天时间还清欠我的钱并挣得买电影票的钱。嗯，要不我告诉她，让她给你买票。”

“哼，没什么大不了的……等你老了，你还得管我要水喝呢。”我想。爸爸认真地盯着我的眼睛看了看，他决定，保险起见，得再生两个孩子。后来我就有了两个妹妹。我真指望她们能解决我爸爸和我自己老了以后喝水的问题。

第二天早上9点，我戴上帽子和眼镜，给自己带上水，就出征了。我雄赳赳气昂昂地出发了。火车站、博物馆、犹太教堂、墓地。孤单的警察和孤单的老奶奶。士兵们和虔诚的犹太教徒们。我明白了一点：水更好卖，于是就按自己的意愿去兜售。我一路走回家，也只是想省下公交车钱。我一心想着挣钱，不过我记得一句话：“不要去东耶路撒冷。”读中学时，我做过时事简讯，我知道，以色列人吞并了耶路撒冷，完全不在乎巴勒斯坦的感受：以色列人很有礼貌地进驻了那里，但是没举行全民公投。总之，东耶路撒冷地区居住着一些巴勒斯坦人，他们不喜欢犹太人。要去那里很容易。而且，部分犹太定居点就坐落在巴勒斯坦定居点的后面，公交车频繁地快速穿越巴勒斯坦定居点。常常有人朝公交车里扔石头。有时还会发生各种悲剧。我爸爸一位朋友的妈妈就是在街上被人杀害的……她离开了天下太平的俄罗斯，结果……这都是命呐。

但是，人在少年时期对危险有着另一种理解，年轻的身体会让他们觉得，自己还会活很长时间，所以他们并不惧怕死亡。我是个十足的胆小鬼，却有时候会完全丧失了警惕性。

总之，我拉着我的小冰箱出现在了东耶路撒冷。我是偶然到的那里，说真的，我自己是不想去的，就因为迷了路了。街上的人少多了，行人的穿着很奇怪，他们看我的眼神更奇怪，我开始感到害怕。但是没有办法。我就像电影《钻石之手》里米罗诺夫穿行在伊斯坦布尔一样，拉着那个怪物冰箱到处飞奔。

天慢慢黑下来了。“犹太人啊，你们在哪儿？你们快回来吧，我原谅你们的所有过错。上帝啊，救救我吧。”上帝救了我一命。

小巷子里，有两个脸色灰暗的阿拉伯人朝着我迎面走来。我那时就知道，我得胡诌八扯，因为我比谁都更擅长装无辜。但是，我不打算在父亲的国籍问题上撒谎。但也不必一开口就大喊大叫说我爸爸是犹太人。只需要转移话题。无能的人才会撒谎。天才们会通过选择性地说实话来解决问题。

果然不出所料，这两个阿拉伯人拦住了我。街上再没有别的人了。这个国家毕竟是在打仗嘛。这可不是在轻描淡写地给您讲童话故事。

他们用希伯来语问了些什么——我能听懂他们在说，我是从另一边来的。

“大人，各种语言我都不会。”我说的话几乎词不达意，却像亚金一样满脸堆笑。

“你是谁？”恐怖分子英语说得还不赖。

“亚历山大。”这不是犹太人的名字，加一分，“你们呢？”

瞬间冷场了，他们是真没想到啊。他们说出了自己的名字。我长时间地紧紧握住他们的每一只手，跟他们进行眼神交流。

“你在这儿干什么，傻小子？”

“卖可口可乐啊，你们想不想来点？我给你们打折啊。”我傻笑着说。我的买卖提议没有得到任何回应。

“你至少应该知道你现在在哪里吧？”

“在被以色列侵占的东耶路撒冷。”这百分百正确，不信你可以去看联合国的决议。

这两个阿拉伯人愣住了，不过他们的眼神柔和了不少。

“那你来自哪儿？”

“我来自苏联，假期来打工的。”这百分之百是实话。

他们眉头皱起来了。那个年轻一些的站到了左边。

“现在无处可逃了。见鬼，应该早点脚底抹油的……不过，要是那样，估计早就被烧死了。”

“那你要钱做什么？”列宁格勒的无赖们通常也是这样跟人说话的。

“请姑娘去看电影，给妈妈买台彩电。”这百分之百是实话，我们家很穷，家里只有一台黑白电视。

“妈妈住在俄罗斯？”

“哎呀，上钩了！他们应该问问她是哪个民族的，那样就会更好办。”

“是的，我父母都是医生，但是苏联的医生挣得很少，我想让妈妈安享晚年。”除了“晚年”（妈妈才33岁）之外，其余的全都是真话，而且我在有一句话里提到了爸爸妈妈两个人。这样一来，他们会认为我爸爸也是苏联的一名穷医生。这是再普通不过的“公关”技巧。

“妈妈是俄罗斯人？”马上就要见分晓了。

“当然了！”我很激动地说。我可不想等着他们问我爸爸的情况。

“我在这儿，她当然担心，不过她知道，我是在给诚信、正派的犹太人干活（这百分之百是实话），她相信我能拿到工资的。你们觉得呢，我能拿到工资吗？”

一个阿拉伯人上钩了：

“你真走运啊，不过要是我，我得先把工资领了。不然，就像我在这里一样，在建筑工地上刨了一个月，连个屁都没领到。你给谁打工呢？

“你们能不能介绍我认识亚西尔·阿拉法特？”我向正朝着库尔斯克弧形地带进发的德军发起了先发制人的一击。

两个阿拉伯人的脑子都不转了，他们让我想起从舍列扎克星球①来的机器人，他们眼睛都不眨了。“应该彻底歼灭之。”

① 舍列扎克星球，是俄罗斯动画片《舍列扎克星球的居民》中机器人生存的星球。

“他是巴勒斯坦抵抗运动的英雄啊，我在学校的课堂上讲过他的故事（这百分之百是实话）。我要是不能要到他的签名，老师会不高兴的。”这百分之百是实话，军事课老师就是这么说的。

我擦了一把眼泪。“机器人”们恢复了意识。

“是的，他是我们的英雄。这个世界上有人理解我们的战斗，我们很高兴。你回学校告诉所有人，我们还会继续战斗下去的！我们走吧。”一个阿拉伯人用力抱了抱我的肩膀，我们就出发了。

“如果我们去见亚西尔·阿拉法特，那我就死定了，彻底玩完了。”

我们走过了两个街区，当我肚子里的寒意变成饥饿感的时候，他们把我带到了人员较多的街上，用手指了指以色列警察的方向，跟我道别说：

“以后再也别来这边了，我们的苏联朋友。”

我在那个时候才注意到，他们很瘦，穿着很寒酸，但眼神里有一种纯洁而略带疲倦的暖意。他们跟我的父亲以及我父亲当时的朋友们一样，都是普通人。嗯，他们不是医生，没有受过那么高的教育。他们生错了地方，也生不逢时。我希望，他们不会出于无奈而杀人，也不会被人杀害。

P.S. 那个姑娘嘛，我没能得手。电视机，我倒是给妈妈买了。

（刘华荣　译）

婚礼那天的暴力事件

——亚历山大·齐普金

“齐普金，我完了。我晚上动手打卡佳了，但是我记不太清，是因为什么事、怎么打的了——这倒也不重要了。她哭着说，她一只眼睛被打肿了，没法出门了。她爸爸会杀了我的，你可是见过他的。”

这是我接到的一个电话，是我的朋友从他新婚之夜所住的宾馆房间里打来的。举办完婚礼后，第二天早上起床应该是一种艰难的考验，而他们一起床就闹得不可开交了。容我给你慢慢说来。

盖纳没考虑过结婚的事，他没想过要跟卡佳结婚，也没想过跟任何人结婚。

他出生在彼得堡的一个知识分子家庭。一家人都是学者，其中有些人的名字还记录在了百科全书当中。不用说，他奶奶应该是个犹太人。他们家并不富裕。

卡佳是从梁赞来到彼得堡的。全家都是军人出身，连家庭的宠物都在部队服过役。她爸爸是个退役的空降兵。他们家道殷实。

盖纳在没有保护措施的性爱后的第二天早上看到了卡佳爸爸的照片，他当时什么都明白了。奶奶曾经常教盖纳在第一次见一个人之前研究对方家谱，因为你永远都不知道，这场见面将如何结束。可是，盖纳没有听奶奶的话。

结果，卡佳突然怀孕了。卡佳很幸运，遇到了未来孩子爸爸的家人这样的好人，他们都是正派人，所以他们答应会让盖纳跟她结婚，话说回来了，他们也没马上把卡佳当成完全意义上的亲戚。

顺便说一下，这种二分法所拆散的出身不同阶层的男女爱侣，可不止一对两对，因为女方会觉得自己就是一个突然依附在别人的宝贝儿子或宝贝孙子身上的二等女人，连快乐都是带问号的，那感觉就仿佛是：有人把你从动物园里放了出来，可是依然把你当做一只会说话的母獾来对待。

而如果再加上物质层面的区别，知识分子们要穷得多，那么女方的地位就让人无法忍受了。她错就错在，自己不够优雅，自己家太有钱。

但这都是未来可能发生的小事。目前要解决的是婚礼的问题。他们在统计来宾人数时发现，双方的力量过于悬殊。这个知识分子家庭派了12人上场，主要还是无心恋战的伤病员。

经商的无产阶级家庭竟然派了59人对战，他们来自全国各地，其中24人卡佳从没见过，有23个是她从来都没想过会见到的。他们都奔赴战场，确切地说，是到彼得堡参加了“我们家卡佳”的婚礼，跟一位在苏联大百科中留名的人的曾孙对垒。他真像一只“会说话的小狗”，大家都要看看、摸摸，更别说检查检查他是否结实了，女方父亲在空降部队的战友们个个都跃跃欲试。盖纳的亲戚们显然不想见到他们当中的任何人，也不想听他们任何人说话。

这场友谊赛的费用由客队一力承担了。

婚礼可以用一个词形容：葬礼。这个词直观地展现了男方亲友、新郎和新娘本人的面部表情。真恨不得把主持人、音乐师和厨师都埋了。具体是什么理由，人们很快忘了，就好比是人们在葬礼之后的酒宴上很快把死者忘得一干二净，来自各地的死者亲友在哀悼日里恨不得要借酒起舞。比赛开始两小时后，裁判丧失了对赛事的监控权，被罚出局。巨无聊的俄罗斯式婚礼开始了。

新娘的舅舅是从顿河河畔的罗斯托夫远道而来的，他在罗斯托夫就开始喝上了，在这儿彻底喝嗨了，他把妻子都抛到了九霄云外（虽然要“抛”那么一个庞然大物太不容易了），他企图邀请盖纳的妈妈跳一支慢舞，盖纳的妈妈使劲儿往椅子上躲，不过这并没有让舅舅知难而退，他把她连人带椅子一起抱了起来。这个库班的哥萨克人在大家雷鸣般的掌声中抱着椅子以及椅子上半死不活的大学语文系女教师在大厅里转动，“哐当”一下，连人带椅子扔在了蛋糕上。

比赛太愚蠢、太荒诞了：那些甚至没受过动画片毒害的、从梁赞市郊来的客人（是从梁赞市里来的，但他们是市郊的村民）对他们发出嘘声，并建议大家都仿效罗斯托夫的伙计把自己的舞伴抱起来。人们在尖叫、嘶喊，家具在一片噼里啪啦声中变得支离破碎。

卡佳的妈妈是个朴实、善良、极有修养的女人，她坐到盖纳的父母身边，宽慰他们说：“请你们担待一下，我能理解他们。”

接下来就是“送葬仪式”，附送一些不实用的礼物和很有用的信封，然后是“安魂曲”，我去，大家还伴着《因为世界上不可能有这样美丽的姑娘》跳舞，最后是向未婚的姑娘们抛花[①]。

罗斯托夫舞者的妻子对她丈夫的行为耿耿于怀，她说自己也要抢捧花，结果，她力压数名未婚女孩，抢到了自己下一次婚姻的通行证。

一位客人走到盖纳的奶奶身旁，说了一些露骨的恭维话，最后还说了一句讨巧的话：“要知道，犹太人中也有好人。”

后来，奶奶跟我交流了她的担忧：“盖纳，结婚不算什么，重要的是以后会如何闹腾，我现在怕的是，要是有点什么事，可别闹得势不两立。”

卡佳父亲的朋友们把我和新郎请到桌旁，开始往我们瘦弱的身子里灌伏特加，同时还教新郎在处理家庭生活问题时如何使用计谋。

“亲爱的盖纳啊，最主要的是，你别宠坏了你的女人！你可记住了：还没有人是因为被扇了个耳光而丢掉性命的。是啊，当然不能打女人，但是扇扇耳光是可以的！”一个人对我朋友盖纳教训道。这个人的手腕有盖纳的脸那么粗。

---

① 婚礼上抛花是西方婚礼习俗，旨在传递幸福。据说，接到新娘所抛捧花的未婚女孩可能会成为下一位新娘。

婚礼的喧闹声响彻了整个宾馆。我企图把新娘的一位落单的闺蜜拽进一间事先开好的房间，没想到这个姑娘已经名花有主了，我只好拽了瓶威士忌进房间。后来，我抱着酒瓶就睡着了。

早上，我就被刚才提到的那通铃声给闹醒了。

“萨尼亚[1]，你在干什么啊？我主要是不明白，因为什么事我会那样对她，我们几乎是马上就睡着了，我哪来时间做这样的事？你是了解我的，我连个苍蝇都不敢打，而卡佳，她那么温柔。上帝啊，我怎么可以……”

“那卡佳也不记得了？”

“她到现在都只是哼哼唧唧地哭，她喝得烂醉，虽然照镜子的时候酒醒了一点，但她不记得我什么时候打的她，只是一直在说，她爸爸会打死我，说她从没想过，我还是个敢打女人的货色。我也没想到啊。”

我要说明一下，盖纳是我们一批人之中最有礼貌的。他对所有人，哪怕是对待擦肩而过的人，或对待自己的熟人，都像对最好的女性朋友一样，总是把每个人送回家，诚心诚意地关心每一个人，如果有人让他讲女孩们的问题，他能讲上好几个小时。总之，我们在盖纳那崇高善行的光环下无地自容。而这下竟然弄出个打老婆的事来。尽管我有一次看见过他的头偏离了卡佳身边，但是他当时立即就感到惊恐不已。我要说明一下，他那次还是喝醉了。

不过，问题既然出现了，就得解决。我头疼欲裂，我让客房服务部给我送一瓶啤酒过来。来送酒的服务员问我：

“新娘怎么样，还活着？她昨天可遭大罪了……”

我正喝酒呢，呛了一口。

“什么意思？”

没想到，我贪恋啤酒这件事拯救了这个小家庭，也拯救了一名初出茅庐的丈夫。盖纳搀着卡佳，准确地说，是“搀着烂醉的卡佳”，

① 萨尼亚是亚历山大的小名，在本文中与姓氏崔普金指的是同一个人。

回自己房间睡觉。这个时候，客房服务部的服务员到隔壁房间给我送我要的啤酒，他看到了下面这一幕。

新娘就像一捆卷着的地毯一样靠墙蜷缩在地上，而盖纳正在费力地把门卡插到卡槽里。他插进门卡，打开了房门，就像很绅士的王子抱着爱人一样，把卡佳抱了起来，他想把妻子抱进房去。他妻子的脚在无力地晃动着，碰撞到了房门左侧的边框上，而毫无意识的脑袋撞到了右边的门框。盖纳喝得太多了，他在乎的只是一件事：卡佳进不去，这是怎么回事呢。他想不明白，所以就这样大概尝试了三次（最后一次几乎要助跑着往里冲），服务员马上拦住了他。盖纳把服务员打发走了，不过他听了服务员的建议，侧着身把妻子抱了进去。

我给盖纳打电话，讲述了一切，然后一把拽起服务员，去找卡佳的爸爸。他当时在吃早餐，人很清醒，精神饱满，胡子剃得干干净净的。我在场的那一会儿，这名退伍军人就喝了差不多一斤四两酒。他真是“酒精考验”。他听了这件悲惨的事，言简意赅、很冷静地把事情安排妥当了：“让她戴一个礼拜的墨镜，没什么大不了的，她丈夫是好样的，就是想遵守好的传统嘛。”

当天晚上，这对新婚夫妇就坐飞机外出旅行了，他们拍的所有照片上，卡佳都戴着硕大的太阳镜，家庭暴力的事再没有其他人知道。对了，他们没有离婚。此外，奶奶当起了他们的导师，一年后，盖纳这个“怪医杜立德”[①]已是让人刮目相看。双方的父亲一直相处得很和睦，只在一件事上出现过分歧：盖纳那瘦弱的爸爸要把孙子送进梁赞的空降兵部队直属的中专学习，而退伍的空降兵岳父却主张让外孙去圣彼得堡大学学习。每个人都尽可能地把自己的情结传给孩子。

P.S.我再说说盖纳家的情况。举行婚礼的时候，卡佳并没有怀孕，很遗憾，那次没有成功。她很担心，害怕别人不相信她，会认为怀孕的事是她自己编的，怕丈夫会退回婚约，修养好终归只是修养而

① 怪医杜立德是美国同名喜剧影片中的主人公，一天晚上他开车回家不小心，撞到路旁的一只狗，命运发生了巨大改变。

已。当盖纳把这个问题告诉家人时，奶奶很平静地说：

“我相信，这不影响你娶她的计划。如果姑娘怀孕了，你不娶——那是懦弱；而拒绝一个没给你怀上孩子的女人——这是背叛。但丁把这些人称作人渣。我不建议你做这样的人。”

“奶奶，即使没有但丁的这些话，我也明白什么能做，什么不能做。”

（刘华荣　译）

青年作家小说

横　杆

——鲍里斯·米亚钦

联邦网店“一切为了您”，或者简称“为您”的确是无所不售：在分散在三四层楼上的大量的仓库和商品部里，你可能都会迷路。而马丘沙是个典型的懒胖子，他能留在办公室里，完全是因为这对他都习惯了，还因为他像所有的胖子一样，对所有人都友善而且健谈。他衣兜里塞满了糖、药片、牙签和其他很多有用的小零碎。你可以随时叫他：

“哎！马丘沙，有阿司匹林吗？不知为什么，我头疼啊！”

马丘沙在衣兜里翻腾一会，总能找到阿司匹林。

他早就三十多岁了，可还和妈妈住在一起。一回家，就躺在沙发上看有线电视的体育频道，当妈妈问他什么比分的时候，他总是说：

“踢平了，妈妈，踢平了。”

姑娘们总是心怀善意但冷漠地待他，就像善待一只胖猫，可以随时抚摸一下，挠挠痒，听听它的呼噜声。和马丘沙可以聊一些晦涩话题：聊胡格诺战争，聊诠释学，或者聊世界媒体如何报道普京和天鹅一同飞行，或者最不济，也可以和他一起喝啤酒，但是爱上他——还是算了吧！姑娘们没有去爱他的打算。就是马丘沙自己也没有特别执着这点。也许他是在幻想着某个出色女性的浪漫主义者，也许他根本就不会追求女性。

这样的情况一直持续着，一直到春天，办公室里来了一位新的推介主管——一个高个金发女郎。马丘沙出于体面，想了一会，然后，就像桌球在地毯上沙沙滚动，悄悄走近她问：

“您就是斯维特兰娜，对吗？”

“是！”她嘟囔一句，也没看他一眼。几乎是跪在地上，她想把显示器连在主机上，但是不知道应该把电缆线插到哪里。

“我来帮您吧！”马丘沙说。

姑娘站了起来。她比马丘沙高了一个半头。似乎她就是一根根肌腱长成的。

“谢谢，不用了，我已经弄明白了。”她回答道。

马丘沙深叹一口气，回到了自己的座位上。

吃午饭的时候，他们在食堂又相遇了。和平时一样，马丘沙订了份工作餐外加一块火腿匹萨。而新来的主管订了波罗的海沙拉和咖啡。在远处的小桌坐下后，从包里掏出了本廉价杂志。

“您在读什么呢？”马丘沙问。很不客气地坐到了对面，并把自己的工作餐摊开。“《权力的游戏》？第几章了？”

“《剑之风暴》。”女主管仍然不情愿地回应了一句，就又开始闷头读杂志了。

并不是斯达克人和兰尼斯特的战争让她着迷，只是她不想说话。

“您就是斯维特兰娜，对吗？”

“您都已经问过了。”

“我叫马特维。”

“好像是犹太人的名字。”

“为什么是犹太人的？”马丘沙不高兴了。“就一普通的基督教使徒的名字。我对名字非常了解。我有一朋友做了个关于名字的应用软件。”

“我的名字您也了解吗？”

“知道啊。您的名字是诗人茹科夫斯基创出来的，都以为斯维特兰娜是古老的俄罗斯名字，其实不然。在编年史里根本没有这个名字。”

“原来是这样啊！”女主管把廉价杂志推到了一边，“马特维，您还知道什么啊？您知道卡路里吗？”

马特维满脸涨红。“我的体内物质交换不平衡，怀疑是两个加号的糖尿病。”

“既然是糖尿病，那就应该注射胰岛素了。”

马丘沙不知所措，而斯维特兰娜正相反，开始大吃波罗的海沙拉。

“我见过您，去年在电视里。”马丘沙怯生生地说。

“可能吧。”

“您在世界杯上撑杆跳了。”

“是，跳了。”

“现在怎么不跳了？”

姑娘把波罗的海沙拉推到一旁。

“我说，马特维！我跳不跳与你何干？”她把叉子紧紧握在手里说。

马丘沙耸了耸肩。“我就是想帮助您，我一看见您，就想起来您最后一次跳把横杆打掉了。”

“您怎么觉得我就一定需要您的帮助？”

“我总能感觉到，谁该需要帮助了。”

“没听大夫经常说：帮助你自己吧！”

马丘沙想说点关于大夫的什么事，但改主意了。又开始说练正步走的事了。

“我小时候很像年轻时的列夫·托尔斯泰，我还有照片，简直就是一个人。”马丘沙突然停止了自己的故事。

“我该去工作了。”斯维特兰娜说。

“噢，对，工作！”马丘沙忧郁地回应了一声。

马丘沙的工作就是统计网站访问量和为广告写发布通告。别看他那前无古人的懒惰，工作完成得还不错。他会很轻松地就给任何一个动物行为专家就动物的行为下十分的赌注。马丘沙知道买主的行为做法，知道如何强迫他们买下需要和不需要的商品。他会满怀热情地接下新项目，但很快就灰心丧气，他不会控制自己。也正是因为他不会及时控制而肥胖了。

在食堂那段难忘的对话几天之后，马丘沙突然发现，斯维特兰娜也属于和他同样的类型人。

马特维会在销售统计表方面帮助斯威特兰娜，——项目组组长加涅奇金在一次业务会上这么宣布。

“当然了！”马丘沙一边摆弄着手机，一边很机械地回答。“我帮助她是什么意思？”他突然醒过神来。“等等！玩具要我负责，电器还要我负责呢！ 我没时间！”

所有人都出了会议室到走廊里了。马丘沙的绝望吼声就卡在走廊里了。

“干得太绝了！”他把手机扔在桌上，嘴里嘟囔着。

他确实感觉到了每一年都在积累增加的压力，在他身上的责任越来越重，义务越来越多，一圈一圈，犹如缠在脖子上的蟒蛇。一般人在这种情况下，会发神经和辞职，或者最坏也就是去泰国休假了。但是马丘沙的简历不是很好，他害怕离开，万一找不到新工作怎么办？一大堆问题就来了：没钱交有线电视费，妈妈会开始抱怨不止。算了，还是死磕到底吧！

他就这么情绪不佳地来找斯维特兰娜了。

“咱们一起推介吧！你那有什么事？”

斯维特兰娜满脸狐疑，嘲笑地看了他一眼。她手里拿着一杯热咖啡，头上有一个小电扇吹着。看来她已经融入到这个办公室了。

“俄罗斯的平板电脑，公司叫‘纳米平板’。”她说道。

“明白了！ ”马丘沙不很满意地说，“把这些都发到我邮箱里吧！ 我看看。”

“纳米平板”原来就是中国制造。公司在哈尔滨采购，长途运输到彼得堡，在这里贴上自己的标签，再转卖。

“还外国货呢！”马丘沙抱怨着，在单据里翻了一阵，他就发现是伪造的。

"马特维，我真的不明白。我觉得你是无所谓的啊！"斯维特兰娜平静地说。

"我一点都不无所谓！这不是平板电脑，这是些垃圾。一半不能开机，一半会在一周之后返回售后服务中心修理。"

"您不喜欢俄罗斯的平板电脑吗？"

"我是不喜欢渣滓！"马丘沙气急败坏地说，"我们发个广告词，或者搞个什么推广活动，结果会怎样呢？在技术研讨会上还是会吵得不可开交。这就像用手枪射击，口径越大，后坐力就越大。如果这要放论坛上去，某个安东·诺西克再写一篇关于纳米平板的文章，麻烦就大了。"

"做好自己的事吧！写好广告，统计好数量。"

"您自己喜欢这个吗？"

"你指什么？"

"就是卖俄罗斯平板电脑吧！您完全可以去拿世界冠军奖牌，可现在却来卖平板电脑。"

"这您管不着。"斯维特兰娜漫不经心地含混地说了一句。马丘沙顿时觉得时间机器把他送回到了胡格诺战争时代，他手握滴血的长剑就站在巴黎的中心，对面站着狂怒的手握短剑的天主教女战士。

马丘沙不知所措地笑了一下就去工作了。

将近一个月的时间，他们就推介这些声名狼藉的纳米平板了。一切都像马丘沙预言的那样，平板电脑很快就卖出去了，但又全部返回仓库来了，销量开始下降。

"不太好啊！怎么办啊？"看着马丘沙发来的销售统计表，斯维特兰娜说。

"该去找加涅奇金。"马丘沙边翻看着商业计划边说。

但项目组组长加涅奇金却对他们大加斥责。

"说真的，晚安吧，孩子们！一个是刚生的幼儿，另一个还在梦想着返回大型比赛。我亲爱的《做客童话世界》节目的爱好者们，你们是在现实的世界里。你们或者是竭尽全力在生活中达到目的，或者去地铁站卖电话卡去吧！没第三条路！给你们一周时间改善你们的销售业绩，做不到，两个就都给我滚蛋！明白了？”

“明白了。”马丘沙地下了头。

他们坐电梯下楼。

“真他妈是狗东西！”斯维特兰娜一拳砸在电梯壁上，一个电梯灯闪了几下就熄灭了。“我恨死你了！在我们体协里也有这么一个混蛋，开始都是：小斯维塔，小斯维塔，你是民族的希望，就是伊辛巴耶娃第二！吧啦吧啦！可当要到真格的了，全跑了。都在为那点奖金！”

“有个作家曾在自己博客里写过，败类们总是能很快找到同类并抱团，而正经人根本不会团结起来。”马丘沙看着她手上掉下来的一块皮，认真地说。

“是托尔斯泰吗？”

“不是，是别人。托尔斯泰已经死了。”

尽管经过震动，电梯还是顺利到达了一楼。门打开了。

“我去喝啤酒。我就是不会喝酒，从来没会过。我喝五十毫升，头就马上开始疼，就再也不想喝了。”

“应该强迫自己，”马丘沙抿嘴笑道，“忘掉‘不想’，忘掉‘不能’。这就像撑杆跳。这里最重要的是概念！应该有成型的想法，一条主线，就像斯坦尼斯拉夫的作品。戏剧的结尾总是不可预见的。但要有主线，贯穿全剧的一条线。”

“比如说呢？”

“比如，可以给自己确立个目标，夜里从彼得格勒德街走到库普奇诺街，到每一个能找到的酒馆里都问，他们那里有没有奶酪球。”

“太聪明了！”

第一批奶酪球他们是在涅瓦大街后面弄到的。那时他们已经走了八九个酒吧了，也收了不少了。

“哎！马丘沙，我一直想问你一件事。你很聪明。是“为您”商店里最聪明的，无疑比那个狗屎加涅奇金聪明。你通晓商品，了解所有这些我根本一点他娘的不懂的互联网工艺。为什么你那么弱呢？”

“我也不知道。也许是什么时候摔到了，把横杆撞掉了吧。而站起来就没劲了吧！也许是因为我不喜欢打架，或证明点什么。但是没金刚钻硬揽瓷器活又有什么意义呢？如果我现在去找加涅奇金打一架，结果又能怎样呢？人的所有的不幸都源于英雄主义，源于为了某个主义牺牲了自己的愿望。比如你，你为什么去撑杆跳？”

“为了俄罗斯！”

“俄罗斯回报给你什么了？”

“为什么俄罗斯应该回报给我什么。”

“为什么你去上班，呼吸空气，喝水？恐怕是你还是因此而得到了什么。”

“你扯哪去了！你别把工资和玄学混为一谈。”

“我没混为一谈。我非常清醒。咱们再喝 50 毫升吧！”

“来吧！”

又喝了几杯之后，最终找到了彼此契合的点了。

“我得跟你承认一件可怕的事，我在童年时爱上过塔尼亚·阿芙西严科。”彻底醉了的马丘沙说。

“我也是！”斯维特兰娜大声喊道，“我崇拜塔尼亚·阿芙西严科！‘大尉，回忆一下炎热夏季我们的浪漫，激情的风暴在体内泛滥……’”

他们根本就没走到库普奇诺街，在彼得堡的白夜开始慢慢消散的时候，就被警察带走了。似乎是警察不太喜欢他们唱的关于大尉的歌。

中午的时候，斯维特兰娜就被放出来了，不管赶来的妈妈如何努力，马丘沙还是被关了 15 昼夜。

“我现在要给你们好看的，让你们吃不了兜着走！——她大喊着。”我九一年曾经躺到坦克下面，你给我看笔录干什么？最好直接把坦克调过来！

过了十五天，吃了监狱伙食消瘦得不行了的马丘沙来到了办公室拿自己的东西，他觉得他早就被解雇了。

“你怎么样啊？准备好奋斗和防卫了吗？”斯维特兰娜拥抱着问他。

“什么奋斗？斯维塔，你说啥呢？你从树上掉下来摔了吧？”

“啊！你还不知道。加涅奇金被解雇了，不知道吧？我们的安全人员在他受贿时抓住了他。原来，纳米平板还额外付给他很多钱。快快，马特维，打起精神来，还有大事在等着我们。我说你病了。总经理还问起你了呢！想把你提升为项目组组长，代替加涅奇金。”

“我不行，我是个胖子。”

“你行，马丘沙，你行！”

“我们能做爱吗？”

“不行，亲爱的！”

（吴迎春　译）

真正的牛仔

——安东·拉特尼科夫

他在自己房间脱衣，
不看一眼敞开的门，
一把钥匙能开许多门，
转第一圈就让你大吃一惊。
布罗茨基

下课了，盖纳捣了一下我的腰，很痛的感觉。

“想开心一下吗？”他问我。——他眼神里烧着不善的火焰，两颊泛红。鼻孔像要喷火的龙呼扇着。我感觉到了，这事不会有好结果。当然，我很肯定地答应了。

盖纳说：“我有个主意，但是没钱。”

总是这样，盖纳出主意，我弄钱。

“这不是问题。轻车熟路。”我说。

盖纳搓着手。

“有两个目标。俩都不错。至少其中一个不错。叫列娜。也许叫塔尼亚，不记得了。”

我挑了挑眉。盖纳的转弯抹角总让我吃惊。

“在图书馆里和他们认识的，”盖纳继续说。

“你常去图书馆吗？”

“火药街上的夜总会叫这个名字。”

我竭力想象着这个夜总会的前大厅会是什么样子的，但放弃了，我力所不能及。

“一句话吧，他们等着我们呢！准确地说，等我。准确地说，在等我和另一个帅哥。你明白了吧？塔尼亚，或者列娜归我，她像天使一样美。而第二个好像叫卡捷琳娜。”

“也许是叫达莎？”我这么问，就像取笑一下他。

“也许叫达莎。你可以留下。”

“谢谢，你真好！”

“我一直在努力！”

我现在是有钱，为了交住宿费，我早晨在自动提款机上取了七千。我都欠了两周了。房主很犯愁。每天打电话，文雅地要求我交钱。最后一次，他叫我“渣滓”，并威胁要打碎我膝盖骨。这个租给我筒子楼房间的大兵满手的毛，摆一副半吊子盗贼的派头。

我们去了商店，买了白兰地、柠檬就向姑娘们那里进发了。

“打车吗？”盖纳兴奋地问我。他挤了一下眼，就跳上了有轨电车。我跟在他后面。我给了售票员 15 卢布，他给了我票根，然后转向盖纳：

“您的车票呢？”盖纳背对着他看着窗外。售票员大声重复了一遍问题，然后更大声地又重复了一遍。

“哎！”最后他摇晃了一下盖纳的肩膀。盖纳转过身。

“什么事？”

“票？”

“戏票？”

盖纳微笑着，看着售票员。我敢肯定，换别的售票员，早就一拳打过去了。但这个售票员比较温和。

“车票！”他很执着地重复着。

售票员哪里知道，盖纳无论怎样，从来坐车都不花钱。甚至在食堂里，他也想方设法拿免费汤。我都不知道他是怎么做到的。盖纳开始故伎重演。

“我是穷学生。从别的城市来的。没钱，近期也不会有钱。可怜我一下吧！”

售票员眼都不眨地说：

“滚！”他手指车门的方向说。“你知道吗？我也曾是学生，但我买车票！”

售票员走了，盖纳朝车门走去。

“看来他学习不怎么样，也只能在有轨电车公司找到工作，”他小声对我说。

我知道盖纳接下来要做什么，他会去另外一个车厢。如果走运的话，那里会有比较好说话的售票员。如果不走运，盖纳再回到这里，就再坐一站。如果不走运，就下车步行。但用这种办法可以坐半个区。

盖纳很走运。第二个车厢里是一个极度心软的五十多岁的女售票员。不知为什么，盖纳总能赢得她们的好感，她们同情他，愿意原谅他。按理说，我可以和他站一起，后来还是决定自己站着了。开诚布公地讲，一晚上都忍耐他确实不容易，也许正因为如此，父母才让他到另外一个城市上学吧！

到站了，我们示意了司机就下了车。

我们去的那个地方，我不熟悉。我们左边有一个废弃生锈的热电站，它高耸的烟囱像个火箭，右边是斯大林时期的建筑，鳞次栉比。和热电厂在一起没有一点整体效果，形影相吊。我们走进院子里。这里是一排排的五层楼，周围很脏乱。破烂不堪的儿童游戏场，卖蔬菜水果的商亭，用绳捆着的垃圾箱。我们往里边走着。

“你确信我们没迷路吗？”我问。

“没问题。”

确实过了五分钟，我们来到了一栋很旧的楼前。似乎是建于二十世纪初的楼了。

“这是什么破房子？”我问。

“破房子？拉倒吧！这是宫殿！”

我们到了要上的楼层。在用人造革包的门边上有很多门铃。盖纳按了门铃，我感觉后背一阵凉。

门开了。门里面出现了一个圆圆的可爱小脸，浅色头发，涂着浅棕色口红的嘴唇。

“盖纳你好！”

她很可爱，也不是特别可爱……盖纳拥抱了她。

“在等我们吗？”

“当然了！”

“对了，这是科斯佳。”

“高兴认识你，”我说。我知道这样有点过于正式。

他做了一个很庄重的停顿，指着姑娘说：“而这位……”

“柯秀莎。”姑娘说。

“对了，你女朋友叫什么啊？”盖纳小声问她。

“斯维塔。”

“噢……！你看，我就说嘛！”

我们进到里面。走廊很长也很窄。墙上挂着自行车，盆，二层隔板上摞满了箱子。晾内衣的绳直碰头。棕色的墙让人感觉苦闷。

“你住在这里吗？”盖纳问。

“不是的，这里是斯维塔的房间。我住道对面。我父母在家，不能去我家。”

柯秀莎打开了一个门。

“请！”

我们进了一间和堆满杂物的走廊反差极强的宽敞明亮的房间。房间不大，家具也不多。衣柜，桌子，椅子，不大的写字桌，沙发。一个装满书的大书架隔开一个空间里面放了一张床。

“两个卧房，很好！”我想。

窗台上坐着一位姑娘。穿着黑色中长裙子，黑色短衫。头发也是黑的。就像一个受惊吓的小乌鸦。我愣住了，尽量努力看清她，同时又不过于唐突。见鬼！我失望了。身材还可以，就是一般女人的体型：胸，臀，腿都可以，要什么有什么。但是她的脸……不漂亮。首先，她鼻子太大，看起来不相称。就像被一个蹩脚的雕塑家把鼻子搞错了比例，鼻子过大，还有痤疮，太多的痤疮。一般 15 岁左右的男孩子才会有这么多。

如果说，这鼻子还能忍的话，那这些痤疮毁了一切。我失望至极，双手下垂。我很生盖纳的气，想离开，但我忍住了。不能这么欺负人，即使是皮肤不好的人。

“你好！”我说。

“你好！”她说。也许她想让人看起来有神秘感，她就坐在傍晚的窗台上，双手抱在胸前，眼睛一眨不眨仔细地看着我。

我有点发窘。突然意识到，她可能也在评价我。看我的脸，手，胸……女人一般看什么呢？我感觉自己像市场上的商品。不舒服的感觉。然而……那又有什么呢？关键是不要丢脸。把自己好的一面展现出来。

桌子放在屋子中间，上面摆好了简单的晚餐。蔬菜沙拉，罐头，一包饼干。我拿出了柠檬和一瓶白兰地（盖纳还有一瓶，但我们留了一瓶后备）。斯维塔很利索地从窗台上跳下来走到桌前。坐下。我们也坐下。感觉不到一点窘迫。开始我和盖纳坐沙发上，后来和柯秀莎换了位置，这时我们已经喝完了第一瓶。这时该我说点什么了。

我呼出一口气。你上班吗？上班。在哪里？服装店。售货员吗？就算吧！怎么样，工作还好吗？还行吧！而我还在上学。很棒！我想当记者。是吗？是啊！会在匣子里上班吗？不是！我会写东西。为什么？就是……为了让人们读吧！这就是记者行业吗？所有的记者都在电视台工作，实际不是这样的。真的吗？当然。你和柯秀莎认识很久了吗？是啊，从上学开始的伙伴。牢不可破的友谊？就算是吧！和盖纳怎么认识的？我俩去夜总会。两人去有意思吗？和我们结识！啊！！！觉得盖纳怎么样？不知道，感觉有点不安分的样子。不是吧，盖纳不是的。我不喜欢不安分的人。你很幸运，我不是不安分的人。是啊，好像不是不安分的人。就是说，你可能会喜欢上我？你吗？我。不知道。

你的脸颊有点不对称。什么？脸不对称。它们应该是对称的吗？是的。我原来不知道。那……对不起。不用道歉，和你没关系。我知道，但还是感觉有些尴尬。不想让你生气。没什么，我从来没想到过自己的脸颊。不是所有人注意这些的。如果不是脸颊，那会怎么样？如果不是脸颊，还是很正常的。正常？是啊！还是可以引起好感的吗？你现在也能引起……好感。你都说了，你不喜欢我。我没说过。我就说过你脸颊不对称。但总的来说你……还不错。还行吗？嗯，还行。

我们就这么聊了很长时间。这就是个游戏。都在兜圈子。有几次不经意地触碰到了对方。每次触碰都变得更坚信起来。最后，我把手放到了她的腿上。她没反对。盖纳又拿出了第二瓶。他已经醉了。我把酒均分了。“她还不错”，我这么想。也许这是白兰地作用的结果，也许是我习惯了她。我觉得，我是在履行某种人道主义使命。可能，她的男朋友很少吧！也许一个都没有。应该给她个机会体会一下什么是爱。我感觉我自己就像给人类带来光明的普罗米修斯。我想：“说到底，她脸上的痤疮也不是那么多。我脸上早晨起来还冒出一个呢！”

我想，和她上床并不是什么坏主意。想想还是个很好的主意。太妙了！

白兰地喝光了。盖纳和柯秀莎相拥着去了另外一个卧室。

“就剩我们了。”我说。

“是。”斯维塔说。

“马上开始。”我想了想就把她揽向自己。她像一个抹布娃娃一样柔软。我吻了她。她的嘴唇很热。她回应了我的亲吻，尽管不是很积极。我把手伸到她的裙子里。突然，她制止了我。我坐到了一边。

“怎么了？”

“不行！”她说。

“什么不行？”

“不行！”

“为什么？”

“不行就是不行。”

“你是特殊日子吗？那我……”

“不是特殊日子，就是不行。”

“我哪里做的不对吗？”

“不是，和你没关系。”

我坐到一边。总是这样，这些女人啊！

“好吧！太郑重其事了。”我说。

我站起来，走到窗前，拿出烟，抽起来。灯是关着的。她一个人在黑暗中坐着。我能感觉到她在看我。我站在窗前抽烟，现在我开始尽量装出很神秘的样子。我吸着烟望着远处。隔窗能望见对面公园的轮廓，树林……还是树林。夜里什么都看不清。我仔细倾听。房间的角落里传出了搏斗的喘息声。

我把烟抽完。

“我该走了吧！”我说。

“不要走！”

“不，我要走。”

“等等，不要走！”她说。

她站起来，走近吻我。温柔婉约。我认为这是告别，就像木偶一样在那里站着。但是吻没有停下来，它变得有魅力，富有激情，火辣辣的。我开始心猿意马。往下看，她的短衣扣已经解开了。我的内心已沸腾了。一切就像在梦里。美梦！我只来得及想是否随身带套套了？

后来我们躺在沙发上。那里地方太小了，我只好用一个难以想象的姿势躺着。我抽着烟，把烟灰弹到还有沙拉的盘子里。我觉得自己就是怀俄明州某地寄宿的牛仔。

“太棒了！”我说。真的。我真的很喜欢。“她那么温柔！——我想，简直无与伦比！我从来没想过会有此经历。也许这就是命运，也许从此我们就能在一起了？不可能吗？我不反对。我以前从没有过这样的感觉。”

我想，能最终有自己的长期女友太好了。我开始在云中飘了。

“把沙发拉开吧！我们会冻坏了的。”她说。

我站起来，开始折腾沙发装置。裸体弯着腰，可能看起来很可笑。

后来，我们躺下。我努力拥抱她，但她却把脸转过去了。“也许这是她第一次”——我这么想着就睡着了。

早晨觉得有人推我。

“哎！起床！”

是斯维塔。她穿着睡衣，梳好了头。

“发生什么事了？”

“到时候了。”

“到时候了，到什么时候了？”

“该走了。”

“为什么，今天是星期天。”

“就因为是星期天。”

我欠起身子。

“盖纳在哪里？”

“走了。”

“自己走的？”

“说不想叫醒你。”

“好吧。为什么这么急？”

“已经十点了。杰尼斯马上就来。”

“杰尼斯？杰尼斯是谁？”

“我男朋友。”

她这么说，就好像在说一个披萨派送员。

我简直无法相信。

“你男朋友？你有男朋友？”

“是啊！”

“不可能！”

“为什么？”她居高临下站在我旁边，双手交叉在胸前。

“啊！我以为……”
“你以为什么？”
“以为你没男朋友。”
“为什么？为什么我就没男朋友？”
她激动起来了。
“算了吧，有没有男朋友，都正常。你有什么麻烦吗？”
“我没麻烦。如果你不在杰尼斯来之前就离开，你会有麻烦了。”
“我把裤子提上。我确实不想和杰尼斯碰见。”
“也许你让他见他妈的鬼去？”
“我爱他。”
“真的吗？”
“是。”
“那你昨晚为什么……就是……”
“和你睡了？”
“对。”
“想知道吗？”
“想。”
她冷笑了一下。我已经不觉得她可爱和温柔了。
“我是可怜你。”
“你说什么？”
“我是可怜你。你站在窗户那里，一副可怜兮兮的样子，就像受伤的猫仔。我决定帮助你。就是帮助，你明白吗？”
我跳了起来。
“帮助？你是谁，马里布的救援者，来救我吗？”
她站在那里不动。后来突然一拳打在我肩上。应该说，感觉还是很强烈的。根本没有想到。我哎呀一声。我开始不喜欢这样的情形了。
“亲爱的，你知道吗？”她说。“在没挨揍之前，快点从这里滚开。我警告过你了。没有杰尼斯，我也能查清你有几根肋骨！”

我后退了几步。她就是个疯子。而且，什么事都做得出来。我脑子里稀里哗啦乱响

“好吧！我走。”

我走向走廊。感觉特别不好。有点恶心。这么多事……头上还有该死的绳子！

我把鞋带系好。出了楼。没人出来送我。我也没关门。后来，我给盖纳打了手机。

“狗娘养的，你在哪里？”

“在宿舍，睡觉。”

“怎么不叫我一起走？”

“你睡得像个孩子，流着口水。枕头都湿了。”

我气疯了。

“你滚吧！”

“你怎么？生气了？怎么回事？你得到了你想要的。不是这样吗？哥们，我听见你们在那里玩耍来着。”

盖纳大笑起来。恼怒也慢慢消失了。“不是吗？我确实得到了我想要的。 我是真正的牛仔。也可以这么说啊！也许我不是美国的牛仔，但是，是加拿大的牛仔是肯定的了。”我这么想着。

“是啊！得到了。”

“很棒吧？”

“不错。”

“那就得了嘛！冷静点！来我宿舍吧！我这有咖啡。”

“好吧！一会就到。”我说。

我朝有轨电车站走去。太阳高照。情绪大好。我——还年轻！

（吴迎春　译）

斯维塔之题

——亚历山大·多罗霍夫

米哈伊尔·谢苗诺维奇办事拖拉。慢吞吞地去，慢吞吞地回，慢吞吞地做所有的事，就像一个拼命奔跑的反穿了熊皮的人，登高，脚在下面乱蹬，把椅子都踢翻了。

米哈伊尔·谢苗诺维奇慢吞吞地做事，不放过任何拖拉的机会。拖拉回家的时间，而努力想成为火热生活的一部分。这样的生活气氛从商店和饭店的门里冲出，扩散，但就是与这个已经开始秃头的中学教师无关。

每天，他都循规蹈矩地在满是雪水泥污的道路上，在挂满灰尘的商店橱窗和褪了色的蔚蓝色广告和栅栏之间，在路边汽车的反射影像中，不管季节如何，佝偻着身躯的教师显得那么平凡。曾经，在这里长着白杨树，现在已经是树桩，还有从地底下顽强长出的四个黑灰色的残枝。

童年时，有打猎，柳枝和石头可玩。还有像未被涉足过的土地一样的旧房子、搭在树丛间的父母看不见的窝棚，尽情玩耍后躺在凉凉的被窝里的暖暖的疲倦。对父母提出的你长大想做什么的问题，一直不变的回答就是：旅行家！

米哈伊尔·谢苗诺维奇出生在红河市，在这里长大，在师范学校毕业，就结婚了。从来没出过国。只记得“在巴图米居住着……”或者冗长的“乌拉尔山脉的总长度是……”这些问题后面，总是跟着：多少、什么、什么样这类问题。这类问题他也问过自己，常常会变成这样的问题："为什么？"为什么是他，而不是我。为什么人家能用10秒的时间游过河，而他连衣服都来不及脱掉，哪怕是钻到水里也好。为什么某些人都拥有了一切，而他的生活几乎成了碎片，即使收集起来，也组成不了人说的期待已久的幸福？整个生活犹如载满生命的重负车厢，在下坡路上匀速地下滑。这个车厢什么时候到终点呢？

同妻子斯维塔相识几乎是偶然的。他们都过了25岁，没什么不良习惯，唯一的是她的机体里，有一种发胖的冲动。但这在当时看都是微不足道的。因为，往往被孤独燃烧的人们在相会过程中，看见的只是决定命运的一些特点，把很明显的差别融合了起来，但他们的身体却在空间里触碰，瞬间，一切都改变了。风突然从背后吹起，飘来了一曲《你不要让别人娶了我》，就这样，有轨电车的车厢，沿着轨道押着韵脚一路高歌了。

17年过去了，一切都烟消云散。有轨电车的车厢在转弯处，沾满灰尘的弹簧发出吱吱咯咯的响声。音乐声嘈杂，男低音变得沙哑，出现了东方音符曲调。每天，他都在想搬迁，应该去一个地方，带走点什么，并靠岸，但他终究没有付诸实施。他没有及时察觉到锁在自己脖颈上的桎梏。就这么一生：出生了，活过，活到老，没有任何可以称赞的地方和使未来发生改变的事件。这类人是不会被拍电影，也不会被写成文学作品的，这类人悄悄逝去，周围摆放的都是塑料花和同事们写的一些枯燥的悼语。

在快到家的时候，他闻到了刚煮好的汤的味道。吃东西的念头一闪而过：要是吃一个配着金黄色土豆和茴香的肉饼也是不错的，可以带皮，量大些。

他脱鞋脱了好久，发现在斯维塔放鞋的地方有一片很脏的痕迹。别人的老婆都是擦地，她却败坏、弄脏，使他的生活变得无以复加的难以忍受和龌龊。满镜子都是手印，衣袖子脏兮兮，似乎她长了第三只手。她就在那里，浑身如皮冻般抖动着，在炉灶上做着什么。朝走廊里扭过头，因为转头，粉色的肉圈在她脖子上凸显出来，——他是什么时候变得这么善于观察了呢？——她看见他回来了。为什么在他们共同生活开始前，他没发现这其实早就显而易见可怕的细节呢！这使他陷入了更难以自拔和无望的不爱漩涡。

放在桌子上的晚饭是一个大的搪瓷盆里面装着的黑黑的带皮土豆。米哈伊尔·谢苗诺维奇随便就坐下了，忘记了愤恨，跳过了刚才的思考，着了魔似的盯着从菜上升起的蒸汽。快乐占据了他，他用薄薄的嘴唇挤碾着几乎干燥松散的土豆。看得出，有点辣的土豆皮轻易地就从土豆上脱落了，而且土豆是那么轻易地就沾在了手指上。

斯维塔整个挡住了橱柜，但这也没让他感到不开心。

"你听说了吗？吉马和尼古拉准备去打猎。"

"听说了。"米哈伊尔·谢苗诺维奇回过神来。

"我就和你说嘛！我还问尼古拉，你不带我家那口子吗？"

"他说什么？"

"他说先去试试，你们周末再去。不管怎么，有点不好，你上班，他们去打猎。"

就是这件事他也没放心上。睡梦里，他把猎枪放在干草上，香甜地打着瞌睡，猎人们的说话声，篝火里噼噼啪啪跳闪的火星让他更放松下来。他有时会醒来，看一眼无垠的蓝色星空下旋转的星空。野兽的尸体就放在不远处，一面有光照。他感到很惬意，但感到打到的猎物有些恐怖。在光秃秃的轮廓里隐约看出一丝熟悉的东西，像是死亡的木偶，也像是床单在柔软的大腿上硌出的一道痕迹。但是他还是在打瞌睡，腿无力地放在被压倒晒热的潮湿草地上。

米哈伊尔·谢苗诺维奇看着被太阳照着的学生们头顶的轮廓。一片寂静，只有偶尔从第一排或最后一排座位传来的笔记本翻动声和抽鼻涕的声音。窗外，一对灰色像鞋刷子一样脏兮兮的鸽子在晒太阳，朝教室里张望着。

"来，记习题。"米哈伊尔·谢苗诺维奇再也忍受不了寂静，站了起来。"有两个猎人迎面走着。一个猎人以每小时 70 公里的速度行进，另一个不详。已知的是，两个猎人在相距 10 米的地方停了下来。求：如果两个猎人最初的距离是 1250 米，第二个猎人是以什么速度行进的。记下了吗？”

米哈伊尔·谢苗诺维奇在想像着尼古拉·阿列克谢耶维奇和吉马在相互对向走着，满脸的幸福，衣服上散发出潮湿和汗味，大口呼吸着林间的湿润空气，他们的靴子留下了有力的声响。“现在能喝一杯该多好”——米哈伊尔·谢苗诺维奇忧郁地想。还有五节课。但现在能喝一杯冷冷的，挂着雾霜的酒，就像喝下一杯刺激的辣味水，犹如花蕾在内部绽放。离休息日还有四天，但现在已经难以忍受了。而且，一对在学校窗台上穿梭的鸽子也嘲讽地看着他：“米沙，想去打猎吗？”

都在嘲笑米哈伊尔·谢苗诺维奇。老师们都不断喝止学生们，制止他们不要给矮小瘦弱的数学老师起外号，但他们记住了外号，把这些外号带回教研室，当了茶余的笑料——所有人都觉得好笑。当然，就是没有这些，可笑的东西也很多。比如，走路把右手张开竖起，站住，朝窗里望一下，和谁说几句什么，再继续走，好像在训诫；比如，肩头掉满了细碎头屑；比如，他坐着，裸露出粉红色的长满腿毛，还有袜子印记的腿——猎人嘛！真的！你们想想看，还是猎人呢！情况一个比一个遭。比如他，就像戴上了机枪子弹带……也许，不是这样，是他煞有介事地拿起泵压猎枪，一只手把枪上膛……反倒忘了，地理教师彼得·尼古拉耶维奇突然站在了敞开的门口，整个身体堵住了门，好像是正专注地聊着，此时，米哈伊尔·谢苗诺维奇正试图狂躁地挤过去，又好似开玩笑地要把年级记事簿藏起来，所以，可怜的老师，气喘吁吁地，惊慌失措地反复在教研室书架上乱翻着，把一些没用的东西都扯出来了——这让人捧腹不已！

下课以后，有人叫他接电话。是斯维塔打来的。听筒里的声音很刺耳并清晰，他的心因此直往下沉。

“米沙，终于接电话啦！打了好久了，就是没人接电话。科里亚住院了。据说是吉马朝他开了一枪。”

“怎么会这样？”

“我哪里知道。柳芭打电话说，脑袋被削平了一半，也不让她进去看。”

“怎么能这样呢？吉马吗？谁开的枪？”

“对，就是他！据说是在灌木丛里相互没分辨清楚，一个朝另一个脑袋开了一枪，另一个就一点擦伤。”

这一夜他没睡。他让妻子一人睡着，自己穿上衣服，轻轻关上门出来了。路边圆圆的雪堆泛着白光。这个区里的路灯不亮。雪、月亮和小心翼翼行驶车辆的灯光照亮了黑暗的半明半暗的街道。交错如静脉一样的车辙印冻在了一起，但在寂静的夜里仍清晰可辨。

在远处隐约可见的一个不大的破旧的城市公园边上，矗立着一排木屋，颜色已经暗淡了，被房顶流水冲出了痕迹。在一个比车厢大一点的不大的方形咖啡馆里，摆着有点像卫生间浴缸陶瓷一样的塑料桌子，跟平常一样，人满为患，人们低着头，几乎把头都扎在桌子上了。

这一夜，他喝着有点苦的啤酒。似乎整个人的身体都钻进了雕花的容器里，出来擦干以后，又变回了米哈伊尔·谢苗诺维奇，但是，成了步履轻盈，力大无比，面色红润的年轻的他。他闭上眼睛，手抓桌沿，身体随着体内的不断增加的有力节奏摇晃着。体内一团黑烟复燃了，烧平了皮肤皱褶，使肌肉紧张，又让他感觉到了丧失已久的青春活力和韧性。

他和斯维塔已经一起生活了15年，做教师20年。没旅行过，没有任何功绩和发明创造。地球对他来讲就是一个平面和狭窄到从家里到学校这样的面积。突然，就发生了这样的大事，求变的米哈伊尔·谢苗诺维奇终于可以弄出一件规模巨大的事件了。如果没有他，生活照旧是毫无色彩和趣味，那些毫无亲缘关系的生物也不会成为异父（异母）的同根近亲，那种神秘的依存的本质也不会苏醒。活到了40岁并且明白了你的能力是大无边的，是有些晚了，但也是幸福的。

习题带来了后果，据说，人的思想也会物化，只需要你有这样的愿望，而他希望这样，希望相识和给予，全身心投入旅行，开怀大笑，小声说话和大喊，放任欲望的闪现以及猎枪令人恐怖的闪光，月光下忘情热吻，无所谓月光下，就是在春天时烙乳酪饼时，热吻也是那么甜蜜，也会感觉到温柔的月光透过芦荟和装水的水瓶照射进来。他多想去旅行，把灰突突行李箱装满捆紧，离开，逃到任何地方都好。甩掉斯维塔，逃走，把一切彻底推翻。

此时，米哈伊尔·谢苗诺维奇已不再是他，而是跑到外面，敏捷地跳过几个水洼的米沙了。就像一个小男孩直奔回家，似乎不曾有过那些痛苦折磨，似乎生活突然在米哈伊尔·谢苗诺维奇身边闪过的窗内向他调皮挤眼。

当米哈伊尔·谢苗诺维奇嘴角沾着唾沫，很投入地写着新的习题的时候，细细的，隐约可见的粉笔灰沿着黑板向下掉。最近，他明显地易怒，脸上的静脉血管暴起，颧骨处凸起的肌肉在无力地起伏着。曾经疯狂淘气的学生沉默不语了，而另一些彻底不来上课了。

米哈伊尔·谢苗诺维奇写的这些习题，在教科书上是找不到的，多年的教学培养出来的高超能力，使他轻松地把头脑中的思想翻转成公式和问题：多少？为什么？为何如此？

他写道，条件是：从93公斤重的女人身上，抽出了75%血，而人的50公斤的重量里有4升的血，问：这个女人失了多少血？

他总是跑回家，每次斯维塔都是活着的，大声打着鼾，在被套里乱翻着身，隐约露出内裤浅粉色的条纹。晚些时候，睡醒了的她，精神抖擞，开始找好吃的，并开始兴致盎然地给他讲述让人憋闷到呕吐的梦境细节，一种驱不掉的忍无可忍的感觉充盈了他的整个身体。

米哈伊尔·谢苗诺维奇开始变得木然了，野性发作，用餐刀在盘子空白处用力划，把餐具划得吱嘎作响。每次他都忍住了，不让餐刀捅进这个因为懒惰而没雕琢好细节的大脸。后来，他眯起眼睛，使劲抱紧有野兽全部特性的身体——臭味儿和夜里肚子的咕噜声，和野兽一样标记领地的习惯：把掏过耳朵的黄色棉签棒罗列起来放到脸盆边上，马桶里没冲洗掉的黏浊物，洗碗槽里的餐具，让人想起发酵过头了的荞麦泔水，和上面的一层浮皮。而她走路的样子啊！她走路的样子啊！睡醒觉，突然坐起，一副惊慌失措的模样，染过的一绺头发高高扬起，把周围带起一股风，贴墙站着，边走边甩掉拖鞋，停下来，很长时间在那里磨着长爪子的后掌。

躺在旁边，真感到厌恶和憋闷。

黑板上的习题没起什么作用，因此，米哈伊尔·谢苗诺维奇越来越对自己的能力失去自信了，最初的作为拥有天赋的直接证明的事情，消除那些蜂拥而至的委屈和不公的，却得到最糟的结果，实际上，偶然间却使自己变得那么渺小，微不足道和愚蠢，因此几乎疯掉，慢慢地真的信以为真了。其实，无任何变化。想把妻子捉奸在床的想法似乎很坚定，其实慢吞无力和徒劳。是那么笨拙地推开卧室的门，根本不听一下他老婆粗壮的呼吸声，不看一眼因出汗眼镜儿都滑到了鼻子下，极力想把它吃到张开的臭嘴里的野猪一样的嘴脸。

他难以入眠，拒绝进食。自言自语。无目的地沿着无形的圆圈在房间里踱步。偶尔扑过去检查一下猎枪，长时间把这个冰冷的铁器握在手里。重量感让他微笑了，机械的可靠性 ——就是幸福！他极度自信，听着另间屋子老婆的走路声音。脑子里甜蜜的自由想象涌起，他，米沙，变得极度年轻的米哈伊尔·谢苗诺维奇·塔拉斯金，目光清澈而冷血，沿着松软的下坡飞奔而下，边跑边甩掉裤子和鞋，一头扎进水里，用 10 秒钟游过河。或者，他还是那个全新的自己，走在林间，用手推开粗树枝，折弯细软的树枝，他沉重的呼吸声盖过了周围所有的野兽的呼啸，在主人公出现之前，躲藏起来。或者，清晨，当一切初显轮廓，当物体如在烟尘中驱散林中的寒意，当枯槁橡树犹如一架笨重的钢琴，上面隐约刻划出“黎明”牌字样，反衬出还没来得及发亮的早晨时光。空气不再流动，尘埃在清晨的光束里飘荡，穿透过繁茂的枝叶帷幕。米哈伊尔·谢苗诺维奇躲藏在深沟中屏息期待着。他与野兽之间有一条长五米的走廊。他知道，这只年轻的野猪会以极快的速度穿过这五米的距离。闹钟准时在 7 点钟响了。也就意味着，在甜睡一夜之后要开始觅食，并且过 13 分钟之后会准时回到原地。

猎人躲藏起来。他知道，忍耐和无畏是成功战胜野猪的前提条件。要必须记住：要准确射击左腿，才能有可能打中心脏。时刻牢记，被击伤的野猪极度危险。当大意的猎人丧失了警惕性，上前探寻无声的野兽的时候，它会保持状态，纹丝不动一声不响地躺在坑中。在野猪没给他致命一击之前，一定要杀死他，把他撕成碎片。猎人——是野兽的上帝！主宰者和创造者，头脑清醒，心灵纯净。他开了枪，击中了左肺，沙哑的婉转的声音从开着的小气窗传出，沿着苏维埃大街传向远方。在这里，米哈伊尔·谢苗诺维奇·塔拉斯金，1966 年红河市生人，与妻子斯维特兰娜·格里高利耶夫娜·塔拉斯金娜，1967 年涅任斯克镇生人，生活在这条街上。如果她的体重是 93 公斤的话，斯威特兰娜需要多少力量才能够活下来？

（吴迎春　译）

文学评论及随笔

故国的炊烟[①]

——瓦列利娅·普斯托瓦娅

反乌托邦的激情已时过境迁，当下描写祖国的主要体裁是短篇小说。这标志着长篇小说这种体裁即将消亡，也预示着大型神话叙事的完结（尽管远不是唯一的依据）。

反乌托邦小说从整体上观照故国，用幻想的方式将其过去、现在和未来浓缩在某个点上，作者就像处在隐秘实验室里一样，通过这一节点摸索社会自我意识和本国历史的真谛。反乌托邦往往和神话叙事紧密相联，即那些已有的认知和固化的接受模式。难怪那些水平一般的反乌托邦小说始终无法摆脱描写资本主义俄罗斯和共产主义俄罗斯相对立的窠臼。反乌托邦长篇用可怕的未来给人以警示，却很少了解此地当下的具体情况。

当一切都混沌不清时唯有相信个人的经验和直观感受，这就导致了短篇小说的兴盛。"祖国"并不是一个时尚的词汇，只有在文学神话叙事的框架下才会认真地谈到它，爱国主义因过度宣传而名誉扫地，人们搜肠刮肚地探索着一种能把各种分散的亚文化群整合为人民的理念。在这种情况下，短篇小说聚焦于具体的事件，远比那些希望提出祖国总论说的想法更为有效。

短篇小说不忧虑未来，关注当下的每时每刻和生存问题。短篇小说很少提出新的理念，叙事上也时断时续，但却因此而避免了人云亦云的尴尬：瞬间的感受独一无二，但总的论说却容易流俗。

反乌托邦体裁是对幽默叙事长篇的纪念——因为这类小说改写了

历史并对其进行了重新思索。短篇小说则是现实和严肃的。在其杂乱无章的陈述中隐藏着一把利刃。读了它们后，不由得产生了想要行动的愿望，而不必管未来会怎样（是虚幻的还是现实的，生活这把刀是否将抵住你的喉咙）。

青年暴徒

鲁巴诺夫——沙尔古诺夫——普里列平

对俄罗斯文学而言，扎哈尔·普里列平是“顽劣青年短篇小说”体裁的首创者。这也是他那本《溢满滚烫伏特加的皮鞋》一书的副标题，有人认为书中的形象愚蠢至极，与早期的短篇小说集《罪》相比，书的立意也较为松散，但让人诧异的是，副标题起得却很成功。而且，正像现在表明的那样，无论对俄罗斯文学而言，还是对当下生活来讲，它都有很大的启示意义。

当然，可以写一篇长文来回顾一下写作这种体裁的前辈作家，要知道“顽劣青年短篇小说”继承的是“垮掉的一代”文学流派（译成俄文是“多余人”的意思）的悠久传统。顽劣青年既是那个一心想要与公牛比试力量的海明威，也是那个不知道把自己罕见的能量投向何种龌蹉勾当的毕巧林。此外，儿童青少年文学中对顽童的发展历程也曾有过全面的描写——当下，作家们似乎很难再塑造出那些具有鲜明性格、大胆作为、质朴纯正的孩童形象了，但像彼得·潘[②]、汤姆·索耶[③]、超龄

---

① 源出俄国19世纪作家格里鲍耶陀夫《智慧的痛苦》主人公恰茨基在第一幕第七场中所说的一句话：“故国的炊烟也分外亲切，分外可爱！”——译者注

② 是苏格兰小说家及剧作家詹姆斯·马修·巴利（James Matthew Barrie，1860—1937）最著名的剧作《彼得·潘》中的同名主人公，是一个不愿意长大的男孩形象。——译者注

③ 是美国作家马克·吐温（Mark Twain，1835—1910）代表作《汤姆·索耶历险记》（1876）中的主人公，是一个聪明伶俐，富于想象，顽皮淘气，乐于冒险的男孩形象。——译者注

小学生达达尼昂[①]这样一些永恒的男孩形象至今仍令人回味无穷。

但是，对今日俄罗斯而言，正确的做法是从九十年代的文学创作中挖掘这一传统，可以把描写新垮掉一代的文学作品称为“顽劣青年”文学。

2000年，谢尔盖·沙尔古诺夫、扎哈尔·普里列平和安德烈·鲁巴诺夫这三位作家都不约而同地开始了“顽劣青年”文学创作。表面上看，主人公都是20、30、40岁人。这些人让人浮想翩翩，或是与对青年人的政策及形象包装有关（如沙尔古诺夫），或是反映政治上的反抗及战争问题（如普里列平），或是描写新俄罗斯商业领域的离奇及各种历险经历（如鲁巴诺夫）。在这些擅长写“顽劣青年”体裁作家的代表作里（如沙尔古诺夫的《乌拉！》、普里列平的《桑尼卡》及部分短篇小说、鲁巴诺夫的《伟大的梦想》），都表达了一种与时代相悖的带有挑衅性的主张：我们知道什么是好的事情，我们也想做一个好人。

通过对这三位作家创作的分析来探寻正面主人公形象，是一件有意义的事情，尽管他们笔下的人物被神魔化了、被过度虚构了或是心灵上受到了伤害，他们的个性没有得到充分的施展，但伴随其左右的总会有正面的爱情和幸福家庭的形象——至少有对“正确爱情”（有孩子并相守终身）的强烈渴望（如沙尔古诺夫），最理想的是有对亲人的那种男子汉般的平静而又坚定的责任感（鲁巴诺夫）。

与此同时，社会却加速地女性化了：问题并不在于均分权利，而是像不少人都意识到的那样，当代大都市生活不再需要男人的仗义勇为，更需要积极配合、埋头苦干和灵活机智等这样的女性气质，于是，男人从生活退避到了文学作品中，退避到了上述这三位作家创作的字里行间中。沙尔古诺夫和普里列平甚至因此而备受指责，说他们面对现实生活的残酷无能为力，只好编造当代神奇故事。的确，在这

---

① 是大仲马（1802—1870）小说火枪手三部曲《三个火枪手》（1844）、《布拉热洛纳子爵》（1850）的主角。——译者注

三位写实作家中，鲁巴诺夫更为现实一些，他的文字表达了一种切身的痛楚及对其的反思；普里列平和沙尔古诺夫创作的立脚点则是以个人的经历为基础建构一个梦想而非现实的形象，而这也是他们作品的魅力，即不要求人们思考，而是要人们相信：英雄尚在，俄罗斯会涅槃重生，真爱将会到来，生活的愉悦就在眼前。

此外，这三位作家笔下的主人公都是强人，而且也都是幸福的人。并不是因为他们成功地获得了一切（在他们的生活中不乏悲惨的结局），而是因为他们身上无法掩饰的那种愉悦感、那种感受幸福的才华。除了勇敢和真诚之外，热爱生活是真正的“顽劣男孩”的主要特质：懈怠与懦弱和背叛一样遭到主人公的唾弃。

因此，大概需要澄清一点：我们这里谈的是男孩，而不是“男子汉”（尽管上述三位作家的作品中都不同程度地描写了“男子汉”的形象）。男子汉是一家之主，脚踩大地，熟悉生活，但却因此而视野受限：担惊受怕、左思右想，权衡再三。而男孩却以率性而为、有魄力、有胆识、对自由生活的无限感受力及旺盛的生命力吸引着读者的注意力。男子汉们都是“方方正正的”，而男孩子们却充满了冒险精神，因为他们只崇拜意志，还不知道珍惜宁静的生活。

安德烈·鲁巴诺夫的小说《同样是故国》（彼得堡，利姆布斯出版社，2011 年出版）堪称“当代男孩短篇小说”的代表作，开篇就充满了对这种无限意志的承诺：主人公在部队服役期即将结束，全身心地陷入到了对未来生活的憧憬之中。他的梦想“符合实际”且勇敢大胆：“既不要停下脚步，也不要中饱私囊，更不要贪多求大，我不是这样的人，而且永远也不会成为这种人”，但是“我要生活，我要尝试一切，行万里路，读万卷书”。这个表述既淳朴又不乏冒险精神，蕴含着真正好男孩的秘密：女人们千依百顺，绑匪们又胡作非为，只有男孩子英雄般地梦想着要诚实而全面地生活一番。

紧接着开始讲述祖国俄罗斯。

就是这样，我们的作家本打算讲讲男孩的故事，展现主人公的不凡经历，可却陷进了俄罗斯这一哲理主题而不能自拔。换一种方式未必可行，只要让主人公放弃封闭的（哪怕是军营的栅栏）梦想，他就会发生巨变。曾经是个军官、保卫者、英雄，却成了小偷和众人耻笑的对象。“男孩题材”作品讲述的是，在当下的俄罗斯，本想过正确生活，却走上了犯罪之路。

主题上与之类似的还有普里列平的《桑尼卡》：标题中的主人公是一个普通又诚实的男孩子，他本应该辛勤劳作养家糊口，娶妻生子、孝敬慈母，却干出了砸抢麦当劳的事情。作家的很多短篇小说讲的都是相似的题材：主人公离开家人的庇护后投入到战争或政治斗争的漩涡。普里列平笔下的男孩子们对待祖国的普遍看法是：祖国不让他幸福地生活。似乎一切都挺顺利，正能量越积越多，但在最高点时他想起了自己的义务：想起不能仅一个人正确地生活。这不符合男孩的追求。于是抛弃了现有的一切幸福和温情岁月，为了追求战争史诗片的迷幻效果而放弃了抒情和浪漫。

沙尔古诺夫的主人公同样碰到了祖国的问题：前不久，出版了他的“男孩短篇小说集”——《一本不带照片的书》（莫斯科，阿利皮纳纯写实出版社，2011 年出版）。书中主要讲述了作家年轻时的一段主要经历：新锐作家沙尔古诺夫玩上了政治游戏，在赢得了巨额赌注（进入到了杜马选举最后一轮）后，权力和声望达到高峰时又回归到了混沌的普选区，当上了“凡夫俗子”。这段戛然而止的仕途经历想要告诉我们什么？其言下之意是国家不需要真正的“好”男孩。国家（更确切地说是国家体制）向主人公提出优越的条件建议他自动放弃候选人资格时如此宣称：“国家利益要求你不进入杜马”。“国家的奇怪的利益”，——主人公反驳说。

安德烈·鲁巴诺夫在作品中一次次地描绘了自己对男孩命运的理解。就思想而言，小说集《同样是故国》中的短篇作品与长篇小说《伟大的梦想》十分切合：再次表现了九零后与零零后的冲突，率性而为的年轻人与相对成熟的长辈之间的对立冲突。鲁巴诺夫为读者呈现了一幅丰富的画面：他的主人公最初幻想过上一个正确的自由生活，但在获得相对有保障的和独立的生活之前，却干起了投机勾当，进了监牢，尝到了经商的失败和贫困的滋味。结尾时，他和弟弟坐在咖啡馆里（两个人像所有俄罗斯九零后的年轻人一样，曾一起干过偷盗的事情）交谈着，表示对一切都很满意。他们有事业、房子和家庭，还想要什么呢？但在内心深处，虽然生活的历练磨灭了男孩们的锐气，但他们并没有彻底放弃理想，“我可能会更有作为”一直在提醒着他们。

但是，正像鲁巴诺夫准确指出的那样，那些在九十年代“更有”作为的人“或是已经进了坟墓或是在伦敦避难”。

鲁巴诺夫描写的是男孩与其祖国之间最痛心、最复杂的冲突：他的短篇小说从本质上说，是向自己和社会提出了这样一个问题，是什么导致了这一切？为什么诚实和勇敢在俄罗斯不可避免地与偷窃和暴行联系在一起？为什么在九十年代的犯罪生活中刚一出现男孩们的英雄行为（他们一直梦想着“有所作为”和幸福圆满的生活），结局却是拿着砖头追打着外国留学生，抢劫他们钱包里的美元，或是偷窃陶里亚蒂[①]厂出厂的小轿车，或是向别人套取大把现金？其短篇小说集中的主人公起初多是“爱打架的刺头”，弄得四处欠债，而蹲监狱时却像是一个偷国家税收的金融家：这就是他的整个成长经历。

“一个傲慢的男人，他渴望权力或者金钱或者哪些特殊的感受，突然间径直地触碰到了违反法律的底线”，关于这一点有不同的认知：按照女性及日常生活的视角可以这样说，不要贪得无厌，老实呆着，管好自己。当然，那些无论对宗教还是任何发达社会而言都很神圣的禁忌不仅对女性、孩子和老人具有强大的影响力。是的，从宗教的角度而言，最好不要强求，不要贪得无厌，要平静地生活，要与世无争，但保有内心的纯净。在男孩子们当中，有太多青年人的“激情”，难怪鲁巴诺夫的主人公特别喜欢这个词，认为自己是一个“冒险家”，“忙于尘世生活的俗人”。但尽管这样，他们还是想让我们明

---

① 陶里亚蒂是俄罗斯萨马拉州第二大城市，是俄罗斯最大的非联邦主体城市，曾是苏联汽车制造中心，出产伏尔加和拉达牌轿车。——译者注

白一点，即吸引他们的并非发财致富，而是尝试广阔生活的企图。

如果您对男孩这个群体的诱人魅力不屑一顾的话，您可能会问，这一切与祖国又有什么关系呢？如果主人公如此渴望尝试生活的方方面面，以至于陷入牢狱之灾，正像人们常说的那样，这一切难道不是他自己的问题吗？

这里，我们就触及到了男孩这个群体另外一个尚未被充分认识的阴暗的一面：除了真诚的崇尚"暴力"男孩、英雄和战士、斗士和乐天派之外，还生活着一些妖魔化男孩，祖国自身推动了对这一形象的崇拜过程。

"故事发生在 1994 年。国家面临四分五裂，我的生活同样如此……投机取巧的人一跃成为社会的精英"，——鲁巴诺夫的主人公从军队退伍后回到了这个面目全非的国家（这是新文学的一个常见情节——不由得想起了 B. 希加列夫[①]的象征剧作《阿格斯菲尔》），他把自己的能力和梦想与在社会上使用这些能力、实现这些梦想的可能性进行了对比。主人公发现，原来对公职人员要求的受教育程度、能说会道、踏实肯干等素质已不再吃香，更看重的却是凶残和钻营。九十年代的投机政客似乎成了民族英雄，效仿他们并不可耻。尽管如此，外表看来他仍像一个真正的事业有成的男孩。

在鲁巴诺夫的短篇小说里，这些生活在九十年代的曲解了勇敢和名誉的男孩群体的作用问题是作家集中探讨的主题。这些自负傲慢的年轻人，头脑聪明又勇敢无畏，为人处事完全模仿电影里面的人物，急切地把自身天然的优点来迎合社会需求。鲁巴诺夫反复强调，九十年代的暴徒和骗子并非无源之水，他们是在新时代语境的熏陶下成长起来的："我所在的所谓的犯罪团伙，全部是由知识小青年组成，他们是曾经的心理学、经济学、新闻系大学生，转瞬间变成了……敲诈之徒、偷窃犯、奸商、赌棍、毒品犯和外币投机商"。对这一新角

---

① B. 希加列夫（Василий Владимирович Сигарев，1977— ），当代俄罗斯电影导演、编剧、制片人、剧作家。——译者注

色，有些人悠然自得，而有些人却留下了一生的心理阴影，因为触及了主要的痛处，即与自我的调和。像所有人一样，鲁巴诺夫的主人公穿着一身“体面的衣服”，为了更好地弱化工厂领导的职责，弱化这个来自莫斯科的“棒小伙”在把自己的战友卷入投机活动中扮演的角色，他把“一些快活的、有成就的、富有的朋友们”聚拢在自己的身边。尽管掌管着令人难以置信的巨额款项，却突然用一个把地下室租给公司的出租人的眼光来审视自己，发现自己“不过只是一个意外成功的爱出风头的小毛孩”。

因而鲁巴诺夫笔下的“男孩”题材作品内涵深刻，意义深远，因为他对当下俄罗斯的男孩理解得最为透彻。作者笔下的主人公既是英雄，也是背弃了自我的叛徒。三位作家笔下的每一位主人公都想摆脱原本的我，在把他们彻底带离开勇敢和荣誉的地方发现了所谓的勇敢和荣誉。他们扮演的男孩角色中起主导作用的并非完全是游戏的冲动。桑尼卡内心抽搐，不断地劝自己，为了民族布尔什维克①的共同事业而去打砸抢是高尚的、正确的；沙尔古诺夫笔下的党员自欺欺人地认为，他的果敢行为和鲜明个性对政权而言不无益处；鲁巴诺夫笔下的年轻商人因想同时扮演合规者和一举成名者而陷入迷惘。

英俊的二十二岁的年轻人应该赢得一切，因为这很正常：符合事物的等级排序，因为年轻和勇敢处于最高处，谢尔盖·沙尔古诺夫似乎这样写道。

英俊的二十二岁的年轻人应该死去，因为这很正常：和党内的一切畜生在一起苟活令人羞愧，扎哈尔·普里列平似乎这样写道。

英俊的二十二岁的年轻人输得稀里糊涂，应该活到丑陋的四十二岁，在这之后才会相信这一切很正常，安德烈·鲁巴诺夫似乎这样写道。

---

① 民族布尔什维克党，也称国家布尔什维克党，是当代俄罗斯的极左政党（其旗帜是把纳粹旗上的万字改成苏联标志），以激进极端的行为闻名国内外。——译者注

这体现了男孩们童年、少年和成年的真知。

这样看来，男孩的问题确实在于要具有成年人的成熟认知。

扎哈尔·普里列平和谢尔盖·沙尔古诺夫前不久出版的新书吊足了读者的胃口：这两位成名的作者已有一段时间没有新作问世了，显然，读者希望他们能在新作里敞开心扉。重新敞开心扉意味着回到年轻岁月，再一次尝试当男孩的感觉：从零开始体会人生，不知道愁滋味，做事不计后果，只相信生活，尽情挥洒青春年华。在沙尔古诺夫的小说中，流露着一种对青色岁月的淡淡忧伤：坐在公家的轿车里，后面的拖车满是全副武装的保安，在这即将要实现自己远大目标的时刻，他突然陷入了沉思，一股思绪涌上心头："现在就从汽车里跳出去放弃一切，将看起开令人艳羡又让人厌倦的生活中的危机弃之脑后……重新回到那自由的少年时光"。

对于沙尔古诺夫而言，这种从零开始体会人生——无论是成功、喜悦还是失败——的感受最为深刻。这位以出众的才华登上文坛的作家，特别窘迫于创作灵感的枯萎，对很多题材进行大胆地尝试，特别不甘心停滞不前。无论是在文学方面还是政治层面，沙尔古诺夫很大程度上都是一个名誉扫地的人物：众所周知，作家们认为他涉嫌参与政治，而政客们无法原谅他反对派的一贯作风，除此之外，在创作出受人吹捧的《乌拉！》及长篇小说《我叫什么名字？》、《禽流感》后，他那过分雕琢的文体（更准确地说，是花哨的文体风格成了主流，意义的表达则黯然失色）引起了很多人的困惑。

我确信，对于沙尔古诺夫而言，这种通过"男孩的阅历"来剖析自我（这是鲁巴诺夫小说的惯常情节）的艺术手法之获得并非易事。对于作家而言，一味儿玩弄那些社会上流行的神奇传说毫无新意，其成名过于轻松，年轻的作家长时间地以使其一举成名的方式进行创作，直到他的呐喊、神话、口号以及鲜明的人物形象变得彻底空泛为止。如果沙尔古诺夫想写没有喊叫的书，"不带照片的书"，那么他就要转向意义本源，摈弃各种夸张色彩转以事实叙事为主，从建构神话转向内心自白。这是一本诚实的小说，从某种意义上来说，是沙尔古诺夫第一部诚实的小说，因为他被更多地赋予一种粉饰现实而非反映现实的才华。不管怎样，他突然成功了。转型时期俄罗斯的各种症候得到了准确的刻画，在失宠的神职人员之家度过的童年，农村的亲戚们，政治上的紊乱连同首都骚动不安的情绪，受挫的情感纠葛以及解体帝国里发生的稀里糊涂的战争，这一切写得都很到位，生活中那段激动人心的时段、命运的一个侧面、人性的成长经历都得到了表现。在这个故事中尽管没有丝毫过激的描写，但它仍然非同寻常：主人公既尝试了各种诱惑，又体验到了大喜大悲。尽管沙尔古诺夫的小说缺少鲁巴诺夫短篇小说那种亮丽的色彩，它还是能引起读者的思索，让他们重新体会一下童年的氛围，再次品尝一下幼时的窘迫、少年时的急躁以及最初失望带来的痛楚，感受一下时间那快速而又公正的流动，把我们从梦想带向真理。

而扎哈尔·普里列平的小说《黑猴》（莫斯科，ACT出版社，2011年出版），是一部带有反乌托邦元素的长篇小说，也描写了这样的梦想，但却令人沮丧。为什么会有沮丧感？因为大家都说，《黑猴》的上部很精彩，可下部写得却很一般。我认为，症结在于，普里列平不打算与心爱的神话故事彻底告别，尽管审美上显然已做好了放弃神话的准备。小说中有不少朴实的细节、场景、比喻和观察；家庭、孩子这些习以为常的形象变得更加充实、准确，它们很少表明作者的立场，反映得更为鲜活。但神奇叙事冲淡了开篇灰暗的现实，这是普里列平钟爱的关于男孩群体的神奇叙事。这里，可以分为两个阵营，他们像两只相互敌对的球队的球迷那样相互殴打：因为有人会觉得，《黑猴》是一个警示，而我则认为它更像是个宣言。

情节的起始很有力量。把流浪儿、拒服兵役者、家庭暴力的牺牲品这些俄罗斯的所有弃儿们当成了最高法院审判国家、社会和人类的工具和象征，这是真正的文学造神故事。只是要巧妙地传达主旨，艺术地揭示它，同时也不要忘记使各个部分协调一致。我说的是应该巧妙地做，但是我丝毫也不怀疑普里列平的能力。难道在他的新作中，其他的表述和形象没有表明，先前那个能够以惊险的情节吸引读者、浓浓的抒情感动读者、巧妙的细节描写触动读者的作家，现在准备厚重叙事，放弃了思想的花里胡哨，而更推崇人物形象的刻画，最主要的是，表现一幅内容丰富的事件图景，让人物内涵更为丰满，不单单是主人公道德探索的陪衬？可能，《黑猴》是一部关于俄罗斯的痛苦的而又可怕的小说：比《桑尼卡》要可怕，因为写得更形象，也更少议论，更多的是各种画面描写，因为最令人难忘的形象（除了阿里卡那个个性鲜明又愚蠢至极的情妇之外）是濒临消亡的农村景象，那里生活着无精打采、冷漠残忍又几乎野性十足的村民。

是的，这完全是一个全新的普里列平（就像“一本不带照片的书”里的不再大喊大叫的新沙尔古诺夫一样）：他郁郁寡欢，沮丧消沉，除了“就让随便哪个人来到这里把我们所有人都杀死吧”之外，他没有任何的灵丹妙药。可能，这是对我们这些读者特别是批评家们的报复（后者没有对普里列平早期小说中的正能量予以公正的评价），就我而言，一种感受总是困扰着我，即这种小说的“精华”并不在于正能量，而是令人心碎地放弃这种正义感，就像放弃一切人类的普遍情感一样，如对亲人的眷恋，杀人的恐惧等。要知道，这些残忍的纨绔子弟们并非在《黑猴》中首次出现，在作家的笔下早就有过类似的描写：普里列平总是令人诧异地迷恋有暴力倾向的人物形象。他有一篇令人难忘的荒诞短篇，叫《杀人犯和他的小朋友》，写的就是这一主题。在小说中，正面主人公却是一个“杀人犯”，表面上看是一个真正的野兽，而“小朋友”却是一个可耻的叛徒；类似的人物也出现在普里列平的很多长篇小说中。可能，男孩们的革命就是普里列平本人的乌托邦，似乎是一次奔袭他就能把那丑陋的、肮脏的成人世界（在他的新作中，这一世界得到了漂亮的揭露）一笔勾销，这是一个只谈论怜悯和罪恶却又背叛甚至戕害自己亲人的世界（确切地说，小说中的家庭叙事描写的恰是这一点）。

但在长篇小说中，对充满神奇色彩的男孩群体的刻画很一般，像是匆忙赶制的结果：培育极端残忍的孩子并对其进行研究的实验室已被废弃，就像不太得体的开头一样，小说中插入了许多关于残忍的

“纨绔子弟”奔袭的故事，为小说的主题增加了厚度，但不是深度。其中交织着主人公的爱情经历及其与当局之间的关系，后者是老生常谈，是对昔日文学中流行的知识分子与克格勃关系母题的改写。但是，长篇小说多数其他的线索却没有任何交集，比方说，神秘化的纨绔子弟与主人公的亲生孩子们的形象之间的对话显而易见。与情妇之间的浪漫爱情刻画得很动人，妻子的形象写得却很简略、勉强（像在其早期短篇小说中一样）。情节方面的漏洞是用“疯狂的完全破旧的织布”填补上去的。出版商把孩子们的这场十字军东征的乌托邦与冯内古特[1]的影响联系在一起，但主要恶棍的姓氏沙罗夫却让我产生疑惑，在当代作家弗·沙罗夫的长篇小说《请像孩子们一样》中也充斥着这种戏剧性的描写，总而言之，少年杀手是当下流行的题材，好多部电影讲的也是天使般长相的女孩走上了武装对抗成人之路。

普里列平所描绘的男孩群体的奔袭景象是少年们最后的极端行为，是他们绝望的呐喊。无论这些复仇孩童们看上去多么令人不快（其要毁灭的现实生活更加丑陋），他们并没有玷污男孩群体这一文学形象本身。没有了这些男孩们的激情，俄罗斯就会日渐衰弱，在鲁巴诺夫的一部短篇小说中曾有一个披着头巾的女性形象，她是主人公的同龄人，外表看去却像一个老太婆。为此，主人公惊诧不已，不由得问自己：“是国家把她变成这个样子吗？是这个单调无聊的俄罗斯吗？”并回答说：“我深表怀疑”。男孩们的意志以及男孩们的草率作为根本无法根除，应该让它们找到一个合理的应用，要是等到这些男孩们被带着到各个城市打砸抢的时候，那就追悔莫及啦。

全球化的俄罗斯人，全球化的达吉斯坦人

M.坎托尔——Г.加尼耶娃

“……我们这儿有个来自农村的小姑娘，她写了一部关于自己的

---

① 库尔特·冯内古特(Kurt Vonnegut，1922~2007)，美国黑色幽默作家。——译者注

故乡达吉斯坦的作品”，——舞台上的女主持人动情地说道。这发生在莫斯科戏剧中心，当时摇滚明星薇拉·勃列日涅娃正在主持该年度的青年作家“处女作”奖的颁奖典礼，在这个华丽的晚会上，首获该奖项的来自达吉斯坦的天才女作家的故事听起来特别令人感动。

我回头观望，这个“来自农村的小姑娘”就坐在离我不远的地方：她穿着一件丝绒无袖女衫和晚宴短裙，涂着黑色的指甲油，我知道，她在莫斯科已经生活了一段时间，在评委们认为应该把奖“颁给”她之前的好多年前就开始写作啦。

这种地位上的强烈反差让我印象深刻，不仅仅是因为这件事令人称奇。舞台上的城市文明对自己梦寐以求的期盼予以了承认：人们想把这个达吉斯坦作家、中篇小说《达尔加特，祝你幸福》的作者作为一个偏远山区的代表挖掘出来。如果中篇小说的作者是“一个农村女孩”，这就意味着，文明进步把古老的、直到现在仍保有传统生活方式的共和国带到了一个全新的生活水平，确实让他们学会了欧洲文化语言。但中篇小说的作者原来却是一个城市化的莫斯科女孩，而且还不是文坛新秀，而这就意味着，文明与传统之间的关系并没有发生丝毫的变化：城市向山区扩展，而山民们野性十足地把传统兑换成了各种小摆设。尽管文明的全球化进程取得了胜利，但进步仍然令人怀疑。

对于不同时代的批评家们来说，《达尔加特，祝你幸福》（莫斯科，ACT 出版社，2010 年，这是作者的处女作，书中收录了中短篇小说、短篇小说和达吉斯坦特写）一书的作者阿莉萨·加尼耶娃与作家兼画家马克西姆·坎托尔［政论题材论著《苏联人和螺丝钉》（莫斯科，ACT 出版社，2011 年］一书的作者）在思想上有很多相似之处，这不能不令人感到惊奇。加尼耶娃的作品充满了自由风格：观点多元，众多各社会群体的人物群像，弱到极致的作者立场；坎托尔则凭借其丰富的生活经验和良好的教育用一种当代社会学家的眼光看待生活：赞成平等和团结，对新俄罗斯的酒吧式生活极尽嘲讽，狂热崇拜马雅可夫斯基，痛批那种可以出卖的艺术。不管怎样，在评价自己祖国那实际形象时两位作者都是保守派分子。

他们作品里的令人眼花缭乱的情节、各种活生生的场景及尖锐的评判不过是烟雾弹。我的故乡在哪里？如何才能找到其独一无二的、令人亲近的本性？——两位作者似乎在追问，他们每个人都不由得回视一下每个人自认为的家乡：加尼耶娃的家乡是达吉斯坦，坎托尔的家乡则是整个“欧洲基督文明”。在这两位作家那里，“全球化”和“时尚”是一对贬义词：面对全球消费文化对达吉斯坦共和国原有的极其节制的日常生活的冲击，加尼耶娃评价不高，如同对伊斯兰教的盲目“崇拜”一样不合作者的心愿，坎托尔不接受对热点问题和创新的普遍追求。在自己那部最好的特写之一《泽农的悖论》中，他对那些嫉妒牛津自足生活的伦敦人予以了嘲讽：伦敦人象征着永不停歇的当下（在他们看来，这种当下竭力要超越历史）。但是，进步的当下永远也不可能超越历史，原因很简单，因为两者是同路人，而非竞争关系：只要阿喀琉斯不再狂躁地追求速度的话，他就与乌龟走得一般慢。

坎托尔和加尼耶娃非常想让当下成为历史的延续，消除两者之间的矛盾。在他们的笔下，历史和古老文化所没有的热点问题被当做赝品一样来展示。

不管加尼耶娃怎样巧妙地拒绝说出直接的评价，其最不讨喜的人物仍是那些全球化了的、脱离了根基的达吉斯坦人。达吉斯坦传统的生活方式晦暗而残酷，仇恨被代代相传并一定要血债血偿，命运往往会被一股对占有或胜利油然而生的、野性的渴望所折断。在短篇小说《晒依陀乃》中连续讲述了两个故事：一个是当代的一位害羞的时尚女子在公交巴士里的故事。另外一个是古老的因杀人而被驱逐的鲁古贾女孩的故事。两相衡量的话，古老文明的故事更让人有好感，因为与第一个故事相比它更无辜。如果不是她本人穿着时髦，不是讲述她的那个穿闪光亮片裙装的女孩忘记了祖母说的语言而因为受驴的惊吓被人骂为“傻子”，不是她们所代表的是一个肤浅的、表面文明的世界；那里四处挂是饭店的招幌，“通过蓝牙”传送的色情片泛滥成灾，还有镶着“施华洛世奇珍珠”的婚纱，她们难道不吸引人眼球吗？除了嘲笑，她们难道还会引起人们的其他感受吗？而那个可拍的复仇心切的鲁古贾女孩却来自一个神秘而又充满了魅力的世界，不由得令人神往想尝试一下这样的冒险经历：切割院子里晒着的以备战时之需的腊肉，调和一下荒芜村社里因细枝末节而互不往来的居民之间的矛盾，听一听猎狼和熊的大力士猎人的讲述，和那个在“青色的别茨奥尔河畔”找到栖身之地的俄罗斯灰姑娘古丽娅一起去赶牛。

加尼耶娃并不认为，可以凭借“复兴穆斯林”严谨的习俗来对抗堕落的消费文化。这给某些文坛无赖提供了写讽刺诗的理由：他们说，加尼耶娃“正在对伊斯兰教进行革新”。实际上，她并没有过于在意伊斯兰，对于她而言，达吉斯坦的伊斯兰文化像伪欧洲消费文化一样，都是全球化扩张后导致的恶果。她喜欢描写古朴的乡村，那里禁止男人去打水或者触碰陶轮，这并不是信仰问题，而应算是民族独特性问题。

把祖国形象中附加的、后来的、被歪曲的与古朴的、本质的加以区分，也是坎托尔一贯的追求。其笔下什维伊卡的悖论丝毫不逊色于《泽农的悖论》：坎托尔回想起曾与一个持不同政见的少年就是否值得保卫斯大林的俄罗斯免受希特勒蹂躏这一话题进行过争论，并列举了一个没有成功的逃兵事例。坎托尔写道，什维伊卡很清晰宣传与以爱为基础的义务之间的区别：“他取笑过狭隘的民族爱国倾向和帝国倾向，但却从未取笑过同志关系。他嘲讽过领导，但却从未嘲讽过祖国。他无法接受部队机械式的生活，但却不能不接受本民族的历史。当然，他反对战争，但却走上了前线。如果有人问他打仗的动机，他会答复说：为了朋友，为了‘酒杯’小酒馆，为了人类的尊严，为了祖国”。

然而，在和平时期，区分真理与赝品之间的差异并非易事。在坎托尔笔下，整个当代文明，连同其进步的艺术、民主、权利和自由，都是一个全球式的骗局：往往会把进步附带说成是公平和创作的担保，但建设的却是一个偷盗的、虚假的世界。来自伦敦的视角（特写集《双面英国人》）使坎托尔对当下文明的批评具有更为宏大的视野，因为正是在这里，在这个世界首都郊区的狭小工作室里进行创作时，他体会到了资本主义倡导的民主和自由的真正价值。

作为一个受社会主义俄罗斯教育下长大的人，坎托尔敏锐地发现，英国人身上具有贵族式的刚愎自用、民族傲慢（当伦敦面对贫困和高犯罪率时，这种民族傲慢就会以在神秘的俄罗斯完全是一个“集中营”来进行自我安慰）、政治保守等特性。从另一方面来说，他又不能熟视无睹的是，欧洲的这些及许多其他不讨喜的特征恰是他祖国的精英人士奋力争取的自由的恶果。坎托尔挥动着手中的嘲讽利器反驳着自己，书写着关于解冻的警世格言：一个在封冻的国家幸存下来的俄罗斯知识分子，身上还保留着全部高尚的社会理想，让他呆在一个“温室”的世界里就会“腐败变质”。知识分子们“天真地认为，社会准备为人权而斗争”，但社会需要的只是温饱和舒适。自由并不知道该如何与良知打交道。

因此，在坎托尔笔下，“知识分子”、“持不同政见者”、“民主人士”这些词都是贬义词，他对这些人身上无法实现的理想主义嗤之以鼻（也包括他自己）。坎托尔绝望地捂着头，勉强地想起，他曾把自己那些反苏题材的画作买给了一个哥伦比亚大毒枭。但是，最可怕的事情是，反对派与犯罪率融合为了一个不可分割的整体：在坎托尔笔下，既有把老太婆的资产偷光的老奸巨猾的民主人士，也有对戈尔巴乔夫心存感恩之心（感谢他提供了“各种可能”）的妓女，还有那些随着时间的推移成了持不同政见者主力军的党务工作者和监狱看守的子女们。

坎托尔认为，解决这一谜团的办法只有一个，即向“共同的语言”求救。共同的语言是一个无法替换、用任何时尚说辞也无法搅乱的价值体系。这成了《钟与臀部》这篇特写的主题：坎托尔对当代艺术语言（例证是一幅画，上面画着一些互相拥抱的警察）与传统艺术（语言朴素，感情真挚）进行了对比。看着那群因听重新浇铸的钟声而聚集起来的德国小城居民，坎托尔确信地说道：“尽管有全球化和小团体道德，社会还是存在的，它与当代艺术和金融资本主义相悖。人是顽固的存在物：你向他们讲述臀部的故事，而他们却情愿倾听钟的悦耳声”。

我认为，正因为马克西姆·坎托尔掌握了人类情感和价值观的“共同语言”，才让他成了一个当代真正政论文学的罕见代表。这种文字从不大喊大叫，却细抠术语，善于诊断社会问题（只要略微看上一眼就已心知肚明，比如说，坎托尔下面这句表述价值千金，即“当前，正是住在别墅里面的人在统治着俄罗斯”）。坎托尔的特写在书里被称作是短篇小说，但这恰好是政论体：叙述直接且以警句为主，把源自生活的各种形象当作思想的例证来使用。

与坎托尔的特写相比，加尼耶娃同样写了类似的作品，但她的特写更像专栏。似乎符合政论体的一切特征，然而加尼耶娃不掌握“共同语言”，不能完整地理解想象，这样，她笔下的细节、事实、历史、个人观察无法构成一个完整的达吉斯坦形象。原因何在呢？

一方面，这跟文学成熟度有关。表现当代达吉斯坦尚未被认知的、实际的现实情况，这对于初登文坛的作家而言，是一个足够大胆的志向。但是，最初的好奇心过后，你就会明白，单一的表现手法远远不够。显而易见的是，关于达尔加特的中篇小说和短篇小说《晒依陀乃》在建构上并不复杂：作者用漫游的情节将文中的各种场景、对话和细节串连起来——我们跟着那些寻找其他人物的主人公们（在《达尔加特》中寻找的是神秘未知的哈利尔别克，《晒依陀乃》里寻找的是被人偷走的新娘）一起考察达吉斯坦。加尼耶娃勾勒了有趣的人物性格，寥寥几笔就再现了细微、新奇的日常生活细节，对话鲜明而又不失野性（对俄罗斯人而言），力求使主人公脱颖而出（他们都属于欧化的一类人，明显与作者的文学意识相近，即茫然若失又束手无措的达尔加特和纳伊杜），尝试着各种象征手法（“在即刻陷入拥挤的人群后……”——中篇小说的开篇成了这部作品的主线，短篇小说里的山区迷雾正好与晒依陀乃的神秘处所相符）。但是，这些丰富而又散落的细节并没有凝聚为一个完整的思想，可以对这两部作品进行续写和补充，就像在大部分特写里一样（在这些作品中，作者轻松地从一个题材跳跃到另外一个题材，认为只凭类似“顺便说”这样的语句就能把不同的片段联结在一起）。

另一方面，假使没有作家们的努力，达吉斯坦也不乏各种神话、传说和迷信，而且，加尼耶娃的中篇小说首先是因为她再现了达吉斯坦的“原汁原味”而广受好评，没有任何附加的过分修饰，没有特殊的情感。加尼耶娃直率地说过，其特写成书于流行认知最为盛行的时期（这种认知离复杂的、动态的达吉斯坦的现实相去甚远）。

与作家的中短篇小说不同（加尼耶娃在其中始终保持一种戏剧性的基调），其特写的基调却是欢快的：这里没有对现状进行批判，而是对其形象进行重塑。这些特写还提出建议（并非作者的本愿），独具特色的达吉斯坦如何才能在全球化笼罩的世界中存活下去，而且这一建议恰好与坎托尔的号召截然相反：使达吉斯坦获救的并非欧洲文化的“共同语言”，而是连同方言在内的成百上千种自己的语言。

全球化的缺陷是：共性失去了控制权，越来越看重小众的、不普遍的现象，如稀奇古怪的癖好，偏远的角落，不为人知的音乐等。全球化的牺牲者准备付出达吉斯坦悠久的历史魅力，如果后者同意为旅游业而保有自我。难怪加尼耶娃的两部特写《一个爱尔兰人喂养达吉斯坦母牛的故事》和《青色河流游记》被认为是最杰出的作品，难怪想要反复地阅读它们。哪一个当代文明的欧洲人，身上戴有全套最新科技产品的城里人，不梦想来到这个偏远的村庄（哪怕是像作者一样一年只来一次），这里没有公路，没有手机也没有电，穿着宽松的破旧衣服走一走逛一逛，“前额靠在牛肚上”随便在哪里打个盹？在达吉斯坦，可以用租售恰赫托头饰以及上帝旅游和地方菜系培训课等赚来的钱来铺设公路和电缆。它将成为山区里的牛津，这里生活节奏舒缓，充满了古色古香的情调，成为世界上各大都城居民艳羡的对象……这就是这些地区的未来经济发展图景，也是当下很多风景秀丽的欧洲小城生财之道。

“对进步的置疑打破了通常的逻辑，按照这一逻辑，下瓦尔托斯克[①]会羡慕莫斯科，莫斯科要羡慕伦敦，而伦敦则要羡慕纽约。但只要我们对嫉妒对象的能力有所置疑的话，整个世界图景就会坍塌”，——坎托尔写道。进步确定了相对一致的标尺，而故国则需要无需对比的尊严。

火星的“捻子”

德·格鲁霍夫斯基

德米特里·格鲁霍夫斯基的处女作是一部反乌托邦长篇小说，它使作家声名远扬，格鲁霍夫斯基在短篇小说创作中也试图捕捉过往传统的踪迹。以他的小说《地铁 2033》为蓝本制作了一个电脑游戏，正在出版一系列的科幻打斗丛书。根据其《祖国故事》（莫斯科，ACT 出版社，2010 年出版）可以拍摄一部即不无恶意又有趣的新闻纪录片。

长篇小说讲述了未来的莫斯科在经历一场科技灾难后市民们跑到地铁里度日的故事，内容严肃，有些地方甚至很玄妙。暂且不谈小说的智力内涵（即政治和宗教争论以及有关人类属性的评论），崇拜者和模仿者可以从中提取最引人入胜的事情，即地铁颠覆了我们对城市的原有认知，在这里发生着各种各样的恐怖事件。短篇小说写得更质朴、轻松，尽管吸引人眼球的科幻元素与对社会现实的思索结合得天衣无缝，但所有这一切表现得并没有那么严肃。

并不仅仅是因为作为研判未来社会手段的反乌托邦文学体裁已经退化成了流行电影的替代品。最主要的是，社会本身已然退化成了各种观念和情节模式的集合。与前文提及的短篇小说集相比，格鲁霍夫斯基小说集讲述的俄罗斯很概括，也很朦胧。它未必能够讲清楚作家

---

① 下瓦尔托夫斯克（Нижневатровск）是俄罗斯汉特-曼西自治区第二大城市，位于西西伯利亚平原的鄂毕河畔。——译者注

与交警及电视媒体的交往经历，讲自己到俄罗斯人心目中的理想国度法国旅行的经历，讲其对当局的态度，即写一本真诚的、自传式的政论作品。但格鲁霍夫斯基认为，涵盖祖国这一空间并没有必要，就像不用对祖国的具体事件予以关注一样，他这样做，也准确地表达了俄罗斯的社会自我意识。

“祖国对于我而言是什么？……是空。是虚无。似乎有祖国，似乎它又不存在。你想要确切地表述、领悟、提取其精华，它却像清晨的雾霭一样消散得踪迹全无”，——书中的一个人物这样想到，最后他疲倦地说道：“真想去巴西看看”。这似乎像是那首流行歌词的翻唱：祖国已死，而我还活着。格鲁霍夫斯基展现了一个居民密布的国度，人们试图要苟且偷生，但国家已不宜生存，就像经历过一场空前的灾难一样。

在格鲁霍夫斯基的小说中也反映了一个可能发生在俄罗斯的主要灾难，即致命的变异。如果说在鲁巴诺夫、沙尔古诺夫和普里列平那里，时间把国家变得面目全非；而在坎托尔和加尼耶娃那里，全球化文明试图碾压祖国的生存空间；那么格鲁霍夫斯基则是观察着被国家偷换掉的祖国本身的异变。在这些作家们当中，只有他明确地意识到了祖国和国家这两个词之间的区别。而且，与苏联时期的侨民不同，他的作品中已找不到那隐秘的祖国形象，它完全成了现存社会的一个组成部分。

因此，书中最鲜明的形象是当局的形象，这是外星人向人类进攻这一流行题材的变奏。俄罗斯早已被长有几丁质层和触手的物种占据，他们四处搜刮俄罗斯的各种自然资源用来建造宇宙飞船。难道可以换一种方式来解释年贿赂的额度吗？——格鲁霍夫斯基在短篇小说《一件美事》中假借一个富于幻想的老实人追问道。而在短篇小说《一个脱离现实生活的人》中把俄罗斯的当权者来了个大曝光：克里姆林宫连同其塔楼和钟楼一起向太空飞去，带着国家和教会的最高领袖们向着亲爱的银河系飞去。

对邪恶政权或者外星球政权本性的想象，每部短篇小说中刻意强调的那种普通公民与视其命运如废纸一样的高级管理者之间的对立冲突，使得爱国思想和祖国这些概念以及俄罗斯的复兴这一崇高话题变成了无稽之谈：因为过于异端的势力说出来的话让人昏昏欲睡。格鲁霍夫斯基对电视上播放的政治溜须（“你和总理一起去了轴承厂”？“简直不可思议”，——那个记者宽慰地想到，他制作的关于飞碟的特别报道遭到了封禁）、泡沫经济（俄罗斯学会了从空气球中获取利润：“从俄罗斯国家建立之日起，这里的货币是用空气做成的”，“作为我们国家和我国人民福祉的基础，空气是不可替代的！”——一位演说家歇斯底里地喊道）、刺激人口增长政策（在社会停滞不前的情况下，这一点只有通过“民族领袖”照的圣灵感孕才可能得到改善）以及亲切地解决政治谋划（两位政治上的“搭档”在海边度假的隐喻画面，结果是“老二重新当上了老大，而老大则成了老二”）等进行了嘲讽。

在这种贪污腐败根深蒂固、专断勉强被抑制住、爱国宣传大肆盛行的条件下，俄罗斯人的形象发生了突变，无法挽救地偏离了社会规范，这构成了短篇小说《乌托邦》的主要内容，小说的主人公是个曾经的犯人，现在却成了副州长，他来到了法国这个早就梦想旅游的国家，但却不能直面他到法国来的目的，试图想在这个崭新的地方聚众斗殴，开办有小姐服务的桑拿浴房。

显而易见，《祖国故事》属于轻松读物（主要是因为其快活地玩弄流行的科幻形象以及味同嚼蜡的各种社会题材），结果却给人留下了一种比辛辣的政论文更为悲观的印象。这不过是因为作为政论思索和研讨的对象，俄罗斯让人不安，触痛了人的心灵。对俄罗斯，格鲁霍夫斯基惜墨如金，不想浪费自己的才能，这样我们只有像作者一样等着世俗政权的消亡以及地球本身的毁灭，那时人声鼎沸、空泛嘀咕的人们就会与深不可测的宇宙融为一体。

（孙超　译）

严肃文学与时尚杂志[①]

——阿莉娜·加尼耶娃

作家已经成了公共关注的焦点，这成了多数人的共识。是时候谈一谈作家的行为模式（个人主义、沉静思考）逐渐屈从于大众传媒的冷酷规则（信息快、外向性和大众性）的问题啦。与此同时，艺术家（就其广义而言）在自身创作界限之外（对我们而言，即文本之外）的积极定位，并不是一个新鲜现象。可以提醒大家想一想未来派的乔装打扮、颓废派浪漫放纵的生活、泰奥菲尔·戈蒂埃[②]穿的红色马夹、马雅可夫斯基身上的黄色女衣等等。

就是在当下，莫斯科诗人们在公众面前的举止也没有丝毫秘密可言。你可以看到惹人注目的装束，怪诞的外表，充满异国情调的衣服饰件以及作为表演组成元素的乖谬行为……

然而，诗人的外表、独特的声音和奇装异服都是其创作“本我”的延续，与其诗作一点儿也不矛盾。在狂舞、诗歌配乐晚会上以及YouTube视频网站上直播诗歌朗诵会（这是创新，也是对古时综合艺术的复制）不仅可行，而且也是两厢情愿。如此一来，诗人即使在众人面前也还保留了自己诗人的身份。而小说家（因为技术上还难以做到将长段没有韵脚又缺少表演效果的文本用声音传播开来）则要被迫尝试一些额外的、与其身份不符的角色，如社会活动家、电视主持人、政客甚至是摄影模特。

简而言之，作家已从鸟占术士那样的玄人落入到了与演员、歌星、社会名流聚会参加者一样的名人行列，还要具备与之相应的各种素质，如个性风格（当然指的不是语言）、大众需求度，最好再加上生活观，即某种简化了的世界观。这种公众行为具有严重的危险性：即在保有名流地位的同时，创作行为却彻底退化了。就像在几乎已不再跳舞而只是“随音乐升起”的“芭蕾舞演员”沃罗奇科娃[3]或者转而以改编自己老旧的流行作品为主但却持续“闪闪发光”的“作曲家”尤利·洛扎[4]身上发生的一样。

有趣的是，不少人都留意到了鲁布廖夫卡[5]女士、商人、模特一眨眼间变身作家的事实，但却很少有人关注逆向的转型进程：即作家变成了时尚杂志的流行人物。比如，一方面来讲，据《书商》杂志的统计，《住宅——2》真人秀娱乐节目的参与者奥尔加·布佐娃（现在她成了“女作家”）写的书被称为本年度最佳创意奖，而乌克兰性感女子组合圣女天团（ВиаГра）成员、黑发女孩纳嘉·格拉诺夫斯卡娅（现在她是女诗人）写了一本黄色诗集，里面还附上了自己的色情照片。

另一方面，来自乌克兰的年轻女作家伊列娜·卡尔帕（1999 年获年轻作家《Гранослов》国际竞赛大奖及 2006 年度乌克兰最流行作家奖）却为《花花公子》、《阁楼》、《男人装》等色情杂志拍摄了大量着装暴露的照片。而儿童作家波斯特尼科夫八年内参与了 250 场的电视脱口秀栏目（从益智栏目《文化革命》到令人疑惑的《说性》）。

在获取一定的流行度后，当代作家被迫建构自己的形象。而且，隐居作家（如我国后现代派主要代表佩列文或者已故的美国经典作家

① 本文发表在《十月》杂志 2010 年第 8 期。

② 泰奥菲尔·戈蒂埃（Theophile Gautier，1811—1871），法国唯美主义诗人、散文家和小说家。——译者注

③ A.沃罗奇科娃（Анастасия Волочкова，1976— ），曾是俄罗斯大剧院芭蕾舞团著名演员。——译者注

④ 尤里洛扎（Юрий Лоза，1954— ），俄罗斯歌手、作曲家、弹唱诗人。——译者注

⑤ 鲁布廖夫卡（Лубёька），俄罗斯的富人区，位于莫斯科以西。——译者注

塞林格）的反名流形象也要适应市场规则。关键是要制造一个谜团，尽量拖延作家在公众场合的出现。顺便说一句，摇滚歌星格柳科扎的制作人也曾使用过这一招数，让观众长期以为格柳科扎长是一位动画人物。

随着流行度愈来愈高，作家会为自己选取另外一个角色。换句话说就是："畅销书已发表，现在又该以何面目示人呢？这个严肃的问题引起了每一位流行女作家的格外关注"①。这是一篇报道的开篇话语，从这篇报道中我们得知，在乔安妮·罗琳②成名后，取代白色牛仔服的是"阿尔伯特·菲尔蒂牌雪纺绸连衣裙，普拉达牌缎纹服装，克里斯提·鲁布托女鞋和周仰杰牌女式凉鞋"；随着文学声誉愈来愈隆，奥尔加·斯拉夫尼科娃的穿着"愈来愈多样"；而在玛丽娅·阿尔巴托娃成为著名的电视主持人之后，"有名流参加的活动数量日增，导致其一半的衣着以晚礼服为主"③。

顺便说一句，作家选取的形象可能并非都是名流形象，但或多或少都会向名人审美标准看齐。下面举例说明，一篇谈论阿列克谢·伊万诺夫的评论文章这样说道："作家刻意强调其居住在彼尔姆市郊。在阿·伊万诺夫的照片中也能发现作家故意穿着朴素且随意。其外在肖像的一个最重要的组成就是与名流划清界限，额头已谢顶，一幅过时眼镜的后面流露着皱着眉头的表情。很难说清楚，伊万诺夫在营建这一直观形象方面扮演了什么样的角色，但他的书不断再版的事实表明，他的成功显然与他的这一形象不无关系"④。令人诧异的是，苏联厨房文化培养出来的知识分子形象与普遍接受的靓男俊女之间并非不可调和，看起来，是因为伪苏维埃性渐趋流行的原因。

不管怎样，当前名流文化的弄潮儿是兼具传统气质的超性别男

---

① 玛丽亚·别林斯卡娅，基里尔·科柳金：《用于出声朗读时穿的连衣裙》，《周末消息报》，2007 年 8 月 3 日。

② 英国女作家，畅销书《哈利·波特》系列丛书的作者。——译者注

③ 同上。

④ 利托夫斯卡娅：作家作为自我注释形式的创作行为——以阿列克谢·伊万诺夫为例。

性。也就是说最受欢迎的是具有强烈的男子汉气质、可靠、有自知之明、风度翩翩的知识分子形象，口里喝的是价格不菲的白兰地，读的不是《服饰与美容》杂志，而是《经济学家》杂志。这里发生着有趣的变化：似乎是完全来自另外一个星球即厚重期刊的作家开始进入到流行文化的代表作家行列。

对女作家们，我们可以忽略不计，因为她们在这之前就已成功地融入到了社会名流杂志所需要的宣传规格（如薇拉·巴甫洛娃和自己的女儿为 *Gala* 杂志拍摄的一组美轮美奂的照片或是前文所说的斯拉夫尼科娃在 *Harper's Bazaar* 杂志上写的特色随笔及肖像照）。而男作家则是另外一回事。很难想像弗拉基米尔·马卡宁或是尤利·马姆列耶夫穿着名牌服装出现在时尚杂志的里页上面。时尚杂志的主要原则于他们并不适用，如百分百的正能量，不存在任何本体问题，对富贵、美妙生活的推崇，当然最好是要年富力强。

近十年来，进入各种文学排行榜前列的“年轻作家”们在某种程度上恰好符合时尚杂志的要求。这样，在文学弄潮儿和时尚宠儿这两种文化之间发生了交集。不管怎样，历经风雨的猛汉，再或者是上过前线的年轻人，反对以经济不平等、侨民、办公室体系为表现形式的全球性不平等（如扎·普里列平、赫·萨杜拉耶夫、马·叶利扎罗夫的主人公），政治领袖或者是亚文化之星（如谢·沙尔古诺夫的主人公）或者是酒吧的常客、女孩子们心目中的白马王子（他们经常陷入到一种令人啼笑皆非的境地，如亚·斯涅基廖夫的主人公），这些人物与媒介空间中的时尚人物特别类似。甚至连年轻作家们“飘忽不定”的年龄（二十岁一代、三十岁一代直到四十多岁一代）也与时尚杂志里新闻人物的年龄相符合。与此同时，人到中年、日益风靡的格里什科维茨或德米特里·贝科夫不能归入“年轻作家”之列，而部分“年轻作家”（像阿尔曼·先钦之流）也不符合时尚杂志的办刊理念。尽管这样……

比方说，登上 *Menu* 杂志“作家与缪斯协会”栏彩页的既有“利普基”文学奖获得者（如赫尔曼·萨杜拉耶夫、亚历山大·斯涅基廖夫、谢尔盖·沙尔古诺夫），也包括“处女作”奖获得者（如鲁斯兰·加列耶夫、德米特里·格鲁霍夫斯基、伊利阿斯·麦尔古里、帕维尔·萨纳耶夫）。[①]前者是一批从“麻面”厚重杂志的封锁下逃离登上名流杂志的作家，后者则是跳出名流杂志，从经商或是商业出版社的VIP身份转而成为作家的一批人。其间的界限是模糊的。

一身黑色素装的年轻作家们，呆呆地在平淡无奇的半是现实半是由尚未打印的书稿碎片拼凑而成的居室里摆着姿势。有人向这些模特缪斯们提出任务，有人为他们端上威士忌（威士忌出现在每个场景中），有人对准他们头顶的酒杯，有人牵动缠绕在他们腰间的缰绳。这些作家兼摄影模特所处的可能情景具有双重假定性：时尚杂志的假定性（价格不菲的威士忌、胜利者的姿态、照片那刺人眼球的光泽和靓丽）和作家创作的假定性（休闲风格的衣着和彩页上印着的字母表明他们与创作类职业有关）。在另外一组专为《女性之友》杂志拍摄的照片中，亚历山大·斯涅基廖夫躺在大厅的沙发上面，头部枕在一个镶着金边的枕头上（“名流”的标志），但在其中的一个镜头里映入眼帘的是一盏厚实的台灯，在另外一个镜头里则是其厚厚的长篇小说《石油维纳斯》（作家创作的标识）。斯涅基廖夫还有一组照片，是为彼得堡的《宠物狗》杂志拍摄的，就其构思而言近似于被禁的“裸照”：照片里的年轻小说家全裸出镜，手里拿着一大把电话线，尽头是一个女孩裸露的胸部。“作家”（按照传统灌输给我们的理念，它是神圣的、精神高尚的）和“色情演员”（“肮脏的”，淫秽的）的角色混为一体。分界线标得很清楚。

还是在这个《宠物狗》杂志上，读者还可以找到一组以末世为审美主题的摄影图片：扎哈尔·普里列平，赫尔曼·萨杜拉耶夫，还有一个姑娘（她是电影演员）和小男孩（是作家伊利亚·斯托戈夫的儿子），他们一起表现了一场世界性惨剧后硕果仅存的人们。荒芜的自然

① 在个人照上杂志之前，萨纳耶夫的那本力作稳定地出现在了文学畅销书书单上，这让人不得不想起作者也曾与厚重杂志发生关系，其《请把我埋在护墙板后面》最初发表于1996年的《十月》杂志。

景观，脏兮兮的脸，散布在城市废墟里的水泥堆砌物……对于这组照片而言，如果斯托戈夫本人也参与其中，会更有说服力（因为他是世界反复终结论的鼓吹者）。“正像我说过的那样，我一直在遵循时间表：每月一次摄影照”，——萨杜拉耶夫在自己的博客中写道。而在另外一个斋戒期，他被迫为自己参加类似的拍摄活动辩解道：“请大家相信，我这个样子想要在模特业方面成就一番事业是愚蠢的。我也没有这样的打算。我从事的是文学写作，因而我认为，在这件事中外表对于作家而言并不是主要的。对于作家而言最重要的是他写的文本。如长篇小说、中篇小说、短篇小说、随笔。我参与摄影的原因是……”

接下来，萨杜拉耶夫解释道，文学批评并没有履行推动当代文学的使命，厚重杂志只刊登有限作者的作品，而且发行量也少得可怜，因此不得不通过摄影聚光灯来吸引偏远地区的读者。逻辑上（如果忽略其关于批评的论述）很有道理。我们生活的这个时代需要创新。当代作家的艺术天赋（哲学家奥·克里夫宗发明的术语）不仅体现在文本中，还体现在名人的行为模式中，如经常参加各种活动，时尚杂志的专访，摄影展等。本质上来说，这很像那些经常现身主流媒体及终日参加聚会的“时尚女性”们的生活方式。与时尚杂志的合作具有明显的优势：更大的知名度，更丰厚的报酬，可以直率地说出自己的创作观念，尽管这一观念与杂志的“时尚与靓丽”专栏并没有多大关系，但其“褪光”效果却会给杂志的读者留下深刻印象。缺点是：这属于文本外范畴（对于系列摄影而言，选取何人担任主角与作家文本质量毫无关联，这却决于他们的个人魅力和流行度），由此一些才华横溢、代表性的作家就被无情地舍弃了，他们由于自身的年龄、朴素的外表或是洁身于社会之外而不符合条条杠杠。的确，正像一篇论述“时尚”和“名流”杂志与厚重杂志之关系的文章标题说的那样，这是“遭到简化处理的情节”[①]。

顺便说，厚重杂志的作者（还是那些“年轻作家”）在时尚杂志

① 娜塔莉娅·伊万诺娃：《简化的情节》，《旗》，2007 年第 6 期。

中的表现方式不仅是身体上的，也是言词上的。这里指的并不是采访（的确不少：普里列平答《高质量生活》杂志记者问，斯涅吉廖夫答《TimeOut 莫斯科》杂志记者问，叶利扎罗夫答《交谈者》杂志记者问）。而是专栏，更有趣的是文艺作品。不言而喻，时尚杂志也各种各样，有愚钝的（如《Yes》《七天》等），也有智慧的（如男性杂志《北极熊》《Esquire》，综合类的《CitizenK》《假绅士》，专门类的《文化远足》等）。顺便说，您也可以在俄文版的《花花公子》上读到简评、对伪作家的采访及虚构作品，尽管这本杂志曾经刊登过卡波特、布莱伯利、纳博科夫以及我国作家佩列文的作品，但它似乎已无可救药地堕落了。

《北极熊》则是一本办得聪明的男性时尚杂志（顺便说，普里列平曾上过该杂志的封面），其读者群瞄准的是强健而又独立的男性。不言而喻，“年轻作家”们不可能被它所忽略，因为这些作家们给自己定位的也恰恰是这些素质。在他们的专栏、文章和小说里精心塑造了与之相应的媒体形象：从具有钢铁意志的士兵到体贴入微的知识分子或者不知羞耻的脱衣舞男。

下面以谢尔盖·沙尔古诺夫写的一篇关于血液的随笔来说明一下。这个主题对沙尔古诺夫而言非常重要（让大家记忆犹新的是他在《独立报》私人藏书版的作者专栏发表的“新鲜血液”）。沙尔古诺夫写得很形而上、很郑重，如果再严谨一些，就会变成仿格体，成为对其作品的讽拟。借助于特别的布局才得以保持平衡。前言过后（“我想写一种事物，它既可怕而又令人不悦，既震耳欲聋又华美壮丽。关于一个人内在的组成即血”①），作者论述了自己亲身经历的与血相关的生动场景，它们像塔圈上的圆环一样层层相扣。三岁时看到了一只死鸽子。（“我当时太小，还不会身体发抖。我心中没有一丝的骚动。我向前跑去。就像一个纯洁的小天使一样”。）四岁时的经历（“从手指上抽出一管血。缓缓地在玻璃管里流淌”）。还是四

① 谢尔盖·沙尔古诺夫：新鲜血液专栏。http://shargunov.com/data/174/

岁时的经历（小男孩在院子里弄断了自己的鼻子）。八岁时的经历（一个女孩从九层楼跳了下来，一只狗舔着玫瑰色的雪）。十一岁时的经历（在郊外别墅里，一个同龄女孩因为在沙发上玩笑打闹后过于兴奋向窗户打了一掌，房间里的血腥味持续了好长一段时间）。成年时的经历（在与街头小流氓打架后吞咽鲜血的经历）。接着是当合同兵时的经历，“2008 年 8 月，在奥赛梯我又见到了血。它是深色的，暗色的，与腐烂的肉体混杂在一起，这发生在茨欣瓦利①市郊的橡树林中”。

在对成年仪式所有过程（按照由小到大的顺序，先是死去的鸽子，最后到格鲁吉亚——奥赛梯武装冲突的牺牲品）的描述（更像是赞歌）过程中夹杂着一些抒情插话，或附带设问句（“那有怎样？为何这一切我记得如此清晰？为何想要再现曾经见到过的事情？”），或配上一些印象色彩的语句（“‘血’这个词听起来让人不舒服甚至不快。然而却很吸引人的眼球。仔细地瞧着这五个字母，关注点落在了中间的‘O’上面，于是似乎发生了失血，耳畔嗡嗡响，仿佛被带进了漩涡里，跌入了深渊似的”），最后是当合同兵的经历。在最末一段里，三岁年纪的已不再是作者沙尔古诺夫本人了，而是他的儿子，他碰到的也不是鸽子，而是一只被轧死的小狗，作者的儿子也像他曾经的反应一样，径直从旁边走了过去。无论是思想上还是词汇上都产生了一种首尾相连的感觉：文本的开篇说的是“像一个纯洁的小天使一样”，结尾则是“我的小天使始终没有回头”。

其他随笔在建构上也与之相似，内容尖刻，极富渲染，有点像散文诗，像宣叙句，侧重描写自传式的（主要是童年的）印象和感受。儿童和小男孩是沙尔古诺夫随笔里经常出现的意象，并且，这个小男孩起初是沙尔古诺夫本人，结尾时通常又以其幼子的形象出现，一次

---

① 茨欣瓦利（Цхинвали）——南奥塞梯共和国首府，位于格鲁吉亚中北部，2008 年俄格战争发生地。——译者注

次地营造了一种类似神秘环的封闭时间效果。任何一个题材（信念、宠物狗、人与宠物狗、过分活跃的女性，也包括记忆等）均会成为片段式映射的基础，成为把童年和少年时期的生活片段与所谈话题串联起来的基础。

普里列平在时尚杂志专栏里写的文章同样充满了感伤、隐秘坦诚感和抒情气息。比如，在《名流》这本杂志里，体现出对轻松、惬意题材（如，与两名女性在小河里共泳）的各种变体或者是女性视角的幻想，如对胡桃夹子的告白（“胡桃夹子，蹩脚记者，你的名字簌簌作响，就像你的秀发在我的手指间滑过一样。你是我的小傻瓜，小傻瓜，你是一个彻底的小傻瓜”[1]）。令人惊奇的是，无论是普利列平，还是沙尔古诺夫，他们素有的抒情语调（“玫瑰花多么美丽，多么清新”）与时尚杂志提供给他们的篇幅完全相符。顺便说，为了以示区别，普利列平在《大城市》这本杂志里完全是另外一种写作方式。坦诚一如既往，但文体变得更干脆，更理性，也更粗犷。“我们让大自然厌烦了。我们是如此萎靡不振，以至于在下诺夫哥罗德州的黑土地上秋播作物都发了芽。我的司机告诉我说，在每一处湿润的转弯路口都会留下植物的刺，这要冒一定的风险。我两岁的儿子无论如何都不明白，什么是雪”[2]。

有人会说，对于那些严肃的专为“厚重杂志”写作的作家而言，时尚杂志的题材过于微观，过于朦胧，纯属虚构，不符合政论栏的写作原则。但名流杂志之所以是名流杂志，就是要“娱乐”大众。年轻作家的使命就是要快速地对当代文化订单进行反馈。只是能否将时尚杂志与厚重的严肃文学杂志相互融合呢？是否可以在欣赏了作家的二头肌、纹身、令人侧目的紧邹眉头后，然后去阅读分析其作品的长篇大论呢？

当前，这种交叉和融合并不存在。已不出版的《俄罗斯生活》或

---

① 普里列平：《我可爱的胡桃夹子，我亲爱的笔杆子》，*Glamour*，2007 年第12 期。
② 普里列平：《克隆攻击：2017 年的暖冬》，《大城市》，2007 年第 5 期（总第127 期）。

是传奇的 *OM Птюч*《掌剑手》等杂志，则完全是另外一回事。观念上它们更接近《新文学评论》，尽管有些牵强。聪明的时尚杂志是否想做成一个独家的用灰色纸张印制的“优质插话”吗，像真正的大容量的厚重杂志一样印着密密麻麻的字迹？这又怎样？难道这不受欢迎吗？但这不啻于是痴人说梦……

还有一个问题：“时尚”杂志进占了当代文学的领地是否是一件好事情，这是否会导致两者进一步的同质化以及彻底的混淆？想要回答这个问题，需要澄清双方的力量对比。不要混淆只为时尚杂志撰稿的媒体作者与那些时尚杂志从文学期刊中招募的作家。正像大家能够发现的那样，兼容这两个社会角色的“跨界者”并不多：我一直在说的都是同一批人。这些人数量有限，首先受制于前文已经提及的选取标准：作者要年轻，有魅力，能够轻松地应对迫切的文化需求。重要的是，他们所建构的形象要符合当下受欢迎明星的形象，即强壮、有一点桀骜不驯，充满异国情调并且有神秘光环。

然而，一些年轻作家兼具两个身份（即平静的知识精英和喧哗的公众形象）这一事实并不能证明，时尚杂志侵占了文学的势力范围。这些作家们清晰地区分了这两种规格。同一个萨杜拉耶夫，在《旗》杂志上发表了符合厚重杂志篇幅要求的中篇小说《沙利亚泊地》或是《独木不成林》，但其商业小说《药片》的片段或者他的小说 *AD* 续集却只能在时尚杂志上刊出。斯涅基廖夫的短篇小说刊登在《十月》和《旗》杂志上，而刚刚写的讽刺长篇《虚荣心》即将发表在《宠物狗》杂志上。总而言之，苍蝇和馅饼会自动相互区分，以免互相找不自在。

我认为，以后自身双跨两种模式（“严谨的”厚重文学杂志作家和类似“制片人”的时尚杂志作家）的作家数量只会不断增多。但这对传统文学空间的独立自主没有多大影响。专业方面会分得更彻底。与之相应，厚重文学杂志的批评将对作家的“麻面”身份予以更迅速的反馈（这一身份几乎不受流行评论家的重视），我认为，这一点并不值得大惊小怪。

在时尚杂志上风起云涌的是这样一些人，其作品（而不仅仅是形象）受到了读者的热捧，与此同时，流行特写以及作家拍的系列照片不会危险到文学的生存，而是文学当代性的一个最佳饰品。

（孙超　译）

附录

作家生平及创作简介

纳里奈·尤里耶夫娜·阿勃加梁(1971—)

Наринэ Юрьевна Абгарян

俄罗斯作家，以《鼻子》命名的“新文学”奖“儿童文学”专项获得者(“BABY-НОС”，2013)，作品有中篇小说《玛纽尼雅》(Манюня，2010)、《谢苗·安德烈伊奇》(Семён Андреич，2012)和长篇小说《玛纽尼雅写幻想小说》(Манюня пишет фантастЫческЫй роман，2011)、《外来妹》(Понаехавшая，2011)、《永远和我在一起的人们》(Люди，которые всегда со мной，2014)等。

伊利达尔·安维亚罗维奇·阿布齐亚罗夫(1975—)

Ильдар Анвярович Абузяров

俄罗斯作家，新普希金奖获得者(2011)，瓦连京·卡塔耶夫奖获得者(2012)，作品曾入围尤里·卡扎科夫奖和“国家畅销书”奖决赛名单。已发表《魔鬼之秋》(Осень джиннов，2000)、《库尔班之恋》(Курбан-роман，2009)、《再见：一周恋情》(Хуш. Роман одной недели，2010)、《穆巴托尔》(Мутабор，2012)等作品。其创作被译成德语、捷克语、瑞典语等语言，中篇小说《库尔班之恋》被导演萨拉瓦特·尤泽耶夫拍成同名电影搬上银幕。

瓦列里·列奥尼多维奇·艾拉佩强(1980—)

Валерий Леонидович Афрапетян

俄罗斯小说家。作品有《学校：佳特洛夫案》(Школа：Дело

Дятлова, 2010)、《自由落体》(В свободном падении, 2013)、《去天堂》(ВРАЙ, 2013)。作品刊登在《民族友谊》、《乌拉尔》、《莫斯科》、《阿芙乐尔》、《涅瓦》、《无限辽阔》等杂志上。

安德烈·阿列克谢耶维奇·阿斯特瓦查图罗夫(1969—)

Андрей Алексеевич Аствацатуров

俄罗斯作家、语文学者，曾获“圣彼得堡名人TOP-50”奖(2010)、“新文学”奖(2012)，作品入围“国家畅销书”奖和谢·多甫拉托夫奖决赛名单。著有长篇小说《赤裸的人们》(Люди в голом, 2009)、《臭鼬狱》(Скунскамера, 2011)、《口袋里的秋天》(Осень в карманах, 2015)、《不只是塞林格》(И не только Сэлинджер, 2015)。出版并发表三部专著及上百篇有关美国文学、英国文学和俄罗斯文学的文章。

叶夫根尼·赫尔曼诺维奇·沃多拉兹金(1964—)

Евгений Германович Водолазкин

俄罗斯作家、语文学家。曾获“大书”奖(2013)、“雅斯纳亚·波里亚纳”奖(2013)、塞尔维亚“米罗旺·维达科维奇”奖(2015)，作品曾入围“国家畅销书”奖和“新文学”奖决赛名单。著有《索洛维约夫与拉里昂诺夫》(Соловьёв и Ларионов, 2009)、《拉夫尔》(Лавр, 2012)、《完全的新时代》(Совсем другое время, 2013)、《飞行员》(Авиатор, 2016)等作品。其小说被译成二十种语言。

斯维特兰娜·瓦西里耶夫娜·沃尔科娃

Светлана Васильевна Волкова

俄罗斯作家、翻译家、编剧家、杂志撰稿人，俄罗斯作家协会成员，曾获库普林奖(2013)、“俄罗斯风格”国际文学奖(2014)、“大结局”奖(2014)。著有长篇小说《提示不会再有》(Подсказок больше нет, 2015)等作品。作品发表在《涅瓦》、《阿芙乐尔》、《十月》、

《克里米亚》、《波罗的海》等杂志上。

米哈伊尔·尤里耶维奇·叶利扎罗夫(1973—　　)

Михаил Юрьевич Елизаров

俄罗斯作家、专业音乐人，俄罗斯布克奖获得者(2008)，“新文学”奖获得者(2014)，作品曾入围“国家畅销书”奖和安德烈·别雷奖决赛名单。著有《指甲》(Ногти，2001)、《帕斯捷尔纳克》(Пастернак，2003)、《红胶片》(Красная плёнка，2005)、《图书馆员》(Библиотекарь，2007)、《拼图》(Кубики，2008)、《动画片》(Мультики，2010 年)等。作品被译成十五种文字。

瓦季姆·安德烈耶维奇·列文塔尔(1981—　　)

Вадим Андреевич Левенталь

俄罗斯作家、批评家、杂志撰稿人、“国家畅销书”奖协调人。著有《玛莎·列基娜》(Маша Регина，2013)、《恐怖屋》(Комната страха，2015)等作品。其作品发表在《十月》、《星》等刊物和《消息报》上。

亚历山大·莫捷列维奇·麦利霍夫(1947—　　)

Александр Мотелевич Мелихов

俄罗斯作家、杂志撰稿人。于 1979 年开始登上文坛，其作品刊登在《涅瓦》、《星》、《新世界》、《十月》、《旗》、《民族友谊》、《22》、《Note Bene》(以色列)、《国外纪事》(德国)等杂志上。著有《外省人》(Провинциал，1986)、《善良的天平》(Весы для добра，1989)、《一个犹太人的忏悔》(Исповедь еврея，1994)、《驼背的男像柱，或者新堂吉诃德》(Горбатые атланты，или Новый дон Кишот，1995)、《前列腺的故事》(Роман с простатитом，1997)、《外国的月亮比我们的圆》(Нам целый мир чужбина，2003)、《鼠疫》(Чума，2003)、《红色的锡安山》(Красный Сион，2005)、《爱情杀手》

（Любовь-убийца，2008）、《智者与诗人》（Мудрецы и поэты，2008）、《傻瓜国际》（Интернационал дураков，2010）等。

列夫·亚历山德罗维奇·纳乌莫夫(1982—　　)

Лев Александрович Наумов

俄罗斯作家、剧作家、导演，全俄“剧中人”戏剧大赛获奖者(2009)，国际“文学-话剧”戏剧大赛获奖者(2011)，皇村文学奖获得者(2014)。著有《作为歌者的亚历山大·巴什拉乔夫：诗歌和传记资料》（Александр Башлачёв: человек поющий. Стихи，биография，материалы，2010）、《遗忘字母的絮语》（Шёпот забытых букв，2014）。

谢尔盖·阿纳托利耶维奇·诺索夫(1957—　　)

Сергей Анатольевич Носов

俄罗斯小说家、戏剧家。曾获“金羽毛”奖（1999）、果戈理文学奖(2006)、“国家畅销书”奖(2015)。著有《星星之下》（Внизу，под звездами，1990）、《历史的女主人》（Хозяйка истории，2000）、《社会成员或饥荒年代》（Член общества，или Толодное время，2000）、《给我只猴子》（Дайте мне обезьяну，2001）、《白嘴鸦飞走了》（Грачи улетели，2005）、《彼得堡纪念碑的秘密》（Тайная жизнь петебрургских памятников，2008）、《弗朗西斯或通往冰窖之路》（Франсуаза，или Путь к леднику，2012）、《一只半兔子》（Полтора кролика，2012）、《花括号》（Фигурные скобки，2015）等。

亚历山大·斯涅基廖夫(原名阿列克谢·弗拉基米罗维奇·康德拉绍夫，1980—　　)

Александр Снегирёв（Алксей Владимирович Кондрашов）

俄罗斯作家，曾获“处女作”、“尤里卡”、“带星星的火车票”、“俄罗斯布克”等奖项。著有《轰炸美国》（Как мы бомбили

Америку, 2007)、《石油金星》（Нефтяная Венера, 2008)、《虚荣心》（Тщеславие, 2010)、《信仰》（Вера, 2015)、《她到底叫什么》（Как же её звали, 2015)。作品发表在《十月》、《新世界》、《旗》、《民族友谊》等杂志上。

安德烈·德米特里耶维奇·斯捷潘诺夫(1965—)

Андрей Дмитриевич Степанов

俄罗斯小说家、语文学家、文学评论家，曾获果戈理文学奖，作品曾入围"新文学"奖决赛名单。著有《非人类的童话》（Сказки не про людей, 2009)、《索巴金公爵的灵丹妙药》（Элексир князя Собакина, 2011,与O.卢卡斯合著)。另著有一部关于契诃夫的学术专著，发表70余篇有关俄罗斯文学的学术论文。

亚历山大·叶夫根尼耶维奇·齐普金(1975—)

Александр Евгеньевич Цыпкин

作家、杂志撰稿人、公关经理，著有畅销书《女强人》（Женщины непреклонного возраста, 2015)，作品发表在《喷泉》、《民族友谊》等杂志上。

鲍里斯·维克托罗维奇·米亚钦(1979—)

Борис Викторович Мячин

俄罗斯小说家、记者。作品发表在《涅瓦》杂志和《展翅飞翔》丛刊上。

安东·亚历山德罗维奇·拉特尼科夫(1984—)

Антон Александрович Ратников

俄罗斯作家、记者，曾获《涅瓦》杂志奖(2014)。作品发表在《展翅飞翔》丛刊和《涅瓦》、《太阳神的孩子们》、《星》、《十月》、《阿芙乐尔》、《A环》等杂志上。

亚历山大·彼得罗维奇·多罗霍夫

Александр Петрович Дорохов

俄罗斯作家。作品发表在《New Style》杂志和《展翅飞翔》丛刊上。

瓦列利娅·叶菲莫夫娜·普斯托瓦娅(1982—)

Валерия Ефимовна Пустовая

俄罗斯文学批评家，曾获“高尔基奖”(2005)、“处女作”奖(2006)、《十月》杂志奖(2006)、《新世界》杂志奖(2007)、新普希金奖(2008)。发表过数十篇批评文章、综述及书评。出版专著《厚重批评：当代俄罗斯小说概述》(Толстая критика: российская проза в актуальных обобщениях, 2012)。

阿莉娜·阿尔卡狄耶夫娜·加尼耶娃(1985—)

Алиса Аркадьевна Ганиева

俄罗斯作家、文学批评家、电视主持人，曾获《文学学习》杂志高尔基奖(2009)、《十月》杂志奖(2009)、“处女作”奖(2009)、“凯旋”奖(2010)，作品曾入围尤里·卡扎科夫文学奖决赛名单(2010)、别尔金文学奖决赛名单、“俄罗斯布克”文学奖决赛名单(2015)。著有《达尔加特，祝你幸福》(Салам тебе, Далгат, 2010)、《节日的山区》(Праздничная гора, 2012)和《未婚夫与未婚妻》(Жених и невеста, 2015)等作品。

译后记

今年适逢中俄两国举办地方合作交流年，这标志着中俄新一轮国家级“主题年”活动即将拉开帷幕。黑龙江省向来是我国政府对俄合作的桥头堡，在经贸、科技、人文等领域与俄罗斯展开过悠久且富有成效的交流与合作。2014 年，黑龙江省政府在陆昊省长的亲自关照下启动了与俄罗斯圣彼得堡国立大学之间开展多领域教学科研合作的工作。黑龙江大学俄语学科团队有幸参与其中，承担了《当代俄罗斯小说集》的翻译工作。

这部小说集由圣彼得堡国立大学组织专家学者组成作品编辑团队，其中既有在期刊上发表过作品的职业作家，又包括当代俄罗斯文学研究专家。文集收录的作品遵循两个原则，一是于 2000—2010 年间发表在俄罗斯的文艺期刊上且没有译过中文，二是以中短篇小说为主。我想，俄方之所以选取二十一世纪最初十年的小说作为译介对象，有这样几层考量。第一，新俄罗斯文学进入二十一世纪后，不似九十年代那样动荡、纷乱，其进程相对稳定，这样文坛整体脉搏较容易把握；第二，这是一个全新的文学发展时期，出现了大量的文坛新锐，产生了丰富的文学现象，因而展示当代俄罗斯进入新时期后的形态及进程就显得特别有意义；第三，这是一个对中国读者而言全新的俄罗斯文学。它既不同于十九世纪“黄金时代”的俄罗斯文学，也不同于二十世纪的苏联文学，更不同于苏联解体后充斥着“异样文学”、“后现代派文学”、“现代派文学”的八九十年代的俄罗斯文学，它对于我国读者而言就是一个“处女地”，所以这部文集能让广大读者对当下的俄罗斯文学有所了解和认知，这无疑是一件功德无量的事情。

2016 年 8 月，黑龙江大学俄语团队收到了圣彼得堡国立大学编辑团队寄过来的小说原稿。时任俄语学院院长白文昌教授迅速组建翻译团队，分解翻译任务，十余名俄语学院的教师和学生参与了文集的翻译工作。2018 年 5 月，译文初稿经原哈尔滨师范大学中文系甘雨泽教授认真审校后，交付给上海译文出版社。圣彼得堡国立大学校长克罗帕切夫教授和黑龙江大学校长付宏刚教授分别为文集写了序言，彰显了翻译本文集的重要性。

该文集由三个栏目组成，即当代俄罗斯作家小说、青年作家小说、文学评论及随笔。第一个栏目是本文集的基础，由 14 位作家的 19 篇小说组成。这 14 位作家都是当下文坛的知名人物，他们的作品均已译成欧洲语言。叶利扎罗夫和斯涅基廖夫获得过俄罗斯布克文学奖，作品入围过"国家畅销书"决赛，诺索夫是"国家畅销书"奖获得者，阿布齐亚罗夫是新普希金奖获得者，麦利霍夫是几项文学奖项的获得者。简而言之，可以说，他们是彼得堡活着的"经典"作家。青年作家小说专栏收录了 3 位年轻作家的 3 部短篇，尽管他们的年龄都不到三十周岁，但均在知名期刊上发表过作品，米亚钦的小说刊登在《涅瓦》杂志上，拉特尼科夫则在《涅瓦》《星》《十月》《新世界》等主流期刊上证明过自己的实力，多罗霍夫的小说则发表在英国的《新风格》(New Style) 期刊上。特别值得关注的是文学评论及随笔专栏，普斯托瓦娅和加尼耶娃是当代俄罗斯文学批评界的后起新秀，言辞犀利，观点鲜明，后者自己还从事文学创作，她们的两篇文评可以充实我国俄罗斯文学界的理论体系，有助于国内同行了解当下俄罗斯文学批评的发展症候和趋势。

从苏联解体至今近三十年间，国内虽然从未间断过对当代俄罗斯文学的译介和出版工作，但不可否认，与以往相比，读者对于二十一世纪的新俄罗斯文学完全没有认知，这个曾对我国现当代文学文化产生过深远影响的文学大国，今天究竟是何等面目？希望这本小说集能够多多少少有助于我国读者破解这个疑团。衷心希望，它能成为一个文学系列，助推中俄两国人民民心相通和文化互识。

翻译文学作品素来是一件费力不讨好的事情，更遑论当下外国小说，因而本书难免存在疏漏和差错。本书问世恰好是黑龙江大学俄语团队重启俄文编译室工作之时。作为编译室工作的第一个集体结晶之作，我们愿意接受国内学界和读者的批评指正。

孙　超

2018 年 5 月于黑龙江大学